북주국야사

北州國野史

북주국야사 北州國野事

초판 1쇄 찍은 날 | 2012년 7월 16일
초판 1쇄 펴낸 날 | 2012년 7월 20일

지은이 | 효진
펴낸이 | 서경석

편집장 | 권태완
편집책임 | 이수민
편집 | 장미연

펴낸곳 | 도서출판 청어람
등록번호 | 제1081-1-89호
등록일자 | 1999. 5. 31
어람번호 | 제5-0311호

주소 | 경기도 부천시 원미구 심곡2동 163-2 서경B/D 3F (우) 420-822
전화 | 032-656-4452 팩스 | 032-656-4453
http://www.chungeoram.com
E-mail | chungeoram@chungeoram.com

Chungeoram romance novel

북주국야사

北州國野史

효진 장편 소설

도서출판
청어람

北州國野史

目次

북에 자리한 북주국北州國에는 현묘한 귀왕鬼王이라는 자가 나라를 다스렸다. 이것은 그의 딸 진홍여왕眞紅女王이 왕위에 오르기 전의 일이다.

후일 진홍여왕의 뒤를 이어 북주국의 왕이 될 북마왕北摩王은 그 시절 사바누 태자로 불렸다. 사바누 태자의 혼처가 정해진 것은 그의 나이 8세. 대를 이어 재상을 역임한 우가의 여식이 태자비로 낙점되었다. 우가의 여식은 5세로 태자보다 3살이 어렸다.

다시 2년 뒤, 태자가 10세 되던 해였다.

수도에서 북동쪽에 자리한 태항산太行山에서 기이한 일들이 벌어졌다. 낮에는 휘揮라는 짐승들과 아름다운 목소리의 새들이 산이 시끄럽도록 노래를 불러댔고 밤이 되면 별들이 하늘에서 쏟아져 내렸다. 주변 샘에서는 커다란 물고기들이 뭍으로 뛰어오르기도 했다.

놀라운 괴변들이 소문나자 왕가에선 태항산으로 사람을 보냈다.

태항산 산야의 한 초막에서 아이가 태어난 것은 그즈음의 일이었다. 허가 성을 가진 허주유라는 사내의 아내가 어여쁜 딸을 낳았다. 아기가 우렁찬 첫울음을 터트리자 그 울음에 새들은 노래했고 휘들은 기뻐 날뛰었다. 별들은 초막 안으로 떨어져 자취를 감추었다.

기적을 목도한 많은 이들이 귀왕에게 전갈을 보냈다.

범상치 않은 길조를 타고 태어난 여아를 위해 귀왕은 많은 진상품을 하사했다. 그 아이에겐 '은양闇暘'이라는 이름을 내려주었다.

딸의 아비인 허씨는 왕이 내린 이름과, 진상품들 중 아내가 취한 것만은 어쩔 수 없이 거두고 나머지를 돌려보냈다. 허씨의 아내는 길길이 날뛰었으나 남편의 고집을 이기진 못했다.

하늘의 성스런 기운을 읽은 학자들은 허은양을 두 번째 태자비로 삼도록 간언했다. 허은양은 길조를 타고 태어났으며 선계의 항아가 달의 축복을 내렸기 때문이다. 그 축복이 무엇인지는 모르나, 여아가 왕후가 되면 북주국은 몇 대 동안 천하태평할 것이란 예언이 뒤따랐다.

귀왕과 진홍여왕은 10세 된 태자의 허락을 구해 그 여아를 두 번째 태자비로 삼기로 결정하였다.

딸의 아비 허주유는 '이미 태자에게 정혼자가 있는데 두 번째 아내가 되라 함은 내 딸을 태어나자마자 첩으로 만들라는 것이 아니오!' 라고 말하며 극렬히 반대했다.

이에 나라에서 제일 날고 기는 삼공三公대신들이 몰려가 허주유를 설득하려 했다.

허주유는 흐르는 강물에 귀를 씻으며 '듣지 못할 것을 들었으니 내 귀가 더러워졌소. 나는 내 선조인 허유처럼 흐르는 강물에 귀를 씻어 더러움을 떨쳐낼 것이오' 라고 말했다.

북주국에서 최고가는 삼공대신들은 허주유에게 삿대질을 하며 '네가 허유면 나는 김유다' 혹은 '나는 저유, 이놈은 이유다!' 라고 허주유를 비판하였다.

삼공대신들의 욕설과 설득에 허주유는 무려 두 시진 동안 흐르는 강물에 귀를 씻은 후유증으로 중이염에 걸려 한 달 가까이 청력을 잃었다 한다.

이후 허주유는 백일 된 딸아이를 데리고 선계에 선인으로 우화등선하는 방법을 연구하였다. 태항산의 가장 높은 꼭대기에 올라 한 달간 단식하여 기도를 올리니, 선계는 선인을 내려 보내어 이렇게 답하였다.

'선계에 선인들이 폭주하니 그대와 그대의 딸까지 우화등선할 자리가 없소.'

절망한 허주유가 타국에 망명하기 위해 서신을 보내자 천오국, 서주국, 동주국이 차례로 답하였다.

'북주국과 척을 질 수 없소.'

심지어 허주유의 아내는 허주유가 자리를 비운 틈을 타 제 딸을 왕가에 팔아넘기고 돈을 챙기려 했다. 허주유는 탄식하며 하늘의 천문을 읽고는 더더욱 절망하였다.

그는 마침 돌이 되어가는 아이에게 물었다.

'태자의 첩이 될 것이냐.'

이제 말을 시작하는 여아는 눈을 동그랗게 뜨며 해맑게 웃으며 답하였다.

'아바바 아바바. 아아노.'

옹알이에 불과했으나 허주유는 딸도 제 운명을 반대한다 철석같이 믿으며 딸을 데리고 자취를 감추었다.

이에 격분한 북주국의 왕실은 허주유와 그 딸을 찾기 위해 태항산과 그 일대를 샅샅이 뒤졌으나 연기처럼 증발한 허씨를 찾지는 못했다.

왕실의 절대적인 안녕을 위해, 북주국의 태평성대를 위해 왕실과 전 북주국 국민이 허씨를 찾아 뒤졌으나 그는 어디에서도 목격되지 않았다. 이에 왕실은 허씨에게 현상금을 붙였다. 해마다 그 금액이 이자와 원금이 늘어나 그가 종적을 감춘 지 20년 가까이 되는 19년째.

허씨와 그 딸에게 붙은 현상금은 무려 금자로 오만 냥에 이르렀다고 한다.

1장 왕과 사냥꾼

대륙의 북쪽에 자리한 북주국은 광대한 땅을 가진 나라다. 허나 지나치게 긴 겨울과 척박한 환경 때문에 사람이 살 수 있는 면적이 적고 인구도 많지 않았다. 특산품도 북쪽 광산의 특이한 보석들과 희귀한 요수들의 모피 정도가 전부. 본시 굶어 죽을 정도로 가난하지 않더라도 풍족함과는 늘 거리가 먼 나라였다.

그런 북주국이 대륙에서 유명한 이유는 왕실의 특이한 혈통 때문이다.

최초로 이 대륙에 나라를 세운 이들은 용이었다. 용들은 인간의 여인을 아내로 맞아 그 자식들에게 왕위를 물려주었다. 그 자식들은 왕족으로 군림하며 사람들을 다스려 왔다. 그중 북주국을 다스린 이는 화룡火龍이었다.

북주국의 왕실은 천 년 가까이 지난 시간 동안 화룡의 피를 지키고자 노력했다. 왕실 후손들끼리의 근친혼을 거듭하며 각 나라에서 용인의 혈통이 도드라지는 사람을 데려와 다음 대의 자손을 얻었다. 그 노력이 빛을 발해서인지 북주국의 왕족들은 대륙에서 유일한 용인龍人으로 불렸다. 북주국 왕들이 보이는 지독한 광증狂症도 용인의 짙은 피 때문이라고 했다.

천 년간 이어지던 용인의 피는 몇십 년 전, 귀왕의 대에서 끊길 뻔했다. 당시 귀왕은 북주국의 단 하나뿐인 태자였다. 북주국을 탐내던 이들은 태자를 죽이고 십 년간 북주국을 차지했지만 치세는 오래가지 못했다. 태자를 잃은 나라가 '10년의 겨울'로 불리는 암흑기를 맞이했기 때문이다. 십 년간 끝없이 겨울만이 이어져 추위와 혹한이 지속되었고 많은 인구가 추위와 굶주림으로 사망했다. 짜낼 고혈도 없을 정도로 파탄지경에 다다른 그즈음, 죽었다고 알려진 태자가 귀환했다.

후일 귀왕으로 불리게 된 그가 타국의 세력을 몰아내고 1년 뒤 즉위를 하기까지는 그리 순탄하지 않았다. 어렵사리 즉위한 그가 다스린 30여 년간의 시간들은 북주국의 역사상 가장 평화롭고 풍요로운 시기였다. 귀왕의 호는 야율이었으나 북주국인들은 귀신이 되어서도 산몸으로 돌아와 나라를 되살린 그를 귀왕鬼王, 혹은 귀귀왕歸鬼王으로 부르며 추앙했다. 오랜 제위를 마친 귀왕은 퇴위한 뒤 자신의 유일한 아내인 화비와 함께 이 세상에서 홀연히 사라졌다.

한날한시에 세상을 떠났다 알려진 부부를 위해 나라는 성대한 국장을 치뤘다. 그 뒤 나라를 물려받은 것은 귀왕의 딸, 헤르 크세노였다. 진홍여왕으로 군림한 그녀의 치세는 짧았으나 제위 기간 동안 철혈의 여왕으로 군림했다. 그 뒤 그녀는 자신의 아들에게 왕위를 물려줄 것이라 공언했다. 태자의 이름은 사바누 크세노였다.

용의 일족인 왕가의 자손들은 왕위에 오르면 부모에게서 물려받은 용의 이름을 잃는다. 그 이름이 외부에 알려지는 일도 지극히 드물었다. 허나 사바누 태자의 경우는 달랐다. 태자 시절의 귀왕을 타국에 잃고 나라를 빼앗겼던 기억 때문인지 백성들 전부가 하나뿐인 후계자, 사바누 태자에게 집요하리만큼 집착했다. 태자에 대한 국민들의 기대와 관심은 늘 도를 넘었다.

태자를 지켜야 한다. 그가 이 나라를 이을 유일한 자다. 그는 많은 자손을 낳아 북주국의 왕실을 번성시키고 나라를 다스려야 한다. 사바누 태자의 외모는 젊은 시절의 귀왕과 흡사하다고 알려졌기에 더욱 뜨거운 관심을 받았다.

사바누 태자는 모두의 기대에 부흥하듯 참으로 올곧게 자랐다. 외양은 준수하고 늠름했으며 화룡인들의 특징답게 뛰어난 신체를 가졌다. 어릴 적부터 무예와 학문 모두 떨어지는 일이 없었고 13살의 나이에 화룡의 피를 각성해 진짜 용인으로 거듭났다. 이 나라의 신물이라는 현무화룡도를 뽑아 왕위에 오를 자격이 있음을 증명한 것 역시 그 나이였다.

허나 모자람이 없이 너무 과하면 문제가 생긴다 했던가.

무엇 하나 모자란 것 없는 태자에게도 치명적인 결함이 있었다.

그것은 본능과도 같은 방랑벽, 역마살驛馬煞이었다.

태자는 성인이 된 후 5년이 넘는 시간을 타국에서 떠돌았다. 심지어 여행 도중 잠시 몸을 의탁한 동주국 여왕과의 사이에서 남매를 얻기도 했다. 북주국의 진홍여왕과 일부 대신들만이 알고 있는 그 비밀은 절대 알려져서는 안 될 금기로 치부되었다. 북주국과 동주국은 남매의 혈통을 함구하기로 약조했다.

긴 방랑을 끝낸 사바누는 왕위에 올랐다. 그의 호는 북마北摩. 그는 북마왕으로 불리게 되었고 자신을 기다려 온 우 재상의 여식을 왕후로 맞았다.

왕후 우재이는 궁으로 들어온 뒤 진비珍妃로 불렸다. 왕후의 격의에 맞지 않은 호칭이긴 했으나 기본적으로 일부일처제이며 격식에 자유로운 북주국 왕실의 풍습상 문제될 것은 없었다. 부르는 명칭이야 어쨌든 진비 우재이는 완벽하고 나무랄 데 없는 왕후였다.

진비는 북주국 최고의 재상가에서 태어나 어릴 때부터 단아하고 수려한 미모를 뽐냈으며 성격 또한 자애로웠다. 왕후가 된 뒤에도 왕을 뒷바라지하며 시어머니인 진홍여왕의 뜻을 따랐다. 격식과 예의범절을 지나치게 따지는 것이 흠이었으나 조용한 진비의 성격 덕분에 그 흔한 고부갈등도 없었다. 심지어 왕과의 사이도 나쁘지 않았다.

허나 북마왕이 보위에 오른 지 벌써 삼 년. 진비의 나이가 스물일곱이 되었지만 후사가 없었다. 왕이 긴 방랑으로 인해 보위에 오르는 것이 늦어졌다 한들, 혼인한 지 삼 년이 지나도 왕후에게

태기가 비치지 않는 것은 심각한 문제였다. 또한 왕은 진비 이외에는 어떤 후궁도 들이지 않은 상태였다.

진비의 아비인 우 재상은 후사를 얻지 못한 딸이 폐위당할까 노심초사했고 일부 대신들은 왕이 남색 기질을 가지지 않았을까 염려했다. 여왕의 일부 측근들은 동주국에 있는 왕의 자식들을 데려와 왕위를 이어야 한다며 동주국을 몰래 염탐하곤 했다.

대신들뿐 아니라 백성들도 왕의 후사를 걱정하며 상소를 올렸다. 왕은 빗발치는 상소들을 가볍게 무시했다. 대신들이 아름답기로 소문이 자자한 여인들을 천거해 올려도 냉담했다. 심지어 자신의 왕후인 진비와의 합궁조차 그는 무심하게 넘겼다.

차갑다 못해 의중을 알 수 없는 왕의 모습에 모두가 속을 끓였다. 심지어 진비와의 합궁조차 달가워하지 않는 왕이었기에 후사가 가장 큰 문제가 된 것은 두말할 나위 없다.

그 와중에 몇몇 대신들은 잊혀졌던 '허은양'을 떠올렸다.

말년의 귀왕이 둘째 태자비로 낙점했던 아기. 그녀의 아비 허주유가 딸을 첩으로 만들 수 없다며 끼고 도주한 지 십수 년 째. 그녀가 자랐다면 과년한 처녀로 자라고도 남았을 시간이 흘렀다.

왕실과 천문학자들이 허은양에게 집착한 것은 허은양의 사주 때문이었다. 그녀의 사주에 서린 짙은 도화살桃花煞이 왕의 역마살을 누를 수 있다고 해석되었다. 허은양이 왕후가 되면 북주국은 자자손손 태평할 것이며 다산할 사주이니 후사 또한 걱정이 없다. 학자들이 입에 침이 마르도록 허은양을 찾아야 한다 간언하자 전국에서도 허은양을 찾자는 상소문이 쇄도했다. 왕을 만나는 대신들과 국민들 모두가 허은양을 입에 담으며 허은양 찾기에 혈안이 되었다. 허나 왕만이 허은양에 대해서는 듣지 않은 척 회피하기 일쑤였다.

그렇게 긴 시간이 흐르고 봄이 시작될 무렵이었다.

왕궁인 금해궁錦澥宮이 있는 대산, 꼭대기에 자리 잡은 치하전治下殿에 살고 있던 북마왕의 어머니, 진홍여왕이 북마왕을 불러들였다.

북마왕은 여관들의 안내를 받으며 여왕의 내실로 들었다. 진홍여왕이 아들을 반갑게 맞았다.

"오셨소이까 주상?"

여왕은 지천명知天命을 코앞에 둔 40대 후반의 나이였으나 나이를 짐작할 수 없을 정도로 여전히 젊고 고왔다. 미인인 어머니의 얼굴에 세월이 남긴 흔적이라곤 미세한 주름과 희끗희끗해진 녹발이 전부였다. 청색 치마와 자색의 피백을 두른 수수하고 격식 없는 차림에도 여왕의 위엄까지는 감추지 못했다.

평소 침소로 그를 부르는 일은 없었으니 이번의 용건은 무언가 비밀스러운 이야기를 논하기 위함일 터였다. 사바누는 여왕의 용건이 무엇인지 제 왕위를 걸 수도 있었다.

"편히 주무셨습니까, 어마마마."

진홍여왕은 고개를 가로저었다.

"주상을 걱정했던지라 편히 잠들지 못하였군요, 주상. 내가 왜 그대를 불렀는지 아시겠지요?"

어머니의 여관들은 이미 사라지고 없었다. 사바누는 어머니의 등 뒤로 펼쳐진 웅장한 삼신산도三神山圖를 응시했다. 전설로만 전해진다던 동쪽 나라 선인들의 낙원.

"주상, 듣고 있습니까?"

사바누는 그제야 현실로 돌아와 어머니의 맞은 편 의자에 단령포 자락을 젖히며 앉았다.

"무엇에 그리 홀려 계셨는지요?"

"잠시 미몽에 사로잡혔던 것뿐입니다. 어머니와 대신들의 걱정이 하나뿐인 것을 저도 잘 압니다. 무엇을 말하실지도요."

진홍여왕은 감흥 없이 대꾸하는 자신의 아들을 응시했다.

진지하고 늘 곧은 눈매에 조부를 닮은 아들은 참으로 준수했다. 외견상 모자란 것이 없는 아들이지만 삼신산도에 아들의 시선이 멈춰 있자 가슴이 철렁했다. 아들은 그 긴 방랑에도 어딘가 먼 곳을 동경하고 떠나고 싶어하는 모양이다.

왕위에 오른 뒤에도 북마왕은 제 역마살을 이기지 못하고 훌쩍 자리를 비운 적이 여러 번이었다. 길지 않은 방황이었기에 여왕은 왕의 부재를 제 힘으로 막았다. 허나 그 짧은 방랑이 거듭된다는 것은 여왕에게도 깊은 문제였다.

왕은 나라를 다스리는 데 관심이 없었고 왕궁에 머무르고 싶어하지도 않았다. 그는 늘 먼 곳을 바라보았다. 천하를 다스릴 수 있는 왕좌도 아들에게는 한낱 족쇄에 불과하지 않은가.

진홍여왕의 심란하고 어지러운 마음을 눈치챈 사바누가 웃는 척했다.

"걱정하지 않으셔도 됩니다. 제 할 일을 회피하지는 않을 겁니다."

"주상…… 이 어미는 아직 하고 싶은 말을 꺼내지도 않았어요."

"어머니가 무엇을 걱정하시는지 알고 있다고 답했습니다. 모든 게 나중에는 다 잘될 겁니다. 아마도요."

여왕은 낮은 한숨을 쉬며 제 아들을 응시했다. 서늘하고 차가운 눈매의 아들은 입모양만 웃는 척 만들어내고 있다.

"저는 어머니와 모두가 바라는 대로 왕이 되었습니다. 제가 다스리는 동안은 조부와 같은 태평성대의 시절까지는 갈 수 없다 해도 그럭저럭 백성들이 굶어 죽지 않은 시절이라 말하게 될 것입니다."

그것은 여왕이 바란 답은 아니었다. 그 대답 속에 '왕'인 사바누의 입장은 없었다.

"주상은 제가 무얼 바라는지 아십니까?"

"알고 있습니다. 그러니 더 욕심 내지 마시라는 뜻입니다."

말을 자르는 북마왕을 보며 진홍여왕은 더 골머리가 아팠다.

후사와 여자문제가 '전연' 없다는 것을 빼면 북마왕은 흠잡을 데가 없었다. 왕위에 오른 지 3년이 되었지만 왕은 청렴결백했다. 지나칠 정도로 중도주의적이며 안일하다는 평도 다분했으나 돌이켜 보면 왕의 선택은 가장 현명하다고 판단되곤 했다.

왕은 늘 세 보 앞의 미래를 내려다보는 듯했다. 미리 손을 써서 후일 일어날 지진과 홍수 같은 천재지변을 막았다. 혹은 재앙이 일어나도 발 빠르게 대처해 그 피해를 최소화했다.

왕의 노력 덕분에 북주국은 무탈하고 평온하게 굴러가는 듯 보였다. 여왕은 아들의 선택에는 불만이 없었다. 허나 어린 시절 다정했던 아들은 왕이 된 지금, 희로애락 중 어떤 감정도 느끼지 못하는 듯했다. 여왕은 북마왕이 제 아들의 껍질을 뒤집어쓴 허깨비가 아닌가 의심한 적도 있었다.

제 유일한 아내에게조차 관심이 없는 아들이니 진비와의 사이에서 후사를 기대하기 어렵고 아이가 있다 한들 지금의 태도가 크게 달라질 것 같지 않았다.

"아드님, 그래도 후사는 심각한 문제이지요."

"생기지 않는다 한들 그것 역시 하늘의 뜻입니다."

여왕은 이마를 짚었다. 참으로 태연하다 못해 속을 긁는 왕의 말은 더욱 가관이었다.

"진비에게서 태어난 아이들이 이 나라의 태자나 태녀가 되는 일은 없을 겁니다."

여왕은 순간 그가 예지력을 가진 것은 아닌가 궁금해졌다. 대대로 용인龍人의 피가 강한 북주국의 왕실은 인간이 가질 수 없는 능력을 발휘하곤 했다. 북마왕의 조부인 귀왕은 누구보다 강한 용인이었으며 그의 아내 화비는 요수와 귀신들을 부리는 특이한 능력을 지녔다. 진홍여왕도 남다른 능력의 소유자. 북주국의 많은 용인들 중에서도 예지력을 지닌 이는 없었으나 그렇다 한들 진홍여왕은 아들의 말을 무시할 수 없었다.

용인의 혈통을 가진 이들은 보통 인간들과의 사이에선 자식을 얻기 힘들었다. 사바누가 자식을 얻은 동주국의 여왕도 용인의 피가 도드라진다는 왕족의 혈통을 지녔다. 그에 비해 진비 우재이는 평범한 인간. 동주국의 여왕보다 진비에게서 아이를 얻을 가능성이 턱없이 낮은 것은 사실이었다.

여왕은 한숨을 쉬었다. 진비가 아니라면 다른 대안이 있어야 했다.

"그럼 진비 이외에 다른 여인을 후궁으로 들이세요."

"불허합니다."

"그렇다면 진비를 폐위해도 되겠습니까?"

"그럴 이유가 부족합니다."

여왕은 아들의 대답에 더욱 머리가 아파졌다.

"남색이라도 즐기시는 겁니까?"

사바누는 빙그레 웃으며 답했다.

"어머님은 저에 대해 아직 잘 모르십니다. 저는 그저, 기다리고 있을 뿐입니다."

"무엇을?"

"시간입니다."

뜬금없는 선문답에 여왕은 더욱 답답해졌다. 아들이 선인이 되려는 것은 아닐까? 문득 그녀의 머릿속에 선인이 되고자 각고의 노력을 기울였던 허은양의 아비 허주유가 떠올랐다.

더불어 여왕은 사바누가 허주유와 허은양 부녀에 대해 단 한 번도 언급한 적이 없었음을 깨달았다.

"아드님은 외골수이십니다. 진비에게서 낳은 아이들은 그대의 왕위를 이을 수 없다. 다른 후궁도 관심도 없다. 그렇다면 동주국에 두고 왔다는 그대의 아이들을 강제로 끌고 와야겠습니까? 진비나 진비의 집안인 우 재상이 가만히 있을까요? 하물며 대신들은? 타국의 여인과 자식을 만들고 용인의 피를 이은 자식들을 동주국에 두고왔다? 그걸 용인할 수 있을 것 같나요?"

동주국의 남매를 이야기하자 사바누의 눈동자가 불안하게 흔들렸다.

"어미의 명령입니다. 사바누 크세노. 나는 내 피를 이어받은 그대의 아이들을 원합니다. 이 어미의 바람을, 거역할 리는 없겠지요."

"그것이 어머니의 바람이라면."

사바누는 여왕의 말을 앵무새처럼 반복했다.

"두 번째 비를 찾으세요. 아드님. 허은양, 그대의 두 번째 비도 어른이 되었을 겁니다."

사바누는 반박하려 했지만 여왕이 먼저 선수를 쳤다.

"주상이 무슨 말을 하든 듣지 않겠습니다. 허은양을 데려와 후사를 잇지 않는다면 이 어미는 그대가 낳은 다른 자식들을 데려와 태자와 태녀로 삼는 수밖에요. 입에 담은 말은 반드시 지키며 타협하지 않는 것이 이 여왕의 철학임을 모르시지는 않겠지요?"

진홍여왕은 한다면 하는 성격이었고 약속을 천금처럼 여겼다. 철혈의 여왕으로 군림한 그녀는 아들에게도 예외를 두지 않았다.

사바누는 요즘 들어 잔뜩 날카로웠던 모습의 어머니를 떠올렸다. 제 모친이 후사로 인해 얼마나 골머리를 앓으며 지내왔을지 그는 이해했다. 허은양을 데려오지 않는다면 자신의 어머니는 그의 피를 이은 동주국의 남매를 어떻게든 데려올 것이다.

그것만은 절대로 막아야 했다.

"무언가 문제라도 있습니까, 아드님?"

사바누 크세노는 천천히 고개를 저었다. 그의 관모 아래로 몇 가닥의 푸른 머리카락이 흘러내렸다. 그의 눈동자는 어느새 푸르게 침잠한 상태였다.

사바누가 입을 열었다.

"어머니의 명령에 따르겠습니다. 대신 허은양을 어떻게 찾는지에 대해서는 간섭하지 않으셨으면 합니다. 제가 직접 찾을 것입니다."

여왕은 고개를 끄덕였다. 사바누는 제 말을 마치자 곧 자리를 떴다.

남은 여왕은 제 아들이 과연 허은양을 찾아낼지 걱정이었다. 생사조차 알 길이 없는 허씨 부녀가 사라진 지 벌써 19년이 지나지 않았던가. 용케 찾아낸다 한들 그 딸 허은양이 비의 자격이 있을지는 확신할 수 없었다.

그날, 여왕의 처소에서 시작된 소문이 일사천리로 퍼져나갔다. 왕과 여왕이 19년 전 행방불명된 허은양을 찾고 있다. 오후가 되자 궁뿐 아니라 수도의 사람들의 입에서 퍼져나간 소문을 모르는 이가 없을 지경이었다.

북마왕이 진비를 찾아간 것은 사위가 어두워질 무렵이었다.

진비는 그의 느닷없는 방문에도 놀라는 기색 없이 그를 맞았다. 시녀들은 당황해하며 바지런히 소란을 떨었지만 부부는 처소 한쪽에서 일어나는 소란을 묵인한 채 고요히 자리를 지켰다.

"어머니께서 나를 부르신 이유를 들었으리라 짐작하오."

진비는 고개를 끄덕였다.

"후사를 생산하지 못한 제가 부덕한 탓이지요."

진비가 그렇게 둘러 답했으나 진비의 시녀들은 왕을 향해 몰래 불만을 삭였다. 왕이 진비를 아내로 맞은 지 3년이 넘었지만 합궁한 것은 일곱 번도 되지 않았다. 왕이 다른 후궁에게 관심이 있거나 궁 밖에 정인으로 약속한 여인이 있어 홀대받는 것도 아니었다. 진비와 왕의 사이는 지극히 좋았다. 왕실의 대소사가 생기면 진비와 왕은 서로를 찾아 늘 점잖게 대화를 나누며 서로의 의견을 경청했다. 그 다정함이 부부의 합궁으로 이어지지 않았기에 시녀들에게 있어선 참으로 기가 막힐 노릇이었다.

북마왕은 참으로 점잖게 진비에게 양해를 구했다.

"허은양을 찾아야 할 것 같소. 그대에겐 미안하구려."

진비는 눈을 동그랗게 뜨며 반문했다.

"왜 그것이 제게 미안한 일입니까? 허은양을 찾으시게 된다면 저도 무척이나 기쁠 것 같습니다. 그녀는 이 나라의 흥복을 위해 반드시 필요한 존재입니다. 저도 궁에 제 동기가 생길 터이니 덜 심심할 테지요."

진비는 선량한 왕후의 화신이었다. 보고 있던 사바누가 더 떨떠름했다.

"그것이 진심이시오?"

사바누가 재차 묻자 그녀는 왜 묻는지 어리둥절해했다.

"제가 왜 농을 하겠습니까. 혹여 제가 투기나 시기를 할까 봐 걱정되시는 것입니까? 전하의 후사가 없어서 안타까운 건 저도 마찬가지 입니다. 얼른 허은양을 데려오기나 하세요. 저는 그 날을 손꼽아 기다리고 있답니다."

참으로 천진하기까지 한 대답에 사바누의 한숨이 깊어졌다. 시녀들은 제가 모시는 왕후의 대답에 기가 찬 듯 아연한 표정들을 지어댔다.

"어서 후사를 두셔야지요. 그래야 대신들과 백성들의 시름이 가벼워질 것입니다."

진비의 웃음 속에는 안도감이 짙게 서려 있었다. 사바누는 그녀의 진심을 읽었다.

"그대의 뜻이 그러하다면 알았소."

사바누는 그녀의 웃음과 안도감이 무엇을 뜻하는지 알았기에 진비의 궁을 나섰다. 저녁도 함께 하지 않고 처소로 돌아가 버린 왕의 행동을 매정하다 여긴 진비의 시녀들이 분통을 터트렸다. 후사가 없는 것은 합궁을 하지 않으려는 전하 때문이다. 헌데 후사가 없으니 두 번째 비를 찾으려 한다? 시녀들의 눈에는 선녀처럼 곱고 착한 진비가 마냥 불쌍했다. 그녀들은 사바누를 두려워하는 진비의 진심을 눈치채지 못했다.

그 시간, 사바누는 제 처소를 향해 날았다. 금해궁을 둘러싼 북주성이 자리한 대산이 보인다. 북주성 전체를 감싼 검은 밤이, 그의 발 아래에서 펼쳐지고 있다. 제 호위무사들이 날것을 타고 그의 뒤를 따랐다.

찬바람을 맞으며 사바누는 진비를 생각했다.

그는 진비를 사랑하지도 은애하지도 않았다. 진비는 그를 존경하고 남편으로 섬겼으나 연모의 대상으로 삼지는 않았다. 그녀에게서 그는 다분히 정략혼의 대상이었으며 그와의 잠자리 또한 후사를 이어야 하는 끔찍한 의무라 여겼다. 의무에서 이어진 관계의 끝맛은 허무함뿐이었다. 사바누는 욕정조차 느끼지 못하는 진비에게 합궁을 청해 억지로 범했다는 느낌을 받고 싶지도 않았다.

몇 번이고 몸이 억지로 이어진다 한들, 그녀와의 사이에서 아이는 생기지 않을 것이기에 더욱 그러했다.

사바누는 미래를 볼 수 있다.

미래는 한 가지로 축약할 수 없고 여러 가지의 선택지를 포함한다. 그 수없이 많은 선택지의 미래 속에서도 진비는 없었다. 그녀와 자신은 평생 해로하지 않는다.

허나 사바누에게 허은양은 달랐다.

찾아낼 수만 있다면 허은양은 그만의, 좋은 아내가 될 것이다. 다른 사내를 마음에 품고 집안의 강압에 따라 왕후가 되었던 우재이와 달리 두 번째 비는 그만을 위하며, 그만을 바라보는 해바라기가 될 것이다. 그는 허은양으로 인해 행복해진다. 허은양과의 사이에서 태어난 그의 다섯 아이들 중 하나가 북주국의 왕이 될 것이다.

그것은 비틀어지지 않는 정해진 미래.

미래를 굽어본 왕의 눈이 검푸르게 가라앉았다.

진비도, 진홍여왕도 그가 두려워하는 것을 모른다.

사바누는 미래를 보았다. 자신이 허은양이란 여인을 사랑하게 되는 미래를. 그녀에게 심장을 송두리째 빼앗겨 그녀만을 바라보게 되는 것을. 제 하나뿐인 반려가 될 얼굴조차 모르는 여인을 사랑하게 되는 미래가 두려웠다. 그녀를 사랑해서 제 자신이 약해질까 봐 무서웠다. 허은양에게 품은 애정이 지금의 그를 무너지게 할 것이다. 허은양은 그의 약점이 될 것이다. 아무도 믿지 않을 것이다. 북마왕이 인간이 되는 것이 두려워 허은양을 만나는 것을 피해왔다는 것을.

그는 감정을 드러내어 약한 인간이 되고 싶지 않았다. 철혈의 가면 아래 다가올 미래를 관조하며 한 발 물러나 있고 싶었다. 허은양에게 품은 애정이 지금의 그를 무너지게 할 것이다. 그는, 그것이 두렵다.

살을 에는 차가운 바람이 사바누의 뺨을 할퀴었다. 허공 위를 하염없이 날던 그의 천마가 지상으로, 그의 처소를 향해 쏜살같이 낙하했다.

북마왕은 며칠간 서고에 틀어박혔다.

그가 두 번째 비를 찾겠다고 선언하자 여왕은 임시로 대리청정을 맡겠노라 나섰다. 여왕의 벽력같은 성정을 기억하는 육조대신들에겐 날벼락 같은 이야기였다.

북마왕은 19년 전 사라졌다는 허주유의 기록을 찾아다녔다. 그 당시 허주유를 만났다는 대신들을 불러 이야기를 듣기도 했다. 하도 오래전의 일이라 증인들을 불러오는 일도 수월하지 않았고 기록을 찾는 것도 까마득했다.

사바누는 학자들과 사관들을 동원해 서고를 뒤지고 허씨 부녀가 머물렀던 지역 전체에 수색대를 급파했다. 각 현의 현령과 태수들이 허은양을 찾기 위한 수색을 거듭했다. 소문이 꼬리에 꼬리를 물자 자신이 허은양이라 주장하는 처녀들과 아비들이 수도 설한부로 상경하는 진풍경이 연출되기도 했다.

대신들도 가만히 있지 않았다. 생사를 알 수 없는 허은양 대신 그들은 그들의 친딸이나 미모가 출중한 여인을 수양딸로 삼아 왕실에 천거했다. 농염한 색기를 뽐내는 기녀들이 왕궁을 기웃거리기도 했다. 이 난리통 속에서 왕과 여왕은 허은양만을 고집하는 그들의 뜻을 밀어붙였다.

허은양의 행방에 대한 수색은 빠르게 진행되었다.

현령과 태수들이 전한 파발들이 2, 3주가 지나자 도착했다. 북마왕은 20년 동안 전국에서 벌어진 기이한 일들을 뒤졌다. 그리고 한 달 가까이 지났을 무렵 제 호위무사들과 함께 홀연히 사라졌다.

누구도 신출귀몰한 왕의 행적을 알지 못했다.

그 봄은 허은양이 사라진 지 19년째로 접어들었고 허씨 부녀의 목에 걸린 현상금이 금자 오만 냥에 다다를 무렵이었다.

❀　　　❀　　　❀

　수도 설한부에서 북으로 하루 정도 내달리면 다다르는 지수현之
水縣의 촌마을 국새.

　도시라 부르기엔 작고 마을이라기엔 너무 큰 국새는 마을 몇 개
가 한데 모인 커다란 촌락이었다. 오래도록 국새를 다스린 촌장이
자신을 태수라 칭해도 딴지를 거는 이 없는 평화로운 곳이었다.

　북마왕이 다섯 호위를 이끌고 향한 곳은 국새마을 옆으로 자리
한 주촌산이었다.

　명산이라 이름난 주촌산에는 희귀한 짐승들이 자주 출몰한다
했다. 산에 서리는 신묘한 기운이 병을 낫게 하고 액운을 물리친
다는 소문에 도사들이나 공부하는 유생들, 환자들이 국새마을에
머무르기도 했다.

　이십 년 전의 주촌산은 조금 높고 험한 마을 뒷산이었다. 단 이
십 년 사이 점진적으로 산에는 꾸준한 변화가 일어나 지금은 명산
으로 자리매김했다.

　산지가 많아 명산도 많은 북주국에는 태평성대가 오래 지속되
며 평범한 산도 명산으로 탈바꿈되는 일이 더러 있었다. 허나 주
촌산이 명산이 되는 시기는 허씨 부녀의 실종기간과 일치했다.

　북마왕과 다섯 호위무사들은 천리를 간다는 추오駒五를 타고 반
나절을 꼬박 달려 주촌산에 도착했다. 추오는 네발짐승 중 제일
빠르고 오색빛깔의 몸체를 지닌 화려한 기수다. 눈에 띄는 추오를
산 아래에 풀어놓은 왕과 호위무사들은 주촌산을 올려다보았다.

주촌산은 대낮임에도 산허리에 낀 짙은 안개 덕에 정상이 보이지 않았고 산 전체엔 신묘한 기운이 가득했다.

모두가 주촌산의 풍경에 경탄하며 넋을 놓았다.

"과연 성산이라 불릴 만하군."

주촌산까지 쉬지 않고 내달린 일곱 추오들은 거친 숨을 쉬며 사바누와 호위들 옆을 어슬렁거렸다.

"전하, 헌데 여기에 허은양 님이 계실까요?"

"찾아봐야겠지."

허주유가 딸을 데리고 도주했을 때 허은양은 걸음마를 하던 아기였다. 어린 딸을 데리고 사람의 눈에 띄지 않는, 그러면서도 허주유가 살기 익숙한, 멀지 않은 곳으로 이동했을 거라 사바누는 판단했다. 허주유는 본시 산에 살던 사람이었다. 주촌산은 허씨 부녀가 살던 태항산과도 비교적 가깝고 그 환경 또한 태항산과 크게 다르지 않았다. 태항산과 가까운 거리의 산들 중 이십 년 사이에 갑자기 성산이 된 곳은 주촌산뿐이었다.

사바누의 짧은 설명을 들은 호위들은 모두 납득하며 고개를 주억거렸다.

"일단 이천과 사하는 이곳에서 추오를 지키며 대기하고 대길, 소, 호혁은 나와 함께 마을로 간다."

이천과 사하는 식량과 짐이 실린 일곱 마리의 추오를 지키며 대기하기로 했다. 나머지 세 호위들은 사바누와 함께 국새마을로 향했다.

빠른 도보로도 족히 반 시진 가까이 걸린 국새마을은 그들의 상상 이상으로 크고 활기찼다. 새로 지은 집들이 즐비했고 여행객들과 주민들이 인산인해를 이루었다. 허나 사람이 많다 한들 흑색 장삼 차림의 무사로 변복한 네 사내가 함께라면 눈에 띄게 마련이다. 사바누는 호혁만을 대동하고 나머지 두 호위는 주변에서 탐색을 하라 명했다.

사바누는 호혁과 함께 마을 중심에 살고 있다는 촌장의 집으로 향했다.

"헌데 정말 이곳에 그분이 있다 믿으십니까?"

"일단 촌장을 만나보면 알게 되겠지."

지난 이십 년간 허주유를 쉽게 잡을 수 없었던 것은 그가 보통 인간이 아니었기 때문이다. 귀족이었던 허주유의 선대 조부는 망조가 든 나라를 슬퍼하며 산에 숨어 살며 도를 닦았다. 허주유 역시 선인이 되기 위해 도를 닦던 반선半仙이라는 소문이 파다했었다.

"허주유는 우화등선은커녕 선계로도 가지 않았다. 죽지 않았다면 지상 어딘가에 있겠지. 그 딸도 마찬가지다."

성군이 나올 확률 이상으로 지상에서 도를 깨친 선인이 나올 확률은 낮다. 지상에서 도를 깨친 선인이 우화등선을 하는 날, 나라 전역에 일곱 무지개가 뜨고 길조가 인다고 했지만 지난 20년간 그런 징조는 없었다.

"듣고 보니 그렇군요. 핏덩이 딸을 데리고 멀리 가진 못했겠죠."

"그것 또한 예상이지. 허나 이곳은 허씨 부녀가 숨어 있을 가능성이 제일 큰 곳이긴 하다."

대화를 주고받던 그들은 금세 촌장의 집에 다다랐다.

촌장은 마을에서 제법 번듯하고 우람한 기와집에서 그들을 맞았다. 촌장은 사바누와 호혁을 전국적으로 떠들썩한 허씨 부녀의 일을 조사하는 관의 사람으로 믿으며 호탕하게 그들을 맞아 들였다.

촌장은 기억력이 좋고 정정한 일흔의 노인이었다. 그는 손님들을 맞아 제가 사는 국새마을과 주촌산에 대한 자랑을 끝없이 늘어놓았다. 촌장의 긴 이야기 속의 허무한 결론은 허씨 부녀나 허은양으로 의심 가는 미인 처녀는 국새마을이나 주촌산에는 없다는 것이었다. 마을은 컸으나 원래 집성촌인 마을로 집집의 사정은 빤했다. 주촌산 또한 약초꾼이나 사냥꾼이 자주 머무르지만 그들 중에서도 여인은 없다고 촌장은 단언했다.

흥미로운 것은 빈궁하던 국새마을이 주촌산과 함께 변화를 맞은 것은 20년 전, 혹은 19년 전쯤이라 했다. 마을 뒷산에 신묘한 기운이 서리더니 쇠락하던 마을에 사람들이 모여들었고 국새마을의 주민들은 크고 작은 기적을 경험하게 되었다. 아픈 사람은 몸이 낫고 아기가 없던 부부는 다산을 했다는 등등. 사소하지만 허무맹랑한 이야기들이 한없이 이어져 호혁과 사바누는 시큰둥했다. 촌장이 그들을 저녁 늦게까지 잡아두려 했기에 그들은 더욱 난감해했다.

일이 있다며 나서려는 그들을 배웅하던 촌장이 뜬금없는 말을 덧붙였다.

"아, 맞군. 가장 중요한 이야기를 빼먹었소이다. 주촌산은 아마 이십 년 전부터 지금까지 쭉 자라고 있소."

그 마지막 말이 사바누의 뇌리에 강하게 남았다.

저잣거리 근처에서 합류한 두 호위도 촌장과 비슷한 말을 했다. 산은 자라고 있다. 그뿐인가, 두 호위들은 저잣거리의 상인들이 들려준 신비한 주촌산과 괴상한 짐승들, 특이한 물고기의 이야기를 떠벌렸다. 진위 여부는 둘째치더라도 실제 호위무사들이 본 주촌산의 물고기는 참으로 이상한 모양이었다고 했다.

"머리 하나에 몸체가 열 개인 잉어였습니다."

"그 옆에는 털이 붉고 수탉 머리, 눈이 네 개에 발이 여섯 개쯤 달린 물고기가 있었지요."

분명 하나는 하라어何羅魚. 또 하나는 숙어鱐魚.

어디서도 보기 힘든 물고기들의 괴악한 생김새를 듣고 사바누는 인상을 웅그렸다.

"근심을 없애준다는 물고기를 들어보았나? 그 닭 모양의 붉은 물고기는 분명 숙어다."

호위들은 서로 얼굴을 마주보며 답했다.

"그러고 보니 마을 사람들이 지나치게 해맑아 보였습니다만……."

"……."

그들은 할 말을 잃고 마을에서 저녁거리를 사 두 호위가 남아 있는 주촌산 어귀로 향했다.

서둘렀지만 저녁 어스름이 질 무렵에야 도착할 수 있었다. 남아 있던 호위들은 산 아래의 계곡에서 잡았다는 물고기로 푸짐하게 국을 끓여내던 참이었다.

방랑벽이 심한 자신 때문에 사냥과 요리, 채집, 야숙에 익숙해진 호위들을 보며 사바누는 잠시 심란함을 느꼈다.

마침 날 생선을 포식하던 추오들도 일제히 고개를 들어 그들을 반겨 맞았다.

"무얼 끓이는 거지?"

이천은 흐뭇하게 웃으며 강에서 낚아 올렸다는 괴상한 물고기를 보여주었다. 그것은 네 개의 눈에 수탉의 머리, 붉은 깃털이 달린 몸, 길고 붉은 세 개의 꼬리털, 그리고 다리가 여섯 개 달린 물고기, 숙어였다.

"모양은 정말 특이했지만 맛은 꽤나 좋더군요. 물고기의 몸통에 털이 많아서 털 뽑는데 시간이 걸리긴 했지만. 맛은 있어서 추오들도 신나게 먹어치웠습니다."

사바누와 호위 셋은 먹으면 걱정이 사라져 버린다는 물고기와 그 물고기를 깔끔하게 먹어치운 일곱 추오들, 그 물고기들을 맛본 뒤 자찬하는 두 명의 호위를 의심스럽게 바라보았다.

"걱정이 사라지면 어떻게 됩니까?"

"……나태해질까?"

결국 사바누를 포함한 네 사내들은 마을에서 사온 것으로 간단히 끼니를 때웠다.

숙어를 포식한 이천과 사하는 뒷정리를 마치자마자 추오들과 함께 곯아떨어졌다. 그 모습을 본 사바누와 세 호위들의 한숨이 깊었다. 너무 편히 잠든 호위와 추오들 덕분에 어쩔 수 없이 야숙이었다. 봄밤은 따스해 얼어 죽을 일은 없긴 했으나 왕을 바라보는 호위무사들의 시선엔 근심이 깊었다.

"전하, 죄송합니다. 전하만이라도 마을에 가셔서 편히 주무시는 것이 어떠합니까?"

"날이 밝는 즉시 주촌산을 수색할 계획이다. 마을로 간다면 거리상 꽤나 번거롭겠지. 오늘 밤은 개의치 마라."

의문투성이의 주촌산을 앞에 두고 돌아가는 것도 사바누에겐 우습게 여겨졌다. 허은양이 없다 해도 주촌산에서 일어나는 심상찮은 변화들은 조사를 해보아야 했다.

그들은 근처 목이 좋은 큰 나무 아래에 자리를 잡았다. 타닥타닥 타들어가던 모닥불이 어느새 꺼졌다. 순번대로 불침번을 서던 사내들은 유난히도 따스한 봄밤의 기운을 이기지 못하고 꾸벅꾸벅 졸았다.

평소라면 봄이라 해도 싸늘한 기온 덕분에 몇 번쯤은 몸서리를 쳤겠지만, 그날 밤은 유난히도 따스하고 고요해 잠이 마구 밀려드는 밤이었다. 이 나라에서 제일 날고 긴다는 실력을 가진 왕의 호위무사들조차 실신하듯 잠에 빠진 밤.

그들은 자신들을 몰래 관찰하는 시선을 알지 못했다.

사바누가 이상한 낌새에 눈을 떴을 때, 이미 그 시선은 사라지고 없었다.

동이 트자, 사바누를 포함한 여섯 사내들이 단출하게 짐을 꾸렸다. 그들은 짐을 추오의 등에 싣고 주촌산을 올랐다.

이목을 피하기 위해 길이 없는 산자락을 따라 이동하던 사내들은 생각보다 험난한 산세에 혀를 내둘렀다. 산에 살던 추오들이야 마냥 신이 나 뛰어다녔지만 사람들에게는 힘들었다. 산세가 깎아지른 듯한 급경사가 많아 추오를 타고 이동하기에도 힘든 장소들이 더러 있었다. 산의 한 봉우리까지 오르는 데는 한 시진. 허나 산세가 워낙 깊었던 데다 그들이 선 봉우리는 코숭이 같은 모양으로 이어진 주촌산의 산줄기들이 사방 천지로 뻗어 있었다. 지상에서 보는 것과 정상에서 보게 된 사뭇 다른 주촌산의 위용에 사내들은 더욱 경탄했다.

높은 산꼭대기에는 아직 녹지 않은 눈이 쌓여 있었다. 정상에 오를수록 공기는 더욱 싸늘해졌다.

"전하. 계속 가실 겁니까?"

지친 기색이 역력한 호위들의 말에 사바누는 발길을 멈췄다. 가도 가도 끝없는 산줄기가 한없이 이어져 있다. 심지어 이 영역은 지도에도 없었다.

자라는 산은 마을 사람들의 말대로 허언이 아닌 모양이었다.

"잠시 쉰다."

휴식을 선언한 사바누와 호위들이 산등성이 주변에 흩어졌다. 목을 축이며 사바누는 땀에 젖은 제 복건을 내동댕이쳤다. 답답한 김에 제 머리칼을 헝클이자 북주국 용인 특징중 하나인 녹색의 머리칼이 그의 어깨 위로 길게 흩어져 내려왔다. 사바누는 온몸에 비 오듯 흘러내리는 땀을 훔쳐 냈다.

"하아."

그는 제 발밑에 펼쳐진 주촌산 아래의 모습을 내려다보았다. 바다처럼 아득하게 이어진 산등성이들이 까마득했다. 지상에서 보던 주촌산은 이렇게 크지 않았는데.

사바누가 허은양과 관련해서 엿보았던 미래 속에서도 '자라는 산' 같은 것은 없었다. 하지만, 허은양과 관련된 미래는 어느 것도 정해진 것이 없다. 사바누는 자신과 연관된 이들의 미래를 엿보며 그 능력을 미래시未來視라 불렀다. 미래시에서 본 것은 대부분 실현되지만 보지 못하는 영역도 많았다. 허은양에 대한 것들은 대부분 후자였다.

사바누는 허은양을 사랑해 그녀와 평생 해로하게 된다. 그것은 변하지 않는 미래. 그 미래 속에서 그는 허은양을 안으며 웃고 있었다. 허나 그것뿐이었다.

꿈속에서도 느껴지는 사모의 감정은 생생했지만 그는 미래시 속에서 허은양의 얼굴조차 보지 못했다. 함께하는 미래는 알지만 얼굴은 모른다. 이 얼마나 기가 막힌 모순인가. 사바누는 제 예지력에 대해 쓴웃음을 지었다.

현실로 돌아온 그가 추오를 돌아보았다. 험악한 주촌산의 산세에 사람뿐 아니라 체력이 강한 추오들마저 혀를 내밀며 헉헉거렸다.

주촌산을 탐색하는 것은 길어야 3, 4일이라 여겼건만 가시처럼 첨예한 봉우리들과 깊고 험한 계곡을 죄다 둘러보려면 그 배의 시간이 걸릴 듯했다.

오전 내내 봉우리들 몇 개를 헤맨 그들은 계곡 사이에 숨겨진 샘을 발견했다. 샘물과 육포, 건량 등으로 허기를 면한 그들은 오후가 되자 수색을 재개했다.

허씨 부녀가 머물지 않았다 한들, 사바누와 모두의 눈에도 이 산은 추후 대대적인 조사가 필요해 보였다. 많은 나라를 여행한 사바누도 산이 자란다는 이야기는 그 어디서도 들어본 적이 없었다.

산 능성을 따라 내려오던 그들은 숲 사이로 자리한 몇 채의 산막을 발견했다. 사냥꾼이나 약초꾼이 지어놓은 휴식처. 그 뒤로 하늘을 가리듯 울창한 노송나무들의 숲이 이어졌다. 하늘은 맑았으나 높은 나무들이 하늘을 가려 볕이 들지 않는 숲에는 싸늘한 냉기가 가득했다.

숲을 터덜터덜 걷던 일곱 추오와 여섯 사내들은 커다란 나무들 사이로 사라졌다 다시 나타나곤 했다. 선두에 서서 일행들을 재촉해 대던 사바누는 어느 순간 섬쩍지근한 느낌에 뒤를 돌아보았다.

숲이, 고요했다.

어떤 소리도 들리지 않았다.

"이천? 호혁?"

제 호위들의 이름을 불러보았으나 답이 없었다. 뒤를, 옆을 둘러보아도 그 누구도 보이지 않았다. 요사한 산새들의 울음소리만이 가득했다. 사람의 인기척 하나 없다. 옆을 따르던 추오의 묵직한 발소리도 들려오지 않았다.

"다들 어디 있지?"

사바누는 귀신에게 홀린 기분이었다.

호위들을 찾아야 했기에 그는 주저 없이 제 능력을 펼쳤다. 기감을 확대하자 사바누의 푸른 눈이 화룡의 힘을 쓸 때마다 나타나는 요사한 붉은색으로 화했다. 그가 일으킨 능력이 겨울의 냉기를 품은 칼바람으로 화해 그의 긴 녹발을 흩트리고 지나갔다.

아무리 기감을 확대해도 제 호위와 추오들은 느껴지지 않았다. 그러나 다른 존재를 그는 '느꼈다'.

바람을 등진 사바누가 이 숲에서 존재하는 다른 생명체를 인식했다. 그 존재를 쫓아 그는 본능적으로 몸을 날렸다. 보통 인간들의 몇 배를 상회하는 용인의 힘으로 달아나는 무언가를 쫓는 것은 어렵지 않았다. 그가 나뭇가지들을 밟으며 허공을 날 듯 뛰어오르자 숲 사이에 숨어 있던 하얀 인영이 허겁지겁 달아나기 시작했다.

사바누는 몽글몽글한 느낌의 하얀 인영을 쫓았다.

날다시피 하며 정신없이 따라붙고 있지만 용인의 놀라운 힘과 속력으로도 신출귀몰한 백의 그림자를 쫓기란 어려웠다.

요수인 걸까? 아니면 사람?

결국 사바누는 숲 어딘가에서 날다람쥐 같은 흰 인영을 놓쳤다. 허탈감에 그는 제 오감을 더 확대했으나 상대의 기운을 읽을 수는 없었다.

사람이란 특유의 느낌이 없었던 것 같은데 과연 그것은 뭐였지?

나무 위에서 보이는 풍경은 끝없이 숲만 이어진 듯 보였다. 멀리 보이는 산봉우리들의 모습도 엇비슷해 자신이 어느 방향으로 왔는지 알 수 없었다.

지상으로 내려온 사바누는 적막한 태고의 숲과 조우했다. 숲은 깊었고 겨울의 눈도 채 녹지 않고 쌓여 있었다.

"하아. 여긴 또 어디지?"

방향을 가늠할 수 없었기에 사바누는 일단 앞으로 걸어나갔다. 숲을 가로지를 생각이었던 그는 갑자기 발밑이 쑥 꺼지는 느낌을 받았다. 발을 떼려는 순간 그의 몸이 무언가에 걸려 허공에 솟구쳐 올랐다. 시야가 뒤집혀 그의 몸이 뱅글 돌았다.

피가 머리 쪽으로 쏠리는 느낌, 온몸을 억죄어 오는 힘을 느끼며 그는 당황했다.

자신은 덫에 걸려 있었다.

"하?"

이 상황을 믿거나 용납하고 싶지도 않지만 그는 분명 덫에 걸렸다. 바닥에 깔린 그물은 사냥감을 단번에 낚아채 공중에 포획하는 그물덫이었고 그 덫의 끝은 양 사방으로 뻗쳐져 단단한 나뭇가지들에 고정되어 있었다.

"하, 하, 하."

어이가 없어진 사바누가 제 상황을 파악하고 실소했다.

저를 단단히 옭아매는 그물을 벗어나는 것은 쉽지 않았다. 그물을 만든 이의 솜씨가 특출한지 헐거운 이음새를 끊어내는 것도 힘들었다. 평소 꽤 괴력으로 생각되던 그의 힘도 쓸모가 없었다. 결국 그는 그물의 틈새 사이로 팔을 빼내 오랜 시간 공을 들여 그물

밖으로 검을 뽑아내는 데 성공했다. 말은 쉽지만 움직일 틈도 거의 없는 그물이었다. 온몸에서 식은땀이 흘렀다. 그의 몸이 괴괴하게 뒤틀려 있다. 겨우 허리춤의 검을 쥔 그가 그물을 단번에 가르려 했다.

그런데, 테엥!

철검이 끈으로 엮여 있는 그물에 팅겨났다. 어째서? 그는 이 현실을 더 믿을 수 없었다. 제가 그물에 갇힌 것도, 손을 움직이는 것조차 부자연스럽다는 것도 잊었다. 기껏해야 풀이나 나무껍질이 단단하게 꼬여 만들어진 그물이 왜 철검을 팅겨내는 것인가.

그물을 연결하는 끈들은 아무리 봐도 어떤 힘도 느껴지지 않는 얇고 정교한 밧줄인데. 어째서?

몇 번을 시도해도 그의 철검은 그물을 가르지 못했다. 검기를 세우고 용인의 힘이나 괴력을 발휘해도 마찬가지였다. 그는 이 검으로 쇠사슬과 쇠로 만들어진 족쇄를 가볍게 가른 적이 있었다. 헌데 왜?

사바누는 궁에 두고 온 애검이 그리워졌다. 이 세상에서 자르지 못할 것이 없다는 신검이자 이 나라의 보물인 현무화룡도. 그것이라면 이 그물을 끊어낼 수 있을 터인데.

그는 계속해서 헛된 노력을 반복했다. 검으로 되지 않자 손과 이까지 동원했다. 지나가는 행인이라도 잡고 싶은 생각에 체통도 잊고 벽력같은 고함도 쳐댔지만 돌아온 것은 아득한 메아리가 전부였다.

몇 시진 동안 모든 수단과 방법을 써본 사바누는 기력을 소진해 축 늘어졌다. 그가 어찌나 요동을 쳤던지 덫이 고정되어 있던 나뭇가지들의 껍질이 벗겨졌지만 그물은 끊어지거나 느슨해지지도 않았고 그것을 고정하는 나무줄기들 또한 마찬가지였다.

그렇게, 결국 밤이 왔다.

사바누는 방랑벽에 많은 노숙을 했지만 이런 경험은 난생 처음이었다. 그는 목이 꺾인 채 몸을 뒤척이다 새벽녘에야 겨우 눈을 붙였다.

그가 선잠이 든 한참 뒤, 하얀 인영이 덫 아래로 모습을 드러내었다. 백색 모피를 둘러쓴 작고 가는 인영은 그에게서 눈을 떼지 못했다.

사내의 머리카락은 어둠 속에서도 은은한 녹빛으로 빛났다. 그물 사이로 반만 보이는 까칠한 얼굴도 단정하고 수려했다. 우아한 몸놀림의 긴 팔과 다리가 덫 안에서 엉켜 있는 느낌이었지만 아무래도 좋았다. 그를 관찰하던 하얀 모피 아래의 검은 두 눈이 반짝 빛났다.

어느새 아침이었다.

사바누는 불편한 몸을 뒤척이며 눈을 떴다. 아래쪽으로 고개를 돌리다 자신을 빤히 올려다보고 있는 괴상한 하얀 것을 발견했다.

"······."

순간 그는 당황했다. 저것은 사람? 요수? 아니면?

"뭐냐, 넌."

그것은 눈부신 하얀 모피를 뒤집어썼다. 요수의 머리통을 뒤집어쓴 채 요수의 눈이 있었을 눈구멍으로 저를 올려다보았다.

"⋯⋯걸려 계시네요."

황망해진 그가 녹안을 부릅뜨자 흰 모피는 느닷없이 박수를 쳤다.

"예뻐요."

"⋯⋯뭐가?"

"눈이요."

입까지 헤벌리며 진심으로 그의 눈과 머리색에 경탄하는 미지의 생명체와 조우한 느낌에 그는 할 말을 잃었다. 30년간 쌓아온 왕의 위엄이나 예지력 따위 전부 와르르 무너진 느낌이었다. 뭐라고 대답하기 전에, 아니, 그전에 그물!

사바누는 제 몸을 옭아매는 덫에 인상을 응그렸다. 어제 그가 덫 안에서 벌인 사투 따위 절대 누가 봐서는 안 됐다. 지금 이 꼬락서니를 제 스스로 상상하는 것만으로도 끔찍했다.

"그전에 이 덫을 풀어라!"

어찌나 소리를 질러댔었는지 그의 목이 꽤나 쉬어 있었다. 헌데 흰 모피는 움직이려 하지 않았다.

"덫은 안 풀려요."

"뭐?"

다시 소리를 지르며 요동쳤더니 그의 몸이 그물에 거꾸로 처박힌 자세가 되었다. 오, 천지신명이시여. 그는 미치기 직전이었다.

"저 말고는 못 풀거든요. 사람이 걸린 건 곤란하지만."

흰 모피는 더럽게도 반응이 느렸다. 턱을 괴며 이 상황을 타개하려는지 혼잣말을 하기까지 한다!

"일단 살아 있으니 괜찮은 건가?"

"괜찮지 않다!"

사바누는 버럭 성을 냈다. 대체 저 하얀 모피 인간은 뭐야.

모피를 뒤집어쓰고 얼굴을 가린 것도 모자라 드러난 손발, 목과 턱에도 붕대를 감고 있다. 그 아래로 입은 옷은 하얀 넝마주이 같은 것이라 모피와도 구분이 안 갔다. 도저히 납득할 수 없는 차림이었다.

게다가 저것은 어제 사바누가 쫓던 숲의 하얀 그림자가 분명했다.

"덫 내려라!"

그의 요구에 흰 모피가 고민을 시작했다.

"왜 내려야 하죠?"

"내가 짐승이 아니니까!"

"그건 아는데요. 왜 저를 쫓아와서 애써 설치해 놓은 덫에 들어가 계시는데요?"

얼굴이 시뻘게진 사바누는 그 질문에 쉽게 답하지 못했다.

"내려주면 저 붙잡으려 하실지도 모르잖아요."

사바누는 끝나지 않을 선문답에 허무해졌다. 저거 날 내려줄 생각이 없는 건 아닐까?

"넌 뭐냐."

흰 모피가 고개를 갸웃거렸다.

"덫을 놓은 사람?"

흰 모피는 하도 싸매고 있어서 소년인지 여인인지 구분하기 어려웠다. 탁기 없이 맑고 경쾌한 목소리는 어린 소년 같기도 했고 천진난만한 소녀의 것 같기도 했다.

"너는 사냥꾼이냐."

사바누의 말에 흰 모피가 고개를 끄덕였다.

"요즘 들어 사람을 낚은 적은 없었는데. 안 되셨네요."

그럼 자주 사람을 덫으로 낚았다는 이야기 아닌가. 사바누는 더 참을 수 없어 소리를 질렀다.

"내려라, 당장!"

모피가 움찔거리며 위축되었다.

"저, 저 잡아서 혼내실 거잖아요. 어제도 무시무시하게 쫓아왔잖아요!"

겁을 먹어서 안 풀어주는 거였나, 결국은. 사바누는 사지에 힘을 뺐다. 그가 어딘가 아파 보였는지 흰 모피의 눈에 눈물이 그렁그렁해졌다.

"아파요? 내려주면 안 아플까요?"

"절대 해치지 않으마."

"약속?"

"그래, 약속해."

모피는 그제야 다람쥐처럼 나무 위로 뽀르르 기어오르더니 나뭇가지와 밑동 쪽에 고정되어 있던 끈을 차례로 풀며 다음 나무로 날아가 그 작업을 반복했다.

사바누는 잠시 후 겨우 지상으로 내려올 수 있었다. 밤새 구겨져 있던 몸을 길게 펴고 뻐근해진 몸을 이리저리 움직여 보았다.

"저, 정말 안 해치실 거죠?"

사바누는 나무 위에서 저를 빤히 내려다보는 흰 모피를 응시했다.

"해치지 않는다. 약속한 것은 지켜."

확답을 받고 내려온 뒤에도 모피는 사바누와 안전거리를 유지하듯 멀찌감치 떨어져 있었다. 사바누가 장검을 허리에 매며 옷을 털었다. 그 움직임을 움찔거리며 흰 모피는 유심히 살폈다.

덫에 걸려 노숙한 자신의 처지가 어처구니없어 화를 내야 했지만 사바누는 흰 모피를 보며 실소했다. 모피 아래 보이는 악의 없고 천진난만한 눈을 보면 신기하기만 했다. 동시에 저것은 그가 이 주촌산에서 유일하게 만난 사람이었다.

"이봐, 너. 날 찾는 사내들을 보지 못했나?"

"몰라요."

"그럼 추오는? 커다란 몸에 오색빛깔이 나는 네발짐승이다."

흰 모피가 다시 도리질을 쳤다. 사바누는 한숨을 내쉬며 성큼 몸을 돌려 걷기 시작했다. 그 뒤를 흰 모피가 헐레벌떡 쫓아왔다.

"어, 어디 가세요!"

목소리엔 다급함이 어렸다. 사바누가 대꾸했다.

"일행들을 찾으러 간다. 넌 왜 쫓아오는 거지?"

"댁이 내 사냥감이니까!"

일국의 왕을 사냥한 그 호탕한 기개를 사바누는 칭찬할까 말까 망설였다. 그는 펄떡거리는 신기하고 몽글몽글한 느낌의 모피를 빤히 바라보았다.

"네 이름은 뭐냐?"

흰 모피가 짧은 팔로 팔짱을 끼며 노려보는 듯했다.

"그쪽 이름은 뭐예요?"

"내 이름은 함부로 말하는 게 아니다."

"그럼 내 이름 말하면 대답해 줄 거예요?"

못할 것도 없겠지. 사바누가 고개를 끄덕이자 흰 모피가 신나게 외쳤다.

"은우, 은우요!"

저를 은우라 소개한 흰 모피의 성별은 오리무중이었으나 팔짝 팔짝 뛰는 모습이 꽤나 유쾌해 보였다. 아들이나 동생이 있다면 저런 느낌일까? 불현듯 동주국에 두고 온 어린 남매들이 떠올랐다.

그의 얼굴에 어둠이 스며들었다.

그의 피를 받은 아이들은 꽤 많이 자랐겠지, 하지만……. 그는 제 머릿속에서 가질 수 없는 아이들의 존재를 비워냈다.

"나는 내 일행들을 찾아야 한다."

"그전에 배가 고프시잖아요. 배고프시면 힘들 거예요. 제대로 잠도 못 주무셨잖아요."

모피가 재잘거렸다. 그는 어제 낮 이후로 제대로 먹은 것이 없다는 사실을 상기했다. 어쩌면 이 모피를 따라가다 보면 일행들을 만날 수 있을지도 몰랐다.

"배가 고프긴 하군."

은우는 기다렸다는 듯 제 품속에서 무언가를 꺼냈다.

"……그럼 숙어포라도 드실래요?"

숙어를 말려 만들었다는 어포에 사바누는 고개만 저었다. 은우가 아쉽다는 듯 숙어포를 뜯었다.

"마을 사람들은 전부 숙어 좋아하는데."

마을 사람들도 이 은우란 괴생물도 전부 걱정을 없앤다는 숙어를 먹어서 낙천적인 걸까. 아니면 숙어의 부작용인 걸까. 사바누는 오만가지 생각을 하며 발걸음을 옮겼다. 은우가 황급히 그의 뒤로 또 따라붙었다.

"그 방향이 아니에요."

종종걸음으로 쫓아온 은우 덕분에 사바누는 제가 또 길을 잘못 들었다는 사실을 깨달았다. 그의 앞에 또 노송나무숲이 펼쳐져 있었다.

"제가 안내할게요. 여기 벗어나면 먹으러 가요. 숙어 말고 다른 건 괜찮죠?"

그의 옆을 은우가 스쳐 지나갔다. 코앞에서 본 은우는 그의 어깨 정도에 오는 키였다. 은우가 작다고 생각했었지만 그가 상당한 장신인 것을 감안하면 가히 작은 키는 아니었다. 그러나 은우의 체구는 가늘고 여려 보이는 듯했다.

그들은 숲을 벗어나 시원한 물줄기가 가득한 폭포에 도착했다.

너무 손쉽게 숲을 벗어난 덕에 사바누는 떨떠름한 기분에 사로잡혔다. 숲이 순식간에 축소된 듯한 기분은 뭘까. 그가 골몰하는 사이 은우는 물가에 미리 쳐두었던 그물을 회수해 그 안에 잡혀 있던 몇 마리 물고기들 중 정상적이고 평범한 모양의 녀석들만 골라냈다.

"이거라도 드셔야 해요."

사바누는 은우가 불을 피우고 물고기를 손질하는 모습을 지켜보았다. 물고기를 손질하려던 은우는 제 손을 휘감은 붕대가 귀찮아져서인지 붕대를 풀어내고 모피를 벗어 가지런히 옆에 두었다. 모피 아래 은우의 머리칼은 제법 짤똑했지만 까맣고 결이 좋아 보였다. 물고기를 손질하는 손도 희고 가는 손가락이 무척이나 인상적이었다. 사바누는 자신이 왜 은우를 뚫어져라 바라보고 있는지 의심하며 세수를 하기 위해 자리를 비웠다. 차가운 물에 손이라도 담그면 정신이 번쩍 들것 같았다.

돌아와 보니 은우는 모닥불에 물고기들을 익히던 참이었다. 맛좋은 냄새가 제법 그득해졌다. 사바누는 은우의 옆에 자리를 잡았다.

"넌 주촌산에 오래 살았나?"

은우의 눈이 붕대 아래에서 데굴데굴 굴러다녔다. 무슨 의도인지 궁금해진 모양이다.

"왜, 왜요?"

"이곳에 사람을 찾으러 왔거든. 스물 남짓한 나이의 여자일 거다. 이름은 허은양."

순간 은우의 어깨가 움찔했다. 사바누는 저도 모르게 붕대에 가려져 있지만 생각보다 훨씬 갸름하고 작은 얼굴과 댕그랗고 까만 눈. 생각 외로 가는 몸과 낭창한 은우의 허리선을 살피고 있었다.

"저, 저어기. 그건 도, 도망간 태자비 이름이잖아요. 요, 요즘 관에서 많이 찾는다던데 관에서 나오셨어요?"

눈동자를 옆으로 굴리며 시선을 피하려는 은우의 모습은 무척 수상했다.

뭘 숨기고 있는 거지? 사바누는 은우를 빤히 바라보았지만 붕대 아래의 표정까지는 볼 수 없었다. 대신 그는 은우가 건네주는 잘 익은 물고기를 베어 물었다. 은우도 배가 고팠는지 턱을 가리던 입가의 붕대까지 풀어내고 물고기를 뜯기 시작했다. 은우의 턱이나 입 주변에도 어떤 상흔 같은 건 없었다. 분홍색 입술을 오물거리며 고기를 먹는 모습은 참으로 맛있어 보였다. 드러난 손끝과 턱 주변의 피부가 더없이 말간 우윳빛이라 참으로 곱기도 했다.

소년이라도 꽤 고운 미인일 것이고 여인이라도 박색은 아닐 터. 사바누는 모피와 붕대로 제 얼굴을 가리는 은우가 궁금해져 제가 배가 고팠다는 것도 잊었다.

"왜 가리고 있었던 거지?"

사바누가 모피와 붕대 쪽을 고갯짓하자 은우는 고기를 발라먹으며 웅얼거렸다.

"사냥감 씨 이름도 대답 안 해줬잖아요. 그러니까 검객? 무사님? 에라 모르겠다."

은우는 먹는데 온 신경을 쏟았다. 참으로 맛있게도 먹는 은우의 모습에 사바누도 제 몫의 물고기를 먹어치웠다. 배가 어느 정도 찰 즈음, 그는 먹는 것도 잊고 빤히 저를 바라보는 은우와 눈이 마주쳤다. 유난히도 검은 눈이 반짝거린다는 건 그의 착각이었을까?

"왜 날 보고 있지?"

"멋있고 우아하게 먹어서 예뻐서요."

……진심으로 그리 생각하는 걸까? 그의 머릿속이 혼란스러워졌다.

"배고프실 텐데 이거 더 드세요."

은우는 마지막 물고기를 내밀었다. 적당히 배가 불러왔지만 사바누는 사양하지 않았다. 은우와의 어이없는 대화에 휘둘리느니 배를 더 채우는 것이 생산적이었다.

"잘 먹고 죽은 귀신이 궁귀가 안 된다고 그랬어요. 잘 생기셨는데 아사하면 안타까울 거예요."

이번엔 체할 뻔했다. 사바누는 외모를 칭찬하는 말을 들은 적이 있지만 그 외모로 궁귀가 될까 봐 아쉬워하는 사람은 난생처음 보았다. 은우가 진심으로 안타까워했기에 그의 머리는 생각을 거부했다. 그는 일행들을 빨리 찾아야 한다며 은우를 닦달해 폭포를 떠났다.

그들이 어린 침엽수들의 계곡을 지날 즈음이었다. 요마의 기운이 느껴졌다. 사바누가 검을 들며 뒤를 돌아보았다.

컹! 괴상한 울음소리를 내며 풍성한 아홉 개의 꼬리를 팔랑거리는 백색 요수가 나타났다. 그가 본능적으로 칼을 빼들어 요사한 구미호九尾狐를 베려던 차였다.

"내 친구예요! 해치지 마요!"

은우가 구미호에게로 팔랑거리며 뛰어가 구미호를 껴안았다.

구미호의 꼬리는 호신부로 사용되며 풍요와 다산을 상징하기도 했지만 살아 있는 구미호는 사람을 잡아먹는 요마妖魔. 분명, 베어야 할 대상일 텐데.

은우의 모피와 구미호의 몸이 뒤섞여 어느 쪽인지 알 수 없게 되었다. 구미호는 은우를 보호하며 사바누를 향해 날카로운 이빨을 드러내고 으르렁거렸다. 그를 더욱 혼란스럽게 한 것은 은우가 뒤집어쓴 흰 모피의 거죽. 꼬리만 없다뿐이지 그것은 구미호였다.

"저 구미호는 널 새끼로 여기는 건가?"

은우가 구미호를 툭툭 치며 대꾸했다.

"저 사람이고요. 얘도 그걸 잘 알아요."

어디서부터 어디까지 놀라야 하는 걸까.

사바누는 은우를 보호하려는 구미호를 보며 제 할머니의 요마들 중 괴팍한 애꾸눈의 구미호를 떠올렸다. 그것은 사람을 먹지 않는다.

사바누가 살의를 거두며 검을 회수하자 구미호는 금세 얌전해졌다. 심지어 은우의 옆에 찰싹 붙어 은우의 다리를 휘감거나 제 몸을 비벼대기도 했다. 애교를 부리는 듯 갸릉거리는 모습에 사바누는 한숨을 쉬며 은우의 길안내를 재촉했다. 그리곤 앞장서서 걷는 은우와 구미호의 뒤를 따랐다.

이곳은 자라는 주촌산이니까 이상한 사냥꾼과 친구 구미호가 살아도 이상하진 않겠지. 그들이 길을 찾아낼 거라 사바누는 믿었다.

허나 그 믿음이 무색하게도 은우와 구미호는 잠시 후 길을 잃고 당황하기 시작했다.

십 년 넘게 이곳에서 살아온 은우조차도 이런 일은 처음이라고 했던가. 반나절이나 같은 곳을 빙빙 돌더니 결국 은우와 구미호는 사바누가 간밤 덫에 걸렸던 노송나무숲으로 되돌아 왔다.

"여기 미로인가요? 아하하하."

은우는 실성한 듯 웃으며 모피 아래로 연신 땀을 훔쳐 냈다. 모피 덕분에 덥고 힘들다는 한탄의 목소리가 더욱 높아지더니 반쯤 넋이 나가 버린 듯 광분했다. 나무 위로 뛰어오르는 한 마리와 한 사람이 의미 없는 괴성을 질러대었다.

사바누는 잠시나마 은우와 구미호가 짜고 장난을 친 게 아닐까 의심한 자신을 반성했다. 사실 그들을 숲에 묶어둔 것은 그조차도 가늠하기 힘든 거대한 힘이었다.

용인의 뛰어난 감각으로도 누가 무슨 의도로 그들을 미로화된 숲에 가두었는지 알지 못했다. 술법을 건 자가 풀지 않는다면 출구는 없다. 사바누는 헛된 탐색을 보류하고 눈에 띈 평평한 바윗등 아래 주저앉았다.

"길 찾기, 포기하는 거예요?"

땀에 흠뻑 젖은 은우가 사바누의 코앞까지 다가와 입술을 쌜쭉거렸다. 그는 멍하니 분홍색을 띠는 은우의 입술과 모피 아래로 언뜻 들여다보이는 예쁜 눈매를 훔쳐보았다.

말갛고 순진한 눈에 사바누만이 담겼다. 분명 이것이 여자라면, 너무 순진해서 안고 싶어질 것이다. 그를 유혹하고 권력을 잡으려 혈안이 된 궁의 시녀들과는 다르겠지. 당장이라도 은우를 쓰러뜨리고 싶은 욕망에 그는 저를 비웃었다. 여자를 안은 지 너무 오래된 모양이었다. 왜 하필 정체모를 저런 아이에게 끌리는 것이냐.

아아, 그는 생각을 털어냈다.

"더 이상 길을 찾지 않아도 된다."

"왜요?"

"이 산의 주인은 우리가 나가려는 걸 방해하는 것 같군."

그의 나직한 말에 은우는 붕대 아래의 작은 입술을 오물거렸다. 그 귀엽고 탐스러운 입술에 사바누의 입안이 바짝 말랐다. 목이 탔다.

"산의 주인이 누구라는 건데요?"

"글쎄. 그건 나도 모르지."

그가 태연한 척 어깨를 으쓱이자 은우는 생각에 잠겼다.

"산신? 산군? 산의 주인쯤 되는 짐승이나 요수요?"

"나는 주촌산에 온 적이 없으니 네가 더 잘 알겠지."

하늘은 마냥 고요했다. 울창한 나뭇가지들 사이로 보이는 푸른 하늘이 마냥 무상해서 짜증만 났다. 사바누는 지독한 갈증과 제 몸에서 나는 땀냄새가 불쾌해졌다. 은우에게 신경이 쓰이는 것도 마뜩찮았다. 은우와 함께 나란히 앉아 손부채질을 하던 그는 문득 아침 식사를 했던 폭포를 떠올렸다.

"폭포는 어디에 있었지?"

"왜요?"

"안내해."

은우가 잔뜩 움츠러들자 사바누는 저도 모르게 살기를 방출했다는 사실을 깨달았다. 한숨을 내쉬며 힘을 거두자 은우는 안도했다.

"미안하구나. 길을 찾을 수 없어 화가 났었다."

사바누는 은우의 정수리, 정확히는 모피의 머리 부분에 손을 얹었다. 은우는 그의 손길에 안도한 듯 붕대 아래로 웃는 듯 작은 입을 헤 벌렸다.

"안내할게요!"

은우는 신이 나 통통 튀어갔다.

폭포는 순식간에 그들의 눈앞에 나타났다. 헤매는 반나절 동안 단 한 번도 지나친 적이 없었던 폭포였다. 은우는 그것이 이상하지도 않은지 저를 따라오는 구미호를 보며 재잘거렸다.

"꼬리 아홉 개라서 그런지 앤 너무 많이 먹어요. 저보다 몇 배는 더 먹을 거예요."

차가운 폭포를 응시하던 사바누는 물가에서 물을 튀기는 은우와 구미호를 바라보았다.

뭔가 상당히 미심쩍다. 그 느낌을 지울 수가 없다.

"시원하긴 한데 여긴 왜 온 거예요?"

"씻으려고."

"물이 엄청 차가워요."

은우의 명랑한 목소리는 옥구슬 구르는 것처럼 맑게 들렸다.

허은양을 찾기는커녕 부하들조차 잃어버린 왕이 쉬고 있을 팔자는 아니었다. 허나 그녀를 빨리 되찾고 왕궁으로 최대한 빨리 귀환하겠다던 애초의 목표는 어그러졌다. 제 마음처럼 허은양을 찾는 일이 쉽지 않을뿐더러 발견한다 한들 그녀를 쉽게 데려가진 못할 거라는 확신이 들었다.

사바누가 싫다며 도망간 허주유가 제 딸에게 허은양이란 이름을 쓰게 했을까? 도망가 살았으면서 제 딸을 천연덕스럽게 허은양이라 불러대진 않았을 것이다. 허나 허주유는 괴팍하지만 도의를 잊지 않는다 했으니 딸 이름을 생판 다른 것으로 개명하지도 않았을 터. 아마도 은양과 엇비슷한 이름을 아명으로 쓰고 있는지도 모른다. 그래, 은우 같은.

은우……?

사바누는 고개를 들어 저를 빤히 관찰하는 은우를 바라보았다.

은우는 자라는 주촌산에서 사바누가 만난 유일한 사람이었다. 만약 저 아이가 자신을 알고 있었다면. 은우가 소년이 아니라 여자라면. 허은양일 가능성도 있는 걸까.

모피를 뒤집어쓴 정체불명의 은우는 제가 미래에서 엿본 제 아내인 허은양과 같은 사람이라고는 감도 오지 않았다. 허나 붕대 아래 은우의 모습이 기대되는 건 대체 왜일까. 심장이 마구 뛰었다. 미쳐 가는 모양이다.

"안 씻으시고 왜 가만히 계세요?"

무의식 중에 허리끈을 풀어내던 그가 잠시 손길을 멈췄다. 은우가 소년이라 한들 저 호기심 어린 눈은 당혹스러웠다. 그는 헛기침을 하며 명령했다.

"돌아서 있어라."

"얼굴은 수려하신데 몸매가 별로세요? 왜 안 보여주시는 건데요?"

순간 그의 말문이 막혔다.

"그런 거 없다! 내가 불편할 뿐이야. 근처에서 놀다 와라."

사바누가 손을 내젓자 은우는 어깨를 축 늘어뜨리고 뒤로 물러났다. 얼굴이 보이지 않는데도 가벼운 몸짓만으로 기분을 알 수 있으니 그것 또한 그에겐 신기했다.

북주국은 방계왕족이 존재하지 않아 암투는 적었지만 궁이란 폐쇄적인 공간 속에서는 맑고 순수해서는 살아남을 수 없었다. 허은양이 은우처럼 순수하다면 어찌되는 걸까?

"덫을 살펴보고 올게요."

은우의 말에 그는 고개를 반사적으로 끄덕이다 다시 생각에 잠겼다.

허은양과 은우. 은양과 은우.

우연인 걸까? 그가 너무 예민해진 것일까.

이건 모두 이상한 주촌산과 어이없는 사냥꾼 은우 때문이다. 사바누는 제 옷을 훌훌 벗고 차가운 용소에 첨벙 뛰어들었다. 화룡의 후예여선지 그의 몸은 열기가 많았다. 물은 얼음장마냥 차가웠지만 몸의 열기와 더러움을 씻어내기엔 충분했다.

이름 없는 주촌산의 폭포의 물줄기는 길이가 삼 장을 훌쩍 넘었다. 그 폭포의 용소도 제법 깊고 티 없이 맑았다. 그 물속을 노니는 물고기들이 빤히 보였다.

사바누는 물에 젖어 암녹색으로 변한 머리카락을 짜내며 말했다.

"숨어서 보지 말고 나와라, 은우."

폭포의 물줄기 위쪽에서 애매한 웃음을 짓는 흰 모피가 나타났다. 멋쩍은 듯 뒷머리를 긁적이는 모양새가 참 엉거주춤했다.

"훔쳐보는 게 취미인가. 내려와."

은우는 여전히 잽싸게 내려와 물가에 웅크리고 앉았다. 턱을 괴고 본격적으로 자리를 잡은 은우의 뒤로 구미호가 등받이처럼 자리했다. 그리곤 뚫어져라 노골적으로 그의 몸을 훑어보았다. 사바누는 제 몸이 뭔가 이상한가 싶어 살폈다. 나이를 먹긴 했지만 단련을 게을리하지 않아 몸은 크게 문제가 없었다. 헌데 유독 은우의 눈빛이 찜찜하고 거슬리는 이유는 무얼까.

"할 말 있으면 해라."

은우는 기다렸다는 듯 손뼉을 치며 대꾸했다.

"근사해요! 엄청! 물속에 있는 알몸의 공자님은 처음 보거든요!"

"……."

차가운 물이 그의 몸을 타고 흘러내렸다. 은우의 뻔뻔한 시선이 그 몸을 타고 이동했다가 허벅지 위에서 다시 위로 상승했다. 그 시선이 참으로 불경했다.

"그거 멋져요."

"그거?"

사바누는 제 중심을 아주 진지하게 관찰하는 은우를 바라보았다. 은우는 아주, 진지했다.

"아버지는 작거든요."

"……아버지가 직접 보여주던가?"

"아버지는 부끄러움이 많아서 안 보여주죠. 그냥 우연히 봤어요."

"그건 네가 계집애라서 그런 건가?"

은우는 앉은 채 그대로 석상이 되었다. 과연, 과연. 사바누의 얼굴에 교활한 미소가 걸렸다. 제 본능은 틀리지 않은 모양이다.

사바누는 은우라는 괴상한 생명체에게 끌렸다. 얼굴은커녕 성별도 몰랐었지만 계집이란 것이 확실하다면 제 욕망을 숨기지 않아도 될 듯했다. 이곳은 왕의 가면이 필요치 않은 공간이고 그는 저것에게 욕망을 느꼈으니까. 심지어 은우는 아직도 그를 노려보고 있었다.

"음. 저기 거기가 좀 이상해지는……."

"날 덮치고 싶나 보지?"

은우가 몸을 배배 꼬기 시작했다. 말도 꼬였다.

"여, 제가 여, 여자긴 한데요. ……저어기 덮치는 건……."

그제야 필사적으로 고개를 저으며 회피하려는 모양새가 사바누에겐 웃겼다.

"관찰할 거면 가까이 와서 살펴봐."

"저, 저어기 남녀칠세부동석이라고."

벌떡 일어난 은우가 제 등 뒤에 버티던 구미호 덕분에 나자빠졌다. 은우는 그대로 주저앉아 버렸다. 사바누가 놀리려 그녀에게 더 가까이 접근하자 은우는 하얗게 질린 듯했다.

"왜 보고 싶어했잖나."

"그, 그게 아니, 아니라. 저어기."

사바누는 나오는 웃음을 감추지도 않고 팔을 뻗어 은우의 손을 잡았다. 버티려는 그녀를 질질 끌고 물속으로 향하자 은우가 바동거리며 몸부림을 쳤다.

"으아아아! 놔줘요!"

"네가 먼저 시작했잖아."

"자, 장난은 그만할게요!"

"시작도 하지 않았는데."

은우는 제 모피가 벗겨지는 걸 신경쓰랴, 그에게 잡힌 손을 떼어내랴 야단이었다. 차가운 물이 정신을 번쩍 들게 한 듯 물속에서 펄쩍펄쩍 멋대로 뛰었다.

은우가 너무 격하게 몸부림을 치는 통에 사바누는 놀란 은우를 진정시키기 위해 단단히 끌어안았다. 은우는 당황한 듯했지만 그의 품 안에서 서서히 흥분을 가라앉혔다. 사바누의 가슴팍에 파묻힌 은우가 작은 목소리로 웅얼거렸다.

"제, 제가 잘못했어요."

"괜찮아. 조금 놀리고 싶었다."

그가 하얀 모피를 쓰다듬었다. 은우가 뒤집어쓴 하얀 모피는 따스하고 푹신했다. 모피의 부피 때문에 느낄 수 없었던 은우의 몸이 시간이 지날수록 그와 바싹 달라붙은 탓에 마냥 의식되었다. 그는 힘을 주어 모피 속에 가려져 있던 은우의 가냘픈 몸을 제 몸으로 끌어안았다. 여인이라 생각되어서 그런지 은우의 체향마저도 향기로웠다. 봉긋한 가슴이 제 몸에 슬쩍 스치는 기분도 상상 이상으로 좋았다.

차가운 물이 그의 허벅지에서 찰랑댔다. 생각보다 깊은 곳까지 들어와 버린 모양이다.

은우의 호흡은 진정되었지만 사바누의 몸에 바싹 붙어 그의 단단한 알몸을 고스란히 느낀 모양이었다. 휑뎅그래진 은우의 눈가에 눈물이 그렁그렁하게 맺혔다.

"자, 잘못했어요. 조, 좀 놔주세요."

은우의 애원에도 그는 오롯이 제 품 안의 은우만을 느꼈다.

지금의 그는, 왕의 가면을 쓰지 않은 사바누 크세노다. 자신조차 잊고 지냈던 짓궂은 면이 불쑥 튀어나오려는지 그는 은우를 마냥 놀리고 싶어졌다.

"사내들은 조심해야지. 네가 붙잡은 것이라도. 언제 늑대로 변할지 모르니까."

장난에서 시작했지만 제 품 안의 여체를 느끼며 그는 은우를 여성으로 인식해 버렸다. 위험하다. 어린 소녀라 생각했지만 제 몸에 바싹 밀어붙여진 은우의 몸은 상상이상이었다.

천진난만해서 꽤 어릴 거라 생각한 것과 달리 몸은 다 자란 성인 여성. 제 상반신을 스치던 은우의 가슴은 봉긋했고 가는 호리병을 연상시키듯 허리는 무척이나 가늘었다. 모피 아래의 얼굴이 진심으로 궁금해졌다. 이대로라면 덮쳐 버릴지도.

"가라."

사바누는 떠밀듯 그녀를 놓아주었다. 그가 다시 물속으로 퇴장하자 멍하니 선 은우가 놀라 헛발질을 했다. 꺼꾸러진 은우가 물밖으로 나오지 않았다. 사바누는 새파랗게 질려 다가갔다.

"은우!"

물속에서 기절한 은우를 사바누는 품에 안아 들고 물가로 향했다. 모피를 뒤집어쓴 덕에 은우는 충격을 덜 받은 모양이었지만 물가에 눕혀놓은 뒤에도 깨지 않았다. 모피 안쪽의 뒤통수를 더듬어 보니 제법 큰 혹이 만져지는 듯했다.

혹시 다른 상처가 있을지 몰라 그는 은우의 몸에서 물에 젖어 무거운 모피를 벗겨냈다. 눈어림으로 살펴도 피가 번져 나는 곳도 어딘가가 부러진 곳도 없어 보였다.

안도하던 사바누는 헐렁해진 붕대 사이로 드러난 은우의 얼굴 일부를 보게 되었다. 그의 손이 저절로 붕대를 풀어내었다. 그 아래로 흉터 하나 없이 말갛고 귀여운 얼굴이 드러났다. 매끄럽고 보드라운 흰 피부는 먹음직스러웠고 귀여운 눈코입이 오밀조밀하게 모인 얼굴에는 앳된 구석이 남아 있었다. 반면 그녀의 넝마 같은 옷은 물에 푹 젖어 그녀의 굴곡을 고스란히 드러내었다. 사발을 엎어놓은 듯 동그란 두 개의 가슴, 곡선을 그리는 허리선, 그 아래로 이어지는 엉덩이와 긴 다리. 그 모습을 멍하니 응시하며 훑어보던 사바누에게 벼락같은 예지가 덮쳤다.

미래시. 그는 미래를 예지했다.

미래의 휘비, 허은양의 고운 얼굴이 보였다. 그리고 제 아래에 얌전히 누워 있는 은우의 얼굴.

똑같은 두 개의 얼굴을 겹쳐 보며 사바누는 반문했다.

"허은양……?"

그때 그는 제 앞으로 날카로운 이를 드러내며 다가오는 구미호를 발견했다.

"은우가 다쳤다. 그러니까 치료해야 해."

사바누의 붉은 눈과 마주한 구미호가 꼬리를 내렸다. 구미호를 노려보던 그는 그들의 등 뒤에서 펼쳐지는 기이한 풍경의 변화에 시선을 옮겼다. 저건 뭔가? 공간이 줄어들고 있다. 풍경이 빠르게 변화했다.

모든 것이 순식간이었다.

폭포 주변의 풍경이 빠르게 사라지더니 이내 그들이 한참 헤맸던 노송나무숲이 자리했다. 숲 역시 빠르게 줄어들었다. 폭포도 조금씩 줄어들더니 주촌산 전체가 협소해졌다.

이내 추오들의 우렁찬 울음소리도 들려왔다. 그를 찾는 부하들의 목소리도 들렸다. 사바누는 망연히 기절한 은우를 바라보았다.

주촌산의 모든 변화는 허은양이 불러온 것. 이 산에서 그의 발을 묶은 것은 바로 은우이자 그의 비, 허은양이었다.

"나의 비. 네가 나를 묶었다, 이곳에."

허은양은 이미 그가 누구인지 알고 있다. 그를 붙잡은 것 또한 그녀였다.

"나를 붙잡길 원했으니 붙잡혀 주지. 하지만 그 감당은 모두 네가 해야 할 것이다, 허은양."

그가 하얀 그녀의 이마에 제 입술로 낙인을 찍었다.

나를 붙잡은 것이 너이니 붙잡혀 주마. 이제 나는, 네 것이다.

수도 설한부의 남쪽 외각에는 홍루와 청루들이 자리해 있다. 수도의 소문난 기녀들은 대부분 이곳에 적을 두고 있었다. 그중 자하루란 기루에는 규모는 크지 않았으나 천하의 제일 아름다운 꽃이 자리해 있다고 했다. 사내들은 많은 돈을 지불하며 정절을 지킨다는 천하의 미인을 만나기 위해 애를 썼다.

그 여인, 은양과 마주한 우현국은 자신의 신분을 밝혔다. 북주국 최고의 재상 중 하나이자 진비 우재이의 아비 우현국 재상. 이나라의 실세인 그가 호패까지 정중히 내보이자 아름다운 기녀의 몸이 바르르 떨렸다. 그에 보답하듯 그녀는 기다렸다는 듯 제 품에 간직한 호패를 내밀었다.

허은양과 허주유 부녀에게 귀왕께서 친히 내린 금패. 그것을 확인한 흰 머리가 희끗희끗한 우 재상이 감격의 한숨을 내쉬었다.

"왜 이런 곳에 계십니까, 허은양. 저와 함께 궁으로 가십시다."

여인은 망설였다. 그녀가 기녀의 신분이라 머뭇거린다는 것을 깨달은 우 재상이 이해한다는 듯 고개를 끄덕였다.

"이 나라의 홍복을 위한 일입니다. 허은양께서 어떤 분이시든 전하께서는 기꺼이 받아주실 것이옵니다."

그녀의 눈동자가 흔들렸다. 여인은 우 재상마저도 감탄할 아름다운 천하제일의 미색이었다. 그녀가 조심스럽게 입을 열었다. 우 재상의 기뻐하는 목소리가 뒤를 이었다.

2장 허은양 이야기

호위무사들 다섯은 왕이 실종된 이틀째의 늦은 오후, 주촌산에
서 괴변을 맞이했다. 주촌산의 한없이 널렀던 모든 공간이 좁아지
고 축소되더니 광대한 산맥은 사라지고 없었다. 그들이 서 있는
곳은 조금 높은 마을 뒷산으로 돌변했다.

산의 모습이 완전히 고정된 뒤에야 추오 일곱 마리는 느닷없이
울부짖으며 어딘가로 뛰어올라 갔다. 호위들은 당황해하며 추오
들의 뒤를 쫓았다.

추오들이 멈춘 곳은 이름 모를 폭포 앞이었다. 그곳에 그들의
주군, 사바누 크세노가 있었다. 잔뜩 물에 젖은 그들의 주군은 어
딘가 분위기가 조금 달라져 있는 것도 같았다. 호위들은 그가 혼
자가 아니라는 사실에 더욱 당황했다.

"주, 주군 괜찮으십니까?"

"전하. 어찌된 일인지."

사바누는 막 옷을 걸쳐 입은 듯 옷고름을 고쳐 매었다. 그리고 그의 앞에는 붕대에 감기고 물에 젖은 인영 하나가 누워 있었다. 왕이 해치기라도 한 것인가, 구조를 한 것인가. 호위들은 쉽사리 판단하지 못했다.

"대, 대체 그분은 누구십니까?"

"상관하지 마라."

"하, 하오나."

"너희는 당분간 산 아래에서 대기하라. 난 당분간 이 여인과 함께 있겠다."

여인? 호위무사들은 더 깊은 의문에 휩싸였다. 분명 왕과 그들은 허은양을 찾으러 왔고 찾는 즉시 그녀를 모시고 빠르게 귀환할 예정이었다. 헌데 그들의 주군이 허은양을 찾지 않고 정체불명의 여인과 함께 있겠다니? 아닌 밤중에 홍두깨 같은 이야기다. 그들은 여인이 허은양이란 가능성조차 고려하지 않았다.

"식량을 조금 두고 내려가라. 아참, 소. 온 김에 이 여인을 진맥해 봐라."

아버지가 뛰어난 신의인 이소는 무술과 의술이 뛰어나 왕의 호위무사로 발탁된 경우였다.

이소는 그녀가 다친 상황에 대해 간략하게 이야기를 듣고는 상처를 살폈다. 다행히 뒤통수에 난 혹이 전부였고 맥 또한 정상이었다. 이소가 아뢰었다.

"……그냥 기절한 김에 잠이 드신 것 같습니다. 음……. 맥은 참으로 튼튼하십니다."

무쇠 같은 체력의 강한 맥인데 왜 기절했는지 모르겠다라고 나오려는 말을 이소는 삼켰다.

"그렇다면 되었다."

소는 그 참에 여인의 얼굴에 엉성하게 매진 붕대를 다시 매려 했건만 사바누가 다급히 소의 손을 쳐냈다.

"내가 하겠다."

호위무사들은 단호한 왕의 태도에도 자리를 뜨지 못했다.

"저희가 밥을 짓겠습니다."

"숙어도 잡겠습니다."

"숙어도 밥도 되었고 식량이나 조금 두고 가라. 알아서 하겠다."

"날이 어두워질 겁니다만."

어느새 서산의 해가 뉘엿뉘엿 지고 있었다. 다섯 호위들은 폭포 쪽에서 저들을 향해 경계하는 구미호까지 발견했다.

"노숙은 위험합니다. 벌써 구미호가."

"저것은 사람을 해치지 않을 것이다. 물러들 가 있어라. 필요하면 부르겠다."

구미호에겐 살의가 보이지 않아 호위들은 안심했으나 마음을 완전히 놓지는 않았다. 본시 왕을 지켜야 하는 것이 그들의 일이었던 데다 이곳은 예측불허의 산, 왕이 지키려는 의문의 여인도 마냥 의심스러웠기 때문이다.

왕이 거듭 닦달하자 호위들은 물러나 사바누가 부를 때까지 대기하기로 했다. 허나 전부 내키지는 않는 얼굴들이었고 왕의 의중을 알고 싶어하는 눈치였다.

호위들이 사라진 뒤 사바누는 불을 피웠다. 은우가 걸친 눅눅해진 옷을 벗겨내려다 따스한 날씨 때문에 옷이 제법 빠르게 마르자 잠시 그냥 두기로 했다. 그래도 추울까 그의 여벌 옷을 꺼내 덮어주자 구미호가 찰싹 은우에게 달라붙어 제 온기를 나눠주었다.

그런 은우를 보며 사바누는 의문에 사로잡혔다. 허주유는 딸을 데려다 어떤 생활을 해온 걸까. 은우, 아니, 허은양이 불러온 풍운조화는 대체 무얼까. 주촌산의 모든 신묘한 현상들은 허은양 때문에 일어난 건가. 게다가 그녀는 제 힘을 자각하지 못한 것 같은데.

분명 사바누가 누구인지 알았을 테지만 그녀는 제가 허은양이라 말하지 않았다. 일부러 속이거나 놀리려 하는 의도는 없었을 터. 은우는 너무 순수해 보였다.

그는 턱을 괸 채로 잠이 든 은우를 바라보았다.

"이제, 어떻게 해야 하나."

그녀는 대꾸하지 않았다.

은우가 정신을 차리며 일어났을 때는 밤이 깊었다. 머리 위에선 하얀 달과 주극성이 빛났으나 춥지는 않았다. 자신의 바로 곁에 사바누가 있었고 그가 피운 불이 여전히 따스하게 타오르고 있었기 때문이다. 구미호는 그녀의 옆에서 똬리를 틀며 온기를 전해주고 있었다.

"괜찮나?"

그의 나지막하게 속삭이는 목소리에 은우는 벌떡 일어나려다 지독한 현기증에 주저앉았다.

"누워 있어."

사바누의 손이 단호하게 그녀를 눕혔다. 바닥에는 그가 깔아놓은 푹신한 모피 때문에 찬기가 느껴지지 않고 마냥 포근했다.

"미끄러져 기절했었던 건 기억하나? 내일은 의원을 찾아가는 게 좋을 것 같군."

"하지만 마을까지는 거리가 있어요."

말을 하는 도중에도 은우는 마냥 어지러웠다.

"그래도 가야 해."

은우가 인형처럼 고개를 끄덕이자 그가 만족한 듯 말했다.

"먹을 것을 준비해 놨다. 죽을 쑤어놓았으니 다시 끓이기만 하면 돼."

그는 작은 솥을 꺼내어 불 위에 얹었다. 솥과 쌀, 숟가락 같은 것들을 그가 꺼내자 은우의 눈이 더 휘둥그레졌다. 그녀가 깔고 있는 모포나 보드라운 무명옷 같은 것들은 전부 본 적이 없는 것들이었다. 그녀의 것이 아니었으니 그의 것이란 이야기다.

설마, 일행을 찾았어? 가는 거야? 은우는 더럭 겁이 났다.

"저기, 일행분들은?"

"아아, 부하들은 아직 찾지 못했다. 대신 내가 숲 어귀에서 떨어뜨린 짐을 찾아내었지."

은우는 안도하느라 그의 거짓말을 눈치채지 못했다. 사바누는 은우가 생각할 틈을 주지 않으려 대뜸 몰아쳤다.

"너는 내가 누구란 사실을 알고 있었지? 나를 놀리는 불경한 죄를 지은 걸 알고 있나?"

은우는 놀란 나머지 제가 아프다는 것도 망각하고 넙죽 바닥에 몸을 엎드렸다.

"자, 잘못했어요. 저, 전하!"

겁을 집어먹다 못해 사시나무처럼 안쓰럽게 몸을 떠는 모습에 사바누의 동정심이 일었다. 이렇게 놀라게 할 생각은 아니었는데.

"아프니까 다시 누워 있어."

"하, 하지만. 제가 잘못했잖아요."

"그러니까 더더욱 내 말을 따라라. 빌 필요 없어!"

매섭게 말하는 목소리에 은우는 더 움츠러들었다. 거봐, 화가 난 거 맞다.

"내 이름은 사바누. 사바누 크세노다."

"알아요. 왕의 이름을 모르는 사람은 없는 걸요."

기어들어가는 목소리로 대꾸하면서 은우는 안절부절못했다.

사실은, 은우도 알고 있었다. 북주국에서 녹안과 녹발을 가진 젊은 사내는 왕밖에 없다는 걸. 선명한 녹안과 녹발은 화룡의 상징이었다. 용인들이 힘을 발휘할 때면 눈에 붉은 광채가 선명하게 드러난다고 그녀의 아비는 말했다.

은우는 사바누의 불편한 심기를 살피며 울상이 되었다. 친근하게 굴지 말걸, 장난도 치지 말걸.

"그렇다면 내가 왜 이곳까지 왔는지 알고 있겠군."

은우는 머리를 끄덕거렸다.

"그러니까, 허은양. 두 번째 비를 찾으러 오신 거잖아요."

"처음부터 알았나."

은우는 잠시 망설였다.

"허은양이란 이름을 대놓고 말씀하셔서 처음부터 반신반의했는데 물속에 들어가셨을 때 확신했어요. 녹발의 머리색이 물에 젖으니까 색이 빠지지 않고 더 선명해졌으니까요. 그런 표식은 전하밖에 안 계신다고 생각을……."

"그런데도 날 놀렸다?"

"주, 죽을 죄를."

그는 말을 가로챘다.

"사람을 죽이는 취미는 없다. 일단 이것부터 먹도록 해. 내가 친히 끓였으니 남기지 말고."

은우는 고개를 들지 못했다. 땅을 팔 수만 있다면 땅 속에 숨으면 좋을 텐데. 어찌 왕이 이 주춘산까지 와 그녀의 덫에 걸릴 줄은 몰랐다. 덫에 걸리라 의도한 것도 아니었다.

몇 번 끓였다 데워서 퍼진 죽을 마시듯하며 은우는 움츠러들었다. 제가 보잘 것 없는 주춘산의 흰 모피 사냥꾼이라 미안했고 전설 속 허은양이 저일 것 같다는 건 더욱 죄스러웠다.

북주국인이라면 허은양을 모르는 이가 없었다. 그것이 자신이라는 걸 누가 믿겠나.

"정말 허은양을 찾으러 오신 거예요? 그런데 왜 여기에?"

"듣고 싶나?"

꽤나 상냥해진 사바누의 목소리에 은우는 신나게 고개를 주억거렸다.

사바누는 그가 20년 전, 왕실에서 허주유를 발견했을 때의 이야기를 했다. 그녀가 바란 현재의 이야기는 아니었지만 왕실의 왕이 들려주는 이야기는 은우의 아비가 술에 취해 주정하던 것과는 확연히 달랐다.

은우의 죽그릇이 빈 것을 확인한 사바누는 다시 죽을 퍼주었다.

은우의 아버지는 허주유란 이름이었고 그녀의 이름도 허은양이었다. 선선대 왕이 그녀가 아기 때 선사했다던 허은양이란 이름을 아는 건 아비와 은우뿐이었다.

은우도 허은양의 아명이었다.

그녀의 아버지는 재수 없는 대신들과 잡것에 대한 욕설을 퍼부어댔다. 덕분에 은우는 이야기의 얼개도 자세히 알지 못했다.

국새마을에서도 그녀의 아버지는 술주정뱅이 약초꾼이라 불렸다. 아비는 날카로운 눈매와 조금 큰 키를 제외하면 마을의 다른 어른들보다 지저분했고 얼굴을 뒤덮은 수염과 빗도 들어가지 않는 터벅머리에 늘 낡은 망태기를 메고 돌아다녔다.

다행스럽게도 아버지의 약초는 질이 좋고 귀했기에 약방에선 늘 아버지에게 후한 값을 쳐주었다. 은우가 근근이 사냥감과 약초를 마을에 파는 것으로 은우와 아버지는 먹고 살았다. 많은 돈이 허주유의 술값으로 탕진되었지만 굶지 않을 정도로 먹기엔 충분했다.

은우는 국새마을에서 미친 약초꾼의 자식으로 불렸다. 그녀가 딸임을 기억하는 이들도 적었다. 은우라는 이름 대신에 그녀는 때로 병신으로 불렸다. 병이나 흉터도 없지만 어느새 붕대와 모피로 얼굴을 가리는 데는 익숙해져 있었다.

은우가 자신이 이야기 속의 허은양이란 사실을 안 것은 다섯 살 때의 일이었다.

아버지는 늘 은우를 보며 개탄했다.

'첫 번째 태자비 우재이가 얼마나 예쁘고 다소곳한지 온 나라에서 모르는 사람이 없다고 하더구나.'

우재이가 누군지도 몰랐고 태자비가 무얼 말하는지도 몰랐을 나이였다. 은우는 기가 죽었고 그녀의 아버지는 다시 술을 마셨다. 아주 오랜 시간 동안 그런 일들은 반복되었다.

그 이야기들 속 허주유와 허은양이 자신들이라고 확신한 건 꽤나 오랜 시간이 지나서였다.

그녀가 조금 더 얌전하고 미인이었더라면 좋았을 텐데.

사내 옷을 입히고 들과 산으로 뛰어다니게 하고. 천둥벌거숭이마냥 내놓은 것이 아버지였는데. 어머니도 없어서 여자다운 법은 배워먹지도 못했는데.

그들의 원래 신분과 처지를 알게 된 은우는 머리가 굵어질 즈음 반항을 시작했다.

'그렇게 가고 싶으면 돌아가면 되잖아요.'

'멍청한 것 같으니. 네가 왕궁에서 살아남을 수 있을 것 같아?'

'그냥 열심히 하면 되지 않아요?'

은우가 말을 하면 그녀의 아버지는 늘 도리질을 쳤다.

어쩌면 돌아가고 싶었다 해도 기회를 놓친 것인지도 모른다고, 나이가 먹을 만큼 먹어버린 은우는 생각했다. 아버지의 걱정이 기우가 아니었을 만큼 자신은 얌전하고 예쁜 아가씨에는 소질이 지독하게 없었다.

자신이 태자비였다는 말은 커서도 믿기지 않았다. 아버지는 늘 나이 많은 태자의 부인이 될 자격이 은우에게 없고, 태자에게도 은우를 맞을 자격이 없다고 누누이 말했다. 첩이었다던가 두 번째 비라고 했던가.

선선대 왕이 내려주었다던 허은양이란 이름 대신 아명인 은우를 계속 썼지만 은우는 딱히 반항하지 않았다. 허은양보다 은우라는 이름이 익숙해진 이유였다.

은우는 가끔 사냥감이나 약초를 가져가 마을에 내려갈 때마다 허은양과 첫 번째 태자비 우재이에 대한 이야기를 들었다.

은우는 기인 허주유가 술주정뱅이에 가출이 취미인 제 아비라곤 믿고 싶지 않았다. 아버지는 천둥벌거숭이에 딸도 아니라며 은우를 타박했지만 이게 편한 걸 어쩌겠나.

은우가 18살의 성인식을 앞둘 무렵이었나, 그전이었나.

태자는 왕이 되어 아름다운 우재이를 비로 맞았다 했다. 은우는 18살이 되었다. 왕실은 허은양 따윈 잊어버렸다.

은우는 시르죽은 채 결론을 내렸다. 허은양은 잊혀진 존재라고. 제 괴상한 몰골은 누가 봐도 허은양이라 믿을 수 없을 거라고 여겼다.

허은양은 잊혀진 사람이다. 제가 허은양으로 불린 적은 없다. 허은양이 될 일도 없다.

그러니 배필이 될 왕을 볼 수는 없을 것이다.

그래서 이런 날이 올 줄은 몰랐다.

국새마을에 왕이 허은양을 찾는다는 소문이 퍼지자 은우는 왕과 만나고 싶다고 생각했다. 제가 적어도 허은양이란 이름을 갖고 태어났으니 만날 수 있지 않을까 막연히 생각했다.

그녀의 아비는 은우를 첩이라 놀렸고 왕의 나이는 입에 담지 않았다. 누구도 왕의 춘추를 언급해 주지 않아 막연히 은우는 그가 제 아버지뻘이라 생각했었다.

아니잖아. 이렇게 잘생기고 멋진 남자일 줄은 몰랐는 걸. 고작해야 자신보다 몇 살 더 많아 보이잖아. 아버지 미워.

은우는 입술을 삐죽거렸다.

왕을 만나 소원성취했지만 자신이 허은양이라고는 말할 수 없었다. 자신도 믿기지 않았고 그녀와 아비가 사는 작은 모옥에는 그들이 허씨 부녀라는 징표도 없었다. 그 망할 아비는 징표가 있었지만 도둑맞았다 했다, 빌어먹을!

처음 추오 일곱 마리와 여섯 건장한 사내들이 왔을 때 은우는 그들의 정체를 의심했다. 헌데 그 사내들 중 가장 눈에 띄는 이가 전하일 줄이야.

사바누 크세노, 북마왕은 국새마을의 촌사내들과는 비교도 불가능했다. 은우의 덫에 걸렸기에 어쩌다보니 길잡이를 해주기로 했고, 그 시간들 모두 은우에겐 잃어버리고 싶지 않을 정도로 소중해서 주촌산의 길을 잃어버리고 싶을 지경이었다. 정말 길을 찾지 못하게 될 줄은 몰랐지만.

뭐 물속에서 몸을 씻던 그의 몸매도 구경했고 여자인 걸 들켜서 허세를 떨다 기절한 건 민망했지만. 이것저것 떠올리다 보니 은우는 제가 부끄러워져 손부채질을 했다. 그리곤 제 얼굴의 붕대를 만지작거리며 한숨을 쉬었다.

"허은양이란 여자가 정말, 무지 못생겼다면 어쩔 거예요? 매번 사고뭉치에다 너무 사고를 쳐서 아버지도 일찌감치 포기했고 여자답게 생기지도 않았으면요. 뭔가 전하도 억울하실 거잖아요."

"그래도 내 조부께서 정하신 일이다. 거스를 수 없어."

은우는 더 울상이 되었다.

운명이든 어쩌든 일단 은우는 인간의 몰골도 아니지 않은가. 구미호의 모피를 두르고 그 아래로 붕대를 휘감았기에 이젠 제 얼굴조차 기억나지 않았다. 어릴 때도 예쁘단 소리는 못 들은 것 같은데. 8년 전 횡액을 당할 뻔한 이후 얼굴을 드러내면 안 된다는 아비의 엄명에 따라 이런 몰골이 되었다.

은우는 얼굴을 남들에게 들키면 안 될 정도로 끔찍해졌다 여겼다.

"그래도 반드시 찾아내시겠다는 거예요?"

"그래."

사바누가 다시 말을 이었다.

"진비와의 사이에서 자식은 없다. 여왕께서는 그녀를 찾아내 후사를 잇게 하시겠다고 하셨지. 허은양을 반드시 찾아야 하는 이유들 중에 하나고."

아, 그래서일까. 은우의 기가 팍 죽었다. 결국 허은양은 후사를 잇기 위해 찾는 것일 뿐. 왕은 허은양 따위 좋아하게 될 일은 없어. 예쁜 진비를 애정하겠지.

"그럼 허은양을 찾는 이유는, 자식을 낳기 위해서인가요?"

건방진 질문이라는 것은 알지만 도저히 궁금해서 참을 수가 없었다. 왕은 자신을 좋아해 줄 리 없다. 허은양을 좋아할 일도 없고 단지 필요로 하기 때문이다. 왕은 높고, 은우든 허은양이든 찾지 못하면 다른 대리품을 찾지 않을까?

"만약에요, 허은양이 무지무지 못생기고 안짱다리에다 몸에 커다란 흉터까지 있어서 얼굴을 못 내놓을 정도라면요? 그럼 왕비못 되는 거잖아요."

사바누는 은우의 질문에 웃음이 터져 나오기 직전이었다. 왜 자신이 허은양이라고 말을 못할까? 하긴, 그도 미래의 예지를 보지 않았다면 몰랐을 일이었다.

"너도 예쁘다."

순간적으로 튀어나온 말에 은우의 눈이 더욱 댕그래져 툭 치면 데굴데굴 굴러 나올 것 같았다.

전하가 미치셨나 봐요! 아니면 눈이 나쁘신가?

낮에도 그랬다. 은우의 뒤통수에 혹이 나 물속에 처박힌 이유도 왕이 장난을 쳐서 그랬어! 확실히 왕의 몸은 근사했다. 그래서 넋을 잠시 놓은 건 사실이다. 그녀를 가끔 사내로 오해하는 마을 사내들이 벗은 모습을 어쩌다 본 적도 있지만 그런 사내들과 왕은 비견할 바가 못 되었다. 그래서 감상했는데 어쩌라고. 그 왕이 알몸으로 덤벼 오는데 당황하지 않을 계집이 어디 있다고!

뭔가 억울함이 북받쳐 올랐다. 왕에 대한 서러움이 치솟았다.

그냥 구경하고 싶었는데. 눈에 본다고 해서 닳지도 않을 거잖아. 가질 수 없는 태양이라고 해도 이야기 속 자신의 낭군이라는데 보고 싶은 건 당연하잖아.

은우는 자신이 먼저 왕을 놀렸다는 것도 잊고, 그를 사냥감으로 선언한 것도 까먹었다. 그냥, 마냥 억울했다! 예쁘다니, 사람을 놀려도 유분수지! 내가 믿을 걸 믿겠다!

은우는 따져 물었다.

"왜 그러시는데요!"

"예쁘다는 것도 문제 있나?"

그의 신경질적인 반응에 은우는 제 얼굴을 더듬었다. 붕대는 약간 느슨해져 있었지만 얼굴을 잘 가리고 있었다. 이런 데 뭐가 예뻐? 그가 붕대를 벗겨 얼굴을 확인할 시간이 충분했었다는 걸 깨닫지도 못했다.

"그 화룡의 눈으로 뚫어져라 보면 붕대 아래의 얼굴도 보이시는 거예요? 공치사가 아니라 저 정말 예쁘다는 거 맞아요?"

은우의 궁금함에 사바누는 더욱 어이가 없었다.

"그래, 예뻐."

그가 진지하게 응수하자 은우는 기뻐하기는커녕 몸을 작게 웅크리며 그의 눈치만 살폈다.

"저 정말 예쁘다는 거죠?"

사바누가 고개를 끄덕이자 은우는 더 우울해졌다.

"전하 바람둥이세요? 아버지가 바람둥이 옆엔 가지 말라고 했는데요."

"바람둥이?"

그의 언성이 높아지자 은우는 제 실책을 깨달았는지 입을 틀어막았다. 그러다 변명했다.

"저기, 그러니까. 그으게요. 저한테 예쁘다고 하면 거짓말쟁이가 아니면 바람둥이라고 아버지가 상종하지 말라고 해서."

"그래서 내가 바람둥이다?"

그가 교만하게 고개를 끄덕이는 척했다. 하지만 그의 이마엔 이미 실금인지 잔주름이 험악하게 새겨진 뒤였다. 은우는 다시 웅얼거렸다.

"아, 아버지가 절대 예쁘다고 공치사하는 사람들 믿지 말라고 그랬는데. 옆에 가지 말라고 그랬어요. 나 같은 애한테 그런 말 해줄 사람 없다고. 그런 사람은 바람둥이라고 그냥 여자만 보면 다 좋아하는 거라고 그래서, 으음. 그러니까."

사바누의 잔주름이 더 험악하게 일그러졌다. 그도 그의 주름도 화를 내고 있어! 은우는 이제 울다 못해 통곡하고 싶어졌다.

"그러니까 아버지가 그렇게 말했다 그거지?"

노기에 찬 음성에 은우는 고개를 주억거렸다. 사바누는 필사적으로 분노를 가라앉히려 애썼다. 저건 다 빌어먹을 허주유 때문이 아닌가.

사바누에게 많은 영향을 끼친 조부 귀왕은 정략적으로 정혼한

우 재상의 딸을 좋아하지 않았고 허은양을 찾아야 한다는 말을 반복했다. 우재이와의 혼약을 파기해도 허은양을 놓쳐서는 안 된다고 했었다. 어린 사바누는 허은양과 부부가 되어야 한다고 생각했다. 그런 제 꼬맹이 신부를 데리고 달아난 허주유에겐 당연히 반감이 컸다.

게다가 뭐 바람둥이? 일국의 왕인 그가 바람둥이?

은우가 허은양이 아니라 한들 그는 이미 은우에게 꽂혔다. 은우의 아비 또한 허주유만큼이나 괴악한 상대임은 틀림없었다.

"헌데 은우. 넌 나이가 몇이지?"

"왜, 물으세요?"

여차하면 도망갈 듯 은우가 엉덩이를 들썩거렸다.

"추울 테니 여기 와서 불 쐬어."

그는 웃는 낯을 만들며 손짓했다. 사심 없는 웃음에 은우는 조금 마음을 놓은 듯 꼬물꼬물 다가왔다. 사바누는 은우가 도망갈까 봐 그녀를 제 옆에 딱 앉히고 되물었다.

"몇 살이지?"

"그러니까 바람둥이신가요?"

몸을 사리면서도 솔직하게 할 말을 다 하는 은우를 보며 사바누는 집요하게 굴었다.

"나이, 대답해."

"그, 그건 왜요?"

"나잇값을 못하는 것 같아서. 턱없이 어린 것 같거든."

은우는 제 손이 사바누에게 잡혔다는 것도 모르고 발끈했다.

"스물이라고요! 저도 어른이에요!"

허은양도 그 나이가 맞긴 했다. 허나 여전히 은우의 나이가 믿기지는 않았다.

"보통 스물 먹은 여자들은 다들 시집을 가고 이미 아이를 낳았거나 하질 않나?"

은우는 그 화제가 못내 불편한지 몸을 들썩였다.

"얼굴이 이래서. 게다가 아버지가 계집애 같지 않다고 천둥벌거숭이 같다고. 그냥 저 알아서 놀라고 그랬어요."

사바누는 붕대에 감긴 은우의 얼굴을 바라보며 설명하기 어려운 감정에 사로잡혔다. 보통 여인이라면 오래전 시집을 가고 아이를 낳았을 나이다. 보통 여인이라면 정인이 있었을 테고 만났다 해도 제대로 이어질 가능성이 있었을까. 붕대와 모피를 두르고 주촌산에 숨어 있었기에 지금 이 모습 그대로의 은우를 볼 수 있었다.

그렇다면 딸을 이렇게 키운 허주유에게 감사를 해야 하는 걸까.

"은우의 아버지는 어떤 사람이지?"

"주정뱅이!"

한 치의 망설임도 없었다. 그리고 은우가 물었다.

"전하의 아버님 이야기는 못 들었는데 어떤 분이셨어요?"

"내가 태어나기도 전에 돌아가셨다고 들었다. 대신 내게는 아버지보다 더 가까운 조부가 계셨지. 그분은 꽤 다정하셨고."

은우는 순식간에 조용해졌다. 사바누는 은우의 단순함에 웃음을 삼켰다. 이젠 정말 아무렇지도 않은 이야기다. 그리고 그가 지금 듣고 싶은 건 은우의 이야기였다.

"은우는 아버지와 어찌 지내지? 사냥이라도 함께 하나?"

"재미없어서 누구한테도 이야기하지 않았는데 정말 궁금하세요?"

화제가 바뀐 것에 은우는 시원섭섭해하면서도 제 아버지에 대한 이야기를 조심스럽게 털어놓았다.

"정말 별거 아니에요. 요수 쫓아다니고 사냥하고. 남는 시간에 약초 캐고 말리고. 아버지가 시키는 글공부도 해요. 다른 건 다 참을만한데 매일 선술 익히는 건 귀찮아요. 오늘도 수련하는 거 빼먹어서 아버지에게 들키면 혼나거든요."

"선술?"

이상한 단어에 사바누는 제 귀를 의심했다. 은우는 여전히 재잘거렸다.

"선술이라니까 마을 사람들이 헛소리하지 말라고 했어요. 아버지는 그거 선술 맞다고 그랬는데 뭐 그냥 도를 닦고 마음을 수련하는 거라던가."

딸에게 뭘 시킨 거냐. 사바누는 기가 막혔다.

"그래서 그걸 했어?"

"아버지가 시키는 데 어떻게 해요? 그냥 했지."

"선술을 익히면 변화하는 건 없었나?"

은우는 체념하며 어깨를 으쓱했다.

"아버지는 반선이나 선인이 되고 싶었나 봐요. 술 안 마실 땐 도를 닦는 척하기도 하는데 잘될 리가 있나요? 하늘에 선인이 폭주하여 자신을 안 받아준다고 푸념하는데. 그래서 매번 하늘을 원망하며 취해 있어야 한대요. 제정신이면 괴로우니까."

이건 또 무슨 해괴한 소리인가. 사바누는 제가 들은 허주유의 기행들을 떠올리며 어쩐지 낯익은 느낌을 받았다. 동일인이 틀림없는 것 같은데 은우가 조금씩 쏟아내는 이야기는 그의 상상 이상이었다.

한참이나 신나게 아버지에 대한 험담을 하던 은우는 정작 제가 무슨 말을 하는 줄도 모르고 사바누만 빤히 바라보았다. 아까부터 제가 헛소리를 하고 있는 것 같은데 그에게서 눈을 뗄 수가 없었다.

사바누, 나의 전하.

그가 부인이 있고 곧 떠날 사람이라는 것, 왕이어서 그녀가 닿을 수 없는 사람이라는 것은 아무래도 좋았다. 이 순간이 꿈보다 비현실적이라는 것도 알았다. 그래서 은우는 지금이 너무나 소중하고 아까웠다. 그래서 그의 얼굴을 빤히 제게 각인시키려 바라보았다. 높은 콧날과 반듯한 입술, 날카롭지만 녹안을 품은 그의 깊은 눈. 이 사람이 제 짝이고 반려일 텐데.

다시는 오지 않을지도 모르는 우연이 만들어낸 지금. 은우는 그의 높은 콧날과 날렵한 입술에 시선을 고정했다. 그 아래로 녹발이 흐트러져 은우의 몸을 간질이고 있다.

그 녹안이 은우를 아주 소중하다는 듯 내려다보고 있다.

엉망인 몰골인데도 그녀의 왕은 다정했다.

은우가 웃자 왕도 따라 웃었다.

그 웃음에 사로잡힌다. 가짜여도 좋으니 그가 지금만은 자신을 좋아했으면 했다.

"왜 아무것도 묻지 않나?"

"대답해 줄 건가요?"

어떤 의미가 있는 대화도 아니다. 은우는 제가 무슨 말을 하는지도 몰랐다. 오직 은우는 '그'만 인식했다.

어둠 속으로 그의 낮은 웃음이 스며들었다. 기분 좋은 웃음소리에 은우는 그에게 자연스럽게 기댔다. 피워놓은 모닥불이 타닥타닥 타들어갔다. 밤은 그녀의 기분처럼 유난히도 따스했다.

사람의 온기는 너무 좋아. 다정한 그가 너무 좋아. 허은양은 왕사바누 크세노와 행복했으면 좋겠어. 적어도 오늘 밤은 그랬으면 좋겠어.

은우는 그의 단단한 몸을 껴안았다. 그는 그녀가 하는 행동을 어리광이라 여겼는지 말리지 않아서 조금 서운하기도 하고 기쁘기도 했다.

"사냥꾼으로서 영역표시를 하는 것이냐."

나지막한 그의 미성에 은우는 낮은 한숨을 쉬었다.

사바누가 왜 제 행동을 내버려 두는지 모르지만 오늘 밤이 아니면 고백할 수 없을 것 같았다. 그러니 한 번만 욕심을 낼게, 그러니까.

"전하를 좋아해요."

"은우?"

"진심이에요. 전하를 세상에서 제일 좋아해요."

그가 애매한 표정을 지었다.

"남자가 먼저 말해야 하는 거 아닌가? 나도 은우가 좋다. 마음에 들어."

은우가 바랐던 남녀의 고백은 아니었지만 그래도 좋았다. 멀리서 들려오는 황조롱이들의 울음소리에 은우의 마음은 더 들떴다. 새들은 참으로 다정히도 운다.

사바누는 잠시 머리를 갸웃거리더니 은우에게 좋아한다는 말을 번복했다.

"좋아한다고 내가 말한 건 널 여자로서 원하고 좋아한단 거였다."

아까와는 확연히 다른 의미였다. 몇 번이고 그 말뜻을 해석한 은우의 심장이 터질 뻔했다. 아니, 이대로라면 행복에 취해 기절해 버릴지도. 벌써부터 호흡이 곤란했다.

"저, 정말요? 제가 여자로 보여요?"

"여자가 아니라면?"

"얼굴도 이상하잖아요."

은우가 울먹거리자 사바누가 생각에 잠겼다.

"보고 말해줄게."

"정말 진짜로 이상하면 저 싫어할 거예요?"

"그럴 일 없어."

그의 확답에도 은우는 제 얼굴이 못 미더웠다. 아버지가 얼마나 끔찍해했으면 붕대도 모자라 모피를 덮어주었겠나.

"아버지가 제 얼굴 보이지 말라고 했다고요."

은우는 결국 울기 직전이 되었다. 사바누가 한참이나 은우를 달
랬다.

"하기 싫으면 하지 마. 헌데 아버지 말도 다 믿지 마라. 은우 넌
예뻐."

사람의 마음은 참으로 간사해서 은우는 그의 말에 솔깃했다. 예
쁘대! 자신이 예쁘대! 그럼 사바누에게만 조금 보여주면 되지 않
을까? 어차피 이곳에는 그와 자신밖엔 없었다. 은우는 약간의 용
기를 냈다.

"그럼 전하에게만 보여주는 거예요?"

"알았다."

그가 그윽한 시선으로 은우를 내려다보며 그녀의 얼굴에 손을
가져다 댔다. 그리곤 얼굴을 감싼 붕대를 더듬으며 붕대의 숨겨진
끝을 찾아내었다. 은우가 다시 야무지게 매어놓은 그 붕대의 한끝
을 풀어내며 그가 물었다.

"될까?"

조심스럽게 허락을 구하는 말에 은우는 고개를 끄덕였다.

제가 기억하지 못하는 얼굴이 어떠했는지 모르지만 그가 원한
다면 한 번쯤은 괜찮지 않을까 싶었다. 그녀의 피부처럼 얼굴을
감싸던 낡은 붕대가 풀어져 나갔다. 형편없이 쪽을 지은 짧은 머
리카락들이 은우의 어깨로 흘러내렸다.

그는 은우의 맨얼굴을 빤히 내려다보며 아무 말도 하지 않았다.
그래도 달아나지 않으니 다행이겠지. 대신 그는 입을 떡하니 벌리
며 놀랐다. 제 얼굴이 그리 이상한 걸까 여기는 찰나, 그의 커다란

두 손이 은우의 양 볼을 감쌌다.

따스한 손, 따스한 온기.

너무 좋아. 미치도록 좋아.

사바누의 얼굴이 가까워졌다. 그가 머리를 기울여 입술을 맞췄다. 그저 입술이 맞닿는데도 서로의 온기가 하나가 되었다.

아주 잠깐 스쳤다가 떨어졌는데도 마냥 아쉬웠다. 은우는 저를 조심스럽게 내려다보는 그의 입술에 제 입술을 다시 가져다 댔다.

뭔가 부족했다. 분명 마을에서 본 연인들은 이것보다 진하고 농밀한 입맞춤을 하던데, 은우는 방법을 몰랐다. 그래서 은우는 그를 마구 졸라댔다.

"어떻게 하는지 모르겠어요. 한 번만 더 해줘요. 응?"

사바누는 그 말에 머리가 혼미해졌다.

붕대 아래, 은우의 피부는 말간 상아색이었다. 눈부신 미인은 아니었으나 미인들조차 갖지 못한 빛을 은우는 갖고 있었다. 눈을 감고 있을 때도 고운 얼굴이었고 붕대로 감고 있을 때에도 예쁜 눈을 가졌다 여겼다.

얼굴을 드러내고 눈을 반짝이는 앳된 얼굴의 은우는 그의 예상을 뛰어넘었다. 예쁘고 검은 눈이 그를 유혹하듯 눈웃음을 쳤다. 보기 좋고 먹음직스런 작은 앵두 같은 입술이 그의 시선을 사로잡았다. 그는 그녀에게 홀렸다. 순진하지만 색기를 머금은 은우의 얼굴에 그의 가슴이 마냥 떨렸다.

그뿐 아니라 다른 사내들도 은우의 매력에는 저항할 수 없으리라.

사바누는 난생처음 허주유에게 감사했다. 은우가 누구의 여인이 되지 못한 것은 그녀의 아비가 붕대로 얼굴을 감싸라 명했기 때문이었으니까.

"절대 다른 사람 앞에선 붕대 풀지 마라."

거듭 강조하는 그의 말에 은우는 고개를 끄덕이면서도 의아했다. 왜 아버지와 같은 이야기를 하는 걸까? 그녀는 의문을 품는 대신 다시 졸랐다.

"붕대 안 풀 거니까 대신 입 맞춰줘요."

고민하던 그는 그녀가 바란 대로 아주 오래도록 입을 맞춰주었다. 소중한 보물처럼 아주 오랫동안 껴안아주었다. 따스한 온기에 은우는 오래도록 행복했다. 몸이 둥실둥실 떠올라 발이 지상에 닿지 않는 것 같았다.

깊은 밤이 되어서 사바누는 잠자리를 준비했다. 은우는 턱을 괴고 야숙에 익숙해 보이는 그의 모습을 눈으로 쫓으며 그 이유를 물었다. 사바누는 험한 여행을 많이 다녔노라 대꾸했다.

그는 따스해 보이는 그 모포 한쪽을 젖히며 말했다.

"어서 들어와라."

"정말요?"

"밤이 깊었고 산 아래까지는 내려가기 힘들 테니 이곳에서 잠을 청하는 수밖에. 불침번은 저 구미호더러 서라고 해."

은우는 까맣게 잊고 있던 구미호를 돌아보았다. 구미호를 잊어버린 탓에 몇 번이고 사과를 하자 구미호는 사바누와 은우를 번갈아 응시하더니 번식기니까 괜찮아, 라는 듯한 멋진 아량을 보이며 은우가 내팽개쳐 둔 모피 옆에 자리를 잡았다.

구미호는 은우의 모피를 핥으며 털을 골랐다. 불침번을 서는 듯 가끔 귀를 쫑긋거리며 사방을 둘러보기도 했다.

그 밤, 은우는 사바누의 품에서 밤늦도록 잠을 이루지 못했다. 하지만 행복해서 배슬배슬 웃었다.

사바누 역시 은우의 팔베개를 해주며 오래도록 잠을 이루지 못했다는 것도 모른 채.

다음날 아침, 은우는 그의 품 안에서 기지개를 켰다. 만족한 고양이 같은 느릿느릿한 몸놀림으로 몸을 쭉 편 뒤 다시 그의 단단한 가슴팍으로 파고들었다.

자꾸 그가 욕심이 났다.

자신이 해달라는 대로 다 해주고, 옆에도 있어주고 정신이 나갈 만큼 멋진 입맞춤도 해주고.

팔베개도 해주고.

너무너무 좋은데. 그래서 행복한데.

은우는 그가 떠난 뒤의 일은 생각하지 않기로 하며 머리를 흔들어 대었다.

왕은 잠꾸러기였다. 그녀가 품으로 자꾸 파고들어 은우를 덮치지 않기 위해 새벽까지 거의 뜬눈으로 지새웠다는 것을 은우는 몰랐다.

사바누가 눈을 떴을 때는 이미 해가 중천이었다. 코끝에 닿는 꽃향기가 너무 진했다. 향기가 너무 진해 머리가 띵할 정도인데 대체 이 냄새는 어디서?

"전하 깨셨어요?"

붕대를 얼기설기 맨 은우는 그와 함께 먹을 아침을 준비하던 참이었다. 그의 식량주머니에서 쌀을, 그녀가 잡은 싱싱한 생선들을 손질하던 차에 그를 돌아보며 활짝 웃고 있다. 헌데 은우의 뒤, 폭포의 사방으로 꽃들이 헤아릴 수 없이 잔뜩 만개했다. 말 그대로 사방이 꽃 천지였다.

어제까지만 해도 폭포 주변은 참으로 삭막하지 않았던가?

"꽃들이 피었네."

사바누가 멍하니 중얼거렸다. 은우는 빌려 입은 그의 옷소매를 걷으며 대꾸했다.

"꽃은 피니까요. 그게 이상해요?"

"어제까지만 해도 꽃나무가 없었잖아."

은우는 고개를 갸웃거렸다. 그랬던가? 그랬던 것 같기도 하고.

"봄이잖아요. 꽃이 피는 거 아니에요?"

은우는 가끔 한겨울에도 만개한 꽃들을 본 적이 있었다. 은우의 기분이 좋을 때면 으레 발견되는 미친 꽃들이었다. 눈을 뚫고 피어난 꽃들이야 미쳤다지만 봄에 피는 꽃은 당연한 거 아닌가?

사바누는 은우를 빤히 살피다 그것이 은우가 만들어낸 신묘한 조화들 중 하나라는 사실을 깨달았다. 은우 본인은 뭐가 이상한 줄도 모르는 눈치였고 굳이 지적해서 자각하게 만들 필요는 없다고 판단했다. 또한 저것은 은우의 기분이 너무 좋다 보니 생긴 변화가 아니던가. 그녀의 기분에 따라 획획 바뀌는 풍경도 꽤 흥미로웠다.

사바누는 은우가 만들어준 음식을 함께 먹었다. 간이 부족해 싱겁고 밍밍했지만 맛있다고 느껴졌다. 식사를 마친 뒤엔 은우는 제가 빨았던 제 옷을 걸쳐 입고 구미호와 함께 장난을 치기도 했다. 은우가 설치해 둔 위험한 덫들을 제거하러 다니는 사소한 일들도 왜 그리 재미가 있는지, 사바누는 진심으로 즐거웠다. 제가 왕이라는 것도 곧 돌아가야 한다는 생각도 까맣게 잊었다.

다시 낮. 폭포 주변에서 노닥거리는 것도 나쁘지 않았지만 은우는 그의 건강이 걱정된 듯했다. 궁에서 살던 전하가 노숙을 하다니. 게다가 자신이 한 음식은 맛이 없었다. 전하는 3일째 노숙을 하는 게 아닌가.

은우는 그와 하루라도 함께 편하게 쉴 공간을 떠올려 봤지만 그를 저와 아버지가 사는 작은 공간이나 사냥꾼들의 좁은 산막으로 데려가는 것도 내키지 않았다.

은우는 마을에서 제일 편하고 큰 침상을 갖고 있는 객잔 하나를 떠올렸다.

"마을에 가서 쉬시는 건 어때요?"

"내가 귀찮나."

은우는 세차게 도리질을 쳤다.

"아버지가 돌아오시면 크게 노하실 거예요. 게다가 전하랑 저랑 편한 곳에서 자고 싶다고요."

그 말이 풍기는 은밀한 유혹에 사바누의 찌푸린 미간이 활짝 펴졌다.

"나와 함께 자고 싶다고?"

"그, 그런 말이 아니라 저, 저기요!"

사바누는 은우가 당황하며 두 팔을 휘젓는 모습에 또 웃고 말았다. 너는 왜 이렇게 날 유쾌하게 하는 것이냐. 그날 이후로 이렇게 맘 편히 웃을 수 없게 되어버렸다고 생각했는데.

은우는 이제 변명하는 것도 포기한 모양이다.

"아버지가 무서운가?"

은우가 붕붕 고개를 끄덕이자 사바누도 애써 웃었다.

"그럼 너도 같이 마을에 내려가자꾸나. 대신 거기에 내 부하들이 있을지도 모른다. 괜찮겠느냐?"

은우의 망설임은 오래가지 않았다.

그 길로 은우는 짐을 싸고 그녀가 제거하지 못한 덫들을 치웠다. 제 넝마 한 벌과 붕대와 간식거리가 든 짐은 조촐했고 해체한 덫도 그 수가 얼마 되지 않았다.

사바누는 녹발을 감추기 위해 건을 깊게 눌러썼다. 허리에 맨 검 때문에 그는 떠돌이 무사, 하얀 모피의 은우는 광인처럼 보였다. 그런 둘의 조합은 마을에서도 꽤나 이상했지만 마을 주민들은 오히려 재미있어할 뿐이었다. 그의 부하들은 용케도 그들의 이동을 알아채고 따라 마을로 이동했다.

모피를 뒤집어쓴 은우와 조우한 사바누의 부하들은 은우를 보며 처음엔 기겁했다. 사바누와 은우가 친근하게 대화를 나누는 모습에 놀란 그들은 은우의 쾌활함에 점점 마음을 놓는 듯했다. 은우의 사교성에 마을사람들이 그들을 쉽게 받아들이는 것도 신기해했다.

은우는 마을에 온 뒤 여섯 사내들을 이끌고 제 친우인 주인부부가 운영하는 객잔으로 안내했다. 마을 외곽에 위치한 그곳은 한적했고 커다란 마굿간도 있었다. 은우는 추오들을 그곳에 묶게 했다.

그렇게 그들이 마을에 내려온 지 나흘쯤 지났을 무렵이었다.

사바누와 일행들은 한 번씩 추오를 타고 마을과 주촌산을 오갔다. 오색의 추오는 본의 아니게 많은 사람들의 눈에 띄었지만 순박한 마을사람들은 추오를 보며 경탄할 뿐 무언가 이상하다는 생각을 하지 않았다.

그사이 마을 주변의 강에서는 연일 숙어가 풍년이었다. 마을 곳곳에서는 꽃들이 만개했고 연일 꽃비가 내렸다. 사바누와 은우가 묵고 있는 객잔 주변으로 가끔 새들이 떼를 지으며 날아들었다. 한 쌍의 짐승들이 마을까지 내려와 사람들 앞에서 다정하게 뛰어놀곤 했다.

사바누의 호위들은 괴상한 몰골을 갖긴 했지만 은우가 여자란 것을 알자, 은우를 제 친여동생처럼 막역하게 대하곤 했다.

주촌산에서의 수색은 크게 소득이 없었다. 기적이나 기현상으로 불릴 만한 것들은 전부 은우의 기분에 따라 좌우되곤 했다. 은우가 잠을 자면 산은 원래의 크기로 줄고 은우가 깨면 산이 한없이 확장된다. 어떤 것들은 은우가 잠을 자는 동안에도 효과가 지속되기도 했다. 당연하게도 은우는 그 현상들을 자각하지 못했다.

은우는 사바누와 함께 같은 방을 썼다. 사바누는 자신을 괴상하게 쳐다보는 부하들을 가볍게 무시하며 가끔 부하들을 물리쳐 둘이서만 있는 시간들을 내곤 했다. 그때마다 은우의 모피를 벗기고 바라보는 것에 재미를 붙였다.

은우와 함께 있으면 그는 모든 것이 즐거웠다. 별것 아닌 것에도 잘 웃었기에 호위무사들이 신기해할 지경이었다.

나흘째의 밤에도 사바누는 정해진 일과처럼 은우의 모피를 저 멀리 치워 버리고 붕대를 푼 민낯을 보며 싱글벙글했다. 은우는 그런 그가 마냥 이상했다. 미인도 아니고 예쁘지도 않은데 왜 전하는 웃는 걸까.

"왜 계속 붕대를 푸는 거예요?"

"이게 좋으니까."

은우는 뭐라고 해야 할지 머뭇거렸다.

"전 허은양이 아닌데요."

"글쎄 아니라는 증거는?"

허은양이란 증거도 없지만 아니라는 증거 또한 없다. 헌데 허은양을 찾으러 온 왕이 저만 보며 웃는 것도 마음에 걸리고 이상하다. 아니, 그는 요즘 은우를 골려먹는데 고약한 취미가 들려 있었다.

은우는 왕이 너무나 좋았다. 그와 함께 뒹구는 것도, 자는 것도, 포옹도, 입맞춤 모두 좋아했다. 소중하게 그녀를 껴안고 애무하던 그가 한 번씩 거친 숨을 내쉬며 박차고 자리를 뜨는 것도 아쉬울 정도로.

사바누가, 전하가 흥분하셨다. 은우를 안고 싶어한다. 그것도 여자로.

사냥꾼인 은우는 사내들과 어울릴 일이 많아서 사내들이 어찌 흥분하고 그 열기를 식히는지는 대충 들어 알고 있었다. 그리고 사바누라면 언제든 안겨도 좋다고 생각했는데 그는 그게 아닌 모양이다.

오히려 은우는 그가 안아주지 않아서 더 초조해졌다. 그는 곧 허은양을 찾아갈 텐데 제가 허은양이라 고백할 수도 없고 믿지도 않을 것이다. 그가 떠나 영원히 돌아오지 않으면 또 어쩌나.

그녀의 불안이 눈으로 드러난 모양이다.

"이리와."

사바누가 침상에 앉은 채 두 팔을 벌렸다. 은우는 그의 품에 쏘옥 안겼다. 따스하고 널러서 늘 좋은 품. 은우는 그의 준수한 얼굴을 빤히 올려다보았다. 제 작은 손으로 더듬는 그의 조금 보기 좋게 그을린 얼굴에 돋아난 수염이 까칠해서 신기했다. 그녀가 그의 턱과 단단한 목, 그 아래로 이어지는 가슴까지 조심스럽게 쓸어내리려 하자 그가 다급히 헛숨을 들이키며 은우의 손을 낚아채었다.

"나, 유혹하는 거야? 지금 이러면 곤란해."

그가 참으로 애매한 미소를 지었다. 은우는 더욱 궁금해졌다.

"왜 안지 않아요? 나, 노력할 건데."

"그 노력이 무슨 뜻인지는 알고 있나? 정말, 안기고 싶어?"

그의 음성이 은우의 귓가를 스쳤다. 은우의 목이 간지러워 움츠러들었다. 하지만 너무 좋아. 은우는 더 그를 바싹 끌어안았다. 숨을 쉴 수 없도록, 숨이 막히도록.

"입 맞춰줘요. 응?"

당신 때문에 정신이 나가 버리는 게 좋아. 내가 허은양이라는 걸 고백하지 못해도 이 순간은 너무 좋아. 은우는 계속 그를 재촉했다.

"위험해질 텐데. 아니, 내가 위험해."

"차라리 안아버리지 그래요?"

"그러면 곤란해. 난 말이야. 널 데리고 삼 일 밤낮을 방에서 나오지 않을 거거든."

"나, 예뻐요?"

"내 눈엔 예뻐. 걸을 수 없을 만큼 그렇게 계속 안아버릴 테니까."

그는 고심하며 말했다. 그의 눈에 비치는 은우는 점점 더 하얗고 요염해지는 것 같았다. 입 맞춰달라고 재촉하며 제 달콤한 몸을 제게 비벼 온다. 옷 아래 감춰진 봉긋한 가슴이 그의 팔뚝을 누르기도 하고 그의 가슴과 스치기도 했다. 때로는 등을 바싹 안아오는 통에 흥분한 적이 한두 번이 아니었다.

하지만 아직은 아니야. 그는 제 욕망을 해갈시키려 노력했다. 아마 지난 삼 일간을 되돌아 보건데 그의 몸에는 사리가 수백 개쯤은 생겼을 것이다.

"네가 말을 해주지 않으니까 아직은 안 돼."

"뭐가요?"

은우의 눈빛이 몽롱해져 있었다. 제 몸을 그에게 밀어붙이며 제가 무엇을 하는지도 모른 채 움직인다. 은우의 하얀 넝마는 유혹하는 여인이 입기에는 최악의 옷이었다. 몸매를 알아보기 힘들 정도로 겹겹이 껴입은 옷. 그러나 그 사이로 살짝 드러나 보이는 상아색 살결에, 그 향긋한 내음에 그는 침만 꿀꺽 삼켰다. 차라리 다시 저 얼굴을 붕대로 가려 버릴까?

왜 그녀는 자신이 허은양이라는 것을 이야기하지 않는 걸까.

"이야기하면 데려갈 텐데. 네가 누구인지 말해주면."

그의 낮고 위험스런 목소리가 은우의 귓가를 간질였다. 그 뜻은, 그를 인지하고 그의 입술을 갈구하며 열에 들뜬 은우에겐 들리지 않았다. 그의 커다란 손과 은우의 작은 손이 맞닿았다. 그는 단 한 번도 자신을 여자라고 생각하지 않았던 은우를, 가녀리고 연약한 생물로 인지하게 만들었다.

"입술. 입술을 줘요."

은우의 재촉에 그가 쓴웃음을 지었다. 어둠 속에서 그들의 한데 엉킨 몸이 침상 위로 쓰러졌다.

은우의 절박한 몸짓을 받아내면서도 사바누는 계속 인내해야 했다. 그녀를, 주촌산의 사냥꾼이 아닌 제 짝으로, 제 어엿한 여인으로 안고 싶었다. 그러니까 제발 얘기해. 허은양. 고작 며칠인데도 제 애정을, 제 마음을 모조리 갈퀴처럼 긁어 차지해 버리려는 허은양이 밉고 동시에 애달팠다. 나는 이미 너의 것인데, 왜 너는 고백하지 않는 거지?

그는 욕심이 났다. 아직은 아니지만 맛을 보는 것쯤은 어떤가. 허은우든 허은양이든 이것은 자신의 여인인데 뭐 어떤가. 그는 다급히 은우의 저고리를 벗겨내었다. 그녀가 제 몸을 가리기 위해 껴입은 두툼한 속저고리까지 모조리 벗겨내자 은우의 봉긋한 가슴이 등촉 아래 희미하게 드러났다. 미명 속에서도 잘 익고 영근 과실. 그는 수밀도 같은 가슴을 있는 힘껏 베어 물었다. 과즙이 금방이라도 그의 입안에서 향긋하게 터져 나올 것만 같았다.

"어흑!"

사바누는 다급히 제 입으로 그녀의 비명을 삼켰다. 그의 몸 아래 갇혀 비명을 삼키는 은우가 욕망에 몸부림치는 모습이 그의 뇌리에 가득 박혔다.

참아내는 것도 한계였다. 그날 밤도 겨우 욕정을 참아낸 그는 은우를 이불에 둘둘 감싸 안고 잠을 청했다.

잠을 설쳤기에 다음날 아침, 기상은 늦었다.

누군가 다급히 문을 두드리는 소리에 사바누는 희미하게 눈을 떴다.

"기침하셨습니까? 다급한 일이라 일어나셔야겠습니다."

사바누는 벌떡 일어났다. 그는 은우의 민낯을 보고 그녀에게 이불을 뒤집어씌운 뒤 호위를 불러들였다.

"무슨 일이냐?"

조심스럽게 그의 부하 호혁이 아뢰었다.

"급히 환궁하셔야 할 것 같습니다."

이불 속에 숨은 은우의 귀가 쫑긋했다. 사바누 역시 놀라 이불을 뒤집어쓴 은우의 형상을 돌아보았다.

"무슨 일이냐?"

"허은양이 나타났다고 합니다."

"뭐?"

사바누도 놀랐고 은우는 더욱 질겁했다. 나는 여기 있는데? 은우는 저를 손가락으로 가리키다 그 손을 조심스럽게 내렸다.

"관군 위사들이 몇몇 곳을 수색하다 우연히 찾아냈다고 합니다. 그 미인이 허은양이라는 결정적 증거를 찾아내어 현재 궁으로 데려왔다고 하더군요."

"결정적 증거라니?"

"그것이…… 귀왕전하께서 직접 허씨 부녀에게 내리신 호패라 합니다."

은우의 눈이 화등잔만 하게 커졌다. 그게 왜 거기 있니?

호혁은 은우 쪽을 살피더니 사바누에게 말을 할까 또 망설이는 듯했다.

"또 무슨 할 말이 남았더냐."

사바누가 채근했다.

"음. 사실, 그 여인을 찾아낸 것이 우 재상이라는 말이 있습니다."

무언가 우 재상의 의도가 실린 것은 아닐까? 사바누의 인상이 더욱 험악해졌다.

우 재상은 현명하고 덕망이 높았다. 신의와 약속을 중시하는 성격 탓에 딸이 불행해질 것을 예상하고도 제 딸을 결국 왕후로 만들었다. 그런 그가 허은양을 찾아내다니? 제 딸의 홍복을 빌어야 할 아비가 왜 두 번째 비를 찾아내는 모순을 일으켰단 말인가.

사바누가 궁을 떠나온 것은 열흘도 채 되지 않았다. 은우와의 즐거운 시간을 방해받은 터라 사바누는 더 화가 났다.

"허은양을 찾아내었으니 최대한 빨리 돌아오라는 여왕님의 전 갈도 있으셨습니다."

"게다가."

"또?"

내친 김에 호혁이 덧붙였다.

"허은양을 찾아내었으니 얼른 국혼을 밀어붙여야 하지 않느냐 며 진비마마께서 움직이신다 합니다."

핏기가 가시는 일이다. 우재이는 왜 하필! 그의 어머니가 빠른 전갈을 날렸다는 것 자체도 뭔가 상황이 급박하다는 뜻이 아니겠 는가.

그가 잠을 설쳤던 까닭에 이미 해는 중천에 떠 있었다. 점심을 먹고 이것저것 챙겨 곧장 출발한다 해도 궁에 다다르면 밤이 깊어 있을 것이다. 그렇다면 은우는?

그의 생각과 상관없이 은우는 제 옷을 어느새 찾아 입고 열심히 얼굴에 붕대를 감싸 매었다. 미처 가려지지 못한 얼굴 반쪽이 달 맞이꽃처럼 아름답고도 순수했다. 그리고 조금은 슬퍼 보였다.

"왜 아무 말도 하지 않아?"

"가실 거였잖아요."

대답이 너무 빨리 돌아와 그는 한숨만 쉬었다.

"돌아오마."

은우는 그의 말에 도리질을 쳤다. 의기소침해졌지만 이미 예상했던 일이라 받아들여야 한다고 여겼다. 오히려 지난 며칠간의 일이 꿈같다 여겼다.

사바누는 떠나면 다시 돌아오지 않을 것이다. 은우가 허은양이라는 것도 그녀의 아비가 지어낸 헛소리인지도 몰랐다.

"약속 같은 거 하지 마시고 떠나세요. 서둘러야 하잖아요."

은우의 말대로 지체할 시간은 없었다. 사바누와 호위들은 궁으로 돌아갈 채비를 서둘러야 했다. 여장을 꾸리는 시간은 금방이었으나 외려 객잔 주인이 이른 점심과 사내들의 먹거리를 만드느라 시간이 더 걸렸다. 그를 붙잡고 싶은 은우의 기분이 객잔 주인을 머뭇거리게 한 것일까.

오후가 시작될 무렵, 사바누와 호위들은 주촌산 어귀에 다다랐다.

작별인사를 한다고 따라와 있던 은우는 계속 말이 없었다. 은우뿐 아니라 은우를 두고 가야 한다는 것에 사바누의 부하들마저도 마냥 서운한 듯했다.

"최대한 빨리 돌아오도록 하마."

은우는 다시 도리질을 쳤다. 사바누가 덫에 걸린 뒤 함께한 며칠이 너무 즐거웠다. 하지만 아쉽게도 여기까지뿐인 인연인 모양이다. 붙잡고 싶지만 그럴 수 없었다.

"가세요, 가면 돌아오지 마세요."

"너는, 나의 허은양이다. 그것은 틀림없어."

은우는 그가 제 정체를 알았다고 생각지 않았다. 그래도 그 거짓말이 마냥 행복했다.

"떠나면 다시 돌아오지 않을 거면서."

은우의 혼잣말은 그도 들었을 테지만 그가 무언가 다른 행동을 할 거라곤 생각지 않았다. 오직 은우는 그의 말이 남긴 여운 속에서 행복했고 그 행복이 다 깨기 전에 그를 보내야 한다는 생각뿐이었다.

"가세요."

은우는 혼자 작별했다. 그녀가 만드는 허은양의 이야기는 여기서 끝일 거라 여겼다.

"여기 있으시면 안 돼요."

어쩌면 그녀의 말이 옳을 수 있다고, 사바누는 생각했다. 이대로 돌아가면 다시 주촌산에 오는 것을 기약할 수 없다. 대신들이 가짜 허은양을 진짜라 밀어붙인다면 해결되는데 시간이 얼마나 걸릴지 알 수 없었다. 허나 중요한 것은 그가 은우를 선택한다는 것. 현재의 그가 은우를 필요로 한다는 것.

사바누는 고개를 들어 은우를 보았다.

멀리 주촌산을 배경으로 선 은우의 하얀 인영이 흐릿해 보였다. 작별을 예감한 은우의 모습이 마냥 외롭고 슬퍼 보였다.

"나는."

추오 위에 올라탄 그가 고삐를 쥐었다. 천리를 하루 만에 내달리는 추오들은 거친 투레질 같은 숨을 내쉬며 흥분에 차올라 있었다. 이대로 멀어지면, 어쩌면 끝인 걸까.

"간다."

은우가 추오에게서 멀어지려 했다. 그 작별 따위 그는 허락하지 않았다. 그가 은우의 손목을 움켜쥐고 웃었다.

"나를 붙잡은 건 너였지 않느냐. 너는 나를 사냥했다고 말하지 않았더냐."

어리둥절한 은우를 붙잡아 끌어당기는 것과 동시에 사바누는 추오에 박차를 가했다. 그의 추오가 앞으로 뛰쳐나갔다.

"전하!"

당혹해하던 호위무사들이 다급히 사바누의 추오를 뒤따랐다.

주촌산이, 국새마을이 까마득하게 멀어지고 있다. 은우는, 왕의 품에 있다. 그녀를 붙든 그의 손에 잔뜩 힘이 실렸다. 은우는 저도 모르게 환호성을 질렀다.

3장 금해궁에서의 며칠

　북주국의 수도 설한부의 북쪽.

　그곳에는 커다란 대산帶山이 존재한다. 대산 위에 자리 잡은 견고한 성곽은 북주성. 그 안에 금해궁이 자리하고 있다.

　동도 트지 않은 이른 새벽, 북주성의 북문에 추오 일곱 마리가 도착했다. 그 전날 낮에 출발해 늦은 밤에 도착했어야 할 추오들은 예기치 않은 일행이 늘어난 덕분에 꽤나 시간을 지체하며 북주성의 북문을 통과했다. 성문이 열리자 추오들은 외궁을 신나게 가로지르며 대산의 산자락을 거슬러 올라갔다.

　내궁에 다다른 그들은 왕과 그 호위들이 돌아왔음을 알리고 다시 천마로 갈아탔다. 천마는 말 그대로 날개가 달린, 하늘을 나는 말이다.

사바누와 호위들은 곧장 왕의 처소인 강녕전康寧殿으로 향했다. 사바누는 제 품에 안겨 비몽사몽인 은우가 잠에서 깨어나기도 전, 의관을 정제하고 단령포로 갈아입었다. 그녀가 잠에서 깨어나려 할 즈음, 그는 은우를 이끌고 곧장 어머니의 처소인 치하전으로 향했다.

마침 해가 떠오르고 있었다.

여왕은 기침한 지 얼마 되지 않아 침의 차림으로 왕을 맞아야 했다. 법도에 어긋난 왕의 행동에도 불구하고 여왕은 의연히 아들을 맞았다. 그녀의 침전으로 쳐들어오다시피 한 왕에게 그녀는 몸을 세우며 훈계했다.

"주상. 법도에 어긋난 일입니다. 대체 이 아침부터 무슨 소란인 겁니까!"

다그쳐 따지려던 여왕은 사바누의 단령포 뒤에서 아른거리는 흰색 모피를 발견하고 어리둥절해졌다. 저것은 또 무언가. 제 아들의 등 뒤에 바싹 붙어 있는 존재는 사람인가 짐승인가?

"저것은 무엇인가요, 주상."

사바누는 은우를 돌아보며 뭐라 설명할지 고민했다. 충동적으로 은우를 데려왔지만 후회하진 않았다. 다만 어떤 비책도 없이 데려온 것이 문제였다. 은우가 허은양임을 증명할 방법이 없는 데다 궁에는 신뢰할 수 없는 자들이 가득해 은우를 혼자 둘 수도 없었다.

외척이 없는 궁이라 해도 보는 눈과 듣는 귀가 사방에 산재해 있다. 사바누가 금해궁에서 유일하게 믿고 신뢰하는 사람은 그의 어머니 여왕뿐으로, 이 치하전은 그가 금해궁에서 가장 안전하다고 믿는 장소였다.

사바누는 은우를 어머니에게 소개했다.

"이번 여행에서 인연을 맺게 되어 데려왔습니다."

그의 대답에 여왕의 눈매가 새치름하게 가늘어졌다.

"여행을 다녀도 물건을 주워 오거나 기념품을 가져온 경우는 있었지만 사람을 데려온 것은 처음이 아닌가요."

그는 고개를 끄덕였다.

"그렇게 되었으니 어머니께서 잠시 맡아주셨으면 합니다."

"이유는?"

"나중에, 나중에 말씀드리겠습니다."

진홍여왕은 그에게 매달려 있는 하얀 모피의 존재를 노려보았다. 저 목석같은 아들에게 매달린 존재가 마냥 신기했다. 자신의 아들이 부탁이란 것을 하다니? 그것 또한 어릴 적을 제외하곤 거의 없는 일이었다.

여왕이 은우를 향해 손짓했다.

"이리 데려오세요. 이름은 무엇인가요?"

"은우라고 부릅니다."

사바누는 제 품에서 조심스럽게 은우를 떼어내어 여왕의 앞에 보였다.

은우는 꿀꺽 침을 삼켰다. 왕의 어머니, 전대의 여왕. 철혈의 여왕으로 불리던 진홍여왕이 바로 눈앞에 있다. 검은 눈을 크게 부릅뜨고 진홍여왕을 댕그랗게 올려다보았다. 그 시선과 빤히 마주한 여왕은 한참이나 눈싸움을 하듯 시선을 맞췄다. 은우도 지지 않으려 가만히 그녀를 응시했다.

사바누는 잠시 후, 은우의 머리 위를 토닥거리는 어머니를 발견했다. 여왕의 입가에 부드러운 미소가 드리워졌다.

"첫인상은 제법 마음에 드는군요. 당분간 내 곁에 두지요."

사바누는 은우의 백색 모피를 쓰다듬는 어머니의 모습을 지켜보며 착잡해졌다. 분명 저 행동은 어머니가 마음에 드는 취향의 요수를 발견했을 때 보이는 반응과 흡사했다. 어머니가 쓰다듬는 그것은 요수도 아닌 인간에, 며느리인 허은양이라는 말이 떨어지지 않았다. 당분간 은우는 여왕이 애지중지하는 존재가 될 것이기에 그의 머릿속이 더욱 복잡했다.

"당분간 내 곁에 두는 재미가 있겠군요. 은우라고 했느냐? 나이는 몇 살?"

마치 어린아이 대하듯 되묻는 여왕의 상냥한 말투에 그는 더욱 할 말을 잃었다.

"소년인가요? 남색에 관심이 있으십니까, 주상."

"어머니, 은우는 여자입니다."

그 한마디에 별안간 여왕의 안색이 변했다. 그녀가 모피를 냉큼 벗기고 억세게 은우를 잡아당기더니 머리부터 발끝까지 넝마 같은 흰색 옷 아래 감춰진 은우의 모든 것을 살피느라 바빴다. 사바누도 장신이었으나 여왕도 키 작은 노대신들보다 머리 하나는 더 큰 장신이었기에 위압감이 대단했다. 은우는 겁을 집어먹고 위축된 듯 보였다.

"괜찮단다, 해치지 않아요. 주상. 이 소녀를 설마 후궁으로 삼으려 데려온 겁니까?"

여왕은 어린 소녀를 데려온 사바누를 책망하기까지 했다. 여왕이 말하는 그 소녀란 것은 스물에 보통 여인들과 비슷한 키를 가졌다 해도 먹혀들지 않을 것 같았다. 사바누가 입을 다물었다.

여왕은 은우의 조막만 한 얼굴을 가린 붕대를 미심쩍어했다.

"이 아이, 병이 있는 겁니까?"

"없습니다. 다만 가려야 할 이유가 있었습니다."

그가 단언하자 여왕은 무언가를 계속 생각하는 눈치였다.

"오후에 만나러 올 테니 그때까지 이곳에 있어."

은우는 그의 옷자락을 단단히 붙들고 매달렸다. 그가 자신을 제 어머니에게 맡겨두고 갈 줄은 상상도 못 했다.

"가지마요, 전하."

"어머니가 무서워?"

은우는 도리질을 쳤다.

"그래도 나 아는 사람은 전하뿐이잖아요."

은우의 맑은 목소리가 떨렸다. 사바누는 금방이라도 제 소맷단을 쥐고 싶어하는 은우의 작은 손등에 제 손을 겹쳐 토닥거렸다.

"걱정하지 마라. 어머니는 좋은 분이시고 널 보호해 주실 거다. 심심하면 어머니에게 도화원의 요수들 구경시켜 달라고 해."

아들 이상으로 예민한 청력을 가진 여왕은 아들이 다정하게 자신을 어머니라고 부르자 눈을 휘둥그레 떴다. 사바누가 붕대로 친친 매어진 소녀를 보며 소리 내어 웃기까지 하자 제 눈을 부정하기에 이르렀다.

저것이 과연 자신이 알고 있던 냉혈한 아들일까?

"오후에 널 보러 오마. 마마, 은우를 부탁드립니다."

사바누가 고개를 들자 여왕은 정신을 차리며 대꾸했다.

"그렇게 하세요, 주상."

그 뒤에도 시간은 잘만 빠르게 흘렀다. 큰 키와 반듯한 이목구비, 분위기가 흡사한 모자지간을 훔쳐보던 은우는 두 사람이 대화를 나누기 위해 내실로 들자 침상 근처에 기대어 있다가 깜빡 잠이 들었다. 깨어났을 때 이미 사바누는 가고 없었다.

은우는 달리 할 일이 없었으므로 그의 어머니를 지켜보았다. 전대 여왕을 여왕님으로 불러야 할지 마마님으로 불러야 할지는 은우로서도 알 수 없었다. 다만 여왕은 참으로 반듯한 사람이었다.

그녀는 해시계의 시간에 따라 정확히 자로 잰 듯 움직였다. 시녀들을 불러들인 그녀는 재색의 치마와 반비로 갈아입고 은우와 함께 조반을 함께 했다.

아침을 먹은 뒤엔 다시 시녀들을 불러들여 그날 새로이 입을 옷을 정했다. 여왕은 그날의 기분과 날씨에 따라 시녀들이 권하는 옷을 골라 입었으며 자신이 무엇을 입을지 어떻게 꾸밀지에 대해선 그리 고민하지 않았다. 다른 귀족 여인들에 비한다면 여왕이 자신을 꾸미는 시간은 지독히 과할 정도로 짧고 간소했으나 궁인이나 귀족 여인을 본 적이 없는 은우에겐 그 일련의 과정들이 마냥 신기하기만 했다. 은우는 여왕의 발치에서 그녀를 빤히 올려다보았다.

치장을 위해 늘어뜨린 여왕의 탐스러운 긴 녹발에 은우는 경탄했고 녹발이 곱게 틀어 올려져 진주장식의 보요관이 덧씌워지자 예쁜 머리색을 볼 수 없다며 안타까워했다. 여왕은 아름다운 봉황 자수가 놓인 백색삼과 화사한 주황색 치마를 걸쳤다. 화장을 마친 여왕의 머리는 화잠과 봉황잠으로 뒷머리를 장식했고 마지막으로 시녀들은 청록색 피백을 그녀의 어깨 위로 늘어뜨렸다. 여왕의 녹안과 유사한 아름다운 녹빛 비단이었다.

치장을 마친 여왕은 서른의 아들을 둔 중년의 어머니로는 보이지 않았다. 은우의 눈에 그녀는 여전히 눈이 부시도록 아름다운 미인이었다.

"턱이 떨어지겠구나."

은우는 여왕의 얼굴을 보며 입을 떡하니 벌리고 있었다. 시녀들이 은우를 보며 몰래 웃음을 살폈다.

"내가 아름다워 보이느냐?"

은우가 붕붕 고개를 끄덕였다. 그 순수한 경탄에 여왕은 경대 속에 자신의 얼굴을 다시금 비춰보았다. 나쁘지 않은 미색이었으나 지나가는 세월을 막지는 못했다. 그녀가 쓰게 웃자 거울 속 여인의 얼굴에는 깊은 주름이 패였다.

그런 자신을 보며 활짝 웃는 은우의 웃음소리가 명랑해서 여왕까지 즐거워지는 기분이었다. 자신은 언제 천진난만한 미소를 지었었던 걸까. 여왕은 순수해 보이는 은우가 부러웠다. 제 아들이 저 아이를 데려온 이유를 알 것 같았다. 곁에 두고 보기만 해도 즐거워지는 기분이라니.

"이름이 은우라 했지. 네 나이는 몇이냐?"

은우가 활짝 웃으며 답했다.

"스물이요."

"스물?"

도무지 믿기지 않는 나이였다. 여왕뿐 아니라 여왕의 시녀들도 놀랐다.

여왕은 은우를 향해 손짓했다.

"이리 와보렴."

은우가 조심스럽게 다가가자 여왕은 조금 겁을 집어먹은 듯한 은우를 살폈다. 제가 사바누를 낳던 것이 열여덟이었거늘 저 은우가 스물이라니? 설마 저 아이가 바보거나 백치미인 걸까? 그것이 아니면 사바누에게 접근하기 위해 의도적으로 순진한 척한 건가? 여왕의 비위를 맞추며 간살스럽게 굴던 궁녀들이 사바누에게 접근하려 한 적이 한두 번이 아니었던 데다 얼굴을 가린 은우는 꽤나 수상하기 짝이 없었다.

얼굴을 볼 수 있다면, 거짓인지 아닌지는 알 수 있을 텐데.

여왕은 자신과 함께 조식을 먹느라 입가의 붕대를 풀어낸 은우를 응시했다. 드러난 은우의 아래턱은 뾰루지나 점 하나 없이 말끔해 보였다.

"네 얼굴을 봐도 되겠느냐."

은우는 바싹 굳은 채 시녀들을 경계했다. 여왕은 시녀들을 물렸다. 시녀들이 사라지자 은우는 안도한 듯했다.

"꼭 보셔야 하나요?"

"확인할 것이 있어서 그러하다. 네가 병이 있어서 얼굴을 가리는 것이 아닌가 걱정되어서 말이다."

은우는 고개를 흔들어 부정했다.

"저 건강해요."

"나만 얼굴을 볼 것이다. 원한다면 금방 가려주마."

은우는 망설이다 고개를 끄덕였다. 여왕은 틀림없는 사바누의 어머니였다. 또한 누가 봐도 수상해 보이는 은우에게 경계심을 품었지만 적의는 없어 보였다. 은우는 사바누를, 그리고 사바누의 어머니를 믿기로 했다. 그가 저를 이곳에 둔 이유도 여왕을 신뢰했기 때문이리라.

은우는 제 손으로 붕대를 풀어내었다. 몇 번의 손짓만으로 허망하게 붕대는 풀렸다. 얼굴을 가리던 붕대가 제거되자 은우는 꽤 부끄러운 느낌이 들었다.

여왕은 붕대 아래로 드러난 은우의 곱고 예쁜 얼굴과 마주했다. 처음의 그녀가 본 진실하고 순진한 까만 눈처럼 해맑은 얼굴이었다. 이 얼굴을 왜 가렸을까, 여왕은 진심으로 궁금해졌다.

"흠이나 상처도 없는데 얼굴은 왜 가린 것이냐?"

"아버지도 전하도 모두 그러라고 하셨어요."

여왕은 황망해하면서도 은우의 얼굴을 찬찬히 살폈다. 여인의 아비와 사바누가 그리 하라 했다면 필시 이유가 있을 것이다. 은우는 뛰어난 미색은 아니지만 참으로 고왔고 계속 보아도 질리지 않을 얼굴이었다. 천진난만한 은우가 여왕의 첫눈에 들어온 것도 그러했다. 냉랭한 아들이나 거리감 있는 진비와는 전혀 다른 종류의 인간.

여왕은 뭔가를 깨닫고 은우에게 명령했다.

"웃어볼 수 있겠느냐."

"이렇게요?"

은우가 어리둥절해하며 웃는 낯을 만들어냈다.

여왕은 순진무구한 검은 큰 눈이 보기 좋게 휘자 은우의 목소리가 참으로 맑고 영롱했다는 것을 새삼스레 깨달았다. 분명 천진난만하고 순수한데 묘하게 색기가 깃들어 사람을 유혹한다. 본인은 유혹하는 줄도 모르겠지. 그래서 더 기구하게만 느껴졌다. 붕대도 모자라 모피까지 뒤집어씌운 그 아비의 심정을 이해할 수 있을 것 같았다.

여왕은 한숨을 쉬었다.

"도화살이 끼었다는 소리를 듣지 못했느냐."

"무슨 살이요?"

"됐다."

간사하기는커녕 백치미에 가까운 은우에게 여왕은 설명을 포기했다. 그새 은우는 그사이 붕대로 얼굴을 가리더니 구미호의 모피를 쓰개처럼 뒤집어썼다. 그 행동이 익숙하고 잽싸서 여왕은 다시금 물었다.

"여인의 옷을 입어보고 꾸민 것이 언제더냐."

은우는 손가락을 꼽으며 대꾸했다.

"8년 전쯤? 왜 물으세요?"

여왕은 모피 아래의 검은 눈이 호기심으로 반짝거리자 시녀들을 불러들였다.

여왕의 명령에 시녀들은 빠르게 움직였다. 여왕이 입기엔 너무 밝고 화사한 빛깔의 비단치마와 저고리들을 가져와 여왕은 은우의 하얀 붕대에 대어보았고 시녀들은 은우의 키와 팔 길이를 재어 기록했다.

여왕은 한참의 사투 끝에 은우의 흰 피부에 어울릴 만한 화사한 비단치마 두어 벌과 저고리를 골랐다. 은우는 영문을 몰라 그 행동을 가만히 지켜보기만 했다.

"옷을 골랐으니 이제 씻어야겠구나."

여왕의 말이 떨어지기 무섭게 힘이 좋은 시녀들이 은우의 양팔을 붙잡았다. 수석시녀가 은우의 모피를 빼앗자 은우는 붕대를 적시며 그렁그렁 울어대기 시작했다.

"마마님. 저 잘못한 거 없어요!"

"안다. 하지만 그 꼴은 내가 더는 참지 못하겠구나."

여왕만큼이나 시녀들도 결연한 표정이었다. 최소한 은우가 입은 백색넝마와 보기 싫은 붕대를 제거해 버리겠다는 전의에 불타올랐다. 은우는 제 힘껏 반항하며 날뛰었으나 여왕의 힘 좋은 시녀들이 단체로 덤비자 이내 그녀들에게 깔리고 말았다.

"마마님! 살려주세요!"

은우의 애원에도 여왕은 태연하게 외면했다. 여왕의 시녀들은 팔뚝을 걷어붙였다.

"으아아. 왜 이러는 거예요!"

"누구도 너를 알아볼 수 없게 만들어주마. 내 시녀들의 솜씨는 제법 믿을 만하단다."

시녀들은 씩씩하게 은우를 끌고 욕탕으로 향했다. 은우는 20년 간 주촌산에서 다져진 제 힘을 쉽게 억눌러 버리는 항우장사 같은 시녀들의 강건한 힘에 감탄하면서도 울고 싶었다. 은우가 제일 무서워하는 수석시녀가 우렁차게 외쳤다.

"마마! 저것을 사람처럼 만들어 보이겠습니다!"

"전 사람이라고요!"

누구도 은우의 항변을 들은 척도 하지 않았다.

"최대한 아름답게 만들어보려무나."

"힘껏 노력하겠습니다!"

여왕의 명령에 시녀들은 힘차게 소리쳤다. 무료하던 그녀들의 일상에 저 사람 같지 않은 생물을 인간 여인으로 만들어보라니 이 얼마나 뿌듯하고 보람차지 아니한가. 시녀들은 불끈 주먹을 쥐며 은우를 반 강제로 벗긴 뒤 욕탕 안에 밀어 넣었다. 첨벙거리는 물소리가 요란해졌다.

은우가 반항하며 괴성을 질러댔지만 여왕의 너른 욕탕 안은 닫트여 득음하기 좋은 공간이었다. 방음도 완벽해 치하전의 사람들은 비명을 들어도 모른 척했다. 치하전 옆을 어슬렁거리던 눈 하나 없던 구미호나 다른 요수들도 길게 하품을 하며 잠이 든 척했다.

여왕이 치장을 마친 은우를 데려간 곳은 효정궁의 도화원이었다.

도화원은 진홍여왕의 어머니, 화비花妃의 정원으로 유명하다. 도화원에는 북주국에서 보기 드문 꽃들이 사시사철 피었고 진귀한 요수들이 찾아와 머물렀다. 화비가 사라진 뒤에도 귀한 꽃들과 요수들은 그곳을 떠나지 않고 잔존했다.

은우는 백일몽을 꾸는 기분으로 도화원을 둘러보았다. 오색의 화려한 빛깔을 가진 꽃들이 제 생명을 폭발시키듯 피어 있었다. 작은 야산을 끼고 만들어진 작은 시내와 연못까지 있는 인공정원의 크기도 상상한 이상으로 널러 입이 떡 벌어졌다.

"여기는?"

여왕이 대답했다.

"내 어머니가 머무르던 곳이었다. 그분은 이곳을 가장 좋아했거든."

진홍여왕의 발소리에 정원에 숨어 있던 요수들이 수풀 속에서 얼굴을 드러내었다. 천지를 개벽시킬 정도로 울어버린다는 환과 맹극, 신성한 새 구망과 이름도 모를 희한한 요수들이 그곳에 그득했다. 그녀의 방문에 새들도 여왕의 머리 위를 뱅뱅 돌다 날아갔다. 은우는 여왕에게 눈을 맞추며 인사를 하는 듯한 요수들의 모습에 찬탄했다.

여왕은 성큼 앞으로 나아갔기에 은우는 불편한 치맛단을 들고 여왕의 뒤를 쫓았다. 그러다 도화원을 가로질러 흐르는 작은 시내와 마주치게 되었다. 시내에는 작은 징검다리도 있었고 조금 떨어진 곳에 구름다리도 자리했다.

징검다리를 건너려던 은우는 치맛단이 물에 젖을까 두려워하며 구름다리 쪽으로 향했다. 구름다리 아래에 고인 물가를 물끄러미 바라보던 은우는 저 같지 않은 낯선 여인의 그림자가 비치자 꽤나 놀랐다. 예쁜 비단치마를 걸친 여자는 잘록한 허리를 갖고 있었고 두꺼운 면사로 얼굴을 가리고 있었다. 은우가 면사를 걷자, 물이 일렁거려 조금 흐리긴 했지만 언뜻 봐도 미인으로 보이는 낯선 여인만이 비쳤다. 주촌산의 사냥꾼이었던 은우는 없었다.

여왕은 은우에게 연보랏빛 삼과 긴 비단치마를 입혔다. 어깨에 드리워진 장식비단이나 옷깃 사이로 내려다보이는 가슴골 모두 은우는 마냥 이상하고 부끄러웠다. 치마를 입는 것도 거의 8년 만에 처음이었던 터라 마냥 어색했다.

은우가 물가에서 제 모습을 비추며 멈춰 서 있자 여왕이 되돌아왔다.

"이상하게 느껴지는 것이냐."

은우는 반쯤 울상이 되어 고개를 끄덕이자 여왕은 흐뭇한 미소를 되돌렸다.

"기껏 예쁘게 치장해 놓았는데 울면 곤란하잖니."

"하, 하지만."

"저곳에 정자가 있단다. 그곳에서 잠깐 쉬자꾸나."

여왕은 은우를 이끌고 도화원의 유일한 쉼터인 정자로 향했다. 소박하고 운치가 있는 정자에는 손때가 묻고 오래된 찻잔과 차통이 준비되어 있었다. 여왕은 직접 제 손으로 차를 우려내었다. 은우는 황송해서 두 손으로 넙죽 잔을 받았다.

"마마님은 이곳을 좋아하시나 보네요."

"마마라."

진홍여왕은 그 말을 곱씹으며 웃었다.

"벌써 내가 이 궁의 가장 높은 주인이 되었다는 게 믿기지 않는구나. 나는 아버지의 딸이었고 어머니의 유일한 딸이었지. 내 아버님은 이곳을 어머니의 유일한 공간으로 만들고자 하셨다. 그분들이 떠나고 북주성과 금해궁의 많은 건물들이 바뀌고 다시 세워졌지만 이곳만은 여전히 그분들의 공간으로 남았지."

여왕의 목소리는 푸근했으나 동시에 쓸쓸했다. 여왕은 은우를 돌아보며 은우의 면사를 걷어내었다.

"이곳에는 너와 나, 단 둘뿐이란다. 그러니 나를 헤르로 부르렴."

은우는 여왕의 녹안과 마주했다. 그녀의 눈은 상냥했다. 은우는 헤르, 라는 이름을 입안에서 굴려보았다.

은우의 아비는 말했다. 북주국의 왕족들의 이름은 모두 용의 이름이라는 것. 그 이름을 가르쳐 준다는 것은 상대를 신뢰한다는 뜻이라는 것을.

"절 믿으세요? 왜 이름을 가르쳐 주세요?"

"글쎄, 왜일까. 너무 오랫동안 내 본명을 쓰지 않아서일지도 모르겠구나. 이곳에 와서 감상에 젖은 건지도 모르지."

여왕의 쓴웃음에 은우는 동조했다. 헤르는 외로워 보였다. 그 쓴웃음마저 사바누를 닮아 친숙했다.

"전하와 많이 닮으셨어요, 헤르 님은."

"그리 보이냐."

은우는 고개를 끄덕였다. 은우의 말갛고 고운 손을 바라보던 여왕은 갑자기 하늘에서 떨어진 것 같은 은우의 존재가 마냥 궁금해졌다.

"내 아들과는 어떻게 만난 것이냐?"

은우는 어떻게 이야기할까 망설였다. 하지만 여왕은 예쁜 옷도 자신의 귀한 이름도 알려주었으니 이야기쯤이야. 은우가 입을 열었다.

"전하를 잡아서요."

"……무슨 말이니?"

"그러니까 덫으로 잡아서요."

여왕이 도무지 믿으려 하질 않았기 때문에 은우는 그 과정을 상세히, 생생히 묘사했다. 사냥꾼인 제 직업을 고하고 자신의 덫에 걸린 왕이 사투를 벌이는 과정을 몸으로 표현하자 여왕은 완전히 넋이 나갔다. 은우는 느닷없이 죄스러워졌다.

"……내, 내 아드님이…… 정녕 그러해, 했더냐."

몇 번이고 되묻던 여왕은 은우가 고개를 끄덕이자 눈물을 흘리며 폭소했다. 그리곤 은우가 사바누와 보낸 시간들에 대해 물었다. 은우는 별말을 하지 않았으나 여왕은 이미 은우의 감정을 짐작한 듯했다.

"너는 내 아들을 좋아하고 있구나."

은우는 부정하지 못했다. 여왕은 한숨을 쉬었다.

"내 아들은 나쁘지 않은 왕이지. 너에게도 마찬가지일 테지만 은우 네가 그곳에서 만난 사바누와 이곳에서의 왕인 그는 천양지

차일 거다. 이곳은 궁이고 내 아들은 왕이란다. 사바누를 낳은 나조차도 그의 속내를 짐작하기 어렵지."

바람이 불었다. 따스한 춘풍 속에 짙은 꽃향기와 함께 칼날 같은 스산함이 서려 은우의 뺨을 할퀴고 지나갔다.

은우의 맞은편에 앉은 것은 친근한 헤르가 아닌 이 나라의 진홍여왕이었다. 그녀의 목소리는 여전히 상냥했지만 날카로웠다.

"너는 사냥꾼이라 했다. 보통 여인들처럼 살지도 않았고 귀족들을 본 적도 없겠지. 하물며 사바누처럼 귀한 신분의 수려한 외모를 가진 사내를 대할 기회는 더더욱 없었을 터. 너는 내 아들이 주는 다정함에 빠져 그를 좋아하게 되었노라 생각했을 것이다. 틀렸느냐?"

여왕의 말이 옳았기에 은우는 부정할 수 없었다. 하지만 그의 잘난 외모와 신분 때문에 그를 좋아하게 된 것은 아니었다. 그가 사바누이고 은우가 허은양이라 좋아했을 뿐인데.

은우는 제 감정을 모조리 부정당하는 것 같아 슬펐다.

"너를 거두어 데려왔으니 내 아들도 너에게 품은 감정이 있으리라 생각한다. 허나 내 아들은 왕이다. 왕의 진짜 의미를 아느냐?"

은우는 여왕의 시선이 불편해져 엉덩이를 들썩거렸다. 그러니까, 왕은.

"……이 나라를 다스리는 사람이요."

진홍여왕은 고개를 끄덕였다.

"한 나라를 다스리는 것은 쉽지 않은 일이지. 때로는 자신의 미래와 행복을 희생하기도 하고 원치 않은 일을 해야 할 때도 있단다."

은우는 왕이 얼마나 힘든지, 그 업무가 얼마나 과중한지에 대해선 알지 못했다.

"왕은 자신이 짊어져야 할 의무가 있단다. 내 아들은 왕으로서의 의무와 약속에 충실하지. 그것이 은우 너를 상처 입힐 수도 있단다."

여왕의 말을 전부 이해할 수는 없었지만 왕의 의무나 약속에 대해선 은우도 들은 것이 있었다. 은우는 여왕을 응시했다.

"사바누, 아니, 전하께서는 허은양을 찾고 있다고 했어요. 그 여자에게서 후사를 얻어야 한다고요. ……생면부지의 여인에게서 자식을 얻을 만큼 왕의 의무란 건 중요한가요?"

궁에는 진짜 허은양의 징표를 가진 여인도 있다지 않았던가. 그 허은양이 궁에 와 있다는 말을 전해 들었을 때 사바누의 당혹스런 반응이 마음에 걸렸다. 그때는 은우의 마음을 확인했기에 그럴지도 모른다 여겼다. 허나, 허은양의 징표를 가진 여인이 진짜 허은양으로 행세한다면? 그래서 그의 옆자리를 은우 대신 차지한다면? 소름이 끼쳤다. 그건 싫었다.

"내 아들에겐 허은양이 필요하다."

여왕은 그것밖에 말해주지 않았다. 은우는 더욱 울고 싶어졌다.

"헤르. ……만약 제가 허은양인데 증거가 없다고 한다면? 이곳에 대신들이 데려다 놓았다는 그녀가 진짜가 아닌 가짜라면요? 그래도 허은양이 필요한가요?"

"그건 상관없다. 내 아들도 나도 원하는 건 진짜뿐이야."

진짜 허은양을 원한다면서 은우 자신을 데려온 사바누의 행동은 뭘까. 은우는 멍해졌다. 왕의 의무를 다하기 위해 그는 최선을 다할 것이다. 그것에는 진짜 허은양을 찾아 그녀와의 사이에서 후사를 얻는 것도 포함되어 있겠지.

사바누는 허은양을 찾아 주촌산으로 왔다. 그리고 은우와 만났다. 은우가 좋아한다고 고백하자 그도 마찬가지라 답했다.

그 이후 사바누는 은우와 함께 하며 주촌산을 수색하긴 했지만 다분히 형식적이었다. 은우와 함께 있으면서 허은양을 찾는 것에는 묘하게 건성이었다. 그러면서 은우에게 할 말이 없느냐며 되물었다. 은우에게 무언가의 고백을 듣고 싶어했었다.

설마, 그는 은우가 허은양임을 알았기에 데려온 걸까.

어디서 알게 된 걸까.

설마, 설마.

여왕의 말은 계속되었다.

"북주국의 왕들은 왕후와 평생 해로한 경우가 많지만 전례만을 믿을 수는 없단다. 왕들은 많은 여인들을 지니지. 내 아들은 젊고 매력적이니 내 아들만을 맹종하지는 말거라. 너에게 빠져 있다 한들 그 아이는 제 의지와 상관없이 비를 맞이해 그녀들을 안겠지. 너는 후궁이 될 수는 있겠지만 사바누의 유일한 여인이 되지는 못할 게다."

여왕의 말은 옳다. 부정할 수 없다.

여왕은 은우를 걱정하고 있다.

"그는 좋은 왕이고 너에게 반해 있지. 아드님은 배려심이 많으니 애정이 사라진다 해도 널 홀대하지는 않을 것이다. 다만 미래는 누구도 장담할 수 없지."

여왕의 말이 가슴을 찔렀다.

은우는 어찌해야 할까. 아니, 나는 그의 뭐지?

설마, 그는 정말 날 허은양이라 믿어서 데려온 걸까? 은우를 보자 허은양으로 확신한 걸까? 그럼 이유는 뭐지? 사바누를 만나야 할 것 같았다. 은우가 여왕에게 물었다.

"그는 무엇을 하고 계시죠?"

"너도 알고 있지 않느냐. 그는 허은양을 만나러 갔다."

은우의 심장이 쿵, 하고 떨어졌다. 그가 자신을 허은양이라 믿고 데려왔지만, 궁에 있는 허은양을 진짜라고 믿어버리면 어쩌지? 그 여인은 그들 부녀가 잃어버린 표식을 갖고 있다 하지 않았던가.

두렵다. 무서워. 어쩌면 그가 자신을 허은양이기에 필요로 했을 것 같아서, 그래서 좋아한다고 말했을 것 같아서 울고 싶었다. 자신은 허은양이기에 쓸모가 있었을 뿐이었던 걸까. 허은양이 아닌 은우는 가치가 없었던 걸까.

그 모든 것들이 뒤얽혔다. 하늘을 떠다니는 구름만이 무심하게 단조로워 보였다. 은우의 불길함을 인지한 도화원에는 삽시간에 그늘이 드리워졌다.

귀빈전에서는 예고도 없는 왕의 방문에 소란이 일었다. 미처 마

음의 준비도 하지 못했던 허은양과 시중인들에게 마른하늘의 날 벼락 같은 일이었다.

격식을 날려 버리며 등장한 왕은 자황포와 건대의 간소한 평복 차림이었다. 그럼에도 왕은 키가 크고 훤칠했으며 수려한 얼굴에 화룡의 상징이라는 푸른 눈과 푸른 머리칼을 지녀 참으로 신비로워 보이기까지 했다. 왕을 처음 대면한 시녀들은 발그레 얼굴을 붉히며 허은양을 부러움의 시선으로 응시했다.

허은양은 아름다웠다. 사람이라는 생각이 들지 않을 정도로 화려하고 마성적인 그녀의 아름다움에 남녀노소가 넋을 잃곤 했다. 완벽한 미모에 아름다운 목소리와 황홀한 자태를 지닌 여인이니 왕도 그녀를 보면 넋을 잃고 사랑에 빠질 거라 모두 그리 여겼다. 왕의 호위자들마저도 허은양을 보며 얼이 빠졌지만 북마왕만이 그녀를 응시하고도 싸한 얼굴이었다.

허은양은 왕을 위해 바닥에 내려가 머리를 조아리며 절했다. 눈부신 미모의 여인은 그 움직임조차 참으로 교태로웠다.

"전하를 이제야 뵙습니다."

고개를 들라는 하명이 없었기에 허은양은 한참을 고두한 자세로 엎드려 있어야 했다. 시녀들의 얼굴에 난감함이 떠올랐다. 사바누의 뒤를 쫓아온 환관이 고갯짓을 하자 허은양의 시녀들이 그녀를 부축해 일으켰다.

"소녀, 허은양이라 하옵니다."

고개를 든 허은양의 화려한 얼굴은 누가 보아도 천하제일의 경국지색으로 손꼽힐 만했다. 그녀는 얼굴만 화사하게 빛나는 것이 아니라 뽀얀 살결과 호리병 같은 몸매도 참으로 일품이었다. 허리는 잘록했고 가슴은 풍만했다. 가성의 목소리도 꽤 고왔고 그 미려한 움직임 하나하나가 지독하리만치 관능적이라 사내들의 혼을 빼앗을 만했다.

허나 사바누의 시선이 머문 곳은 허은양의 얼굴이나 몸매도 아닌 그녀의 치마에 놓아진 금색 봉황자수문이었다. 왕후만이 새길 수 있는 표식을 눈여겨 본 그의 입매가 뒤틀렸다.

그의 냉소를 눈치채지 못한 허은양의 얼굴에는 발그레한 홍조가 솟아올라 있었다. 그녀가 파르르 긴 속눈썹을 깜빡였다.

"그대가 허은양이라 하였나."

"그러하옵니다. 전하."

흥분감을 감추지 못하는 들뜬 목소리에도 천박한 기색은 엿보이지 않았다. 그런데도 지독하게 화려한 미인인 그녀에게 가끔 외국 사신들을 맞기 위해 사용되던 화려한 귀빈전은 자신의 집처럼 잘 어울렸다. 심지어 왕후가 될 것을 인지한 여인의 손끝에는 오만함이 깃들어 여인의 손짓 하나에 시녀들은 머리를 조아리며 바닥을 기었다.

허은양은 그를 귀빈전의 다실로 안내하며 시녀들에게 차를 준비하게 했다. 마치 제집에 온 손님을 대접하는 것마냥 귀빈전에 스며든 허은양을 보며 사바누는 그녀가 궁에 온 지 고작 며칠밖에 되지 않았음을 상기했다. 그 허은양이 색기 어린 미소를 되돌렸다.

사바누가 그녀를 향해 되물었다.

"그대가 허은양이라 증명할 증거가 있다더냐?"

여인은 냉큼 제 품의 비단주머니에서 호패를 조심스럽게 꺼내 내밀었다. 금색의 호패에는 허씨의 문장과 은양이라는 이름이, 그 뒷면에는 귀왕의 인장과 은양의 이름을 하사한 귀왕의 제위년도가 새겨져 있었다.

"과연."

사바누는 여인에게 호패를 돌려주며 슬쩍 입매를 뒤틀었다.

그의 비웃음을 눈치챈 허은양은 의아한 얼굴이었다.

"왜 그러십니까, 전하?"

"정교한 야금술로 만들어진 그것이 이 세상에 두 개일 가능성은 낮다고 여겼다. 그것은 내 조부가 허씨 부녀에게 내린 것이 맞다."

허은양의 얼굴이 확 펴졌다.

"그럼 전하께서는 저를 허은양이라 인정하시는 것입니까?"

"그대의 아비는 어디에 있나."

느닷없는 질문에 여인의 얼굴에는 당황한 기색이 어렸다.

"아, 아버님은 오래전에 돌아가셨습니다."

"그럼 그가 이 호패를 손에 어찌 넣었는지 설명할 수는 없다는 것이겠군."

그 말에 귀빈전 전체가 고요해졌다. 허은양을 믿지 않는다는 뜻이 담긴 말에 허은양은 무표정한 얼굴로 입을 열었다.

"전하께선 제 아버지를 모독하고 저를 의심한다는 뜻이군요."

여인의 표정은 참으로 의연해 사바누도 제가 넘겨짚은 것이 아닐까 의심했다.

"아무리 지아비가 되실 전하라 해도 이것은 예의에 어긋난 것입니다. 더 하실 말씀이 없으시면 이만 나가주시겠습니까?"

사바누의 예지력이 먼 훗날의 미래를 엿보지 않았다면 그조차도 여인을 진짜 허은양이라 믿었을 것이다. 여인이 적어도 비현실적으로 아름다운 것은 사실이었다. 은우와 가짜 허은양을 두고 고르라면 누구든 귀빈전의 허은양을 진짜로 생각할 터. 허나 사바누의 서슬 퍼런 녹안과 마주한 여인의 눈매가 파르라니 떨리며 동요를 일으켰다. 먼저 시선을 피한 쪽은 여인이었다.

사바누는 확신했다. 저것은 가짜다. 설사 저쪽이 진짜라 한들 그의 마음은 이미 은우에게 기울어 있었다.

"마음대로 하라. 왕인 내가 그대를 아직 인정하지 않았음을 똑똑히 기억하라. 또한 비의 지위를 얻지 못한 이상 왕후나 왕족을 상징하는 봉황문을 입어서는 안 된다. 그것은 왕실에 대한 모독이며 왕권에 대한 도전이 될 것이다."

"저, 전하!"

허은양의 눈이 불길하게 떨렸다.

"가자."

사바누는 그녀를 무시한 채 제 뒤의 호위들에게 명령했다.

"전하!"

고혹적이고 애달픈 여인의 목소리가 돌아왔다.

"저를 왜 이리 박대하시는 것입니까?"

허은양이 외치는 목소리가 가뭇없이 이어졌다. 그 외침을 무시하고 나서려던 그는 귀빈전을 방문한 다른 손님과 조우했다. 궁을 나섰던 왕이 소리 소문도 없이 돌아와 허은양을 만나러 올 것이라 예측하지 못한 것은 왕후, 진비도 마찬가지였다.

"저, 전하. 언제 오셨습니까."

진비가 몰래 식은땀을 훔쳐 내었다. 당황한 것도 잠시 이내 평정을 되찾은 그녀가 시선을 피하며 가지런히 두 손을 모았다.

"왜 기별도 주시지 않으셨습니까."

"진비야말로 이곳에는 어인 일이시오?"

허은양이 막 다실에서 나와 왕과 왕후를 보며 멈췄다. 진비는 당연하다는 듯 말을 이었다.

"동기간의 정을 미리 쌓는 것이 좋을 듯하여 시간이 날 때마다 허비를 보러 옵니다. 무엇이 잘못되었습니까?"

"허비?"

사바누의 귀에도 그 호칭은 제법 거슬렸다.

허은양의 눈매가 촉촉해져 있었다. 시녀들이 비단으로 허은양의 눈물을 훔쳐 내었다. 허은양은 시녀들을 밀어내며 떨리는 목소리로 진비를 맞았다.

"왕후마마 오셨습니까?"

진비 우재이는 놀라 왕을 돌아보았다.

"대, 대체 어찌된 일입니까, 전하. 심약한 허비에게 대체 무슨 말을 하셨기에?"

허비, 허은양이 다시 눈물을 훔쳤다.

"마마, 전하 탓이 아닙니다. 이 부덕한 허은양 탓입니다."

허은양이 진비에게 기대어 훌쩍였다. 진비는 혀를 차며 사바누를 향해 의연하게 말했다.

"이 허비께선 전하의 두 번째 비가 되실 사람입니다. 조금만 아껴주셔도 좋았을 것입니다."

참으로 미묘하다, 라고 사바누는 생각했다. 자신을 제외한 모두가 허은양을 철썩같이 믿고 있었다. 그는 미세한 감정의 동요를 냉랭한 표정 아래로 감추었다. 그리곤 높낮이 없는 목소리로 허은양과 진비를 향해 입을 열었다.

"다정한 것은 그리 친숙하지 않소."

"그래도 매몰차게 하지는 않으셨어야죠. 허비, 전하는 원래 저런 분이십니다. 익숙해지셔야 해요. 그대는 나 같은 왕후가 되실 분이니까."

진비가 사바누에게 관심을 끊고 허은양에게 위로의 말을 건네며 감쌌다. 다정해 보이는 두 여인의 모습에 사바누는 잠시 기가 막혀 웃었다. 그 웃음소리에 진비와 허은양 둘 다 고개를 들었다.

"전하?"

사바누는 짐짓 두 여인을 돌아보며 웃는 척했다.

"두 비께서 자매처럼 잘 어울리시는구려."

그의 뼈 섞인 농담에도 진비는 진심으로 기뻐했다.

"보십시오. 허은양. 전하께서는 가끔 저런 농담도 하실 줄 아신답니다. 원래 저이가 표현이 서투르시지요. 그러니 마음을 푸세요."

진비가 허은양을 달래는 사이 사바누는 귀빈전을 빠져나왔다.

귀빈전에서 한참이나 멀어진 뒤에도 그는 다정해 보였던 두 여인을 떠올리며 쓴웃음을 지었다.

귀빈전에서 꽤 멀어진 뒤에야 그는 발길을 멈추고 자신의 그림자에게 명령했다.

"귀빈전의 여인에 대해 모든 것을 캐내어라."

절대 되묻는 일이 없는 사바누의 수족들은 그의 불편한 심기를 눈치챘다. 심지어 사바누는 귀빈전의 여인을 '허은양'이라 칭하지 않았다.

"진비 우재이. 우 재상과 그 여인의 관계에 대해서도 알아내라."

사바누의 명을 받든 그림자의 기척이 사라졌다. 사바누의 뒤에는 제 손발처럼 움직이는 호위들과 강녕전에서부터 그를 따라온 환관이 남았다. 그들에게 사바누는 설명을 하는 대신 은우와 어머니가 있을 치하전 쪽을 올려다보았다.

지금쯤 은우는 어머니와 함께 도화원에 있으려나. 은우가 보고 싶어서 그는 좀이 쑤셨다. 도화원은 귀빈전에서 그리 멀지 않으니 몇 번 발걸음을 돌릴 기회가 충분히 있었다. 허나 그는 그러지 못했다. 도화원으로 가는 길목에서 서성대는 사바누를 보며 진 내시가 사바누를 보며 입을 열었다.

"전하. 어딘가가 변하신 것 같습니다."

"그런가."

대답을 흘려보내며 그는 도화원으로 가려던 발걸음을 돌렸다. 다만 은우에게로 멋대로 뻗어가는 마음만은 버리고 방치했다.

평범한 필부였다면 너를 금방 부인으로 맞아 혼례를 올렸을 터인데. 왕은 너무 가진 것이 많고 신경 쓸 것도 많다. 그렇게 많은 것들 중에 유일하게 너를 내 전부로 두려는 것은 너무나 어렵지.

허나 은우는 그의 곁에 있다. 귀빈전의 허은양은 꽤 성가실 테지만 어떤 일들이 있어도 결국 그의 곁에 남는 건 은우가 될 것이다. 그러니 안심하는 수밖에.

허은양을 만나러 왔다는 소식이 대신들의 귀에도 빠르게 들어갔는지 왕을 찾아 헤매던 대신들의 무리가 다가왔다. 사바누는 제 얼굴에서 남은 표정을 말끔히 지워내었다. 냉담하고 표정도 없는 북마왕이 그 자리를 대체했다.

대신들과 함께 그는 대전으로 들었다.

어느새 차가운 봄비가 왕궁을 추적추적 뒤덮었다.

귀빈전의 허은양이 자하루 출신의 기녀란 사실이 사바누의 귀에 들어온 것은 그로부터 반나절이 지난 뒤의 일이었다.

❀   ❀   ❀

은우는 제 손에 잡혀 있던 구여의 목덜미를 슬며시 놓았다. 숭덩숭덩 털이 뽑힌 구여가 믿을 수 없다는 듯 은우를 올려보며 회까닥 눈알을 굴리더니 제 목숨을 보존하기 위해 이내 죽기 살기로 멀리 날아가 튀었다.

은우는 망연히 그 뒷모습을 올려다보며 제가 한 짓을 후회했다.

제 사냥꾼의 기백은 왜 도화원에서 불탔던 걸까. 여왕이 기함한 것은 은우가 순간적으로 날아가는 새의 목덜미를 맨손으로 낚아챈 뒤 바닥으로 패대기쳤을 때였다. 은우의 손은 이내 구여의 꼬랑지 털을 뽑아내고 있었다.

여왕은 뒷목을 잡고 쓰러질 뻔하더니 구여가 살아 있다는 것을 확인한 뒤 은우에게 잔소리를 늘어놓았다. 여왕 왈, 요조숙녀들은 사냥을 하지 않는다 했다.

은우는 여러 가지로 더 우울해졌다. 왜 하필이면 여왕님의 어머니가 꾸몄다던 도화원에서 사냥을 한 것일까. 여왕에게 은우가 던진 질문도 멍청하기 그지없었다.

"그럼 궁에 계신 여인들은 무엇으로 운동을 하나요?"

여왕은 황망해하더니 실성한 듯 웃어젖혔다.

은우가 그로 인해 알게 된 사실은 여러 가지였다. 요조숙녀 혹은 궁의 여인들은 사냥도 하지 않을뿐더러 경망스럽게 움직이거나 날뛰지 않는다. 움직이지 않는 것이 미덕인 모양이지만 움직이고 싶어 좀이 쑤시는 은우에겐 참으로 커다란 문제였다. 여왕이 준 색이 고운 비단치마도 사냥 한 번에 잔뜩 더러워졌다. 조심성과 거리가 먼 은우는 그 뒤로도 몇 번이나 긴 치맛단을 밟고 앞으로 꼬꾸라질 뻔했다.

치하전에 돌아온 뒤에 은우는 더 우울해졌다. 사소한 것 하나하나를 신경 쓰기 시작하자 왕인 사바누와 미천한 자신 사이에서 느껴지는 괴리감만이 극심해졌다. 치하전의 시녀들이 낮게 속삭이는 이야기들을 듣자 더 미칠 것 같았다.

귀빈전의 가짜 허은양은 경국지색의 미인으로 늠름한 왕과 참으로 잘 어울린다 했다. 그 자리에 함께한 현숙한 진비가 허은양을 돌보았고 두 미인을 보며 왕이 흐뭇한 칭찬을 건넸다 하지 않은가.

진비와 허은양, 그리고 왕.

그 모든 것들이 제자리에 있다. 은우가 끼어들 자리는 없었다. 자신을 진짜라 증명할 증거도 방법도 없었다. 자신은 정말 진짜 허은양이긴 한 걸까?

심란해진 은우는 치하전의 객실 창가에서 내리는 비를 망연히 바라보았다. 비는 주룩주룩 잘도 내렸다.

궁으로 따라오면, 그를 좀 더 오래 편하게 볼 수 있을 줄 알았다. 허나 사바누 전하는 왕. 무지렁이 촌계집 은우가 이해하기엔 어렵고 복잡한 궁. 어쩌면 왕의 얼굴을 보기는 쉽지 않을 것 같았다.

은우는 허은양임을 증명할 방법이 없었다. 증거도 없이 떠들어댄다 한들 광인 취급이나 받지 않으면 다행이었다. 사바누의 곁에 그래도 머물러 운 좋게 후궁이 된다 한들 진비와 귀빈전의 허은양, 그리고 사바누. 그들의 다정한 모습을 보게 될 것이다. 어쩌면 그의 얼굴을 가끔 보게 되는 것만으로도 감지덕지해야 할지도 모른다.

은우는 그와 부부의 연을 맺고 자신이 왕후가 되는 꿈 따위 꾸지는 않았다. 무지렁이 은우는 제 배필이라는 왕이 보고 싶었을 뿐이다. 허은양이 없으면 이 나라가 평탄하지 않을 거란 소문에 혼자 우쭐댄 것도 있었다.

여왕의 말처럼 왕은 너무 멋지고 늠름해 은우는 그를 보자마자 한눈에 반했다. 운명이라 스스로 최면을 걸었는지도 몰랐다.

하지만, 나는 왜 궁에 따라 들어온 걸까. 왜 어리석은 짓을 한 걸까.

"하아."

은우는 길게 한숨을 토해냈다.

"한숨이 깊구나. 무엇 때문이지?"

여왕이 장난스럽게 말을 걸었다.

"헤르. 사람을 마음에 품는 건 쉽지만 그 사람과 함께 하는 건 정말 어려운 일 같아요."

"잘 알고 있구나. 그래도 함께 할 수 있다면 그 손을 잡는 것도 나쁘지 않아. 기회를 놓쳐 버리면 영영 돌아오지 못하고 그 손도 영원히 잡을 수 없게 된단다."

여왕은 자신의 추억을 더듬고 있었다. 그녀의 웃음은 한겨울처럼 스산하고 쓸쓸했다.

"나는 지금은 죽고 없는 사바누의 아비를 좋아했다. 나는 자존심 강한 왕녀였고 공주였지. 아주 사소한 다툼이었을 뿐인데 화가나 그를 뿌리치고 나왔지. 그가 사과를 하러 돌아오길 마냥 기다리기만 했단다. 그는 돌아오지 않았어. 조금만 더 빨리 그를 만나러 갔더라면, 왜 오지 않는지 이유를 조금만 더 빨리 알았다면 괜찮았을까. 나는 그 순간을 늘 후회하고 있단다. 나는 그의 손을 뿌리치고 간 그때, 그를 영원히 잃은 거였다. 그게 마지막일 줄은 꿈에도 미처 알 수 없었단다. 은우, 네가 무엇을 하든 후회하지 않도록 그렇게 살렴."

여왕의 얼굴은 여전히 주름 하나 없었으나 그 세월의 후회만큼이나 늙어버린 것처럼 보였다.

"너도 잘 생각해 보렴."

은우는 고개를 끄덕이며 여전히 창밖을 주시했다.

그녀의 우울한 기분처럼 계속 비가 쏟아지고 있었다.

❀ ❀ ❀

사바누 역시 창밖을 바라보았다.

어머니에게 은우가 무슨 말이라도 한 걸까. 은우의 우울한 기분이 자드락비를 불러온 것은 아닐까 조바심이 난 그는 대신들의 말을 한귀로 흘려들었다.

허은양을 빨리 비로 맞고 국혼일을 잡아 공표해야 한다는 말들을 대신들은 멋대로 주고받았다. 허은양의 진위 여부에 대한 티끌만큼의 의심을 품은 자도 없었다. 누구 하나 허은양이 마음에 드는지 물어보는 이조차도 없었다. 대신들에겐 사바누의 감정이나 안위 따위는 그리 중요하지 않은 듯했다.

모두가 걱정하는 것은 오직 이 나라의 미래. 사바누도, 허은양도, 북주국의 미래를 위해 쓰일 도구일 뿐이다. 개인의 행복은 나라의 안위보다 중요하지 않다.

뒤늦게 왕의 사실事室에 뒤늦게 도착한 육조대신들이 사바누를 보며 함박웃음을 지어 보였다.

"경하드리옵니다."

"허은양 님께서 스스로 궁에 찾아오셨으니 이제 이 북주국의 미래는 탄탄대로입니다."

"잃어버린 10년의 겨울이 다시는 찾아오지 않을 것이지요. 이 나라는 몇백 년간 태평성대를 이룰 것이라 하지 않습니까."

허은양이라는 존재는 고작해야 그런 것이다. 침묵을 고수하던 사바누가 입을 열었다.

"누가 그녀를 허은양이라 검증하고 결론을 내린 것이오?"

대신들은 어리둥절해하며 얼굴을 마주보았다. 그리고 사바누의 말뜻을 깨달았다.

"지금 허은양 님을 신뢰하실 수 없다는 뜻입니까?"

사바누는 그렇다는 신호를 보내지 않았으나 대신들은 혼란해하며 웅성거렸다.

"하, 하오나. 그분은 허씨 부녀만이 가지는 호패를 갖고 있었사옵니다. 신분을 증명할 만한 것에다 그 정도의 미색이라면."

"맞습니다. 그 정도의 미색이 흔하답니까? 몸가짐도 우아하신데다 도화살도 장난이 아니신 것이⋯⋯."

흥분하던 대신들이 말이 없는 사바누의 기분을 살폈다.

"그분의 어디가 마음에 드시지 않으십니까."

"미흡한 점이 있다 한들, 일단 비로 맞으신 뒤에 바로 잡으셔도 될 것입니다."

사바누는 쥐고 있던 서책을 탁자 위에 내려놓았다. 그의 힘이 탁자를 쿵하고 울리자 대신들이 몸을 움찔했다.

"허은양을 찾으라 했지 천하의 미인을 진상하라 했는가. 19년 간 모습을 감춰온 허씨 부녀 중 허은양이 제 발로 궁에 찾아왔다 는데 뭔가 이상하다 의심을 품은 자도 없는가. 그 여인이 어찌 살 아왔는지 조사해 본 자 하나 없단 말인가!"

대신들은 눈치만 살피며 제각기 입만 달막댔다. 허나 누구도 허 은양이 '가짜'일 거라곤 생각하지 않았다. 심지어 자하루의 기녀 였다고는 상상조차 하지 못했다. 사바누는 단호히 말을 잘랐다.

"허주유를 데려오라. 그자의 신기를 본다면 허은양에 대해 재 고하겠다."

"하, 하오나 허주유가 죽었다 했습니다."

"죽은 자 역시 본 자가 아무것도 없다 한 게 아니겠느냐! 호패 이외에 그 여인이 허은양임을 증명할 방법을 찾아보아라!"

사바누가 자리를 박차고 나가자 남은 대신들은 이 상황을 어떻 게 타계할 것인가를 마냥 고민했다.

대전을 나선 사바누는 곧장 치하전으로 향했다. 고작 하루도 떨 어지지 않았지만 은우가 너무나 보고 싶었다.

주룩주룩 내리던 비는 그가 치하전에 도착할 무렵 그쳤다. 사바 누는 우의를 벗고 곧장 은우를 찾았다. 성급한 그의 행보에 여왕 마저도 꽤나 놀란 듯했다.

"주상. 주상께서는 그 아이와 헤어진 지 오래되지 않았습니다. 그전에 이 어미와 대화를 해야 하지 않습니까?"

"무엇으로 대화를 말입니까?"

"은우. 그 아이를 왜 이곳에 데려왔지요?"

너무 질문이 단도직입적이라 사바누는 쉽게 대꾸하지 못했다. 허은양이 그녀라서? 눈에 밟혀 두고 올 수 없어서? 아니, 아무래도 좋았다.

"좋아하기에 데려왔습니다. 그곳에 혼자 둘 수는 없었습니다."

거침없고 솔직한 사바누의 대꾸에 여왕도 꽤나 놀랐다. 은우의 순수함에 감화된 것인가. 은우 때문에 평정심을 잃은 것인가.

그녀는 아들이 조금 인간다워지길 바랐지만 이것이 딱히 좋은 징조라 여겨지지 않았다.

"지금 허은양으로 인해 궁이 떠들썩합니다. 아드님, 시기가 좋지 않아요. 그리고 은우는 너무 순수해 주상밖에 모릅니다."

"그게 문제입니까?"

사바누는 은우의 만남을 방해하려는 어머니가 거슬린 듯했다.

"그 아이가 다른 이를 은애한다면 어쩌시겠소이까?"

"그럴 일 없습니다."

사바누는 이를 갈았다.

"감정을 추스르세요. 주상. 너무 흥분하셨습니다."

"은우는 어디 있습니까?"

"애정은 소유욕이 아니란 것을 명심하세요, 아드님."

치하전의 긴 회랑을 걷는 내내 여왕은 조용히 사바누의 뒤를 따랐다. 사바누는 이내 자신이 지나치게 흥분했었다는 걸 깨달았다. 허나 은우가 다른 이를 은애할 수 있다는 가능성만으로도 질투가 치솟아 흥분을 삭이는 것이 불가능했다.

"은우의 일로 이리 진노한 것을 보아하니 귀빈전의 허은양에겐 관심이 없으신 게지요, 주상."

사바누는 긍정도 부정도 하지 않았지만 여왕에겐 충분한 답이 되었다.

"그 여인은 본성을 숨기고 있더군요. 딱히 기분 좋은 상대는 아니었습니다, 어머님."

"밑바닥에서 기다 궁으로 와 신분을 높일 수 있고 이 나라의 왕후가 될 것인데 꿈에 부풀어 있는 것은 당연하겠지요, 주상."

두 모자는 귀빈전의 허은양에 대해 더는 이야기하지 않았다. 심지어 사바누는 제가 짐작한 것보다 여왕이 더 많은 것들을 알고 있으리라 직감했음에도 묻지 않았다.

현재 중요한 것은 은우. 나머지 것들은 부차적인 문제였다.

그들은 치하전의 외진 객실에 다다랐다. 문이 열렸다. 문가를 장식한 예쁜 주렴들이 흔들려 그들의 시야를 자극했다. 여왕은 자신이 예쁘게 새로 단장시킨 은우를 보면 왕도 기뻐할 거라 믿었다.

"은우는 이곳에 있……."

여왕은 이내 할 말을 잃었다. 얼마 전까지만 해도 홀로 창가에서 멍하니 비를 구경하던 은우는 그곳에 없었다. 사바누의 눈에도 은우는 없었다. 방은 넓었으나 은우가 숨을 만한 공간은 어디에도 없었다.

"은우가 어디 있다는 겁니까?"

성난 사바누의 목소리에 여왕은 식은땀을 훔쳤다.

"부, 분명 도화원에서 혼을 낸 뒤 이곳에 돌아왔는데."

"왜 혼을 냅니까?"

"먼저 그 아이를 찾아야 할 겁니다. 얼마 전까지 이 창가에서 비를 구경하며 나와 대화를 나누었단 말입니다."

"멀리 가진 못했겠군요."

여왕은 치하전의 내관과 환관, 모든 시녀들과 궁인들을 불러 은우의 행방을 쫓게 했다. 은우가 치하전 주변에 그녀가 머물고 있을 거라 판단한 여왕은 치하전 주변을 단단히 수색하라 일렀다. 쥐새끼 하나 빠져나가지 않도록 모든 이들이 빠르게 치하전 곳곳을 뒤졌다.

사바누도 제 호위무사들을 불러 치하전과 인근 주변을 쥐 잡듯이 뒤졌다.

허나 은우는 연기처럼 사라진 뒤였다. 그녀가 뒤집어썼던 구미호의 모피도 오간 곳이 없었다.

은우는 그렇게 증발한 듯했다. 이름만 존재하되 실체가 없었던 지난 19년간의 허은양처럼.

19년 전 허주유와 허은양을 본 이는 있었다. 허나 오랜 시간이 지난 지금은 아무도 그들의 얼굴을 제대로 기억하는 이가 없었다. 실체도 본 자도 있지만 얼굴을 아는 자가 없는 허씨 부녀의 이야기는 사바누에게 늘 손에 잡히지 않는 뜬구름 같은 이야기였다.

허나, 허은양이 은우의 모습을 하고 그의 앞에 나타났을 때 얼마나 기뻤던가. 그는 분명 은우를 좋아했다. 은우가 사라졌다는 것을 도저히 용납할 수 없을 정도로.

그는 필사적으로 은우를 찾아 헤맸다.

�֍　　　�֍　　　✲

　은우는 제게 위안을 주는 구미호의 모피를 껴안으며 웅크렸다. 자괴감에 점점 몸이 줄어드는 듯했다. 마냥 울고 싶었다.

　철부지이고 멍청한 자신이 마냥 싫었다. 화려한 궁이 제 숨통을 조이는 것 같아 끔찍했다. 어리석은 은우는 어둡고 차가운 바닥에 웅크리는 것밖에 할 수 없었다.

　문득 열두 살 무렵이 떠올랐다. 은우는 사냥한 사냥감을 마을에 팔고 남은 돈으로 제가 입을 예쁜 저고리와 치마를 샀다. 천방지축이라 구박하는 아비에게 예쁜 모습을 보여주고 싶어서였다. 서툰 솜씨로 마을 계집애들을 흉내 내어 옷을 입고 머리도 땋아보려다 그냥 절반만 묶어 늘어뜨렸다. 거울도 제대로 없어서 말간 얼굴을 물에 비춰보곤 했다. 잔잔한 물 속의 자신은 마을의 평범한 소녀들 같았다. 이대로라면 아버지도 기뻐할 텐데, 은우는 아비가 오기를 기다려 뛰어갔다.

　아비 대신 마주친 사람은 주촌산 기슭을 어슬렁거리던 낯선 사내였다. 사내는 은우에게 길을 묻다 돌변해 은우를 쫓아왔다. 죽기 살기로 도망쳤지만 결국 사내에게 붙잡히고 말았다. 울며불며 날뛰는 은우를 구해준 것은 비호처럼 날아왔던 아비였다. 아비는 사내를 발길질하며 분노의 불길을 토해내었다.

　그 뒤로 아비는 여장을 금했다. 얼굴을 드러내는 것도 금지했다. 제법 곱다고 생각한 삼단 같은 머리채도 잘렸다. 붕대를 감아 얼굴을 감추다 보니 은우는 얼굴을 매번 벅벅 긁어댔지만 아비는 매번 하고 있으라 다그쳤었다.

아마도 그 무렵, 은우는 제가 껴안고 있던 구미호를 발견했다. 요수들에게 공격당해 풀숲에 누워 헐떡대는 구미호의 하얀 모피에는 빨간 피가 스며들어 있었다. 은우는 약초들을 털어 구미호를 치료하고 애써 뭔가를 먹이려고 했다. 그 구미호의 옆에서 은우를 바라보던 것이 지금의 은우를 따르던 구미호였다. 구미호가 죽은 뒤, 은우는 구미호의 가죽을 친구 삼아 뒤집어쓰고 다녔다.

가장 괴로울 때 자신을 여러 가지로 위로해 주던 구미호였다. 그 구미호가 보고 싶다. 주촌산도 그립다. 광활한 궁은 무섭다.

고작 이곳에 온 지 하루도 지나지 않았는데, 나는 왜 이 모양 이 꼴인 걸까. 이러니 아버지가 매번 화를 냈다. 왕후 따위 너는 꿈도 꾸지 말라 했었지. 그러게 얌전히 치하전에서 사바누를 기다리면 될 것을, 그를 직접 찾겠다고 나섰다가 이렇게 된 걸까. 은우는 제 모자람을 계속해서 비웃었다.

아버지가 자신에게 붕대를 감으라 명하고 저를 밖으로 내놓지 않은 이유도 자명했다. 은우는 바보 같고 어수룩한 계집이라 그랬다. 예쁘지도 않고 여자다운 구석도 없는 천방지축. 은우도 제 잘못을 알았다.

궁에 따라오지 않는 건데, 궁에 따라왔다 한들 치하전에 얌전히 박혀 있어야 했는데. 그러면 길을 잃지 않아도 되었는데.

궁을 헤매며 들은 궁인들의 이야기는 은우를 더 괴롭게 했다.

귀빈전에 있는 허은양이 얼마나 아름다운지 침을 튀기며 이야기했다. 그 허은양을 방문하며 다독이는 진비는 어찌나 자상하고 자애로운지도. 진비는 우아한 달 같고, 허은양은 해처럼 눈부신 미인이니 해와 달을 모두 아내로 맞는 왕은 천하의 누구도 부러울 것이 없겠다 했다.

"……내, 내가 진짜였을 텐데."

은우는 그리 중얼거렸지만 사실은 알고 있었다.

허은양을 증명할 수 없다는 것, 진비를 이길 수 없다는 것. 가짜 허은양이 그토록 아름답다면 자신과 비교조차 불가하다는 것. 그래서 더 비참했다.

은우는 사바누를 믿고 싶었지만 저는 너무 볼품이 없어서 그의 관심을 오래 차지할 것 같진 않았다. 게다가 그는 자신을 허은양이라 믿어서 좋아하게 되었는지도 모른다. 허은양에게서 아이를 얻어야 하니 자신을 데려온 것일 게다. 그렇다 한들 허은양이란 이름은 은우의 것이 아니었다. 이곳에서 은우는 비루한 몸뚱이밖엔 없는 못난 계집이었다.

모피를 뒤집어쓴 채 은우는 두 팔로 제 무릎을 감싸 안았다. 그럴 수만 있다면 땅으로 꺼지고 싶었다. 그렇게 소맷자락으로 눈물을 훔치다 울음을 터트리고 말았다.

한참을 그렇게 목 놓아 울다 보니 목이 쉬었다. 먼 바깥에선 빗소리가 들리다 말다 했다. 어느새 불을 켜지 않은 공간은 마냥 암흑천지가 되었다. 은우는 되려 제 몸을 숨겨주는 어둠이 반가웠다.

그렇게 홀로 어둠 속에서 훌쩍이던 은우는, 사방의 적요함을 느겼다.

이곳에는 아무도 없다. 그녀 혼자뿐. 궁의 한 도처에선 은우를 아는 사람은 없을 것이다.

혼자란 사실을 계속 곱씹자 절로 모골이 송연해졌다.

……무서워.

혼자서 바들바들 떨며 모피를 움켜쥔 은우는 낮게 속삭이는 무언가의 목소리를 듣고 귀를 쫑긋거렸다. 혼자가 아니다. 무언가가 은우를 부르고 있었다.

은우는 어둠 속을 두리번거리며 저를 부르는 목소리를 쫓아 발걸음을 옮겼다.

이윽고 그녀는 화려한 금빛 침상과 조우했다. 어둠 속에서도 광채를 발하는 금의 침상 위, 시커멓고 낡은 장검 하나가 매달려 있었다. 보물인 듯 저 혼자 매달려 있는 검에게서 괴상한 목소리가 들렸다.

"너, 나 불렀어?"

혹시나 해서 물었는데 검이 윙윙거리며 대꾸했다. 은우는 자신이 검과 말을 할 수 있다는 사실에 충격을 먹었다.

"내가 특이하다는 얘길 들었지만 정말 미쳐 가나 보다."

묵검은 내려달라는 듯 계속 기분 나쁜 소리를 냈다. 은우가 폴짝 뛰어 두 손으로 검을 잡고 침상 위로 떨어졌다. 검은 예상보다 엄청나게 무거웠다.

얼떨결에 묵검을 안았지만 안고 있으니 어쩐지 우울함이 가시는 듯했다.

"고마워."

은우가 감사의 말을 전하자 검은 윙윙거리며 대꾸했다. 그리고 수다스럽게 말을 이었다. 검은 자신을 역사와 전통 있는 보물이라 소개하며 이번 대의 주인이 자신을 방치하고 있다고 핏대를 올렸다. 검의 욕설을 한참이나 들으며 은우는 한숨을 쉬었다.

"내 신세는 왜 이럴까."

자칭 보물이라는 낡은 검을 껴안고, 하얀 모피를 뒤집어쓴 은우의 모습은 누가 봐도 수상할 터. 은우는 제가 숨어 있던 구석진 병풍 뒤로 돌아가 검의 이야기를 들었다. 그 뒤엔 제 이야기를 들려주었다.

이야기를 하다 말고 은우는 다시 서러움에 눈물을 터트렸다. 미물인 검과 죽은 구미호에게 위안을 받고 있다는 사실이 더욱 슬펐다. 울보 은우. 아비가 보았다면 망할 울음을 그치라 난리를 쳤을 텐데.

은우는 제 입을 틀어막으며 울음을 멈추려고 했다. 하지만 낮은 흐느낌은 좀처럼 멈추질 않았다.

여왕과 사바누 휘하의 이들이 치하전과 주변을 수색했지만 성과를 얻지 못했다. 어떤 위사도 수상한 자나 소속이 없는 궁녀를 본 적도 없었다며 입을 모았다.

사바누가 강녕전, 제 침소로 돌아간 것은 밤늦은 시간이었다.

우울한 비가 지짐거리며 내렸다. 우중충한 날씨를 되짚으며 사바누는 어디선가 은우가 울고 있지 않을까 생각했다. 은우의 감정은 주변에 영향을 끼친다. 궁은 까마득하게 널러 은우에게 낯선 공간이리라. 그 어느 곳에 은우가 숨어 있을지 그는 알 수 없었다.

어깨를 축 늘어뜨린 그가 터덜터덜 어둠에 휩싸인 제 처소로 돌아왔다.

피곤해진 몸을 뉘이고 싶은 마음뿐이었던 찰나. 어디선가 귀곡성 같은 울음소리가 들려왔다. 침소 구석에서 들려오는 낮은 여인의 울음소리에 그의 눈이 크게 떠졌다.

"설마."

사바누의 발걸음이 빨라졌다. 그는 커다란 산수화 병풍 앞에서 멈춰 섰다. 병풍 너머 작게 웅크린 몽글몽글한 덩어리가 보였다. 백여우의 모피, 은우다.

"은우?"

"전하?"

그가 병풍 뒤로 돌아가 숨어 있던 인영에게로 다가갔다.

"저, 전하? 전하 맞죠?"

"그래, 은우."

사바누는 병풍 밖으로 그녀를 끌어내어 등촉의 불을 밝혔다. 불빛이 환해지자 은우의 모피를 벗겨 그녀의 얼굴을 확인했다. 은우는 붕대를 감싸지 않은 맨얼굴에 잔뜩 울었는지 눈이 퉁퉁 부었다. 헌데 그녀의 머리 위에 비뚜름하게 얹힌 큰 관모가 흘러내렸고, 은우가 입은 연녹색의 관복은 참, 낯이 익은 것이.

"……내시들의 관복은 어디서 구한 거냐."

반가움도 잠시. 어이가 없어진 그가 되물었다.

수상한 궁녀를 찾았다지만 모피를 뒤집어쓰고 있을 내시를 찾지 않았으니, 발견하지 못한 것은 당연한 것이었을까. 그의 심기가 복잡해졌다.

"내시들이라면?"

"환관."

그가 지적하자 은우는 울다 말고 제가 입은 옷을 황급히 내려다보았다.

"이거 환관, 그러니까 언니들 거예요?"

사바누의 얼굴이 복잡 미묘해졌다. 환관이 언니라니?

"내시들의 성별은 여자가 아니다."

"하지만 아버지가 어릴 때 설명하기론, 귀찮아하면서 언니라고 부르라고 하셨단 말이에요."

허주유의 나태함이 딸을 저리 만들었나 보다. 사바누는 웃어야할지 말아야 할지 망설였다.

그새 은우는 정체불명의 내시 옷이 꽤 찝찝한 듯 관모와 녹색 관복을 홀홀 벗었다. 제가 껴안고 있던 둔탁한 물건을 잠시 내려놓는 것도 잊지 않았다. 헌데 은우가 내시복 아래 입은 여인의 옷은 분명…….

사바누는 제 눈을 의심했다. 분명 여왕이 입혔을 것이 뻔한 여인의 옷은 제 몸매를 뽐내고 노출하길 즐기는 궁인이나 시녀들에 비해서는 너무 얌전했다. 옷감도 비치지 않았고 얇지도 않아 속살을 충분히 드러내지도 못했다.

허나 우아하게 드러난 상아색의 하얀 목과 그 아래로 이어진 언뜻 조금 패인 가슴골과 은우의 허리를 졸라맨 요대의 허리는 너무 가늘고 예뻤다. 무엇보다 은우의 조막만한 얼굴이 그를 빤히 쳐다보고 있었다.

저를 찾으며 울어댔을 흔적이 남은 얼굴은 애처롭고 동시에 깜찍해 눈을 뗄 수가 없다. 은우의 순수한 검은 눈에 자신만이 박혀 반짝거리자 그의 머리가 핑 돌았다.

……위험하다.

"……어, 어머니에게 돌아가 있어라."

"왜요?"

남장을 한 은우도 예뻤지만 지금 울어서 퉁퉁 눈이 부은 은우도 미치도록 예뻐서 그러지.

천하절색 허은양을 보고도 음심이 동하지 않았는데.

사바누의 눈에 은우의 콩깍지가 제대로 쓰인 듯했다.

이대로라면 당장 덮쳐 버릴지도. 그는 이성을 억누를 자신이 없었다.

저 손만 뻗으면 맛있는 은우를 먹어치울 수 있을 텐데. 그 귀여운 신음 소리를 들으며 저 작고 보드란 몸을 제 품에 가둬 제 욕망을 채울 수 있을 텐데.

망상이 심각해졌다. 은우가 손만 뻗으면 잡힐 거리에 있다는 것도 그를 미치게 했다.

이것이야말로 차려진 밥상이거늘! 그래도 참아야 한다며 그는 자신을 달랬다. 은우는 아직 너무 순진하니까. 그는 제 욕망을 누르고 또 억눌렀다.

"은우. 어머니가 걱정하실 게다. 치하전으로 돌아가 있어라."

"돌아…… 가라고요?"

은우는 그의 차가운 말에 몸이 굳었다.

당장이라도 달려가 안기고 싶은데 잔뜩 굳어 있는 그의 표정이, 붉은 그의 용포를 보자 다가갈 수 없었다. 사바누 크세노는 왕이다. 제 손이 닿을 수 없는 왕인 게다.

"알았어요. 돌아가 있을게요."

은우는 벌떡 일어나다 제 손에 들린 묵검을 발견했다. 절 좋아한다며 데려와 외면하는 왕보다는 저를 위로하며 멍청한 수다를 떨어주는 이 검이 훨씬 나았다!

"얘 좀 빌려주세요. 얘랑 함께 있을 거예요."

"얘?"

사바누는 은우의 품에 안겨 있는 검을 노려보았다. 저것은 분명 제 침상 위, 벽에 장식되어 있어야 할 현무화룡도였다. 헌데 왜 저것이, 은우의 품에 안겨 있는 걸까?

북주국의 고귀한 신물. 화룡의 힘을 자각한 북주국의 왕족들 중 일부만이 쓸 수 있던 검. 그것은 주인이 아닌 자가 검을 뽑거나 만지려 들면 불타 죽거나 천벌을 받는다 했다. 실제로 현재 검을 뽑을 수 있는 자는 사바누와 진홍여왕뿐이었다. 현무화룡도는 제 주인의 손이 아닌 자가 손을 대는 것만으로도 해악을 내릴 수 있는 신검이다.

헌데.

"왜…… 그거랑 함께?"

그가 입을 벙긋거렸고 은우는 소중히 검을 껴안았다.

"전하 오기 전까지 얘가 나 위로해 줬다고요. 주인 욕하며 나 즐겁게 해주려고도 했어요."

"주인 욕?"

"주인이 많았는데 이번의 주인은 자기를 등한시하고 외면한다며 욕했어요."

은우에게 단단히 껴안긴 신물 현무화룡도가 긍정하듯 희미한 울음소리를 냈다. 검명, 검의 울음소리를 들은 것은 사바누로서도 고작 몇 번이었다. 그는 제 생명줄마냥 검을 단단히 껴안은 은우를 바라보았다. 검이 은우의 뽀얀 젖가슴을 누르고 있었다.

저 망할 검!

"그 검 놓고 떨어져."

그의 경고에 현무화룡도가 반항하듯 시끄럽게 울어댔다. 은우는 화들짝 놀라며 검에게 뭐라 속닥거리며 말을 건넸다.

"자기는 이거 저거 그거가 아니라는데요. 근사한 이름이 있긴 하지만 화룡…… 라는 애칭으로 불러달래요. 응? 주인…… 놈아? ……용용 죽겠지? 이거 누구에게 하는 말이야? ……여자가 좋아? 진짜? 근데 왜 나한테 그걸 말하는 거야? ……나도 좋다고? 응. 나도 화룡이 네가 마음에 들어."

은우는 한참이나 검명을 듣고 그것을 통역했다.

"저기, 그러니까. 벽에 박혀 있으면 녹슬어가는 기분이 들어서 싫으니까 가끔 사냥이나 여행을 갈 때 끼워달래요. 보통 사람은 뽑지도, 손을 댈 수도 없으니까 주인님이 끌고 다녀줘야 한대요. ……그게 이 나라의 안위에도 좋을 거라고? 저기…… 화룡아. 네 주인은 설마?"

은우는 검을 노려보는 사바누를 보며 흠칫했다. 사바누는 천하 제일의 바보가 된 기분이었다.

은우가 제 신검과 대화를 하는 것도 모자라 검의 대변인이 되어 조잘댔고 그 망할 검은 천 년간 숨겨온 제 변태성향을 드러내며 기뻐하질 않는가. 그 검이 제 무료함을 핑계로 나라의 안위를 협박한다는 상황 자체가 그로서는 믿을 수도, 부정할 수도 없는 상황이었다.

은우는 제가 쥔 검이 사바누의 것임을 깨닫고 눈만 굴렸다. ……잘못 걸렸다. 이게 다 검의 농간이었다! 은우는 슬그머니 검을 내려놓고 도망칠 준비를 했다. 에또, 그러니까 구미호의 모피는 어디 갔더라?

"음. 저, 전하? 그 치하전이 어느 방향이에요?"

까맣고 큰 눈이 슬그머니 그의 옆구리 쪽을 응시했다. 그는 자신의 빈틈 사이로 빠져나가려던 은우의 목덜미를 덥썩 잡고 다른 한 손으로 변태검을 회수했다.

"어쩐지 어릴 적부터 이 검이 마음에 들지 않았어. 생각해 보니 변태검이어서 그런 거군."

검은 억울한 듯 울어댔고 은우는 그것을 통역했다.

"어, 그러니까 저기. 자기는 변태가 아니라는데요? 그냥 여자가 좋대요. 여자 살냄새를 좋아하……. 너 진짜? 으아아. 너 미쳤어!"

은우는 검을 타박하며 그의 팔에 엉겨 붙었다. 사바누는 이 상황을 기뻐해야 할지 슬퍼해야 할지 가늠할 수 없었다.

"……저것은 북주국의 신물 현무화룡도지. 그리고 내 검은 맞다."

사바누는 일단 은우와 검을 나란히 침상에 앉혔다. 검을 원래 자리인 벽에 걸려던 그는 잠시 무춤했다. 저 자리는 은우와 그가 정사라도 벌인다면 관람하기 좋은 명당이 아닌가. 사바누는 대신 침상 바닥에 검을 떨어뜨렸다. 그새 은우는 침상 구석으로 뽀르르 도망치려 하고 있었다.

화려한 침상, 그의 영역에 겁을 집어먹은 은우는 잔뜩 먹음직스러워 보였다. 검에 신경이 팔린 탓에 은우는 제 옷을 가리는 것도 깜빡했고, 흐트러진 옷깃이 벌어져 아까보다 더 그녀의 봉긋한 가슴이 잘 보였다. 그가 다가갈수록 은우는 놀란 토끼눈을 하고 올려다보았다. 그의 푸른 눈이 이글대자 은우는 입을 벙긋댔다.

"전하, 왜, 왜 이러세요?"

"왜 이러긴. 지금껏 이러고 잤잖아."

"하, 하지만 그땐 이런 차림도 아니었고."

어느새 은우의 몸이 그에게 깔려 있었다. 제 드러난 가슴을 뒤늦게 깨달은 은우가 가슴을 가리려 하자 사바누는 그녀의 양손을 걷어내었다. 은우는 약한 반항을 했다.

"갑자기 전하, 왜 이러세요!"

"치하전에서 기다리라고 했잖아."

"그, 그냥 전하를 빨리 보고 싶었을 뿐인데. 멀리 안 가고 전하 침소로 온 것뿐이잖아요!"

정말로 그랬다. 사바누는 제 입가에 퍼져나가려는 미소를 숨기질 못했다.

"내가 그렇게 좋아? 찾으러 올 만큼?"

은우의 눈에서 번쩍 불길이 튀었다.

"좋아하면 어쩔 건데요! 나 엉망이잖아! 여자도 많으면서! 그 여자들한테나 갈 거면서! 나 왜 주워 온 거예요!"

"주워 온 게 아니라 납치한 거다."

은우는 마냥 억울했다. 먼저 좋아했고 고백한 건 자신이었다. 자신은 허은양이다. 하지만 이런 걸 원한 건 아니었다고! 왕의 그렇고 그런 여자들 중의 하나가 되는 것도 그의 놀림을 받는 것도 딱 질색이었다. 그가 멋대로 자신을 갖고 놀려는 것은 더더욱!

은우는 저를 잡아먹고 싶어하는 사바누의 심성도, 자신의 모습이 얼마나 유혹적인지도 모른 채 그의 가슴팍을 마구잡이로 때렸다.

"나 왜 데려온 거예요! 그냥 거기 있었으면 좋았잖아! 지금 나 엉망이라고요! 전하가 날 이렇게 만들었잖아!"

그냥 주촌산에서 좋아하고 끝낼 걸. 그러면 이렇게 마음이 아프지도 않잖아. 그가 자신을 싫증낼까 봐 다른 여자들을 좋아할까 봐 조바심 낼 리도 없잖아. 나한텐 하나뿐인데 그 사람한테는 내가 하나가 아니라는 것은 슬펐다. 그러니까.

은우는 그가 바라는 예쁘고 반듯한 여자가 될 수 없다. 은우는 그의 품 안에서 발버둥을 쳤다. 사바누는 은우가 도망치지 못하도록 제 품 안에 가두었다. 그의 감옥 같은 품 안에서 은우는 다시 울음을 터트릴 뻔했다. 사바누는 계속 그녀를 달랬다.

"예뻐. 나한테는 네가 어떤 미인보다 예쁘다."

"거짓말."

입으로는 그렇게 말하며 제 머리로는 그렇게 믿고 싶었다.

"예뻐서 안고 싶었어."

"안고 있잖아요."

어느새 힘이 빠진 은우가 반항을 멈추고 그의 품 안에서 축 늘어졌다. 사바누는 은우의 향기를 가득 들이켰다. 은우의 여장이 근사할 거라 생각했지만 이처럼 잘 어울릴 줄은 몰랐다. 사바누는 고개를 들어 그녀를 내려다보았다.

축 늘어진 은우의 옷깃이 조금 흘러내려졌고 그의 다리 아래로 치마가 잡아당겨져 은우의 가슴은 아까보다 더 팽팽하게 모습을 드러내고 있었다. 그 뽀얀 가슴이 그의 시야를 자극했다.

이상한 것은, 은우의 몸은 보통 여인과 다를 바 없이 다 자란 것이라는 것. 그런데도 그 얼굴과 행동을 보면 마냥 어리게만 보였다. 특히 그 순진하고 까만 눈은 눈웃음을 치면 확연하게 달라졌다. 그의 애간장을 끓게 했고 제 욕망을 부채질했다. 지금껏 용케 참아왔지만 그것 또한 한계. 그는 임계점에 다다라 있었다.

"은우."

은우는 저만 바라보고 있다. 이것은 저만의 것이다.

그가 천천히 고개를 내렸다. 자신의 눈앞에 드러난 풍만한 그녀의 가슴을, 그는 옷깃 위로 넙죽 깨물었다. 은우가 놀라 몸부림쳤지만 긴 치마가 그녀의 다리와 한데 엉켜 제대로 움직이지 못했다. 움직이면 움직일수록 마치 덫처럼 그에게 끌려들어 가고 있다. 보통 때와는 느낌이 달랐다. 아니, 그가 자신을 원한다는 것은 분명했다.

그는 공평했다. 적어도 그녀의 양 가슴에게는. 옷깃을 흠뻑 적실 정도로 애무한 그가 가슴을 덮고 있던 옷을 끌어내렸다. 양 가슴이 해방되자 자신을 향해 봉긋 솟아 있는 젖가슴을 어루만지며 이내 머리를 내렸다. 은우는 제 가슴을 그에게 더 들이밀며 신음했다.

그는 더 어쩌려는 걸까. 은우는 그의 관모를 움켜쥐었다.

나의 왕, 나의 것.

은우는 그의 관모를 빗기고 그의 옷깃을 부여잡았다. 매달리지 않으면 떠내려 갈 것이다. 위로 틀어 올려져 있던 그의 머리칼을 헝클었다. 그의 녹발을 보자 자신이 그에게 안기고 있다는 확신이 섰다. 아아, 그가 고개를 들자 그의 녹안이 보였다.

"사바누."

그의 눈에서 뜨거운 불길이 일었다. 그가 쉰 목소리로 대꾸했다.

"그래, 그게 내 이름이다."

그를 향해 내밀어진 그녀의 양 가슴이 그의 가슴과 맞닿아 있었다. 은우의 상체가 그를 향해 들어 올려지자 그녀의 옷이 어깨와 가슴 아래로 흘러내려 상반신을 드러내었다. 그의 손이 내칠세라 그녀의 잘록한 허리를 감고 자신에게 더 깊이 끌어당겨 그녀의 귓가에 거친 숨을 내쉬었다.

너 때문에 미쳐 가고 있어.

"내 이름을 다시 불러라."

"전하?"

은우가 눈을 동그랗게 뜨며 되물었다. 그사이 그는 은우의 몸에 걸쳐져 있던 옷을 성급하게 찢어내었다. 은우는 제 아름다웠던 옷이 찢겨 나가는 소리에 더욱 놀랐다가 그가 나머지 옷들을 제거하자 당혹스러워했다.

사바누의 손이 성급하게 그녀의 몸 위를 달리며 그녀를 알몸으로 만들었다. 입을 수도 없이 갈기갈기 찢겨 나간 그녀의 옷을 그는 침상 아래로 던졌다. 정확히 현무화룡도의 위로. 윙윙 울어대던 검이 언제 그 소리를 그쳤는지 은우는 기억하지 못했다.

그들을 비춰준 것은 방을 밝히는 몇 개의 등촉뿐이었다. 왕의 화려한 침전은 어두운 편이었으나 유난히도 눈이 좋은 사바누는 그녀의 몸을 감상했다.

은우는 정직했다. 유혹할 줄도 몰랐다.

허나 자신을 위해 어쩌면 하늘이 내려준 보물. 그의 여인. 존재하는 것 자체가 유혹이었다.

은우의 몸은 늘 제 살을 붕대와 하얀 옷깃 속에 꽁꽁 싸매고 다녀서였는지 밤에도 하얗게 티 없이 빛났다. 자그마하고 순진한 얼굴과 긴 목, 얼굴과는 어울리지 않는 긴 팔과 다리, 어깨를 타고 흘러내리면 흥분감에 뾰족 솟아오른 탄력 있는 그녀의 젖가슴이 보였다. 그 아래로 다시 호리병처럼 잘록한 허리와 이어진 배꼽, 검은 습지, 그리고 그녀의 길고 날씬한 다리가 보였다.

은우의 몸은 부드러웠지만 온 사방을 뛰고 나르던 은우의 가벼운 몸놀림처럼 단련되어 있었다. 이 작고 여린 몸에서 어떻게 그런 기운이 솟을까 의심될 정도로.

게다가 그의 마음에 쏙 든 것은 그녀의 엉덩이. 장신인 그는 은우보다 모든 것이 컸다. 은우의 엉덩이는 앙증맞을 정도로 작았지만 그의 손에 들어올 만큼 통통했다. 은우의 가슴만큼이나 부드럽고 탄력이 있었다.

"이제…… 어떻게 해야 해요?"

사바누가 은우의 몸을 눈으로 탐닉하며 범했다. 은우는 그 뜨거운 시선에 고개를 돌려 외면하려 했다. 자신의 몸을 뜨겁게 바라보는 시선이 익숙해지지 않았다. 몸을 가리려 했으나 양팔이 어느새 그의 양손에 단단히 붙잡혀 있다. 그의 애무가 머물렀던 젖가슴은 흥분감에 뾰족 솟아올랐고 그의 시선이 스치고 지나간 다리 사이엔 무언가 뭉근한 통증이 뭉쳐져 있는 듯했다.

"내 옷을, 내 옷을 벗겨."

그의 탁해진 목소리에 은우는 최면에 걸린 듯 고개를 끄덕였다.

은우는 답답해 보이는 그의 옷을 벗기려 했지만 곰손이 되어버린 탓인지 잘되질 않아 울상이었다. 그는 제 옷을 벗어 던진 뒤 은우의 몸 위로 제 뜨겁게 달아오른 몸을 덮쳤다. 왕의 곤룡포를 뒤집어쓴 화룡도가 울음소리를 냈지만 아무도 듣지 않았다. 사바누는 제 앞에 자리한 은우에게만 집중했다.

이곳은 그의 공간, 그만을 위한 은우.

그는 은우의 온몸을, 제 입술과 손으로 지배했다. 그녀를 억누르며 반항을 잠재웠다. 아무도 가지지 못한 은우를 저를 위한 여인으로 길들였다.

저녁 내내 은우를 잃어버렸다고 생각한 만큼 움직임은 절박했다. 가져야 했다. 그의 남성이 은우를 맛보고 싶어서 아우성쳐 댔다. 그는 이미 은우에게 중독되었다.

은우는 열병에 걸린 것 같았다.

아무런 생각도 들지 않는다. 그저 이 순간에 사로잡혔다.

그가 자신의 가슴을 탐닉하자 허리를 둥글게 휘며 그의 몸에, 그의 입안에 제 몸을 기꺼이 바쳤다. 거부하는 법 따위 배워먹지 못해 더욱 그를 갈구했다. 사바누의 손길이 닿는 곳마다 뜨겁고 간질거렸다. 그 흥분감에 어찌할 줄 몰라 몸을 꼬기도 하고 그에게 더 제 몸을 밀어붙였다. 숨이 거칠어졌다. 머리가 어지러웠다. 그의 손이, 그의 몸이 시키는 대로 은우의 손은 그의 단단한 몸을 내달렸다.

팽팽하게 당겨진 활시위처럼 어깨를 둥글게 휘어 은우는 제 젖가슴을 그의 가슴에 밀어붙였다. 그는 멈추지 않을 것이다. 은우의 손이 그의 옆구리를 스쳐 그의 날개뼈 위에 닿았다.

그의 입술이 은우의 귓불을 장난스럽게 깨물고 맛보았다.

"헉."

그의 손은 은우의 허리 아래로, 엉덩이 사이의 은밀한 습지로 파고들었다.

"아플 거야."

그는 은우의 다리를 조심스럽게 벌렸다. 은우는 멍하니 그의 얼굴을 핥았다. 짐승들이 제 짝을, 제 소중한 존재를 핥아주는 것처럼 정성스럽게. 사람의 살은 짭조름했다. 그의 얼굴을 타고 내려간 은우가 단단한 그의 목을 타고 점점 가슴 아래로 전진했다.

"헉. 은우 그만해."

그의 목소리가 쉬었다. 은우의 하얀 손은 그가 그러했던 것처럼 그의 맨가슴을 희롱했다. 서로 몸을 맞대고 잔 것은 분명 여러 번이었지만 둘 중 하나는, 혹은 둘 다 옷을 껴입은 채였다. 은우는 적어도 첫날, 목욕하는 그의 알몸을 본 뒤로는 그의 나신을 제대로 본 적이 없었다. 그래서 이 감촉이 얼마나 좋은지, 그의 몸이 얼마나 단단한지, 그 살내가 얼마나 사랑스러울 정도로 멋진지도 몰랐다.

신음을 내며 잠시 애무를 멈춘 그가 제 몸을 방황하는 은우의 손길을 인지했다. 그의 얼굴이 더욱 붉어졌다. 규칙도 없고 유혹보다 거친 몸놀림. 그것은 순수한 욕망. 그는 더는 참을 수 없었다. 그녀의 다리를 활짝 벌린 그가 제 남성을 밀어붙였다. 그 욕망의 크기를 고스란히 느낀 은우가 황망해져 입을 크게 벌렸다.

"저기. 그러니까."

그는 은우의 손을 찾아 제 욕망을 확인하게 했다. 붉게 변해서 은우의 몸 안으로 들어가고자 아우성치는 그의 중심을 인지한 은우는 어둠 속에서도 환하게 알아볼 정도로 붉게 변했다.

"음, 그러니까. 그때 봤을 때보다 더 커졌……."

은우는 쉽게 말을 잇지 못했다.

"사내들은 흥분하면…… 더 커진다. 널 이만큼 원한다는 뜻이지."

사바누는 느물거리며 제 남성을 은우의 여성에 맞춰 문질러 댔다. 생경한 느낌에 상당히 놀란 은우가 파닥거렸다. 어찌할 줄을 모르고 제 품 안에서 바르작거리며 몸부림치는 느낌이 더욱 그의 성욕을 부채질했다.

그는 조심스럽게 은우에게 입 맞추었다. 다시 그녀의 몸을 애무하며 그가 일깨운 온몸의 성감대들을 자극했다. 은우는 다시금 열락에 빠졌다. 그리곤 본능적으로 자신의 엉덩이를 흔들며 그에게 밀어붙였다. 은우가 점점 젖어들고 있다.

"처음이라면 아플 게다."

당장이라도 들어가고 싶다. 허나 그는 처음인 그녀를 위해 배려하기로 했다. 눈빛이 몽롱해진 은우는 그가 무슨 말을 하는지도 알지 못한다. 그녀의 다리 사이에 자리를 잡은 그가 은우의 검은 숲 사이로 손을 내밀었다. 습지 아래로 자리한 내밀한 여성을, 그녀의 음부로 점점 찾아 들어가 젖어 있던 동굴을 찾아내었다. 그 안으로 그의 손가락을 담금질하려 하자 은우는 놀라 허벅지를 오므렸다. 단단하게 닫힌 허벅지 사이로 그의 손이 더 깊게 들어와

간혔다. 옴짝달싹할 수 없는 상태에서 은우는 그를 보며 울 것 같은 표정을 지었다.

"어, 어떻게 해요?"

"내게 맡겨."

"왜요?"

"짐승들의 정사를 본 적이 있다고 하지 않았나?"

"하, 하지만."

"사람도 다르지 않아. 그대의 여성이 날 받아들이는 거다. 충분히 익숙해져야 해."

그 뜻이 무엇인지 파악하기도 전에 그의 손가락이 은우의 좁은 틈새를 비집고 침입했다. 은우는 이물감에 온몸이 굳어 사바누를 올려다보았다. 그녀가 그의 양팔을 바싹 움켜쥐었다.

"저, 전하. 이, 이상해요."

"사바누라고 해."

그의 손가락이 은우의 좁은 통로 안을 움직이며 은우가 익숙해질 때까지 머물렀다. 은우는 뜨거운 숨을 토해내며 그의 팔에 매달렸다. 제정신이라면 내지 못할, 뜨겁고 야릇한 신음을 간헐적으로 토해내었다.

그녀의 동굴에선 끊임없이 꿀이 흘러내렸다. 허벅지 아래에서 흐르는 그 액체를 눈으로 확인하자 그의 이성이 단번에 날아갔다. 그는 제 남성을 그녀의 흠뻑 젖은 좁은 동굴 안으로 밀어 넣었다.

"미안하다, 은우."

은우는 느닷없는 침입에 비명을 질렀다.

"아파! 아프다고! 안 아프다고 했잖아!"

바싹 경직된 은우의 몸이 그를 밀어내었다. 숨조차 쉬지 못할 압박감. 단번에 그녀의 안으로 들어가 버린 사바누는 그의 아래에서 울며 자신을 때리기까지 하는 은우에게 반쯤 먹힌 채 진입도 후퇴도 할 수 없었다.

은우는 좁았다. 들어가는 것조차 쉽지 않았지만 미치도록 좋았다.

하늘이 내려준 그의 배필이라서일까. 그 일치감은 말로 설명할 수 없다. 그러나 제 아래에서 울음을 터트리며 도리질을 치는 은우를 보자 그는 더 당혹스러워했고 고통이 더해졌다.

"전하는 거짓말쟁이!"

"괜. 괜찮아질 거다. 조금만 힘을 빼봐."

"어떻게요?"

은우는 울먹거렸다.

"기분 좋다는 거 다 거짓말이었어. 세상에서 제일 아파. 불이 나는 것 같아요. 전하, 나 힘들어요."

은우는 아이처럼 엉엉 울음을 터트렸다. 진입도 후퇴도 불가능한 상황. 그는 경직되어 어느새 허벅지에서 경련을 일으키는 은우를 계속 달래고 애원했다. 왕의 체통 따위는 그리 중요하지 않았다.

제발 나를 허락해 줘. 나를 받아들여 줘.

사바누는 제 중심에서 전달되는 지독한 열락의 통증도 무시했다. 그의 애원이 효과가 있었는지 은우의 몸이 조금씩 풀렸다. 뜨거운 숨을 내쉬며 은우는 그에게 붙잡힌 엉덩이를 조금씩 움직였다. 사바누는 그녀의 몸속으로 조금씩 전진했다.

더욱 가까이. 지상 최고로 깊이.

서로의 몸이 연결되어 하나가 되었다. 그는 은우의 다리를 제 허리에 감게 하며 그녀의 엉덩이에 자신을 밀어붙였다. 은우가 희미하게 웃었던 것 같다. 그녀의 뜨거운 숨이 그의 귀를, 목덜미를 자극했다. 그는 더 제 열망을 그녀에게 밀어붙이며 박차를 가했다.

연결된 그들의 몸이 흠뻑 땀에 젖었다.

"허억."

격렬한 그의 몸짓에 은우의 몸이 멋대로 흔들렸다.

아아, 바람이 너무 거세다. 발을 디딜 수 없어.

하반신에서 불이 났다. 고통이 거셌다. 그와 동시에 자신의 안을 끊임없이 파고들어 오고 다시 밀려 나가는 그를 느꼈다. 이전보다 더욱 가까이, 그가 거기에 있다. 하나가 되는 일치감이 거기에 있었다. 여인이 된다는 것은 아마도 이런 의미인 거였을까. 동시에 쾌락이 번쩍거리며 은우의 뇌리를 스쳤다.

내 사랑스러운 허은양. 내 영혼의 반려, 내 짝.

사바누는 은우의 몸 안에서 절정을 맞이하며 파정했다. 그를 감싼 그녀의 하얀 허벅지가 같이 절정을 맞이하며 흔들렸다. 그의 녹발을 움켜쥔 은우의 손에 힘이 풀렸다.

은우는 그의 아래에서 정신을 잃고 축 늘어졌다.

아직 해갈되지 않은 욕망이 그녀의 안에서 식지 않은 제 존재를 드러내며 솟아올랐다. 더욱 강하게 은우를 안고 싶었다. 하지만 은우는 아직 여리다.

당분간, 이것으로 만족해야겠어. 조금씩 그녀를 제게 길들이며 자신의 것으로 만들 것이다. 사바누의 입가에 흡족한 미소가 어렸다.

나를 붙잡은 것은 너이니, 그것은 네가 나의 것이기도 하다는 의미지. 나는 너의 왕이다.

사바누는 그녀의 이마에 제 입술을 눌렀다. 사랑스러운 나의 허은양.

그녀를 조심스럽게 끌어안으며 그는 하품을 했다. 숙면을 할 수 있을 것 같았다.

그러나 위이이잉. 위이잉.

현무화룡도가 제 몸을 흔들어댔다. 분명 검을 바닥에 쓰러뜨렸다 여겼거늘 용케도 검은 침상 곁에 나란히 기대어 그를 노려보는 듯했다.

"뭐가 불만이라는 거냐."

단 한 번도 저 검에게 의지가 있을 거라곤 생각해 보지 않았는데. 이것 또한 은우가 만들어낸 영향력 때문일까. 여러 가지를 의심하던 그는 시끄러운 검에게 줄 만한 것이 있나 두리번거리다 그들의 몸 아래에 짓이겨진 은우의 속곳을 찾아냈다. 검의 울음소리는 더 커졌다. 설마 하며 그는 검에게 은우의 속곳을 던졌다. 그것을 뒤집어쓴 검이 울음을 멈추고 잠잠해졌다.

"……."

검은 변태가 분명했다.

새벽에 은우를 깨운 그는 그녀의 몸과 자신의 몸을 살뜰히 씻겼다. 은우는 단 한 번의 정사만으로도 피곤해선지, 하루의 마음고생에 지쳤는지 깨지도 않았다.

사바누의 침전을 시중들던 입이 무거운 환관과 호위무사들은 그가 은우를 안고 나오자 혼절할 것 같은 얼굴들이었다. 사바누는 왕의 체통 따위 아랑곳없이 누구의 손에도 은우를 맡기지 않았다.

그는 은우에게 미쳐 있었다.

사랑에 빠져 버린 건지도 모른다.

푹 잠이 들었던 은우가 눈을 뜬 것은 새벽, 해가 뜨기 전이었다.

은우는 건강해서인지 생각보다 빠르게 기력을 회복했다. 그리곤 그의 품에 안겨 흐뭇한 미소를 짓더니 이내 침전 옆에 세워진 현무화룡도에 시선을 두며 웃어 보이곤 했다.

사바누가 없는 동안 은우을 위로해 줬다는 단순한 이유였다. 검은 그녀의 관심이 기쁜지 신나게 검명을 티트렸다.

사바누는 기가 막혀 제 검을 노려보았다. 이 나이에 검을 질투하게 될 줄은 몰랐다. 그것도 보통 검인가. 천 년쯤 먹은 이 나라의 신물이 아니던가. 그것은 은우가 말을 걸 때마다 제 목청껏 울어댔다. 목청이 존재하는지도 의문스러웠지만 어쨌든 그것은 울었고 은우의 말에 화답했다. 둘이서 무슨 작당을 하려는 건지 그의 머리에서 의문이 모락모락 피어올랐다.

"내 검으로 뭘 하려고 계획을 세운 건 아니겠지?"

은우가 움찔했다.

"저건 나를 제외한 누구도 뽑을 수도 만질 수도 없어."

"나는 만지는데요?"

"만지는 것이야 가능하지. 저놈, 현무화룡도는 은우를 좋아하는 것 같으니까."

은우는 그의 팔을 베고 드러누운 채 현무화룡도에 대해 재잘거렸다. 사바누는 징글맞은 제 검을 어머니에게 귀양 보내야겠다며 결심했다.

"엄청 낡아서 고물인 줄 알았어요. 신물이라면서 저렇게 두는 거예요?"

고물이라는 한마디에 검이 울음을 뚝 그쳤다. 쌤통이군. 사바누는 조용히 속으로 검을 비웃었다.

현무화룡도는 은우의 말대로 낡아 검병이나 검집의 일부를 교체해야 했지만 신물이다 보니 함부로 건드릴 수 없었고 검에 남아 있는 조부의 흔적들을 함부로 없애고 싶지도 않았다. 또한 저것을 다루거나 다루려 하는 사람도 없다는 것이 가장 큰 문제였다.

"저놈은 당분간 저 모습으로 살 거다."

"하지만."

"저놈도 신물이란 말이다. 신물을 다루려 하는 자들은 거의 없지. 잘못 손대면 죽어버리기 일쑤니까."

사바누는 변태검 대신 은우에게로 이야기를 돌렸다.

"여왕께서 네게 무엇을 한 것이냐."

"음? 꾸며주신다고 했는데요."

"넌 안 꾸며도 예쁘다. 게다가 붕대는 어쨌나?"

은우는 모두가 제 얼굴을 가리려는 데 심통이 난 듯 입을 삐죽거렸다.

"헤르가 면사가 잔뜩 달린 걸로 제 얼굴을 가린다고요. 앞도 제대로 안 보여서 귀찮은데. 차라리 붕대가 나은데."

"아침이 되면 어머님에게 데려다 주겠다. 내가 돌아올 때까지 얌전히 치하전에서 그분과 함께 있어야 한다."

은우는 신나게 고개를 끄덕였다.

"얌전히 있을 테니 그동안 쟤 좀 빌려주세요."

겨우 검에게서 관심을 떼어놓았다 했더니 은우는 현무화룡도를 가리키며 함께 있겠다고 한다. 설마 저것을 껴안고 위로를 받겠다는 건가. 화가 난 사바누의 눈썹이 꿈틀거렸다. 은우는 그의 품에서 데굴데굴 굴러 침상의 끝으로 굴러갔다. 화가 난 사바누의 푸른 눈에서 붉은 열기가 시뻘겋게 타올랐다. 은우는 자신이 무슨 잘못을 했나 고민했지만…… 없는데?

"바람피우는 건 안 돼."

은우는 사바누가 변태검을 노려보고 있다는 사실을 깨달았다. 맙소사.

"저거요? 그냥 검일 뿐이잖아요. 변태긴 해도 못 움직이는 검. 그래도 쟤랑 있으면 안 심심하니까 봐줘요. 네? 안되면 쟤랑 같이 헤르 님이랑 대화하면 되잖아요. 네?"

어머니와 은우와 신물 변태검과의 삼자대화라. 어처구니가 없는 이야기에 사바누는 고개를 흔들어댔지만 상대가 은우라면 이

해가 갔다. 제 팔을 붙잡고 애원하는 은우의 행동에 저절로 눈길이 갔다. 이불 속 그녀의 몸은 그의 반대로 인해 아직 맨몸이었다. 그녀가 엎드리자 은우의 풍만한 가슴이 뾰족하니 추위에 곤추섰다.

궁에 들어온 이후 여왕이 은우에게 쓴 꽃잎들의 향기가 아직 은우에게 은근하게 배어 있었다. 은우에게선 잘 말린 햇볕과 숲의 냄새가 났다. 거기에 꽃의 향기가 더해졌다. 저것은 꽃이지. 자신만을 위해 핀 꽃.

"와서 매달리면 검을 빌려줄 수도 있다."

"어떻게 매달려요?"

은우는 그의 시선이 닿는 제 가슴을 손으로 애써 가리려 했다.

"이미 다 봤다."

"쳇."

은우는 제 몸을 가릴 생각도 없이 그의 옆으로 파고들었다. 따스한 여체를 고스란히 느끼며 그는 애써 은우를 인식하지 않은 척했다.

한 번 더 안아도 괜찮지 않을까? 은우는 건강하고 지금도 멀쩡해 보이는데.

복잡하다 못해 음흉한 생각들이 그의 머리를 날아다녔다. 사바누는 은우를 애무하는 대신 생각을 다른 곳으로 돌리려 했다.

"도화원에선 어땠어?"

"여왕마마께서 버럭 화를 내셨어요. 그래서 너무 겁에 질려서."

"거기서 뭘 한 거지?"

"음. 사냥이요. 요수가 좀 많기에. 그냥 사냥꾼의 정신이 불타서."

"······."

"그러면 안 돼요? 나 몸 풀고 산 뛰어다니던 게 버릇이 되어서 운동 안 하면 몸이 무겁단 말이에요."

그는 신음했다. 역시, 은우는 다르다. 어쩔 수 없다.

"도화원에서의 사냥은 절대 금지다! 차라리 요수들을 길들이며 놀아. 아니, 그전에 먼저 운동시켜 주지. 아주 질펀하게."

사바누의 손이 은우의 말랑말랑하고 탄력 있는 젖가슴 위에 내려앉았다. 은우는 이 나라 왕 님의 언어생활 순화가 필요한 것이 아닐까 궁리하다 그가 제 몸을 차지하자 그 잡념을 모두 날려 보냈다. 곧 그들의 침전에는 낮은 남녀의 교성만이 공기 중으로 엷게 떠다녔다.

❀　　　❀　　　❀

치하전으로 가기 전, 사바누는 은우에게 현무화룡도를 안겨주었다. 검은 은우에게 안기는 순간 기쁨의 검명을 토해 사바누에게 상당한 찜찜함을 남겼다. 은우가 말벗이 생겼다며 눈웃음을 치자 그의 수심은 더욱 깊어졌다.

사바누는 제가 찢어놓은 은우의 옷 대신 내시복을 뒤집어씌우고 검과 모피까지 떠안겼다. 커다란 관모를 은우의 머리에 뒤집어 씌워 조막만한 얼굴이 다 가려지자 안심했다. 그는 그 상태 그대

로 은우를 반쯤 껴안다시피 해서 치하전으로 데려갔다. 왕이 정체
불명의 소년 환관을 껴안고 나타나자 여왕도 할 말을 잃었다. 그
뒤 왕은 낮은 휘파람을 불며 사라졌고 남겨진 은우만이 좌불안석
이 되어 여왕의 눈치를 살폈다.

간밤 사라진 은우가 왕과 무엇을 했는지, 왜 은우가 화룡도를
품고 있는지 여왕은 짐작한 터였지만 묻지 않았다.

은우는 여왕의 눈치를 살피며 그녀와 함께 조용한 오전을 보냈
다.

여왕은 본시 조용한 성격이었다. 헌데 은우와 시선이 마주치면
의미심장한 미소를 되돌려 주었고 은우가 쉴 수 있도록 편히 잠
자리를 봐주게 했다. 은우가 극구 양보하자 은우가 앉을 긴 의자
에 푹신한 베개와 비단으로 된 모포를 깔아주었기에 황송하기도
하고 민망했다. 심지어 여왕은 은우가 현무화룡도를 쥐고 있는
것도 모른 척해주었다. 은우가 말을 할 때까지 기다리실 모양이
었다.

간밤, 사바누와의 교합 때문에 피로해진 은우는 여왕이 권하는
침상에 몸을 뉘였다. 그리 아프진 않았지만 마냥 나른하고 졸렸
다. 변태검과 여왕의 대화는 오후로 미뤄야지. 은우는 이내 숙면
을 취했다.

그날 오후, 진비가 치하전으로 찾아와 알현을 청했다. 마침 여
왕과 함께 담소를 나누던 은우는 황급히 모피를 찾다가 여왕이 건
넨 면사로 제 얼굴을 가렸다.

"자리를 피해야 하는 거 아닐까요?"

은우가 조심스럽게 말했으나 여왕은 완고했다.

"있어도 상관없을 거다. 그녀는 네 문제를 논하기 위해 왔을 터이니 장본인이 함께 있는 것도 나쁘진 않겠지."

여왕의 의도를 파악할 수는 없었으나 은우는 잠자코 그녀의 뜻에 따르기로 했다. 진비는 곧장 여왕의 내실로 들어왔다. 여왕과 함께 한 면사를 쓴 은우를 발견한 진비의 몸이 잠시 굳었다.

진비, 우재이는 나비문이 수놓인 치자빛 삼과 먹빛 비단치마를 걸쳤다. 시야가 검은 장막에 가려지듯 뿌옇게 보이는데도 불구하고 은우는 진비에게서 눈을 뗄 수 없었다. 진비는 과한 화장을 하지 않았고 삼단 같은 머리칼을 높게 틀어 올려 금과 보석의 머리 뒤꽂이를 한 것뿐인데도 참으로 단아하고 고왔다. 그것뿐인가. 아름답고 사내들의 연심을 불러일으킬 만큼 연약한 면이 있어서 보는 것만으로도 보호본능을 일으키는 여인이었다.

진비는 곧장 진홍여왕에게 예를 취하며 머리를 조아렸다.

"마마, 문안인사차 들렀습니다. 손님이 와계시는군요."

"내 말벗이니 신경 쓰지 마라. 무슨 일로 온 것이냐."

진비는 은우에게 짧게 시선을 던진 뒤 여왕에게 고했다.

"시간이 없으신 듯하여 어제 일어난 소동에 대해 여쭤보려 왔습니다. 마마와 전하께서 사람을 불러들여 이 주변을 대대적으로 수색하셨다 들었습니다. 이 궁에서 어떤 일이 벌어지는지 저도 알 권리가 있습니다."

따박따박 말을 내뱉는 진비 우재이의 표정은 조금은 차갑게 일

그러져 있었다. 은우를 돌아보는 시선도 참으로 뾰족했다.

"내 아드님이 무엇을 하든 그것이 진비의 위신을 훼손하지는 않을 것이오. 무엇이 억울한가, 진비."

진비는 저를 모시는 시녀들의 만류에도 무릎을 꿇으며 애원했다.

"마마. 전하께서 후궁을 들이시는 것은 반대하지 않습니다. 허나 왜 하필이면 이런 시기에 후궁을 선택하시는 것인지 의심스럽습니다. 전설 속의 허은양을 지척에 두고 왜 그런 계집을 사사로이 선택하려 하신답니까. 마마님께서 전하를 설득해 주십시오."

진비의 목소리엔 울먹거림마저 섞여 있었다. 상대인 은우조차 감화되어 설득될 만큼 진비는 진실했다. 그녀의 간절한 호소에 은우조차 마음이 동했다.

그리고 문득, 제가 부끄러워졌다.

저 아름다운 진비가 그의 아내이고 이 나라의 왕후다. 은우의 아비는 늘 우재이가 완벽하다며 한탄하고 은우를 보며 한숨 쉬었다. 은우가 예뻐졌다 생각했지만 왕후로서 완벽한 진비와 자신은 비교도 할 수 없음을 알았다.

"전하의 소문이 파다하게 나 귀빈전의 허은양도 귀띔을 받은 모양입니다. 저화 함께 전하를 모실 고운 여인이 울었습니다, 마마. 어찌하여 전하는."

여왕이 손을 가로 저어 말을 막았다.

"그대는 사내라면 여인을 취해야 한다며 지아비를 밖으로 내몰지 않았더냐. 내 아들은 그대의 바람을 이뤄준 것이니 기뻐해야 하지 않더냐."

진비의 얼굴이 충격에 휩싸였다. 그녀가 연약하게 사시나무 떨 듯 부르르 몸을 떨었다.

"하, 하오나 귀빈전에 전하의 비가 될 사람이 있사옵니다. 감히 후궁의 지위도 받지 못한 여인을 먼저 취하시다니 이것은 법도와 예의에 어긋난 일입니다."

진비의 토로하는 목소리에 은우는 제 입술을 깨물었다.

이곳에서 나는 허은양이 될 수 있을까.

여왕은 물끄러미 한탄하는 진비를 내려다보았다. 여왕은 진비를 전혀 이해할 수 없다는 얼굴로 되물었다.

"귀빈전의 허은양을 대신해 이리하는 것인 게냐. 참으로 대단 하시구려, 진비."

"이 나라의 흥복을 위해서라면 저는 무엇이든 할 것입니다. 전 하께서 허은양과의 사이에서 후손을 보아야 한다 못 박은 것은 마 마님이십니다."

진비의 말에 은우는 더 멍했다. 진비는 이 나라의 왕후로 완벽 해 보였다. 저 같으면 그를 빼앗기고 싶지 않아 투기를 할 텐데. 진비가 이해가 되진 않았지만 그녀가 부러웠다. 허울뿐이라 해도 사바누의 옆자리는 그녀의 것이 아닌가.

무지렁이 은우가 허은양으로 인정받는다 한들 진비와 같아질 수는 없다. 저리 완벽한 여인이 그의 아내이니 애초에 경쟁도 무 엇도 불가능했다.

왜 전하는, 사바누는 저런 여인을 두고 왜 자신을 궁에 데려온 걸까.

왜— 냐고 생각하는 것이 두려웠다.

저녁, 그가 방에 처박혀 있던 은우를 찾아왔다. 진비가 여왕을 찾아왔다는 언질을 들었을 텐데도 그는 내색하지 않았다. 은우는 마침 현무화룡도를 껴안고 있었다.

여왕은 은우에게 예쁜 청록빛 상의와 옅은 분홍색 치마를 입혀 주었다. 예쁜 당초문이 수놓아진 옷은 무척이나 아름다웠지만 은우의 기분을 달래주진 못했다.

은우의 침울해진 기분으로 말미암아 치하전의 하늘 위에만 먹 구름이 꼈다. 비는 오지 않았으나 바람이 거셌다. 은우는 면사로 제 얼굴을 가린 채 창문을 활짝 열어놓았다. 높은 담장이 은우의 시야를 가렸지만 습기 어린 바람이 그녀가 머문 방 안을 휩쓸고 지나가곤 했다.

"은우."

그의 목소리는 여전히 달콤하고 향기로워 은우는 그에게 취했 다.

"낮 동안 왜 계속 방에만 있었어?"

"……."

"진비가 뭐라고 하더냐? 그녀의 존재를 미리 말하지 못한 건 내 불찰이다."

조심스러운 그의 말을 들으며 은우는 한숨을 쉬었다. 사바누는 조심스럽게 말을 이었다.

"그녀는 투기가 심한 사람은 아니다."

"사바누. 전하."

은우는 고개를 들어 그의 시선과 눈을 마주했다. 은우의 조그만 반응에도 그의 얼굴이 화색을 띄었다.

"할 말이 있나?"

"네. 묻고 싶은 게 있어요."

"뭐지?"

"날 정말 좋아해요?"

"그래."

대답에는 망설임도, 약간의 주저함도 없었다.

그는 은우에게 손을 뻗어 은우를 껴안으며 입술을 겹쳤다. 서로의 입술이 이어진 것만으로도 그의 몸은 욕망으로 뜨겁게 달아올랐다. 그는 은우를 숨이 막힐 정도로 껴안으며 쉴 새 없이 그녀의 입술에 탐닉했다. 입술 옆 볼, 턱 아래로, 목으로도 잔 입맞춤을 남겼다.

은우의 몸속으로 파고들던 쾌락의 여진이 아직도 그의 몸에 남아 있다.

은우의 체향을 인식하자 단번에 그의 이성이 날아갔다.

"네가 그녀라서, 정말, 다행이다."

뜨겁게 젖은 사바누의 목소리가 은우의 귓가를 스쳤다.

은우는 그와 함께 침상 위로 쓰러졌다. 그가 은우의 몸을 덮치며 다급히 그녀의 치맛단을 들추었다. 욕망은 격렬했다. 그의 손짓은 사랑스러웠다. 은우는 그를 사모했다. 하지만.

내가 허은양이 아니었다면 그는 나를 사랑하지 않았을 거야.

그녀가 허은양이 아니었다면, 사바누가 그녀를 찾아올 일은 없었다. 애정을 품을 일도, 한 번 더 쳐다보는 일도 없겠지. 은우가 허은양이 아닐 경우, 그가 그녀를 사랑하는 일 따위는 없다.

그것은 불가능하겠지. 바랄 수도 없는 꿈이겠지.

이렇게 몸을 섞어 자식이라도 생기면…… 그건 이 나라를 위한 것일지도 모른다. 하지만 그런 건 싫어.

허은양도 아닌 은우로 좋아해 줬으면 했어.

은우는 그를 밀어냈다. 반항을 상쇄하며 그녀를 안으려던 그는 은우가 울고 있다는 사실을 깨닫고 당황했다.

"왜?"

"안기고 싶지 않아요. 이렇게 되고 싶지 않다고요!"

은우의 몸은 뜨거웠다. 그를 갈구하고 있었지만, 이렇게 쉽게 함락되고 싶지 않았다. 나는, 나는!

창문 사이로 바람이 일었다. 은우의 변덕처럼 살을 에는 날카롭고 차가운 바람이었다.

"왜 그래?"

사바누는 은우가 화가 났다는 걸 알았다. 분명 화가 난 이유는 있을 텐데, 그녀의 분노는 이전과는 달랐다.

은우가 차갑게 입을 열었다.

"내가 누군지 알고 있었죠? 내가 허은양이라는 거 알고 데려온 거죠?"

그에게는 허은양이 필요했다. 그의 자식을 낳아줄 전설 속의 배 필이 있어야 한다 여겨 허은양을 찾으러 나섰다. 그런 그에게 은 우가 직접 접근했다. 처음에 사바누는 의심했겠지만 어느 순간 확 신했을 것이다. 그리고 그는 은우에게 좋아한다 고백하며 궁으로 데려왔다.

좋아한다는 감정 이전에 사바누에겐 허은양이 필요했다. 은애 의 감정과 필요의 논리 중 어느 쪽이 우선시되고 중요한지 은우는 알고 싶지 않았다. 좋아하고 필요하니 어찌되든 괜찮다는 건 싫었 다. 그것으로는 충분하지 않았다. 은우는 욕심이 많았다. 허은양 이 아닌 은우를 좋아하는 그를 완전히 소유하고 싶었다.

하지만, 사바누는 가진 것이 너무 많았다.

은우는 그에게 너무 어울리지 않았다.

그가 은우를 데려온 이유는 단 하나, 허은양이기 때문이다.

그것은 은우에겐 아주 중요했다.

"내가 허은양이 아니라 해도 날 이곳에 데려왔을 건가요?"

사바누가 잠시 망설였다. 은우에겐 그 찰나의 망설임만으로도 충분히 상처가 되었다. 은우는 제 아비의 말이 늘 옳았다는 사실 을, 인정할 수밖에 없었다.

허은양이 아닌 은우는 가치가 없다는 걸. 은우에겐 왕후의 자질 따위 없다는 걸.

싸늘한 바람이 그들의 뺨을 할퀴듯 지나갔다.

"차라리 내가 허은양이 아니었다면 하고 바랐어요. 허은양이 아니었다면 이런 쓸데없는 생각 하지 않아도 되었을 텐데."

"은우."

그가 뻗어오는 손을, 은우는 뿌리쳤다.

사실은 당장이라도 안기고 싶어. 어젯밤처럼 입술을 겹치며 그의 몸을 탐하고 싶어. 하지만 허은양이 아닌 나는 그에게 아무것도 아닌 거잖아.

사실 허은양이란 이름을 가진 이가 있다면, 자신은 쓸모없는 잉여.

"내가 허은양이 아니었다면 좋았을 텐데. 그냥 허은양이 아니었다면."

은우는 자기부정을 했다.

"은우."

그가 애타게 자신의 이름을 부르며 껴안으려 했다. 그의 감정과 괴로움은 이해했지만 그것보다 더 괴로운 건 은우 자신이었다. 그가 허은양으로서 자신을 좋아했기에 그것이 마냥 싫었다. 그가 계속 그녀를 껴안고 침전으로 끌고 간다면 거부할 수 없을 자신이 마냥 어리석고 미웠다.

"생각할 시간이 필요해요."

은우는 움츠러들었다. 달콤함 뒤에 찾아온 허망함이 더욱 싫었다. 제게 위로를 주는 현무화룡도를 끌어안고 침잠했다.

깊은 한숨을 내쉰 그가 결국 그녀를 홀로 남겨둔 채 바깥으로 나갔다. 한참 만에 들어온 여왕은 아무 말도 하지 않고 은우를 보듬으며 달래주었다.

말은 필요 없었다. 은우에게 필요한 것은 시간이었다.

다음날 은우는 여왕에게 부탁해 도화원으로 갔다. 사바누가 붙인 호위들이 은우의 뒤를 쫓아왔다. 여왕은 대신들과의 알현이 예정되어 있어 오전 내내 자리를 비우지 못해 은우 혼자 도화원으로 나선 참이었다.

헤르의 어머니가 직접 가꾸었다는 도화원에는 아직 그녀의 온화한 기운이 서려 있었다. 헤르의 어머니는 분명 좋은 사람이었을 거라고, 은우는 멋대로 생각했다.

"아버지가 옳은 말을 하긴 했었네."

지금의 이곳은, 자신과는 어울리지 않는다는 것. 은우는 너른 하늘을 올려다보았다.

적어도 대산의 하늘은 주촌산의 하늘과 다를 바 없이 맑고 청명했다.

"집에 가고 싶어."

한숨을 쉬며 은우는 품고 있던 현무화룡도에게 제 마음속 이야기를 털어냈다. 흰 구미호의 모피를 여왕의 처소에 두고 온 것이 아쉬웠다.

궁은 자신을 가둔 것처럼 답답한 장소였다. 은우는 사바누가 자신을 좋아한다는 것을 알았지만 그것만으로는 부족했다. 허은양으로도 인정받지 못하고 허은양이 될 확신도 없었다. 허은양으로 인정받는다 한들 진비를 이길 자신도, 현숙한 왕후가 될 수도 없을 터였다. 그런 주제에 그를 독점하고 싶어하는 욕심. 자신은 자격지심에 욕심만 많다. 은우는 한숨만 쉬었다.

생각에 잠겨 있던 은우는 제 코앞에 침입자가 나타날 때까지도 깨닫지 못했다. 다급히 제 얼굴을 매만지며 허둥지둥 면사를 뒤집 어쓰려던 은우는 제 코앞에 진비의 얼굴이 있자 화들짝 놀랐다.

진비는 이미 은우의 얼굴을 본 뒤였다. 은우는 그대로 얼어붙었 다.

"그런 얼굴이었군요."

진비는 은우가 왜 면사를 쓰는지 궁금한 듯했지만 애써 묻지는 않았다. 진비는 여전히 차분한 얼굴이었다.

"그대를 만나기 위해 조금 손을 써야 했답니다. 여왕마마와 전 하의 눈을 피하려면 이곳이 아니면 할 수 없었죠."

호위들의 기척이 느껴지지 않는 걸 보면 진비가 손을 쓴 것이 분명했다. 진비의 말에 은우는 고개만 갸웃거렸다. 왜 이렇게까지 한 걸까?

"진비마마, 왜 절 보고 싶어하셨는데요?"

"지금은 시기가 좋지 않답니다."

"무슨 시기요?"

"전하께 소저 자체의 존재가 폐가 된다는 것이지요. 시기상으 로 이렇게 나쁠 수 없어요. 귀빈전에 허은양을 겨우 모셨는데 첩 지도 받지 못한 왕의 애첩이 생기다니요."

망연해진 은우를 보던 진비가 말을 이었다.

"소저는 전하를 어찌 생각하실지 모르나 전하를 믿지 마세요. 그대만을 품으리라는 착각도 하지 마세요. 그분은 왕입니다. 어여 쁘고 화려한 창포가 부담스러워 길가에 밟히는 민들레를 잠시 취한 것뿐. 그분이 내치기 전에 스스로 움직이신다면 도와주겠어요. 소저가 원하는 대로 돈이나 패물 정도는 드릴 수 있지요. 고향에서 남부럽지 않게 살 수는 있을 겁니다. 사내를 원한다면 적당한 사내를 찾아줄 수도 있어요."

은우는 할 말을 잃었다. 진비는 고요히 웃었다.

"집에 가고 싶지 않나요? 내가 도와주면 어떨까요?"

"절 내보내시려는 건가요?"

진비는 긍정도 부정도 하지 않았다.

"절 내보내려는 이유가 귀빈전의 허은양에게 걸림돌이 되기 때문인가요? 저를 데려온 건 전하세요. 그러니 내침을 당하더라도 전하께 직접 듣겠어요. 아니면 제게 질투를 느끼시는 건가요?"

한 나라의 왕후를 상대로 한 망측한 발언이었다. 허나 진비는 긍정도 부정도 하지 않았다. 그녀의 얼굴에선 표정이 없었다.

"그것도 다 한때의 감정일 뿐입니다. 그대의 이름이 무언지 모르지만 유감은 없어요. 단지 나는 왕의 아내이고 이 나라를 위해 성가신 일들을 해야 하죠."

바로 지금처럼. 진비의 말 뒤에 그런 말이 숨겨진 듯했다. 그녀의 노래하듯 들리는 목소리는 아름답고도 기이했다. 그녀가 왕을 사랑하지 않는 것처럼 들려서 더더욱 기묘했다.

"저, 마마는 전하를 사모하지 않으세요?"

"사랑이 없어도 살 수는 있어요. 그러니 내 감정이 어떠하든 그것은 그대가 상관할 일이 아니지요. 왕가에 속한 여인은 평생 그 굴레를 벗어나지 못합니다. 그것은 전하도 마찬가지이고, 그분도 의무에서 벗어나시지 못합니다."

은우는 고개를 더 갸웃거렸다.

"전하가 행복하지 않아도 된다는 것처럼 들리는데."

"왕은 행복하지 않아도 됩니다. 그것을 신경 쓸 것은 그대의 몫이 아니에요."

"하, 하지만."

진비가 손짓했다.

"보여줄 것이 있지요. 나를 따라오세요."

진비의 발걸음은 나비처럼 소리가 없이 나풀거렸다.

그녀를 따라 도화원의 뒷문으로 나선 길에는 누구도 그들을 제지하는 이가 없었다. 은우는 제게 붙인 호위들이 전부 사라진 것이 진비가 한 일임을 깨달았다.

진비가 은우를 이끈 곳은 귀빈전이었다. 귀빈전 앞에 자리한 작은 화원에는 소담한 꽃들이 가득 피었다. 그 꽃들을 바라보며 웃는 두 남녀가 있었다.

은우의 눈이 왕의 옆에 선 여인을 응시했다. 진비보다 훨씬 아름답고 화려한 여인은 천녀와도 같았다. 주변의 꽃들도 그녀의 앞에서 향기를 잃었다. 모든 남녀들이 그녀의 미색에 취했다. 은우 역시 예외는 아니었다.

"저 여인은 허비. 허은양이라고 하지요."

짐작했지만 은우는 심장이 뚫린 듯했다.

면사 너머로 보이는 진비를 보며 은우는 되물었다.

"내, 내게 직접 확인시켜 주고 싶었던 거군요."

"그래야 떨어져 나갈 테니까요. 전설 속의 아름다운 허은양이 현신해 저기에 있습니다. 그대와 비교할 수 있을까요?"

진짜는 여기 있지만 말할 수 없다. 그리 말하기엔 자신이 너무 초라했고 증명할 방법도 없었다. 은우는 진비의 면상을 할퀴고 싶어하는 마음을 억눌러야 했다.

그때 사바누가 가짜 허은양을 내려다보며 웃었다. 은우의 심장이 쿵, 두방망이질 쳤다.

시간을 가지자고 한 건 그녀였는데, 그는 왜 벌써 가짜에게 갔을까. 아니, 진짜인 자신보다 훨씬 더 아름답고 멋진 가짜라면 상관없다고 생각했을지도 몰라.

은우는 먼발치에서 그들을 바라보다 고개를 돌렸다. 무표정한 진비가 은우의 뒤를 지켰다.

"그, 그 허은양이 진짜가 아니라 가짜라면요?"

"그렇다 한들 그대가 신경 쓸 일은 아니지요. 왕께선 귀빈전의 여인이 진짜든 가짜든 그녀를 취할 것이고 거부할 수는 없습니다. 그 여인은 소저와 비교할 수 없는 상대임을 알 수 있을 테니까."

은우의 호흡이 거칠어졌다. 그녀는 제가 현무화룡도를 지금껏 쥐고 있었다는 것도 까맣게 잊었다. 울고 싶어서, 내키는 대로 걷고 싶었지만 어느 곳도 궁 안은 제게 감옥 같아서 가도 허망하다는 사실만을 깨달았다.

도화원으로 가는 방향이 눈앞에 이어져 있다. 허나 이렇게 더러워진 마음으로 그곳을 더럽힐 수 없었다.

은우는 멍하니 생각을 끌어 모으며 말을 이었다.

"그것은 가짜 허은양이에요."

진비의 얼굴에 희미한 균열이 일었다.

"진짜가 아니라 한들, 그것과 당신과는 상관없는 일이지요. 안 그런가요?"

아아. 그러하겠지. 부정할 수도 없는 자신이 더욱 슬펐다.

가짜 허은양도 진비도 자신보다 훨씬 아름다워 마치 먼 별세계의 존재들 같았다. 그녀처럼 천방지축이지도 않았고 산야를 멋대로 달리며 왕을 덫으로 잡고 그를 놀려댈 일도 없겠지. 수를 놓을 줄도 모르고 시서화엔 까막눈인 바보 은우와는 다르겠지.

"원하는 게 뭔가요?"

"떠나세요."

그것이 원하는 것인 양, 진비는 앵무새처럼 되풀이했다.

"작별인사라도 해야 해요. 그냥 갈 수 없어요."

"대신 전해 드리죠. 여왕께서도 허락하신 일입니다."

진비의 거짓말에 은우는 쓴웃음을 지었다. 이대로 쫓겨날 수 없다.

"난 못가요. 그를 만나기 전까진."

"자꾸 고집을 피우려나 본데 그건 누구에게도 도움이 되질 않아요. 전하는 누구도 사랑하실 수 없죠. 그가 애정을 품었다 여기는 건 그대의 착각일 뿐. 전하는 심장이 없는 분이시죠. 설사 심장이 있다 한들 차갑게 얼려서 그리 사셔야 합니다."

진비의 말에 은우는 입을 떡하니 벌렸다. 저것은 우재이의 진심이다. 그녀는 뒤늦게 자신의 실책을 깨닫고 입을 가렸다. 허나 이미 늦었다.

진비는 진심으로 그가 심장이 없는 냉혈한이라 믿고 싶었던 것일까.

은우는 현무화룡도를 껴안았다. 검의 온기가 전달되자 조금은 안심이 되었다. 사바누가 왜 외로워 보였는지 이제 알았다. 그는 왕이 아닌, 자신을 진심으로 봐줄 사람이 필요했다.

우연인지 필연인지는 몰라도 그때 은우가 그의 앞에 있었다.

"난 물러나지 않을 거예요. 내가 직접 가지 않겠다면?"

진비가 손짓하자 그녀의 뒤에 있던 호위들과 위사들이 다가왔다. 그중엔 사바누가 그녀의 호위를 명한 여성호위도 있었다.

"떠나겠다면 해치지는 않을 겁니다."

은우에게 안겨 있던 현무화룡도가 파르르 분노로 몸을 떨었다. 진정해. 은우는 쓸 수 없는 검을 탓하며 사방을 둘러보았다. 제 편은 하나도 없다. 사냥꾼이었고 몸이 날래긴 했지만 위사들을 상대로 이길 자신은 없고 사람을 상대로 싸워본 기억도 없었다. 도망치는 것에는 자신이 있었지만 치렁치렁 늘어진 비단옷을 입고는 그것조차 힘들었다.

아니, 도망친다 한들 어디로 갈까? 아는 사람도 제대로 없는 왕궁에서 대체 어디로?

위사들이 은우를 제압하려 했지만 은우는 그들의 손길을 뿌리치며 반항했다. 무거운 검을 품은데다 궁에 머무는 동안 몸이 무거워져 주촌산에서의 도약도 불가능했다. 하지만 앙칼지게 반항해 몇 명쯤은 쓰러뜨릴 수 있었다.

은우는 결국 한바탕의 난투 끝에 붙잡혔다. 면사도 뜯겨나가기 직전으로 위사들은 이렇게 끔찍한 계집은 처음 본다며 이를 갈았다. 그들이 은우를 억누르고 겨우 제압했다.

"이거 놔!"

은우의 사나운 반항에 진비는 충격이 어린 얼굴이었다.

"전하는 어찌하여 이런 천둥벌거숭이를."

진비를 올려다보는 은우는 멋지고 아름답다 여긴 금해궁과 북주성에 대한 생각을 바꿨다. 그가 머무르고 있기에 좋았던 공간이 진비로 인해 치가 떨리게 싫어졌다!

진비의 차분한 목소리만이 은우의 귀를 찔렀다.

"당신도 이해하게 될 거예요, 그리고 내게 고마워하게 될 겁니다. 전하를 마음에 품지 마세요."

은우의 눈에 불꽃이 튀었다.

"그건 내가 결정한다고!"

은우가 소리친 것과 동시에 어디선가 추오 한 마리가 우렁찬 울음을 토하며 달려 나왔다. 그것이 그 자리에 왜 있는지 은우는 깊게 생각하지 않았다. 그녀를 붙잡은 위사들을 대번에 밀쳐 내며 주촌산에서 그녀를 태우고 달렸던 추오의 등 위로 은우는 몸을 날렸다. 바닥에 나동그라진 현무화룡도를 반사적으로 쥔 채였다.

"잡아라!"

추오가 땅을 박차고 달렸다. 은우는 추오의 본능에 몸을 맡겼다.

추오는 저를 쫓는 위사들과는 반대 방향인 외궁 쪽으로 신나게 담을 넘고 전각을 할퀴며 도약했다.

은우는 여왕이 제게 준 아름다운 녹빛 삼과 노란 치마를 입은 채, 아비가 명령한 대로 제 얼굴을 검은 면사로 가린 채 마냥 달아났다.

태호太昊라 이름한 신이 있다. 그는 동쪽에 터를 잡고 그림쇠를 들고 다니는 신 구망과 함께 봄을 다스렸다.

봄은 태호의 영역이다.

은우는 태호의 땅과 멀어지는 북으로 길을 재촉했다.

❀　　　❀　　　❀

사바누는 도화원으로 발길을 재촉했다. 대신들의 간청에 못 이겨 가짜 허은양을 다시 만났건만 불쾌함만이 늘었다. 자하루 출신의 기녀인 허은양이 가짜라는 증거는 아직 잡지 못한 상태였기에 계속 조바심이 났다.

사바누는 왕이었지만 자신이 생각하기에도 너무 신중했다. 불필요한 희생은 하지 않겠다는 안일주의도 극심했다. 어머니보다 힘도 모자랐고 왕으로서의 통치 능력이 부족한 것도 한몫했다. 왕이 된 지 3년이 지나도록 그는 자신이 원한 모든 권력을 손에 넣지 못한 상태였다. 신왕과 대신들은 대립하는 상태이기도 했다.

통감한다. 그는 어쩌면 왕이 될 재목은 아니었는지도 모른다.

그는 성군인 조부의 위상에 먹칠을 하지 않을 정도의 나쁘지 않은 왕이 되긴 할 것이다. 태평성대를 불러오는 성군은 되지 못한다.

그는 왕이고 싶지 않았다. 허나 그는 왕이었다.

그 모순 사이에서 그는 더더욱 금단의 자유를 갈망했다.

사바누는 도화원에 도착할 무렵 이상한 낌새를 눈치챘다. 은우가 있어야 할 도화원에서 은우만이 가지는 특유의 생기가 느껴지지 않았다. 대신 도화원의 입구에서 마주친 여인은 진비였다. 진비는 북주국의 왕실을 상징하는 듯한 녹빛 비단을 걸치고 있었다.

"전하, 오셨습니까."

사바누는 주변을 살폈다.

"은우는 어디에 있소?"

"소녀의 이름이 은우였나 보군요. 전하가 그런 어린 여인을 취할 거라곤 생각하지 못해 당황했습니다."

그녀는 어리지 않다는 말을 하려던 그는 은우에 대한 언급을 그만두었다. 진비가 은우를 찾아갔을 거라는 생각은 했다. 그의 예상보다 빨랐을 뿐이지. 그것보다 그에게 안기는 것조차 혐오하며 예법을 운운하던 진비가 직접 손을 쓰는 건 예상보다 훨씬 빨랐다.

"은우는 어디에 있지?"

진비가 대꾸했다.

"문제가 생기지 않도록 집으로 돌려보냈습니다. 노자를 챙기고 나가는 문을 일러주었으니 잘 알아서 나갔을 테지요."

"진비!"

진비 우재이의 목소리는 떨리면서도 차분했다.

"허은양이 궁에 있습니다. 둘째 비가 아닌 어디서 데려왔는지 모를 무지렁이 애첩을 끼고 문제를 일으키시다니, 그것은 전하답지 않으십니다. 체통을 지키소서. 모든 것이 이 나라의 안녕을 위함입니다."

"내 개인사에 진비가 간섭할 권리가 있느냐."

"적어도 이 나라의 국모로서 해야 할 일을 했을 뿐입니다. 곧 허비와의 국혼일이 의논될 것입니다. 제가 못 미더우시면 그녀에게서 빨리 후사를 보세요. 그런 근본 모를 계집을 데려와 취하시다니 이 나라의 장래를 위한 일은 아닙니다."

그는 코웃음을 쳤다.

"나답다는 건 무언가?"

"허은양을 생각하십시오, 전하. 그 전설 속의 여인은 제 예상보다 훨씬 아름다웠습니다. 그런 여인이 곁에 있는데 왜!"

"그 여인이 그대가 할 일을 대신해 줄 것 같기에 그리 기쁘던가."

허를 찌르는 그의 말에 진비의 안색이 창백해졌다.

"귀빈전에 데려다 놓은 허은양이 그대 대신 나를 상대하고 그 지긋지긋한 교합을 대신해 아이까지 낳아줄 수 있다 여겨 그리 기뻐서 잘해주었지 않느냐, 이 말이다. 우재이."

진비의 가면이 희미하게 흔들렸다. 그녀는 사시나무처럼 떨며 공포에 질린 눈으로 그를 올려다보았다. 진비는 늘 그를 보면 겁을 집어먹었다. 어릴 때부터 그랬고 그녀의 정인이 생긴 뒤에는 더욱 그러했다. 그 눈에는 사바누에 대한 혐오감마저 스며 그를 진절머리 치게 만들었다.

"어, 어찌하여 그러, 그러한 말을 하시나이까. 전하."

사바누는 피식 웃었다.

"귀빈전의 여인이 허은양이라 믿느냐? 그것이 진짜 허은양이더냐."

"네?"

"네 아비가 그 여인을 어디서 발견했는지 물어보거라. 나는 여인이 풍기는 홍등가의 향내가 지긋지긋하게 싫다."

그의 말이 뜻하는 바를 깨닫고 진비의 얼굴이 새파랗게 질렸다.

"서, 설마 허비가 기녀 출신이라는?"

"네 아비에게 묻거라."

설사 그녀의 아비가 기녀출신의 허은양을 데려왔다 한들 진비는 왕의 처사를 이해할 수 없었다. 왕은 궁을 떠났다가 이상한 계집과 함께 동행한 뒤로 이상해졌다. 진비 따위는 마치 관심도 없는 듯했다.

진비는 왕을 무서워했다. 허나 왕은 그녀의 두려움을 이해했고 그녀를 배려했다. 그녀의 이야기에 귀를 기울이며 의견을 경청하기도 했다. 화를 내지 않는 왕은 덜 무서웠고 진비도 익숙해졌기에 그와의 시간을 늘려가면 된다 여겼다. 끔찍한 교합만 아니라면 어찌되든 좋았고 왕후의 자리는 생각 외로 견딜 만했다. 아이를 낳아줄 수는 없다 해도 왕이 그녀에게 빚이 있으니 내치지 않으리란 확고한 믿음도 있었다.

허나 지금부터는 다를 것이다. 그녀 자신의 미래조차 진비는 예상할 수 없었다.

그의 수족들이 다가와 왕에게 귀엣말을 건넸다. 분명 그 쫓아낸 아이에 대해 말을 전달하는 것일 게다. 왕의 안색이 붉으락푸르락해졌다. 신비한 푸른 눈에 분노의 화기가 떠올라 그의 눈동자는 붉게 타오르는 듯했다. 그 증오에 찬 시선에 진비는 몸을 떨었다. 저렇게 무서운 분이시다. 그 미천한 계집 하나 내쫓았을 뿐인데 왜 저런 눈으로 나를!

"내가 거둔 여인을 그리 내쫓으셨다?"

진비는 금방이라도 주저앉고 싶었다. 이 나라를 위한 것이라 생각하며 용기를 내었는데 아직도 왕이 무서웠다. 왕이 자신의 행동을 쉽게 받아들이리라고는 생각하지 않았지만 그를 견디기가 너무 힘이 들었다.

"모, 모든 것이 이 나라를 위함입니다. 저, 저는 충심으로 이 나라를 위해 해야 할 일을 했을 뿐입니다."

"그래서 허은양을 비로 맞아야 한다? 귀빈전의 여인을?"

"그 여인이 허은양이 아닙니까. 그렇다면 그리 하셔야지요. 이야기를 들자 하니 몇 년 전 아비가 죽고 꽤나 고생을 하며 살아왔던 모양입니다. 그래도 허은양이라는 긍지만으로 올곧게 살아남았다 했습니다. 그러니."

"그래서 귀빈전에 있는 것이 가짜라 해도 받아들여라?"

무언가가 잘못되었다. 허나 진비는 그 '무언가'가 무엇인지 알지 못했다. 다만 그녀가 본 귀빈전의 그 아름다운 여인이, 가짜라는 생각은 들지 않았다.

"허은양이, 그 가여운 여인이 어찌하여 가짜라는 것입니까? 그 여인은 제가 허은양이라는 증거를 갖고 있지 않습니까!"

사바누는 그녀를 한 대 치고 싶은 마음을 억눌렀다. 같이 갈 수 없었던 것을 억지로 껴안고 품은 대가가 진비다. 어릴 적 제 유약한 성정을 걱정한 조부와 어머니의 기대를 배반하지 않았던 결말이다.

그의 하나뿐인 아내는 잘라내어야 하는 과거였다. 저 여인은 자신의 아내인 적이 없었다.

"광증이십니다, 전하."

진비가 얼마나 용기를 내어 말하는 것인지는 알기에 사바누의 냉소는 더욱 깊어졌다.

"그래서 그대가 끔찍하도록 싫었다. 그래서 진심으로 내 아내가 되지 않기를 바랐다. 벗으로서는 좋다. 하지만 그대는 아내로서는 최악이야. 나는 그대가 진절머리 나도록 싫다. 그대의 모습을 보는 것조차 혐오스러워."

"어째서 그런 말을 하십니까!"

"나를 제 연인을 죽인 것처럼 버러지 취급하며 신방에서 내쫓은 건 그대가 먼저 아니었던가? 나는 멍청이가 아니다, 진비. 그대와 그대의 아비는 내 손에 목숨줄이 걸려 있다는 걸 잊지 마라."

은우가 끝까지 나가지 않으려 버티다 추오와 함께 궁을 도망쳤다는 이야기를 듣는 그의 입맛이 썼다. 그렇게까지 진비가 몰아붙였던 것이다. 이 궁에는 은우의 사람도, 은우를 아는 이도 없었다. 그래, 하지만 은우.

나는 네가 더욱 필요해졌어.

그는 진비의 금족을 명하고 은우를 내쫓는데 가담한 자들을 색출하여 일벌백계하라 일렀다. 그의 명을 받은 금위위사들이 빠르게 움직였다. 진비는 울분에 찬 표정으로 그의 명령을 기막혀 하는 얼굴이었으나 그의 명에 반발하지는 못했다. 왕이 허은양을 홀대하며 새로 들인 애첩에게 미쳐 애첩을 내쫓은 현숙한 왕후를 벌한다는 말들이 나돌 것이다. 허나 그는 애초에 소문 따위에 신경쓰는 사람은 아니었다.

금위위사에게 은우를 내쫓고 왕후의 명령을 받든 가담자들의 처벌을 명한 뒤 사바누는 황급히 자신의 어머니에게로 향했다.

궁 안의 모든 일들을 손바닥 보듯 들여다보는 어머니다. 도처에 어머니의 사람들이 널려 있고 모두의 눈과 귀를 대신할 터이니 은우와 진비와의 일을 몰랐을 리 없다.

치하전의 여왕은 은우가 남기고 간 유일한 흔적인 구미호의 모피를 쓰다듬고 있었다. 그 아련한 시선에 사바누가 따지듯 물었다.

"왜 말리지 않으셨습니까, 알고 계셨지 않습니까!"

"진비가 설치는 것을 방관한 것은 인정한다. 허나 그녀의 선택이 반드시 잘못된 것만은 아니야. 대외적으로 귀빈전의 여인을 허은양으로 인정하고 있다. 네가 어디서 데려왔는지 모를 애첩을 끼고 있다면 문제가 될 것은 자명한 일이지."

어머니의 말을, 그도 인정했다.

"그리고 네가 데려온 은우는, 아직 준비가 되지 않았다."

진홍여왕 헤르 크세노의 녹안이 붉게 변해 진한 광채를 내뿜었다. 그녀의 눈을 붉은 빛이 내뿜더니 다시 금과 은의 금은요동의 광채를 띄었다. 그것은 죽은 자들의 세계를 엿보았기에 황천시皇泉示라 불리는 눈. 선대의 귀왕과 화비가 딸과 손자인 그들에게 남겨준 이상한 능력 중 하나.

여왕은 죽음을 인지해 분노할 때면 눈과 머리색이 모두 붉게 변해 진홍여왕으로 불렸다. 그녀가 능력을 펼치려 눈을 감았다. 여왕이 다시 눈을 떴을 때 그녀의 눈에 깃든 금은요동의 그림자는 소멸해 있었다.

"그 아이 은우는 네 검을 데려갔다."

사바누는 고개를 끄덕였다. 여왕은 은우의 모피를 그에게 안겨주었다.

은우의 한 일부였던 모피는 은우의 몸에서 완전히 떨어져 나가 덩그러니 남은 탓에 생명을 잃은 껍데기처럼 보였다. 사바누는 은우의 모피를 움켜쥐었다.

"그 아이, 제 고향으로 돌아가고 있을 게다. 추오는 발이 빠르지."

"다녀오겠습니다."

여왕은 고개를 까딱거렸다. 그리곤 무심히 성가셔지겠구나, 라며 중얼거렸다.

사바누는 미래를 보았다. 여왕은 죽은 자들의 사기를 엿보며 그들의 죽음을 점쳤다. 그것 또한 기이한 예지력이라 할 수 있을 것이다.

그들과 함께 할 타인의 미래를 볼 수 있으니.

사바누가 본 미래에 진비는 없다. 귀빈전의 허은양도 없다.

그에겐 오직 은우만이 필요했다. 그의 곁에는 은우만이 있었다.

❀　　　❀　　　❀

은우는 추오에 매달려 반나절간 쉼 없이 달렸다.

추오의 마지막 여행지는 바로 주촌산이었기에 기억하던 그 길을 따라 신나게 달렸다. 은우가 한 일이라곤 전속력으로 달리는 추오의 등에 단단히 매달리는 것뿐이었다. 탈것에 익숙하지도 않아 은우는 추오의 등을 내려올 무렵엔 혼절하기 직전이었다. 고삐를 쥐었던 손이 아렸고 추오를 타야 했던 다리가 마구 당겼다. 온몸이 잔뜩 피곤하고 고단했다.

은우가 궁을 탈주한 것은 오전이다. 단 한 번도 쉼 없이 내달려 도착한 지금은 여전히 해가 떠있는 오후였다.

주촌산은 여전히 신비롭고 푸근한 모습으로 은우를 기다리고 있었다.

"집이다."

후들거리는 다리를 두드리며 은우는 쓴웃음을 지었다. 그리곤 추오의 안장에 단단히 매어둔 현무화룡도를 쓰다듬었다.

"미안해. 너까지 데려와서. 그땐 놓고 올 정신도 상황도 아니었어."

현무화룡도가 괜찮다는 듯 울어댔다. 은우는 천 년 전, 이 대륙에 내려온 화룡의 신체 일부로 만들어진 신검을 껴안았다. 악령을 베고 정화하는 신검의 능력까지는 알지 못했지만 은우는 검을 껴

안으면 마음이 푸근해졌다. 은우를 위로해 주는 건 이 검뿐이었
다.

검과 추오를 이끈 은우는 주촌산 자락에 자리한 제 초막으로 향
했다.

그녀의 초막은 주촌산의 험한 봉우리들 중 하나의 양지바른 중
턱에 자리했다. 그곳에 나란히 자리한 두 채의 초막 중, 은우의 것
은 비교적 최근에 지은 두 번째 것이었다. 은우는 자신의 낯익은
집을 보자 안도감이 복받쳐 올랐다. 은우도 아버지도 초막을 자주
비웠고 잠을 자는 공간으로만 썼지만 그래도 이곳은 유일한 그들
의 '집'이었다.

추오에서 내린 은우는 초막을 보며 그렁그렁 눈물을 훔치다
초막 앞 너럭바위에 앉아 술을 마시는 털북숭이 사내를 발견했
다. 갈색 갈개 같은 넝마를 입은 거지 모양의 사내는 텁석부리
수염에 쑥대머리를 하고 있었지만 은우의 하나뿐인 가족이고 아
버지였다. 은우는 아버지를 보자마자 주저앉아 울음을 터트렸
다.

술을 마시고 있던 사내는 느닷없이 어리둥절했다. 천방지축 딸
을 기다렸는데 웬 비단옷의 고운 처녀가 저를 껴안고 대성통곡을
하는 건가. 이유를 물어도 대꾸하지 않으니 허주유는 난처해하며
머리만 긁적였다.

은우가 울다 지쳐 눈물이 나오지 않게 될 즈음이었다.

"……다 울었냐?"

"……."

허주유가 심각한 얼굴을 하고 은우를 떼어놓더니 그 얼굴을 가만히 살폈다.

"행동이며 목소리는 딸인데, 정체가 정확히 무엇인지?"

"은우 맞는데요?"

은우는 눈물을 훔치며 떨떠름하게 대꾸했다. 그러다 제 고운 비단옷을 내려다보며 새파랗게 질렸다. 헉! 나 여장하고 있어!

"붕대나 모피는 어쨌냐?"

앞뒤의 말을 잘라먹은 은우의 아버지 허주유의 말에 살기가 스며 있었다. 은우가 고개를 들자마자 벽력같은 노성이 뒤를 이었다.

"그 꼴은 대체 뭐냐! 내가 여장하지 말랬지!"

아버지 나 슬퍼하게 내버려 둬요. 나 궁에서 쫓겨났다고. 실연이란 말이야.

입 밖으로 나오지 못한 항변들은 죄다 소용이 없었다. 심지어 왕과 밤에 잘 놀았다는 소리를 했다간 은우의 머리채가 죄다 뽑히거나 잘려 나갈 터다. 심지어 목숨조차 보장하지 못해 생을 주촌산에서 마감하게 될지도 몰랐다!

마침 은우가 안고 있던 검이 격렬하게 흔들렸다. 검의 유혹적인 속삭임에 은우는 생각할 필요 없이 검을 부여잡은 채 그대로 아버지의 머리 쪽을 후려쳤다.

테엥!

믿을 수 없다는 표정으로 머리를 맞은 허주유는 그대로 혼절했다.

"아, 아버지?"

내가 검이 시키는 대로 아버지를 죽였어! 은우는 충격으로 다시 울다가 아버지의 신음 소리에 가슴을 쓸어내렸다. 덕분에 아버지의 뒤통수엔 커다란 혹이 난 것 같았다.

"하아."

하지만 아버지가 언제 깨어날지 몰랐기에 서둘러야 했다.

은우는 추오의 도움을 받아 아버지를 초막 안으로 옮기고 제 초막 안에서 백색 넝마를 찾아 빠르게 갈아입었다. 여벌의 붕대로 손과 얼굴을 감아 맸다. 모피를 궁에 두고 온 것을 아쉬워하며 제가 입었던 옷은 광주리에 넣어 몰래 숨겼다. 그리곤 아무 일도 없는 척 밖으로 나가 오래되고 삭은 덫을 손질하는 척했다.

아버지가 기억하실까? 기억하시면 안 되는데.

금방 깨어나 부활한 허주유는 자신의 초막 안에서 고래고래 소리를 질렀다.

"허은우! 거기 있느냐!"

"왜요, 아버지?"

혹이 크게 난 머리를 부여잡고 나온 허주유는 평소와 다를 바 없는 은우의 넝마와 붕대를 살피며 고개를 갸웃거렸다. 꿈을, 꾼 건가? 그런데 너무 생생했다.

"넌 대체 어디 갔다 온 거냐!"

"사냥이요. 종종 초막에 들렀는데 아버지는 어디 계셨어요? 기다려도 안 오시던데."

은우의 말에 허주유는 입만 벙긋거렸다. 두 부녀가 활동하는 시간대는 제멋대로였고 초막을 자주 비워댔기에 엇갈리는 일도 허다했다. 그가 며칠간 초막에 돌아오지 않은 것도 사실인지라 그는 은우에 대한 의심을 거두며 뒤통수의 혹을 만지작거렸다.

"너 날 때리지 않았냐?"

은우가 고개를 흔들었다.

"아버지를 왜 때려요? 제가 왜요? 맞아죽을 게 뻔한데!"

"아까 여자 옷 안 입고 있었냐?"

은우가 필사적으로 머리를 흔들어대자 그는 턱을 괴고 되물었다.

"그럼 모피는 어쨌냐?"

모피는 궁에 있다. 은우는 눈을 뱅글뱅글 굴리다 핑계를 댔다.

"덥잖아요! 그래서 벗어서 개놨죠."

"아직 여름도 안 됐는데."

"낮엔 덥더라고요. 아버지. 저 그거 쓰고 다니다 자주 땀띠 나잖아요."

허주유는 미심쩍어했지만 더는 묻지 않았다. 잠시 직은 초막 안에 드러누워 있다가 주변을 어슬렁거리던 그가 은우에게 외쳤다.

"술이 떨어졌다. 술이나 몇 병 사오너라."

"마을까지요? 곧 해가 질 텐데요. 저녁도 해야 하잖아요."

사실 은우는 꼼짝도 하기 싫었다. 슬퍼할 시간도 주지 않는 야속한 아버지의 심부름은 더더욱 질색이었다.

"밥은 내가 할 테니 얼른 술이나 사와!"

은우는 평소처럼 투덜거리며 빈 술병 몇 개를 짚으로 엮은 바구니에 묶고 들었다. 그새 아버지는 정말 저녁을 짓기라도 하려는지 불을 피우고 있었다. 술을 사오지 않으면 아버지가 난리를 쳐댈 테니 사오는 수밖에. 은우는 초막 뒤 숲에서 잡풀을 뜯던 추오를 찾아냈다. 은우의 바뀐 모습에 의아하던 추오는 그녀의 냄새를 맡고 꼬리를 흔들어대며 반겼다.

"술 사러 가야 해. 마을에 같이 갈래?"

추오는 제 등을 내주었다. 은우는 술병과 안장 쪽에 단단히 매어두고 추오에게 잠시 맡겨둔 검 화룡을 확인했다.

"음. 추오는 몰라도 화룡이는 놓고 올 걸 그랬어."

반항하듯 현무화룡도가 윙윙 울었다. 은우가 달래듯 손을 가져가 검집을 쓸어주자 기쁜 듯 몸을 떨었다. 은우가 같이 가자고 속삭이며 저를 반기러 온 구미호를 발견했다.

"너도 날 위로해 주려는 거니? 그냥 마을에 갔다 올게."

은우는 구미호의 턱을 쓰다듬어 준 뒤 터벅터벅 걷는 추오의 등에 올랐다. 추오가 느릿느릿 움직였을 뿐인데도 마을까지는 금방이었다. 마을은 은우가 떠나기 전과 크게 다름이 없었다. 나는 무언가 너무 많이 변해 버렸는데.

사바누가 보고 싶어.

은우는 소매춤으로 제 눈가를 스윽 닦았다. 붕대를 맨 탓에 얼굴은 마냥 귀찮았다. 며칠 간 궁 생활에 너무 익숙해진 탓일까. 은우는 당장 추오의 머리를 돌려 궁으로 달아날까 궁리도 했다.

하지만 어쩌면, 자신을 내보낸 건 여왕도 그도 찬성한 일이 아닐까. 진비의 말처럼 그녀도 언젠가 사바누에게서 버려지는 것은 아닐까.

불길한 생각만이 한없이 이어졌다. 은우는 잡념을 없애기 위해 머리만 흔들어댔다.

나는, 무얼 하고 싶은지 모르겠어. 사바누를 좋아하지만 그를 위해 무엇을 할 수 있는지 무엇이 되고 싶은지도 몰라.

마을에 도착한 은우는 아버지의 단골주점에서 곡주 몇 병과 안주거리를 사고 여느 때처럼 외상을 달아놓았다.

추오를 타고 또 주촌산 자락으로 오르는 것은 금방이었던 탓에 슬퍼할 겨를도 없었다. 은우가 초막에 도착하자 아버지는 밥을 짓다 말고 늘어진 모양새로 은우를 기다리고 있었다.

"빨리 왔구나."

은우가 술병들을 내밀자 그는 당연한 듯 받아 챙겼다. 밥이 되고 있는 동안 은우는 한숨만 쉬며 저녁을 준비했다. 준비한 저녁을 먹고 곡주를 함께 배부르게 마신 아버지는 금세 곤드레만드레가 되어 곯아떨어졌다.

아버지는 은우가 며칠간이나 행방불명이었다는 것을 모른다. 궁에 있었던 것조차 눈치채지 못했다.

사실 생각해보면 지난 며칠간의 생활이 꿈만 같았다.

저녁 식사를 마친 그릇들을 치우고 계곡에서 그릇들을 씻어온 뒤에도 은우의 입에선 탄식이 끊이지 않았다. 그러다 아버지가 마신 술을 물끄러미 바라보았다. 아버지는 은우가 마을에서 사온 6병의 곡주 중 다섯 병을 비웠다. 은우는 마지막 한 병의 긴 모가지를 부여잡고 초막 앞에 앉아 달을 보며 흥얼거렸다.

　내일이나 모레면 통통한 보름달이 휘영청 떠 있겠지. 달은 그녀의 허한 마음과 달리 토실토실 살이 오른 듯 보였다.

　"저놈의 달도 싫어. 저런 달을 보며 시를 지으면 저주가나 한탄가가 나오겠다."

　그러면 뭐하나. 노래를 지을 재주는 쥐뿔만큼도 없는데.

　술에 취할 사람은 아버지가 아니라 속이 허하고 답답한 나다. 은우는 남은 술병을 벌컥 벌컥 들이마셨다. 한 병을 모조리 비운 뒤 은우는 널브러졌다.

　세상이 빙글빙글 돈다. 실소가 피식 피식 나오는 것이 취해 있는 기분도 나쁘지 않구나 싶었다. 아아, 이래서 아버지는 늘 술에 취해 있는 거로구나.

　"망할 딸년. 내 술은 왜 마셔."

　은우는 아버지의 초막에서 들려오는 주정에 다시 키득거렸다.

　하여간 아버지는 눈치가 귀신이라니까.

　"딸년! 방에 들어가 곱게 자라!"

　아버지는 주무시지 않는 걸까? 은우는 비척거리며 일어났다. 아버지의 초막 쪽에서는 지붕이 날아갈 정도로 시끄러운 아버지의 코고는 소리가 들렸다. 은우는 제 초막으로 움직였다.

　집 같지도 않은 초라한 움막. 그 안을 젖히고 들어가 은우는 벌렁 드러누웠다. 금방이라도 무너질 것 같은 초막의 낮은 천장이 보였다.

비좁다는 느낌이 들었다 했더니 추오와 구미호가 좁은 초막 안을 비집고 들어와 있었다. 평소라면 무너진다며 짐승들을 내쫓았겠지만 아무려면 어떤가. 은우는 제게 온기를 나눠주는 짐승들에게 도리어 감사했다. 졸음이 몰려들어 계속 하품만 나오는데 왜 정신만 명료해지는지 그 이유도 사뭇 아리송했다.

눈을 감으면 금해궁의 일들이 떠오른다. 진비의 얼굴이, 그녀의 말들이 계속해서 되풀이 되었다.

사바누 크세노. 그가, 제 배필이라는 그가 자신을 안아준 것은 현실이었을까? 모든 것이 다 믿기지 않는 일들이었다.

제가 가져와 버린 신검이나 추오가 없었다면 모든 걸 꿈이라 치부 했겠지. 이젠 눈물조차 말라 나오지도 않았다. 은우는 새벽이 오는 시간까지 뜬 눈으로 밤을 지새웠다.

4장 보름밤의 야합

사바누 크세노는 유복자로 태어났다. 그의 아버지에 대해 정확히 아는 자는 사바누의 어머니인 진홍여왕과 조부와 조모뿐이다. 가족도 없는 혈혈단신의 사내에게 반한 진홍여왕이 왕녀였을 무렵 그와 사고를 쳤다고 했다. 대신들의 반대에도 그녀는 혼례를 강행했지만 사내는 그 며칠 전 어이없는 사고로 급사했다. 홀로 남은 진홍여왕은 18살의 나이로 사바누를 혼자 낳고 키웠다. 사바누에겐 아버지가 없었지만 그보다 더 다정하고 사려 깊은 조부 귀왕과 조모 화비가 있었다.

반백, 혹은 반녹발을 가진 조부는 다정하고도 엄한 사람이었고 조모는 늘 다정하게 사바누를 안아주었다. 사바누를 안을 때마다 조모의 눈은 금과 은으로 꿈을 꾸듯 반짝거렸다. 그리고 가끔은 귀왕과 함께 사바누를 슬픈 눈으로 내려다보았다. 그가 그 이유를 확실히 알게 된 것은 정확히 8살인가 9살 될 무렵이었다. 은우가 태어나기도 전이었다.

사바누는 당시 자신을 돌봐주던 조 환관의 죽음을 예지했다. 당시 사바누는 그 예지와 현실을 분간하지 못해 삼 일 밤낮을 울었고 그 삼 일째 조 환관은 어이없는 사고로 급사했다. 사바누는 충격으로 며칠을 앓아누웠다.

죽음이란 제 아비처럼 영원히 만나지 못하게 되는 것이란 사실도 깨달았다.

그 뒤 예지력은 커졌다. 사바누는 조부와 조모를 보며 기쁘게 웃었다.

'할아버지 할머니는 영원히 죽지 않을 거예요, 그쵸?'

그들은 살아서 자신들의 생육신으로 저승을 건너온 자들. 죽음을 바란다 해도 죽을 수 없었고 영원히 살 수도 없는 이들임을, 그때의 그는 몰랐다.

사바누의 능력을 알게 된 조부와 조모는 기뻐하기는거녕 슬퍼했다. 사바누를 껴안으며 그들은 말했다.

'너는 앞으로 많은 것들을 먼저 보고 상처 입게 될 거다. 우리들의 손자.'

사바누는 그때 그 말을 이해하지 못했다.

날이 밝았다. 밤새 잠을 설치던 은우는 동이 틀 무렵 겨우 잠이 들었지만 아침 일찍 일어나는 습관 때문에 저절로 눈을 떴다. 수면부족과 숙취로 울리는 머리를 부여잡고 초막 밖으로 기어나오다 밥을 짓고 있는 아버지를 보았다. 해가 서쪽에서 떴나? 은우는 잠시 손으로 눈을 비볐다.

"잘 한다. 딸이 아비의 술을 먹고 퍼질러 자?"

은우는 고개를 젖혀 하늘을 보았다. 해는 벌써 머리 위에 높이 솟아 있었다.

"어라, 시간이?"

주촌산의 낯익은 풍경이 발 아래 펼쳐졌다. 은우가 궁에서 그리워했던 풍경이다. 고작 궁에 머물렀던 건 며칠뿐이었는데. 이 신기하고 낯익은 풍경을 사바누와 함께하면 얼마나 좋을까. 은우는 수심에 가득 차 한숨을 쉬었다. 주촌산에 돌아와서 기뻤지만 동시에 그가 없어서 슬펐다.

"아침부터 왠 표정이 그리도 썩어 있는 거냐."

괴팍한 아버지의 말에 은우는 가자미눈이 되어 아버지를 노려보았다. 일하기도 귀찮아하는 아버지가 초막 안과 초막 밖의 화덕 두개에 모두 불을 피우며 아침인지 점심 식사를 준비하는 것 자체도 수상한 일이었다. 평소라면 은우도 아비를 놀리며 호들갑을 떨었을 테지만 지금은 마냥 귀찮았다.

허주유는 상태가 이상한 딸을 위해 요리를 하면서도 그 딸을 주의 깊게 살폈다. 손은 빠르게 놀리며 아침 일찍 잡아온 생선을 굽고 오래전 장독에 묻어둔 절임반찬들을 꺼냈다. 멀건 고깃국에 밥, 몇 가지 나물반찬들이 더해지자 밥상은 제법 그럴싸했다.

"해장국이다."

은우는 아버지를 조금 수상히 여기면서도 시큰둥했다. 밥을 뜨는 듯 마는 듯하면서도 아버지가 만들어준 밥과 국을 묵묵히 비웠다.

"더 주랴?"

"됐어요."

은우는 느릿느릿하게 먹은 것들을 치우는 사이 께느른하게 바위 위에 늘어진 허주유는 딸의 뒷모습을 살폈다. 저거 왜 저리 굼떴지? 은우는 아비 몰래 한숨만 퍽퍽 내쉬었다. 수면부족과 숙취가 은우의 머리를 여전히 괴롭혔다.

정오가 지날 즈음 은우의 초막에서 한뎃잠을 자던 추오와 구미호가 찢어져라 하품을 하며 기어나왔다. 볕이 좋은 바위위에서 일광욕을 하던 허주유가 두 짐승을 흘겨보았다.

"어이쿠. 이번엔 좀 비싸고 몸집 큰 애가 붙었구나."

추오의 등장에도 허주유는 태연했다. 은우가 다섯 살 때 신수 봉황을 주워 와 날려 보냈는데 저놈의 추오쯤이야.

은우는 먹성 좋은 짐승들을 위해 초막 앞에 있던 잔반과 말린 육포를 주었다. 은우가 자리를 비운 며칠 동안 말린 숙어포를 싹쓸이한 탓에 사냥을 가야만 했다. 아아, 가기 싫은데. 은우의 무겁고 느릿느릿한 움직임을 허주유는 실눈을 뜨고 계속 관찰했다. 저거 대체 왜 저래?

"아버지, 요수들 먹일 거 사냥하러 가야겠어요. 그 참에 빨랫감들 좀 주실래요?"

아버지가 일어나 초막 안으로 사라졌고 은우도 초막 안에 현무화룡도를 잘 묻어둔 뒤 제가 쓸 붕대와 빨랫감들을 가져왔다. 은우의 아비도 한 무더기의 낡은 옷들을 옆구리에 꼈다. 은우가 혼자 하겠다는 데도 아버지는 굳이 은우의 뒤를 따라붙었다. 그 뒤로 추오와 구미호가 동행한 탓에 그들은 이상한 행렬을 이루었다. 은우는 계곡에서조차 혼자 있을 수 없다는 생각에 인상을 찌푸렸지만 어쩔 수가 없었다.

"딸. 비루먹은 짐승처럼 왜 빌빌대냐. 평소의 그 원기는 다 어쨌누."

궁에 버리고 왔어요. 은우는 대답 대신 한숨을 쉬며 의욕 없이 몸만 움직였다.

추오와 구미호가 먹을 생선들을 잡자 그것들은 날것을 신나게 먹어치웠다. 은우는 그새 아버지와 자신의 옷들을 빨았다. 은우가 옷들을 헹구고 씻어대는 사이 계곡 한쪽에서 은우의 아버지는 냉수마찰을 즐겼다. 은우가 빤 옷들을 볕과 바람이 잘 통하는 나뭇가지에 걸어 말렸다. 옷들은 금방 마를 것 같았다.

시원하게 씻은 아버지가 젖은 머리칼을 털어내며 은우에게 말했다.

"망 보고 있을 터이니 너도 씻으려면 얼른 씻어라."

은우는 고개를 갸웃거렸다.

"해가 떴을 때는 씻은 적 없었잖아요. 오늘 밤도 있어요."

주촌산의 계곡을 오는 자들은 적지만 보는 눈이 있을지도 모른다며 은우는 늘 밤에만 슬쩍 목욕을 하곤 했다. 어제 오백 리 넘게 달려와서 목욕을 해야 했지만 낮, 아버지가 보고 있는 와중은 곤란했다.

"하라면 해. 밤에 나오면 가만 안 둔다! 어디 과년한 처자가 밤에 목욕을 해!"

아버지의 노성에 은우는 그런가 보다 하며 목욕을 하기로 했다. 그런 은우의 고분고분한 모습을 보며 허주유는 또 심란해졌다. 평소엔 지나치게 활발하고 활기차더니 지금은 왜 저리도 피죽도 못 먹은 짐승마냥 구는 걸까. 보약이라도 먹일까? 산삼이라도 캐올까? 은우가 씻는 동안 허주유는 이것저것 궁리하며 폭포 꼭대기에 앉아 망을 보았다. 용소 주변에선 구미호와 추오가 어슬렁거렸다.

목욕을 한 뒤 은우는 얼굴과 손발의 물기 때문에 붕대를 감지 않고 내버려 두었다. 궁에서 붕대를 풀고 있던 습관 때문에 제 얼굴을 감을 붕대를 떠올리니 마냥 갑갑했다. 그 붕대를 길게 풀어 말리면서 은우는 아버지에게 말을 걸었다.

"아버지, 나 이거 언제까지 하고 있어야 해요?"

"머리나 말려라, 딸."

허주유는 잘 말라가는 옷들을 보며 등짐을 졌다.

"이거 답답하잖아요. 언제까지 해야 하는지도 까마득하고."

은우는 젖은 긴 단발머리를 털어냈다. 아직 앳된 구석이 남은 은우의 얼굴 위로 홍조가 어렸다. 요 며칠 은우에게 어떤 심적 변화가 일어난 것 같은데 허주유는 그것이 무엇일까 여러 가지로 추측만 했다. 그는 과년한 처녀가 된 딸을 보며 심경이 착잡해졌다.

"그래봤자 천둥벌거숭이인데, 이 일을 어찌할꼬."

평소 은우는 지나치게 활달한 것이 문제였다. 천성이 사냥꾼에 선술은 타고나 금방 익혔다. 억지로 공부를 시켰더니 글은 읽을 수 있었지만 그것이 전부였다. 우아함도, 여성미도 조심성도, 맵시도 없는 천방지축 딸에게 도화살을 내린 하늘을 그는 저주했다. 하늘이 분명 제 딸을 엿먹으라 한 것과 다름없지 않은가! 보름밤마다 절정을 이루는 은우의 색기는 나이가 들수록 더했는데 오늘은 특히나 죽여줬다. 허주유는 조용히 탄식했다.

고작 열두 살 때 여장한 은우를 덮치려던 놈을 반쯤 죽이고 보름밤마다 딸을 가둬놓았거늘, 그것도 모자라 붕대와 모피를 뒤집어씌워 키웠는데 이젠 그것으로도 부족할 모양이었다. 보름이 되기 전에도 이런데 보름밤에는 또 어떨 것인가. 내일 뜨는 만월을 떠올리며 허주유는 주촌산의 기운을 읽었다. 산 특유의 음기는 이틀 동안 더욱 농축되어 강해질 터. 화답하듯 은우의 색기도 음기도 치솟겠지.

저놈의 딸이 사내들의 눈에라도 들어가면 큰일이다. 이거야 원. 내놔도 문제, 안 내놔도 문제다.

"어휴, 저것을 어찌한다?"

허주유의 걱정을 아는지 모르는지 은우는 높게 뜬 해만 올려다보았다. 시간은 참으로 무상하게 흐른다. 주촌산에 오는 것은 생각보다 금방이었지만 은우는 당장이라도 궁에 돌아가고 싶었다. 진비는 밉지만 사바누는 걱정스럽고, 헤르에게 인사를 하지 못한 것도 마음에 걸렸다.

아버지의 눈치를 살피며 심란해진 은우는 바닥에 괴상한 그림
만 그렸다.

궁이라면 치가 떨리게 싫어하는 아버지가 이 사실을 알면 가만
히 있지 않을 터였다. 어쩌면 아버지의 말이 맞는지도 모른다. 은
우가 제대로 된 왕후가 될 수는 없을 테니까. 품위 있는 왕후의 태
도는커녕 귀족 아가씨 흉내도 낼 자신이 없던 탓에 은우는 더욱
의기소침해졌다. 그럼 그렇지. 내 팔자에 왕후는 무슨!

궁을 뛰쳐나온 것은 자신이니 사바누가 자신을 쫓아올 리도 만
무했다. 아아, 어쩌면 은우가 멋대로 가져간 신검을 되찾으러 올
지도 모르지. 그는 멋대로 궁을 나가 버린 은우가 못 미더워 그녀
를 미워하고 있을지도 모른다.

아아, 모두가 부질없다. 은우의 한숨이 깊어졌다.

"아버지 약초 캐러 가시지 않아요?"

"오늘은 쉴 거다."

"먹을 게 다 떨어져 가는데요."

멍하니 은우가 대꾸하자 허주유는 딸의 심상치 않은 반응에서
무언가를 깨달았다.

"너, 남자가 생긴 거냐!"

은우가 놀라 움찔거리자 허주유는 더욱 눈을 가늘게 뜨고 딸을
노려보았다. 어쩐지 느닷없이 몸에 색기를 처바르고 다닌다 싶더
니! 헌데 딸이 좋아할 만한 사내놈이 누구일지 짐작조차 가지 않
았다. 국새마을의 사내들은 모두 비리비리해서 딸의 마음에 들 만
한 놈이 별로 없을 텐데. 왕의 신부라고 어릴 적부터 세뇌된 탓에

은우는 웬만한 사내들을 성에 차 하지도 않았다.

아니면 혹시 며칠 전, 산의 기운이 흐트러졌을 때 산에 온 누군가를 만났을까.

"그놈이 누구든 네 짝은 이 나라의 왕뿐이다. 헌데 왕을 만날 리도 없고 나도 널 첩 따위로 만들기 싫다. 어차피 신부는 물 건너갔으니 넌 그냥 독신으로 살아!"

"이 모양인데 누가 좋다고 하려고요?"

은우가 퉁명스럽게 답하자 허주유의 주름살이 더욱 깊어졌다. 사내가 없다는 건가? 아니면 저 꼴이라 좋아하기는 하는데 고백도 못한 걸까. 의기소침한데다 반항적인 딸의 모습을 보자 그의 신경이 더욱 날카로워졌다.

"과년해진 딸을 데리고 살기도 힘들구나. 네게 괴상한 잡벌레가 끼면 곤란해진단다."

"왜요?"

은우가 기력 없이 물었다.

"우화등선에 해가 된다는 그런 것이다. 네게 탁기가 끼면 선계로 갈 수 없으니 말이다."

"탁기, 선계."

뭔가 뜬구름 잡는 말이었지만 은우는 여느 때처럼 되묻고 싶었다. 아버지 진심이세요? 어쨌든 왕과 눈도 맞아버렸고 같이 잠까지 자서 탁기가 낄 만큼 끼었으니 선계는 물 건너갔겠지. 은우는 잠자코 있기로 했다.

"일단 검사를 해봐야겠구나."

"무슨 검사요?"

선도든 우화등선이든 다 글러먹었는데 할 테면 해봐라. 은우는 그리 생각하면서도 손으로 붕대를 찾고 있었다.

"이제 얼굴 말랐으니 붕대 두르면 되잖아요."

"그냥 가만히 있어봐."

오랜 약초꾼 생활로 인해 흙 때가 묻고 거칠어진 손가락이 은우의 이마를 짚었다. 아주 짧은 찰나. 순식간에 뭔가 끝나 버린 느낌이 들었다. 은우는 그게 뭔가 싶었는데 허주유는 꽤나 만족한 듯한 얼굴이었다.

"뭔가 이상하긴 하지만 몇 년간 더 수련하면 우화등선은 가능하겠구나. 앞으로 5년도 채 걸릴 것 같지도 않고 길어야 3, 4년. 우리 열심히 수련해 선계로 가자꾸나, 딸."

아버지가 드디어 미쳤나 보다. 은우는 선계나 우화등선 하는 말들을 지금껏 흘려 넘겼지만 저 거지 아버지가 신선이, 제가 여선이나 선녀가 될 것을 상상하자 소름이 끼쳤다. 선계 물이 오염되는 기분이랄까. 한 나라의 왕후도 못 되는데 웬 선녀란 말인가.

은우는 제 머리칼의 물기가 마른 것을 확인하고 얼굴을 꼼꼼히 붕대로 감았다. 아버지 옆에 있으니 심란해져 어떤 결정도 내릴 수 없었기에 혼자 있을 시간이 필요했다.

"아버지, 나중에 밥 먹어야 하니 사냥 좀 다녀올게요."

헌데 허주유는 은우의 멱살을 쥔 채 만류했다.

"빨래 걷어야지. 그리고 오늘은 수도의 날이다."

"네?"

"밀린 수련을 해야지?"

은우는 어이가 없어서 반항하려다 꿀밤을 얻어맞고 그대로 주저앉았다.

수련은 여느 때처럼 혹독했다. 아버지는 계곡에 낚싯대를 드리우며 은우를 감독했다. 명상에 선도. 선계에 가서 선녀나 선인이 되는 게 과연 가능하기는 한 건가. 은우는 멍하니 사바누의 얼굴을 떠올리다 아버지에게 호되게 야단을 맞았다.

"딴 생각 하지 말고 마음이나 비워라, 딸!"

은우는 가부좌를 튼 채 계속해서 사바누를 떠올렸다. 아아…….

눈을 뜨든 감든 사바누밖에 떠오르지 않았다. 자신이 상사병에 걸려 버린 미친 계집 같았다. 가만히 앉아 있는 그 시간이 고역 같았다. 사바누는 괜찮을까, 진비란 여자는 왜 그리도 이상했을까, 난 왜 도망을 쳤던 걸까. 그냥 궁에서 한바탕 난리라도 피워댔으면 그를 볼 수 있었을지도 모르는데. 왜 추오를 타고 궁을 뛰쳐나왔던 걸까.

그사이 아버지는 숙어를 서너 마리 낚았다. 낚은 통통한 붉은 숙어들 중 반은 추오와 구미호의 몫이었다. 그들은 낮잠을 자다가 넙죽넙죽 받아먹었다.

지루한 수도인지 명상이 끝난 것은, 해가 질 무렵이었다. 은우는 피곤한 하루를 마감했다. 차라리 마구 뛰어다녀서 사냥이라도 했으면 좋았을 텐데, 사바누의 망상에 시달린 오후가 몇 배는 더 피곤했다.

은우의 아버지는 저녁거리로 고기와 나물, 죽순을 수확해 망태기를 가득 채운 터였다.

"왜 또 넋을 놓고 있는 게냐, 하루 종일! 너 달거리하는 게냐!"

은우가 혼탁한 눈으로 아비를 응시했다.

"비밀인데요."

"딸 맞아야 정신 차리겠냐!"

"아뇨. 그냥 안 맞고 정신 안 차릴래요."

기력은 없지만 대답은 냉큼냉큼 잘만 나와서 은우 자신도 어이가 없었다.

"너 지금 뭔 소리 했는지나 기억하냐?"

은우의 눈빛이 멍, 했다. 반쯤 넋을 놓은 은우의 모습에 허주유의 한숨이 깊어졌다.

"내가 왜 저런 딸을 두었을까. 왜 하늘은 저런 거에 쓸데없이 축복을 내린 건지. 왜 하필 상아의 축복이냐고!"

허주유가 절규했고 은우는 아버지의 말을 여느 때와 같은 헛소리로 흘려들었다.

"저 미인 아니에요. 그러니까 저 붕대 안 매면 안 돼요? 더워요."

"그냥 모피까지 뒤집어써! 구미호 모피 어쨌어! 도화살을 그렇게 가진 주제에 왜 그걸 타고 태어나서!"

"무슨 살이요? 저 안 뚱뚱해요."

"그러니까 도화살!"

은우는 여전히 못 알아듣는 눈치였다. 게다가 또 눈은 왜 저리도 흐리멍덩하담. 허주유는 딸을 더 공부시킬 걸 후회막급이었다.

"에휴. 저녁이나 먹자."

은우도 제 아비를 따라 한숨을 쉬었다.

사바누는 주촌산 아래에 다다랐다. 주촌산에 동행했던 다섯 호위들이 그를 뒤따랐다. 허나 여섯이나 되는 사내들은 주촌산으로 오르는 길을 찾지 못했다. 산으로 오르는 길이 바로 눈앞에 있었지만 산을 오르려고 시도하기만 하면 그들은 산에서 튕겨 나와 늘 초입에 머물러 있었다.

"귀신에 홀린 듯한 기분입니다만."

처음 주촌산을 헤매면서도 혼란스러워했지만 지금은 아예 산에 들어갈 수조차 없었다.

"선술일까?"

사바누의 호위들은 혼란스러워했다. 그들은 은우의 옆에 있으면 이상한 일들이 생긴다는 낌새를 눈치채긴 했지만 그것을 선술이라 생각하지는 않았다. 실제 은우도 선술을 자각하지 못했다. 은우가 그를 거부해서 생긴 현상이 아니라면, 누군가 개입했을 가능성이 있었다.

"설마 허주유가?"

사바누의 입에서 나온 이름에 다섯 호위들이 놀라 주촌산을 응시했다. 그들은 거의 동시에 역시, 라는 감탄사를 토했다. 낮에는 커지고 밤이 되면 줄어드는 명산. 마을사람들은 걱정을 하지 않는 숙어를 잡아먹고 그것에 대한 의문을 품지 않는 산. 과연 전설 속의 허씨 부녀가 아니면 불가능한 일이리라. 거기까지 생각한 그들의 표정이 오묘해졌다.

그럼 그들이 데려간 은우는 또 무어며 귀빈전에 있는 허은양은 또 무언가? 귀빈전의 허은양이 주촌산 출신은 분명 아닐 터. 그들은 신묘한 술을 부리던 은우를 떠올렸다. 은우의 기분에 따라 변하는 날씨며 주변 상황이 참으로 기묘하지 않았던가. 은우가 휘파람을 불면 꽃바람이 불었고 침울해지면 비가 내렸다. 궁에서조차 은우의 기분에 따라 날씨가 급변했다.

아무 능력이 없고 아름답기만한 귀빈전의 여인이 향기 없는 꽃이라면, 은우는 뾰족한 가시를 지닌 강한 들꽃이었다. 호위들이 알기로 그들의 왕은 야생을 좋아했다.

"설마 우리가 산에 들어가지 못하는 이유는 그분께서 모두를 거부하고 있기 때문일까."

허은양, 은우가 그들을 만나길 거부하고 있기에 산에 들어갈 수 없다면 이해는 갔다. 하지만 왕은 쉽게 포기하지 않을 터였다.

"하아."

사바누는 제 품에 안겼던 은우가 얼마나 사랑스러웠는지, 그 품이 얼마나 따스했는지 똑똑히 기억했다. 그를 받아들이며 달콤한 신음을 내뱉던 그의 여인을 떠올렸다. 은우가 모래처럼 제 손아귀에서 빠져나갔다. 진비 때문에! 그가 납득할 수 없는 이유로!

허은양은 하늘이 내려주었다는 그의 배필이었다. 그녀를 만나야 한다는 간절함이 더 커지는 가운데 그는 문득 기억해 냈다. 그의 검 현무화룡도. 은우의 곁에 그것이 있었다. 북주국의 신물 현무화룡도는 북주국의 왕족들과 깊은 피의 맹약으로 연결되어 있다. 정신과 의지를 연결하기만 하면 그것이 어디에 있는지 알 수 있다.

기회가 없어서 써본 적이 없긴 했지만 사바누는 눈을 감고 영역을 확대했다.

어딘가에서 검의 기운이 느껴지는 듯했다.

'내 기운을 느끼고 감응하라!'

현무화룡도가 그의 기운을 느끼며 희미한 울음소리를 내었다. 사바누의 푸른 머리칼이 그의 이마를 타고 흘러내렸다. 그의 눈은 선명한 녹빛에서 붉은 광채를 발했다.

화룡의 힘이 발현되었다.

이윽고 사바누의 눈에 주촌산의 숨겨진 길이 보였다. 결계에 휩싸여 보이지 않았던 유일한 출입구. 그만이 느끼고 갈 수 있는 길이다.

"나 혼자 가겠다."

"저, 전하. 위험할지도 모릅니다."

"기다리거라. 은우와 함께 오겠다."

짤막한 말을 남긴 채 그는 호위들의 시야에서 사라졌다. 아무리 단련된 무인이라 한들 용인의 단련된 움직임은 따라잡을 수 없었다. 그들은 다시 왕의 흔적을 쫓아가려 했지만 다시 제자리로, 산의 초입으로 되돌아온 자신들을 발견했다.

은우가 허주유를 향해 물었다.

"아버지, 그 귀왕께서 내렸다는 표식이요. 금패였던가. 허씨 부녀임을 증명하는 거요."

"있긴 있었지. 그게 왜?"

"언제 없어졌어요?"

허주유가 기억을 더듬었다.

"글쎄. 아마 너 데리고 도망가기 전일 게다. 태항산엔가 있을 때. 그때 온갖 잡놈들이 다 쳐들어와서 도둑질할 거 없나 노렸지. 얼마 안 되는 세간들 그때 다 쓸어서 도망가기도 했고."

그즈음해서 은우의 어미가 사내와 눈이 맞아 도망쳤기 때문에 허주유는 이를 갈았다.

"너도 네 어미처럼 되면 죽는다! 혼낸다!"

은우는 아버지의 말을 흘려들으며 제 얼굴을 꼼꼼히 가린 붕대를 벅벅 긁어댔다. 이걸 어떻게 8년간이나 감고 살았는지 참으로 찝찝했다. 딸의 발광을 보던 허주유는 한숨만 쉬었다.

"그럼 붕대 벗고 모피나 뒤집어쓰던가!"

"더워요!"

"그럼 모피 뒤집어쓰고 시원한 데 늘어져 있어!"

"앞으로 계속 더워질 거잖아요. 나 붕대 때문에 여름에 땀띠 나잖아요. 더운 시간에 못 움직이는 거 알면서 그래요?"

북주국의 여름은 짧았지만 은우는 유독 더위에 약했다. 붕대와

모피 덕분이겠지만 은우는 여름의 해가 뜨는 시간이면 늘 주검화
되어 늘어져 있곤 했다. 아비와 시답잖은 대화를 한 지금도 은우
는 초막 앞에서 시체마냥 늘어졌다. 그런 은우를 매의 시선으로
아비가 감시했다.

사바누를 한 번 더 보고 싶은데, 저 시선 때문에 울지도 못하고
한탄도 못해. 은우는 깊은 한숨만 쉬어댔다.

은우에게서 잠시 눈을 뗀 허주유의 괴상한 신음 소리에 은우는
귀를 쫑긋댔다.

"아버지 왜 그래요?"

"산의 변화가 느껴지는 데 기분 탓인가? 결계는 그대로인 것 같
은데."

또 알 수 없는 말들을 하고 계시네. 은우는 한귀로 흘려들었다.

어제도 수련의 날, 오늘은 새벽부터 두들겨 깨우시더니 오전 내
내 은우가 병든 닭처럼 비실거리자 몸도 튼튼 마음도 튼튼 구호를
외치게 하며 온 산을 뛰어다니게 했다. 그 뒤엔 정신이 번쩍 드는
냉수마찰, 다시 수련에 수련. 하루 종일 수련만 한 기억밖에 없었
다.

몸이 고되고 머리가 텅 비면 아무 생각도 나지 않아야 하건만,
그 텅 빈 머리에 사바누만이 더 가득해졌다. 은우는 한숨만 쉬었
다. 제 옆을 매의 눈으로 감시하는 아버지가 성가시기도 했다.

"어딜 도망가!"

아버지의 호통에 은우는 제 자신이 마냥 불쌍해졌다. 차라리 이
럴 거면 궁에 잡귀처럼 붙어 있을걸.

아버지는 은우의 한쪽 발을 단단한 끈으로 족쇄마냥 묶고 그 긴 끈의 한쪽을 자신의 손목에 묶었다. 쐐기풀을 부드럽게 만들어 손으로 꼬아놓은 끈이지만 날카로운 칼이나 작두로도 절대 끊어지지 않는 특징을 가졌다.

"아버지 여기에 선술 쓴 거 아니에요?"

"풀지도 못할 거면서 큰 소리는. 오늘 밤은 네 초막에서 나가면 절대 안 된다. 내가 그 앞을 지킬 거다."

"아버지 너무 엄하세요."

"오늘 밤만 지나면 된다."

"왜 오늘 밤이에요?"

"보름이니까!"

이유도 제대로 말해주지 않는 아버지의 태도에 은우는 기가 막혔다.

"오늘 밤에 밖에 나가면 가만히 안 둔다!"

"가만히 안 두면?"

"네가 도망칠 수 있을 것 같냐!"

어떤 검과 어떤 무기로도 끊어지지 않는 쐐기풀족쇄를 내보이며 히죽 웃는 아버지를 보며 은우는 마음을 비우고 포기했다. 평소엔 그림자도 보이지 않는 아버지는 매번 보름밤이 되면 찾아와 은우를 묶어두고 감시하길 반복했다. 익숙해질 때도 되었지만 성가신 건 매한가지다.

"하아. 오늘 밤은 포기다."

초막으로 돌아간 은우는 숨겨둔 현무화룡도를 꺼내 달랬다.

"오늘은 곤란해. 나중에, 나중에 데려다 줄게."

은우가 궁으로 가든가, 사바누가 돌려받으러 오든가. 둘 중 하나를 선택해야 했지만 은우는 당장 어떤 계획도 없이 막막했다. 이 검을 들고 와 왜 이 사달이냐는 생각만 되풀이했다. 현무화룡도를 보자 자꾸 사바누가 떠올라 울고 싶어서 더 심란했다.

욕심을 부려서도 안 되는 상대였는데, 어쩌면 다시 얼굴을 보지 못할지도 모르는데.

신검을 들고 튀어서 그가 더 화를 내면 어쩌나. 그래서 더 정나미가 떨어져 다시 보고 싶지 않다고 하면 어쩌나. 걱정이 점점 더 불어났다. 심지어 이 검은 은우가 쓸 수도 뽑을 수도 없었고 애정의 증표로 삼기에도 무식한 크기였다. 게다가 이 나라의 신검이라지 않는가!

"나중에, 나중에 생각하자. 아버지는 보름 지나면 다시 약초 캐러 가실 거니까. 오늘 밤만 지나가면 괜찮을 거야."

보름밤이 지나간 새벽, 그녀의 아버지는 보름의 음기를 잔뜩 흡수한 약초들을 캔다며 사라지곤 했다. 그러니까 오늘 밤만 기다리면 된다.

위이잉, 위이잉. 은우는 고개를 누이려다 몸을 떠는 검을 바라보았다.

"무슨 말이 하고 싶은 거야?"

은우는 평소와 달리 검의 말이 제대로 들리지 않아 곤혹스러웠다. 무언가가 검과 자신의 의사소통을 방해하는 느낌에도 은우는 끈질기게 검과 대화를 시도했다.

"음. 그러니까, 이 밧줄을 너로 끊으라고?"

검의 긍정에 은우는 황당했다. 뽑아서 사용할 수도 없는 신검에, 절대로 끊어지지 않을 선력의 쐐기풀인데, 뽑지도 않은 검집으로 밧줄을 끊어라?

"안 될 텐데? 난 너 못 뽑아. 전하랑 헤르 님밖에 못 뽑는다고."

검은 다시 격렬하게 저항했다. 참으로 긍정적인 변태검이로구나, 은우는 경탄하며 다시금 검을 뽑으려 시도해 봤다. 결국 안 되는 건 당연지사. 그녀는 쉽게 포기했다.

"안 할래. 다 귀찮아."

은우는 검을 쥐는 대신 벌렁 드러누웠다. 귓가에서 처량한 검의 한숨소리가 들리는 듯했다. 그 휴식도 잠시, 우렁찬 아버지의 목소리가 들렸다.

"딸. 나 뒷간 간다. 너도 따라가자."

저놈의 아부지가! 왜 과년한 딸이 아버지 뒷간까지 따라가야 해! 은우는 이를 갈며 초막 밖으로 나갔다.

"너도 볼일 봐라. 우리 둘 사이의 안전거리는 충분하지 않니?"

은우가 절규하며 아버지와 실랑이를 벌였다. 그 부녀간의 목소리가 울려 퍼지는 사이 덩그마니 혼자 남아 있던 검은 멀리서 주인의 기척을 느꼈다. 제 주인의 기운이 주촌산 기슭에서 강하게 전달되고 있다. 검은 주인에게 강한 사념을 쏘아 보냈다.

은우는 이내 투덜거리며 돌아왔고 힘이 쇠한 듯 뻗어서 조용해진 검을 발견했다. 검이 낮게 울어댔지만 은우는 알아듣지 못했다.

"뭐라는 거야. 지금은 하나도 모르겠어. 그런데 피곤해."

은우는 아버지로 인해 보낸 고된 수련 덕분에 눕자마자 잠이 들었다. 얼굴에 붕대를 풀어내는 것도 잊은 채였다. 한 번 잠이 들면 누가 깨워도 은우는 일어나지 않았기에 검도 대화를 포기하고 조용해졌다.

잠시 후, 초막 밖에서 헛기침 소리가 들렸다. 은우의 이름을 부르던 누군가는 초막의 문을 젖히며 좁고 초라한 초막 안을 둘러보았다. 비루한 세간들을 살피던 허주유의 시선에 안쓰러움이 어렸다. 그는 은우의 발치에 뭉쳐진 낡은 이불을 펼쳐 덮어주었다.

"너도 애비 잘못 만나서 고생이구나."

고개를 돌리던 그가 딸 옆에 나란히 놓여 있는 현무화룡도를 발견했다. 골동품 같은 검을 살피며 그의 시선이 심각해졌다.

"이젠 하다하다 고물까지 주워 오는구먼."

은우는 요수뿐 아니라 사연이 많은 물건들까지 주워 오곤 했기에 허주유는 검을 초막 구석에 세워둔 뒤 관심을 끊었다. 허주유가 나가고 깜깜해진 초막 안 세워져 있던 검이 어느새 바닥으로 툭하고 쓰러졌다. 검은 은우의 곁으로 도르르, 소리를 내며 굴러갔다.

숙면을 취하던 은우는 무언가 자신의 잠을 방해하는 느낌에 눈을 떴다. 초막 밖에서 요수들의 코고는 소리가 들렸다. 어둠 속에서 더듬더듬 바닥을 더듬자 그녀의 손에 현무화룡도가 잡혔다. 검이 부르르 몸을 떨고 있었다.

"설마, 잠을 깨운 게 너였어?"

은우는 하품을 하며 눈을 떴다. 사방이 캄캄했지만 밤눈이 밝아 움직이는 데 무리는 없었다. 자신의 옆으로 검이 자꾸 굴러오는 모양새도 꽤나 수상쩍었고. 짚이는 것은 하나밖에 없었다.

"널 써보라고 기다린 거야?"

검의 소원을 못 들어주겠나. 은우는 검을 세워들고 제 발목으로 이어진 쐐기풀매듭 쪽에 검집의 끝을 가볍게 내리찍는 척했다.

"됐지? 나 이만 다시 잘……."

묶인 발목을 흔들던 은우가 잠시 말을 잃었다. 묶여 있었는데 발이 자유로워? 손을 더듬자 아버지가 묶은 쐐기풀족쇄가 끊겨졌다는 것을 확인할 수 있었다. 날을 세우긴커녕 검집으로 찍었을 뿐인데?

믿기지 않는 현실에 은우는 제 발과 풀린 끈을 번갈아 바라보았다. 그리고 아버지의 초막 쪽으로 시선을 돌렸다. 이 시간이면 아버지도 곯아떨어져 쉽게 잠에서 깨지 못할 것이다. 은우는 저를 도와준 현무화룡도를 꺼안고 즐거워했다. 이런 밤이면 보는 눈도 없으니 구질구질한 붕대도 풀어버려야지. 자유를 만끽한 은우가 검을 꺼안고 초막 밖으로 탈출했다.

참 좋은 보름밤이었다. 달빛이 강해 산책을 하기에도 놀기에도 참으로 좋았다. 맹수 걱정도 별로 없고 만난다 해도 은우를 해치지 못하니 더더욱 좋았다.

그러나 즐거움도 잠시였다. 은우는 다시 우울해졌다.

"쳇. 족쇄 끊고 나와봤자 도망갈 곳도 없네."

모두가 잠들었을 이 야밤, 할 일이 없었다. 마을에 내려가도 놀아줄 사람도 없고 또래 친구들도 없었다. 아는 사람이야 많았지만 모피를 뒤집어쓰고 다니는 쾌활한 생물을 보고 즐거워하는 사람들이 다였지. 은우의 비밀을 아는 이는 없었다. 또래 계집애들도 시집을 갔고 가끔 어울리는 사냥꾼들은 나이가 많은데다 은우가 여자인지도 모른다. 사바누에게 자랑을 하고 싶었지만 그는 은우의 곁에 없었다. 어쩌면, 앞으로도 영원히 없겠지.

"하아."

주촌산 아래 마을조차 이러한데 왕후나 뭐나 개꿈인 게지. 은우는 추오를 타고 반나절이나 되는 거리를 달려야 이곳 주촌산에 다다른다는 것을 되새겼다. 멀다, 멀어.

궁에서의 생활도 일장춘몽같이 허망하게 느껴졌다.

"내 팔자가 다 그렇지 뭐."

은우는 쓴 입맛을 다셨다.

왕은 은우보다 훨씬 예쁜 가짜 허은양과 진비랑 모두 잘 먹고 잘살겠지. 그는 앞으로도 미인을 잔뜩 만날 테고 은우를 금방 잊어버릴 거다. 좋아한다고 여겼지만 사실은 추오와 신검을 돌려주면 다시는 볼일이 없을지도 모른다.

은우는 보름달을 올려다보며 잔뜩 볼을 부풀렸다. 숨을 턱하니 들이마시며 내뱉고는 달에 산다는 천녀, 예쁜 상희의 욕을 잔뜩 했다.

"그래, 너희들 예쁘다. 그 미모 나 반만 떼주면 어디 덧나냐. 에휴, 그래. 진비랑 가짜랑 다 잘 먹고 잘살아."

한바탕 퍼붓고 나니 속이 시원해져서 은우는 기지개를 켰다.

실연당했고 궁에서도 쫓겨났고. 미래 따위 이젠 모르겠다. 아버지가 붙어 있으니 다른 생각도 못 하겠고. 일단 야밤에 돌아다니기 귀찮으니 초막에 가서 잠이 더 자자. 생각도 하기 싫었다. 이젠 눈물조차 나오지 않았고 자신을 쫓아낸 진비가 있는 궁으로 돌아가는 것도 싫었으니까.

그렇게 일어나 돌아섰는데.

"은우?"

누군가 그녀의 이름을 불렀다. 사바누가 숨을 헐떡이며 섰다. 은우의 품에서 현무화룡도가 시끄럽게 울어댔다.

"귀신?"

그녀의 앞에 환영처럼 나타난 사바누는 현실감이 없었다.

내가 상사병에 걸려 헛것을 보고 있나? 상상력이 뛰어난가 봐. 은우는 자화자찬하며 보름달을 등지고 있는 그의 주변을 빙글빙글 돌았다. 주촌산에 왔을 때와 비슷한 흑의를 입고 선 그는 여전히 키가 크고 늠름해서 진짜보다 더 진짜 같았다. 즐거워하는 은우가 그의 몸을 더듬거리며 쓸어보았다. 감촉도 진짜같이 손에 잘 감긴다. 우와. 숨이 오르락내리락하는 단단한 가슴팍을 쓸어보고 두근거리는 심장의 박동도 느껴보고 한참을 올려봐야 하는 장신의 키랑 잘 생긴 얼굴과 그리고 참으로 찰진 그의 중심부까지 쪼물거리던 은우는 환영의 얼굴이 붉어지는 것을 느꼈다. 이게 왜 뜨겁고 부풀어 오르는 것 같지? 뭔가…… 이상한데? 은우는 슬그머니 그의 귓불과 그의 눈에 화르르 붉은 빛이 스치는 것을 보며 슬그머니 손을 놓았다.

뒷걸음질 치며 도주하려 했으나 덥석, 사바누의 환영이 은우의 손목을 낚아챘다.

"지금 뭐하는 거냐, 은우."

은우는 환영에게 되물었다.

"희롱해서 죄송합니다만, 귀신 아니세요?"

"귀신이 아니다."

"……."

귀신이 아니면 헛것인가? 하지만 그 음성이 낮고 으르렁대며 화가 났다는 건 자신만의 착각? 은우는 저도 모르게 그에게 검을 건넸다. 현무화룡도를 돌려받으며 사바누는 어리둥절해졌다.

"이걸 왜 먼저?"

"제가 많이 실례했어요, 전하."

그리곤 저도 모르게 걸음아 날 살려라 죽어라고 도망쳤다.

멍하니 은우를 보고 있던 사바누도 놀라 그녀의 뒤를 쫓았다.

"왜 도망가는 거냐, 은우!"

은우는 달리다 뒤를 돌아보았다. 푸르뎅뎅한 불꽃을 두 눈으로 내뿜으며 맹렬하게 추격해 오는 이 나라의 왕이 보였다. 사바누가 화가 엄청 났다!

은우는 본능의 외침에 따라 젖 먹던 힘을 다해 도주했다.

날 살려라 꽁지 빠지게 도망치는 은우를 사바누는 맹추격했다. 왜 도망치는 건데!

쫓고 쫓기는 주촌산의 달리기는 한없이 이어졌다.

날다람쥐처럼 도망다니던 은우를 사바누가 붙잡은 것은 한참 뒤의 일이었다. 애틋한 재회를 바란 건 아니었지만 느닷없이 사람을 만지작거리며 흥분시키더니 도망치는 건 또 뭔가. 그의 예지에서도, 꿈에서도 나오지 않은 황당한 장면의 연속이었다.

"은우 넌 대체 왜!"

말을 하다 말고 그는 거친 숨을 내쉬었다. 너무 힘들어 말이 쉬이 나오지 않았다. 주촌산을 잠도 자지 못하고 꼬박 헤맨 것만 해도 상당했고 몸도 피로했다. 손에 들린 현무화룡도의 무게조차 힘겨울 지경이었는데, 그를 올려다본 은우는 이해한다는 듯 고개를 주억거리고 있다.

"힘드시죠."

왠지 은우의 까만 큰 눈에 동정심이 담겨 있는 건 그만의 착각일까?

"검 가지러 오신 거죠?"

사바누는 잠시 제 손에 들린 검을 내려다보았다. 이 검은 반드시 되찾아야 하는 것이 맞긴 했지만 이 변태검에게서 은우를 떼어내 보호하려는 마음이 컸다면 이해가 될까. 그는 절대 버리거나 처분하는 것도 불가능한 제 평생의 업보를 노려보았다.

"왜 이것과 함께 도망간 거지?"

'이것' 이 현무화룡도임을 깨달은 은우가 대꾸했다.

"그냥 그렇게 됐어요."

은우가 그와 눈도 마주치려 하지 않기에 그는 은우의 연약하고 하얀 목덜미만을 바라보았다. 저 연약한 것이 진비에게 내쫓겼다니. 사바누는 한숨을 쉬었다. 은우도 그것을 생각한 듯 우울해 보였다.

"궁에 돌아올 생각은 있었나?"

은우는 답이 없었다.

"내가 미워졌어?"

은우의 묵묵부답에 그는 더욱 불안해졌다. 겨우 잡았나 했더니 날아가 버릴 것만 같았다. 그는 은우의 옷깃을 쥔 손에 더욱 힘을 주었다.

"다시 돌아가고 싶지 않을 만큼 넌덜머리가 난 거냐?"

거듭된 질문에 은우는 세차게 고개를 흔들었다.

"생각할 틈 좀 줘요! 아직도 머리가 혼란스럽다고요. 게다가 생각하고 싶어도 아버지가 계속 감시하고 묶어뒀다고요."

"아버지가 왜?"

아버지라면 허주유인데 왜 이 귀여운 은우를 묶는단 말인가?

사바누는 허주유가 옆에 있나 주변을 살폈지만 시야엔 아득한 주촌산만이 들어왔다. 설사 허주유가 은우를 찾으러 나온다 해도 이 깊은 밤, 산속에선 그들을 찾아내기 어려울 것 같았다.

"아버지는 어디에 계시지?"

은우는 주촌산의 먼 봉우리 중 하나를 가리켰다. 동남쪽 방향, 볕에 잘 드는 봉우리에 초막 두 채가 나란히 자리한 듯했다. 하늘에는 커다란 만월이 떠서 그 봉우리와 초막들을 밝게 비추었다.

"아버지는 푹 잠이 드셨을 거예요. 저 감시하는 게 일이지만 묶어났다고 안도하셨을 테니까요."

"그래."

여전히 사바누의 머릿속엔 의문이 남았다. 왜 묶은 걸까?

"설마 아버지가 아셨나? 궁에 갔다는 거?"

"아뇨. 모르세요. 궁 이야기는 나왔다 하면 엄청 싫어하세요. 궁에서 제가 쫓겨난 거 알면 한바탕 난동을 부리실지도 몰라요."

허주유의 괴팍함은 익히 상상이 가고도 남았으나 사바누에겐 여전히 의문이었다. 궁에 간 것이 들킨 것도 아니라면 왜 묶여 있었던 걸까?

은우가 잠시 숨이 막혀 캐캑 하는 괴상한 신음 소리를 냈다. 그가 은우를 붙잡고 있는 목덜미의 옷깃을 강하게 잡아당긴 모양이다. 그는 손에 힘을 풀었지만 은우를 놓지는 않았다.

"저, 도, 도망 안 칠게요. 그러니까 붙잡은 거 놔주시면 안 돼요?"

은우가 애원하자 사바누는 겨우 그녀의 멱살을 쥔 손을 풀었다. 그리곤 은우의 손을 붙잡아 커다란 제 손에 깍지를 꼈다. 은우가 붙잡힌 두 손을 물끄러미 내려다보았다.

"무슨 뜻이에요?"

"글쎄. 널 놓고 싶지 않다는 것이겠지."

"멱살을 잡히는 것보단 역시 손이 좋아요."

은우의 솔직한 대답에 그의 가슴께가 간질거렸다. 은우의 따스함이 좋았다. 그녀의 재잘거리는 목소리도 너무 좋았다. 은우가 그의 어깨 아래에서 투덜거리는 목소리 또한 반가웠다. 자신도 감당할 수 없는 흐뭇한 미소가 얼굴에 번지자 사바누는 고개를 들어 먼 하늘을 응시했다.

은우가 사바누를 보기 위해 발돋움을 하려다 마냥 그를 타박했다.

"이러면 얼굴이 제대로 안 보이잖아요. 나보다 키도 훨씬 크면서."

미소가 어린 헤픈 얼굴도 문제였지만 사바누는 이 느낌이 차마 멋쩍어서 고개를 내릴 수 없었다. 첫사랑에 빠진 사춘기 소년 같은 느낌. 마냥 가슴이 간질거렸다.

은우는 몇 번이나 그의 얼굴을 보려 시도하다 포기하고 붙잡힌 제 손에 자신도 힘을 주었다. 참으로 따스한 손. 그의 손을 더듬고 헤집으며 은우도 점점 얼굴이 벌게졌다. 너무 좋아. 그래서 너무 행복해. 그가 자신을 쫓아왔다는 것이, 그가 자신을 원한다는 게 느껴져서 너무나 좋았다.

"궁, 궁에서 꽤 멀 텐데 어, 언제 왔어요?"

떨림을 감추고 은우는 물었다.

"어제."

"그런데 왜 바로 안 왔어요?"

은우가 발딱 고개를 들어 항의했다. 사바누는 물끄러미 은우를 응시했다.

여인을 만나고 설레며 보고 싶어진 것도, 좋아하게 된 것도, 진심으로 갈구하게 된 것 모두 은우가 처음. 사바누는 제 심장을 뒤흔든 유일무이한 존재를 내려다보며 웃었다.

어쩌면 이것이 그의 첫사랑일지도 모른다. 그러니 더 우스울 수밖에.

"나는 왕이고 너보다는 나이도 많아. 헌데 너와 함께 하게 된 모든 것들이 처음 겪는 일 같다. 어쩌면 모든 게 처음일지도 모르지."

은우는 그의 말뜻을 이해하지 못하고 고개만 갸웃거렸다.

"내가 허은양이라서 그래요?"

"그건 아냐. 너니까 은우 너라서 그런 거다."

그 대답도 은우에겐 충분하지 않았다. 그는 자신을 좋아한다. 하지만 그가 자신을 데리러 왔다는 기쁨이나 지금의 해후보다도 궁에서의 소외감과 억울함이 울컥 밀려들어 왔다.

"나는, 분명히 내 아버지가 허은양이라고 했는데."

"은우야."

"아니, 허은양으로 취급받지 못하는 건 상관없어요. 그런 건 애초에 기대하지 않았으니까. 하지만 전하만큼은 알아주길 바랐어요. 나만 봐주길 바랐어요. 욕심인 걸 알고 있었지만, 그래도……."

말을 하다 보니 쏟아져 나왔다. 은우는 눈물이 나올까 입술을 깨물며 말을 이었다.

"나는 예쁘지도 않고 미덥지도 않고 현모양처도 아니고 얌전하지도 않아요. 대신들이 주장하는 허은양인가 하는 미인도, 진비란 분도 나보단 훨씬 아름다웠어요. 그런데 그런 미인들을 놔두고 왜 나랑 이러고 있는 거예요?"

"미인들은 많지만 너는 하나뿐이다."

"그건 내가 허은양이니까 그래요?"

사바누는 답답함에 제 가슴을 쳤다. 손을 떼어낸 그가 은우 앞에 무릎을 꿇어 그녀와 시선을 맞췄다. 호흡이 뜨겁고 서로의 얼굴이 바로 코앞에 있었다. 은우가 제 얼굴보다 익숙해진 사바누의 얼굴을, 푸른 눈과 푸른 머리칼을 응시했다. 그 곧은 눈은 흔들림이 없고 강직한 입술은 거짓으로 비틀려지지 않았다.

"잘 봐. 거짓말을 하는 것 같으냐? 그래, 나는 네가 허은양임을 어느 순간부터 알고 있었다. 그전에 이미 네게 끌렸지. 그 어느 것이 먼저인지 혹은 동시였는지 그건 중요하지 않아. 적어도 내게 너 이상의 배필은 없다."

확고한 그의 진심에 은우가 바란 답 따위는 아무래도 상관없어졌다.

은우는 눈물을 훔치며 고개를 끄덕였다.

"그 말 믿을게요."

"그럼 나와 함께 궁으로 가겠느냐?"

그 질문에는 답이 쉽게 나오지 않았다.

"내가 싫어?"

그의 물음에 은우는 고개를 가로저었다.

쉽게 답이 나오지 않았다. 그는 좋지만, 진비는 싫었다. 그리고 그녀가 했던 말이 떠올랐다.

"왕이 그렇게 중요한 건가요? 사람의 행복 따위 중요하지 않을 만큼요?"

"진비가 그리 말하더냐?"

은우는 고개를 끄덕거렸다.

"진비와는 다분히 정략적이었지. 우리는 세간에서 말하는 진짜 부부는 아닐 거다."

"하, 하지만."

은우는 말을 더듬었다. 세상에 많은 부부들이 있고 그들 중 일부는 서로를 미워하며 원수처럼 여긴다지만 주촌산 아래의 국새 마을에선 모두가 행복했었다. 은우는 진비가 전하를 미워하지 않지만 행복하지 않아야 한다고 말한 건 도저히 이해할 수 없었다.

"진비, 아니, 우재이는 심약한 마음을 가진 사람이었다. 나를 못 견뎌했지. 그래서 왕후가 된 이후 마음을 걸어 닫았다. 그녀는 궁중법도와 원리원칙만을 신뢰하게 되었지. 그녀는 후궁으로 명명하지도 않고 직위도 내려주지 않은 너를 내가 감싸고돈다는 것을 용납하지 못했을 것이다."

사바누의 설명에도 은우의 마음은 풀리지 않았다. 아니, 도리어 더 화가 났다.

사바누가 진비의 변명을 하고 있다는 사실이 더욱 싫었다.

"진비 쪽은 내가 알아서 하마. 조금 시간이 걸릴 테지만 그걸 참을 수 있겠느냐."

은우는 다시 생각에 잠겼다.

진비 때문에 화가 난 것은 사실이지만 그녀의 말이 틀리지는 않았을 터였다. 은우는, 허은양이라는 표식도 무엇도 없었다. 허은양일지도 모른다는 이유로 사바누의 옆을 꿰찼으니 허울뿐이라 해도 그의 부인인 진비에겐 눈에 가시처럼 여겨졌을지도 모른다.

은우는 어떻게든 사바누의 옆에 있고 싶었다. 하지만 그는 왕. 은우는 그의 곁에서 무얼 하고 싶은 걸까? 과연 그의 옆에 있어도 괜찮은 걸까? 은우의 계속된 고민에 사바누는 몸이 달았다.

그렇게 한참을 고민하던 은우는 뜻밖의 말을 내놓았다.

"음, 이대로도 괜찮을지도 모른다 생각해요. 저는 허은양이지만 다른 사람에게 증명할 방법도 없으니까요. 그냥 제가 허은양이라고 전하와 헤르 님께서 알아주시는 것만으로도 충분해요. 저도 저 같은 촌계집이 궁에 어울리지 않는다는 건 알고 있어요. 저보다 예쁜 다른 여인들을 품으신다고 해도 저로선 어쩔 수 없다고 생각하거든요. 하지만 진비마마는 싫어요."

확고한 은우의 대답에 그는 되물을 수밖에 없었다.

"왜지?"

"저도 사람의 감정 정도는 눈치챌 수도 읽을 수도 있어요. 진비마마는 날 경계하는 상대로 봤어요. 개인적인 감정이 실려도 이해해요. 전 착하지만은 않아요."

솔직하고 가감 없는 은우의 말이 사바누에겐 명쾌했다.

"진비를 폐위시키길 원하느냐? 네가 원한다면 그리 하마. 다만 시간이 좀 걸릴 게다. 그간 궁에 올 수 없다면 이 주촌산에서 기다려도 된다. 종종 보러 올 것이니."

말은 그리 했지만 사바누는 은우를 궁에 데려가고파 몸이 달았다. 후사가 없지만 진비는 외부에 책잡힌 일이 없는 왕후였으니 폐위할 명분을 찾는 것도 금방 되지는 않을 것이다.

그리고 은우는 진비의 폐위를 쉽게 논하는 사바누에게 충격을 받았다. 그녀의 폐위를 바란 건 아니었다. 우재이는 은우가 발톱의 때만도 못할 정도로 왕후의 자질을 타고 태어난 여인 같았다. 그녀를 밀어내고 왕후의 자리를 제가 차지한들 잘할 수 있는가. 아냐. 그 자리는 은우의 자리가 아닌 것이다.

그는 왕이었다. 이 북주국이란 커다란 나라를 다스리는 왕.

은우는 그가 순간 왕이 아니기만을 빌었다. 진비가 미웠지만 그녀가 쫓겨나길 원하는 건 아니었다. 그의 곁에 있고 싶지만 그를 전부 소유할 수는 없다.

은우의 머릿속이 뒤엉켰다.

그 실타래가 풀리지 않을까 은우는 무작정 앞으로만 걸었다. 보폭이 빠르진 않지만 발이 빠른 그녀를 사바누는 조용히 그림자처럼 뒤따랐다. 목적지가 없는 밤 산책이 이어졌다.

은우는 시원한 물살이 쏟아지는 폭포 쪽으로 발걸음을 옮겼다. 폭포에 도착해서도 은우는 한참이나 말이 없었다. 두 사람의 대화 대신 물이 쏟아져 내리는 소리만이 시원하게 이어졌다. 만월은 그들의 머리 위로 휘영청 떠올라 사바누와 은우를 고스란히 비춰주었다. 그들의 모습이 검은 물속에 투영되었다. 달빛은 유난히 밝고 맑았다.

물가에 멍하니 앉은 은우가 그를 돌아보았다.

사바누 크세노가 자신의 것이라 생각되지는 않았었다. 그는 너무 먼, 하늘의 별 같았다.

그에게 안기고 그가 자신을 물끄러미 갈망하며 바라보는 순간을, 꿈꾼 적은 있지만 현실이 되리라곤 믿지 않았다. 그가 그녀를 보고 있다. 은우는 아까 제가 희롱했던 사바누의 몸과 그의 너른 품을 흘깃 훔쳐보다 그가 자신을 보자 눈을 다른 곳으로 돌렸다.

아아, 달이 참 밝구나.

사실은 그가 무척이나 그리웠었다. 당장이라도 안기고 싶은 마음이다. 그가 자신을 안으며 품었던 뜨거웠던 그 밤이 떠올랐다. 그 뜨거움이 몸에서 가실 리가 없다. 고작해야 그것은 삼 일 전인가 나흘 전밖에 되지 않았는데.

그와 몸을 섞었던 장면들이 머릿속을 휙휙 지나가자 저절로 얼굴이 붉어졌다. 은우는 물가에 웅크리고 앉아 고개를 푹 숙였다.

"은우. 왜 날 보지 않아?"

"나는."

차가운 물속에 손을 담그며 멋대로 휘젓던 은우는 물속에 비친 달을 보며 말을 멈췄다.

물은 손이 얼어붙을 정도로 차가웠다.

반면, 제 몸이 뜨거웠다. 마치, 몸 안에서 불길이 일어나는 것마냥 내뱉는 숨도 훈기를 머금고 있었다. 이마를 짚어보자 미열이 느껴졌다. 몸은 아픈 것 같았지만 고뿔과는 증세가 틀렸다.

이건, 아픈 게 아니야.

온몸이 뜨겁고 따끔거렸다. 배꼽 아래 단전 부근에서 단단하게 열기가 뭉쳐진 것처럼 느껴졌다. 아랫배 쪽에서 시작된 뭉근한 아픔이 전신으로 퍼져갔다. 왜 호흡이 거칠어지는 것 같지? 온몸이 따끔거리는 것 같기도 하고 왜 아랫도리가 젖어드는 것 같은 느낌. 가슴가리개도 하지 않은 젖가슴이 저릿저릿해져서 통증마저 일었다. 이미 다리에는 힘이 풀렸고 머리는 어지러웠다. 제 몸이 제 몸 같지 않은 데 어찌할 바를 몰랐다.

대체 무슨 일인 거야. 내 몸에 무슨 일이 벌어진 거야?

은우는 울상이 되어 달을 올려다보았다. 내가 달에 사는 천녀 상희를 욕해서 그래서였을까. 아냐. 이건. 이 비슷한 건 짐승들에게서 본 적이 있다.

은우는 허탈해져 실없이 웃었다.

"왜 그래?"

사바누가 그녀의 곁에 다가왔다. 걱정스런 그의 얼굴이 가득 은우의 시야에 비쳤다. 은우는 그와 접촉하지 않으려 하며 슬그머니 엉덩이를 뒤로 뺐다.

"위험해요."

그의 표정이 험악해졌다.

"무슨 소리야?"

은우는 그의 그윽한 체향을 가득 들이켰다. 위험하다는데 왜 못 알아듣는 걸까.

"사바누가 위험하다고요. 가까이 오지 마요."

은우는 휘휘 손을 내저었다. 그리고 아버지를 원망했다. 아버지가 보름밤마다 돌아와 자신을 묶어두고 감시한 이유를 이제야 알겠네. 그동안 보름밤에 돌아다닌 적이 없어서 몰랐거늘 포박시킬 만 했다. 그냥 초막에서 잠이나 잘걸.

왜 이 음기 가득한 보름밤에 자신이 발정을 하느냐 이 말이다!

은우의 머릿속이 폐허가 되었다. 사바누가 가까이 오면 정말 위험했다!

사바누는 은우가 자신을 거부하고 밀어내는 행동에 곤혹스러웠다. 은우의 상태가 꽤 이상해 보이는 것도 마음에 걸렸다. 귀가 붉었고 호흡이 거칠었다. 얼굴은 보여주려 하지 않고 웅크려 일어나지도 않았다. 어디가 아픈 걸까?

그런데도 왜 그렇게 예쁜 걸까. 당장이라도 잡아먹고 싶은 생각만이 그득해졌다.

이게 다 만월 때문이었다. 은우가 너무 예뻐서다.

"은우."

호젓한 폭포. 그리고 달.

은우가 고개를 들었다. 발그레하게 웃는 얼굴을 보자 사바누의 이성이 끊어졌다. 그는 이미 은우에게 취해 있었다.

깃털처럼 가벼운 은우를 끌어당겨 품에 가두며 입을 맞췄다. 망설이던 은우는 이내 뜨거울 정도로 그에게 열렬히 화답했다. 기다렸다는 듯. 아니, 어찌되었든 상관없어. 그는 그녀에게 거센 입맞춤을 퍼부었다. 은우의 몸에서 풍기는 꽃향기가 점점 진해지는 것 같았다.

취하고 있다. 그는 은우에게 이미 취했다.

은우에게 중독되었다.

은우는 가쁜 숨을 간헐적으로 내뱉으며 그의 어깨를 부여잡았다. 쓰러지지 않기 위해서인지 스스로 설 힘을 잃어서인지 모른다. 그 어느 쪽이든 그로서는 기뻤다. 은우의 몸이 휘청거렸고 그의 품 안에 더욱 쏙 안겼으니까. 그녀의 몸이 커다란 그의 품 안에 바늘 하나 들어가지 않을 정도로 갇혀 단단히 안겼다. 그녀의 몸이 그의 품 안에서 무너져 내렸다. 고작 입맞춤 한 번만으로도.

나의 귀여운 은우, 나의 허은양.

서로의 숨이 뒤섞였다. 누구의 신음인지 누구의 교성인지 알 수 없는 것들이 뜨겁게 얽혔다. 그들의 숨결만큼이나 음란한 입맞춤의 소리들이 폭포의 물줄기를 타고 퍼져나갔다. 그들의 몸이 더욱 뜨거워졌다. 사바누는 정신을 차릴 수 없었다. 그녀의 체향이 더욱 진해져 그의 코끝을 자극했고 제 몸을 밀어붙이는 뜨거운 그녀의 몸을 느끼며 그녀의 엉덩이를 제 흥분한 남성에게 맞춰 밀어붙였다.

서로의 몸을 가린 옷이 마냥 거추장스러웠다. 은우의 옷깃을 뜯어내려던 그의 손길이 은우의 애원에 멈칫했다.

"안 돼. 옷은 그냥. 벗으면……."

띄엄띄엄 이어지는 그녀의 말은 가늘었고 비음이 섞였다. 숨이 뜨겁다. 그녀 역시 저 이상으로 흥분했다는 사실에 사바누의 전신을 타고 욕망이 내달렸다.

가져야 했다. 가지지 않으면 죽을 것이다.

사바누는 지금껏 자신이 절제력이 강한 사람이라 생각했다. 여색을 탐한 적이 없다고는 말할 수 없지만 그것에 탐닉해 이성을 날려본 적은 단 한 번도 없었다. 죽을 것 같은 쾌락에 몸이 휩쓸리지도 않았다. 은우는 달랐다. 자신만의 여인, 하늘이 내려준 자신만의 것.

그는 은우를 안아 올려 이끼가 가득한 풀숲으로 데려갔다. 마치 미리 준비된 듯한 고운 이끼들이 깔린 침상 위로 그녀를 뉘였다. 은우는 그녀의 다리로 기꺼이 그의 허리를 단단히 감고 다람쥐처럼 매달렸다. 은우의 눈빛이 흐린 회색빛에 물들어 있다. 그 몽롱해진 눈빛 속에 오직 사바누의 얼굴만이 있었다. 은우는 가끔 가느다란 신음 속에 그의 이름을 섞어 불렀다. 그리고 그를 받아들이기 위해 몸부림쳤다.

은우 역시 필사적이었다.

그를 가져야 했다. 입을 맞추고 서로의 숨을 나누고 서로의 몸을 부대끼는 것만으로는 충분하지 않았다.

더욱 많이, 더욱 탐욕스럽게 그를 전부 소유해야만 했다. 몸의 열기가 가라앉지 않았다. 달의 음기가 강한 밤, 그녀의 눈앞에 있는 것은 사바누. 그녀의 님.

"몸이 뜨거워."

"원해요."

의미 없는 말들이 오고 갔지만 그들은 이해했다.

사바누는 그녀를 약탈했다. 은우는 기꺼이 내주었다. 옷을 벗는 것조차 성가셔 하던 그들이 서로의 옷 위로 그들의 몸을 애무했다. 그것만으로는 충분치 않았다. 은우는 더 많이, 더 많이 그를 원했다. 그가 줄 수 있는 것 이상으로 그를 가져야만 했다.

서로 엉켜 있던 채 은우는 그의 다리를 걸어 그의 몸 위로 올라갔다. 꿈을 꾸는 듯 몽롱한 눈빛을 한 은우가 그를 올라탄 채 웃었다.

"은우?"

"저, 덮쳐야 할 것 같아요."

그의 몸 역시 뜨거워져 있었지만 은우의 말이 제 귀에도 이상하게 들렸다.

누가 누굴 덮쳐? 그러니까 은우가 자신을? 이 상황은 그의 예상과는 어긋났다.

은우는 울 것 같은 표정으로 그의 몸 위에 제 몸을 겹쳤다. 그녀의 몸이 뜨거웠다. 은우가 그의 오른손을 붙잡아 제 젖가슴 위로 눌러댔다. 두꺼운 옷으로도 감추기 어려울 정도로 뾰족하게 솟아오른 그녀의 젖가슴이 그의 손안에 가득 들어왔다.

"줘요."

"뭘?"

"달이 가득하단 말이에요."

은우가 갸르릉거렸다. 머리 위의 보름달만 유난히 밝았다. 은우의 눈이 밝게 빛났다. 그 속에 달이 있었다. 엉덩이를 불룩 솟아오른 남성 위에 내려놓고 허리춤을 추는 은우에게 맞춰 그 역시 허리를 흔들어댔다.

"네가 원하는 거라면. 은우는 참 대담하기도 하지."

그는 눈웃음을 쳤다.

헝클어진 옷을 벗겨낸 그들의 알몸이 다시 달빛 아래 하얗게 엉켰다. 은우는 제 몸을 내민 채 그를 받아들였다. 그를 품은 채 그를 내려다보았다. 소담한 그녀의 엉덩이를 붙잡은 사바누가 자신을 정복한 그녀를 뒤흔들고 있다. 은우는 그의 남성을 삼킨 채 달

콤한 신음을 내었다. 그를 미친 듯이 죄며 달콤하고 가쁜 열락의
숨을 쉬었다. 그들의 몸에서 송알송알 솟아난 땀이 은우에게서 그
의 몸으로 이슬처럼 흘러내렸다.

미쳐 가고 있다. 쾌락에.

달은 계속 요사스런 음기를 내뿜었다. 두 사람의 주변으로 지독
한 꽃바람만이 휘날렸다.

파정의 순간 그들은 불꽃을 보았다. 그것은 환한 우주 같기도
했고 낮과 밤, 하늘과 땅으로 구분되기 전의 혼돈세계처럼 보이기
도 했다.

폭포 옆에서 지칠 정도로 몸을 겹친 그들은 녹초가 되어 쓰러졌
다.

은우는 참으로 기이했다. 분명 은우의 얼굴을 하고 있지만 그것
은 은우가 아닌 것 같았다. 그녀는 누구보다 유혹적이었고 요사했
다. 그를 미치게 만들며 배운 적도 없는 교태를 부렸다. 누군가에
게 훈련받은 것이 아닌, 본능적인 몸짓. 자신을 가져달라고 애원
하며 순수하게 부딪혀 오는 몸. 그 욕망은 숨김이 없는 날것 그대
로였다.

은우는 그를 한없이 죄며 자신의 안으로 더욱 깊이 침몰하는 그
를 느꼈다. 뿌리째 그를 삼킨 그녀의 허리는 가늘게 낭창거렸다.

그녀의 가녀린 손이 그의 온몸을 지배했다. 그녀는 존재하는 줄
도 몰랐던 사바누의 성감대를 수없이도 많이 찾아냈다. 은우가 그

의 위에 길게 드러누워 그의 몸을 껴안은 그 감각이 너무나 사랑스럽고 애틋했다. 그 일치감을, 관계 이후에 남은 온몸을 채운 충족감을 어찌 말로 쉽게 표현할 수 있을까.

서로의 몸을 애무하며 욕망을 달구어갈 때도, 그녀의 몸 안으로 들어가 서로 눈을 맞추며 허리짓을 할 때도, 서로의 욕망을 남김없이 드러내어 탐하는 그 순간들도, 서로의 욕망이 가장 드높은 곳까지 상승하는 일치의 순간도, 모든 것들을 다 토해내고 여운을 즐기는 마지막까지도.

그는 모든 것이 만족스러웠다. 군살이 없는 그녀의 날씬한 몸을 쓰다듬으며 소담한 살집의 엉덩이를 두 손 가득 쥐었다. 그녀의 촉촉하게 젖은 여성을 그의 남성 위에 내려놓으면 은우는 가끔 민망한 듯 제 엉덩이를 흔들어대곤 했다. 고개를 들어 살피면 그녀가 빙그레 미소를 짓는 모습을 볼 수 있었다.

그들은 차가운 물속에 뛰어들어 땀을 식혔다.

서로의 몸을 씻겨주고 서로를 희롱했다. 은우는 그의 단단한 몸과 제 여성과 습지를 제집 찾아오듯 들어온 그의 남성에도 익숙해졌다. 그의 손이 짓궂게 은우의 젖가슴을 매만지며 꼬집기도 했다. 은우는 그의 가슴에 복수도 했다. 잔뜩 손톱을 세워 그의 가슴팍과 어깨를 긁어댔다. 흔적이 남지 않을 정도만 살짝 살짝.

은우는 할 말이 있는지 그의 탄탄한 나신 위에서 살짝 몸을 꼬았다. 기녀들의 요란한 몸짓보다 그 소박한 몸놀림이 크나큰 유혹인지라 그는 침을 꿀꺽 삼켰다. 은우를 그렇게 잡아먹고도 아직 식욕이 동했다.

"하고 싶은 말, 있나?"

"음. 고백할 게 있긴 있어요."

이젠 부끄러움도 사라져 버린 듯 은우가 그의 가슴 위에 제 알몸을 턱하니 뉘이며 웅얼거렸다.

"사실은요."

은우는 그의 가슴팍에 손가락을 세워 그림을 그렸다. 온몸이 그 닐그닐해지는 감각. 사바누는 그 손가락을 잡아 제 입술에 가져다 댔다. 그 손가락을 하나하나 맛보고 삼켰다.

그가 은우의 열 손가락 전부를 맛보며 그녀의 손에 깍지를 꼈다.

이 손에 옥이나 은가락지들을 끼워줘야 했는데. 은우는 그의 혀 때문에 간지러워졌는지 깔깔거렸다.

"사바누, 색골."

"나를 유혹했으니 너도 색골 아닌가?"

은우는 불만족스럽게 볼을 잔뜩 부풀렸다. 사바누의 큰 손이 어느새 은우의 양쪽 보드라운 볼을 잡아당겼다.

"하고 싶은 말이 뭐야."

"으우우움. 나 오늘 밤에 발정했는데에."

"발정?"

은우는 제 몸을 꼬았다.

보통 사람은 음약을 먹지 않는 이상 발정하진 않지만 은우라면 가능하다는 생각이 설핏 들었다. 그의 은우는, 아마 그의 인생에서 가장 풀리지 않을 수수께끼이리라.

은우는 신나게 재잘거렸다.

"아버지가 나 보름밤마다 가두고 감시한 건 발정 때문이었나 봐요. 그렇지 않으면 다른 때는 행방불명이다가 보름밤에만 나타나 감시할 리가 없다고요. 도를 많이 닦으면 자연의 조화에 영향을 받는다고 했는데. 내가 보름밤에 발정하게 될 줄이야. 그건 꿈에도 생각 안 해봤거든요."

은우가 그리 말했기에 사바누는 납득했다. 확실히 은우의 유혹은 발정이 아니라면 쉽게 이해가 가질 않았다. 뭐 발정이든 아니든 그로서는 만족스러웠기에 부정하고 싶지도 않았다.

다만.

"다른 남자들 옆에서도 그런 건 아니겠지?"

눈을 부라린 사바누가 험악하게 되묻자 은우는 손을 내저었다. 그는 의심의 눈초리를 거두지 않았다. 혹여 다른 사내 앞에서 보름밤 발정이 나면 큰일이니까!

"지, 지금까지 아버지가 감시했어요!"

절대 은우를 보름엔 혼자 두면 안 되겠군. 옆에 두고 감시해야겠어.

사바누는 그녀의 어깨까지 오는 머리칼을 쓰다듬으며 문득 그녀에게 미안해졌다.

허은양으로 자라와 다른 삶의 선택지를 고를 수 없었던 것도, 여인으로서 누려야 할 것들을 누리지 못한 점도 미안했다. 여인들에게 해줄 수 있는 많은 것들을 은우에겐 제대로 해준 적이 없었으며 궁에 그녀를 데려다 놓을 때조차 충동적이었다.

너를 만나고 모든 것이 미안하다. 너를 만나, 제대로 된 이름조차 불러줄 수 없었기에 더더욱. 너를 그렇게 궁에서 나가게 하는 것이 아니었는데.

그래도 은우는 제 인생의 축복이었다.

하물며 이곳에는 둘만의 차렵이불도, 신방도, 심지어 허름한 침상조차 없다. 한밤, 지붕도 불빛도 없는 숲에서 제 여인과 몸을 겹치게 될 계획도 없었다. 그러나 은우와의 교합은 누구와도 불가능할 만큼 완벽의 극치였다.

더는 다다를 수 없는 미지의 곳까지 날아가 버린 듯한 느낌.

은우가 그에게서 잠시 몸을 떼고 옷을 걸쳐 입는 짧은 순간조차도 그는 은우의 온기가 사라져 허전하다고 여겼다. 은우가 없이 어찌 살았을까.

그들의 머리 위에 떠 있던 보름달은 어느새 서쪽 하늘 쪽으로 훌쩍 기울었다.

은우는 이 밤이 끝나는 것이 아쉬웠다. 제 발정으로 시작해 그를 덮치고 자신을 가져달라 졸랐지만 후회는 없었다. 그가 너무너무 좋아서 보름밤이 뜨지 않아도 또 발정할 수 있을 것 같았다. 매일마다 발정하는 건 곤란하지만 며칠에 한 번 정도는 괜찮지 않을까?

하지만 지금은 너무 졸렸다.

은우는 찢어져라 하품을 하며 사바누를 살폈다.

먼 길을 달려와 은우를 찾고 헤매느라 그도 피곤할 텐데.

사바누의 품에서 안겨 자던 느낌이 좋았다. 그와 함께 잘 수 있으면 좋을 텐데. 은우는 사냥꾼들의 산막을 떠올렸지만 그 울퉁불퉁한 바닥을 떠올리며 고개를 가로저었다. 그에 비해 좁지만 안락하고 바닥이 고른 제 초막이 최고였다. 남향으로 지은 초막은 볕도 잘 들어 잠자기에도 좋았다. 그에게 자신이 사는 공간을 보여주고 싶기도 했다.

"음. 자러 가요."

"어디로?"

사바누는 옷을 찾아 입고 폭포가에 떨어져 있던 현무화룡도도 회수했다.

은우는 아버지에게 들키지 않을까 고민하다 그냥 앞장섰다. 사바누가 검을 쥐자 그의 기척이나 기운이 묘하게 지워지는 것 같아 안심이 됐다.

아버지가 아직 일어나기엔 이른 시각이지만 아버지에게 들켜도 될 대로 되라는 생각이 들었다. 은우는 과감히 그를 자신의 초막 쪽으로 인도했다.

나란히 자리한 두 채의 초막을 둘러보며 사바누가 귀엣말을 건넸다.

"여긴 네가 사는 곳이냐? 아버지? 허주유는?"

"음. 앞 초막에 주무세요. 지금쯤 곤하게 뻗어 계실걸요. 계속 나 감시했으니까."

은우는 다시 하품을 했다. 사바누가 조금 걱정하는 듯했지만 그는 다른 곳으로 가거나 은우의 손을 뿌리치지는 않았다.

"허주유는 어떤 사람이지?"

"아버지요? 술고래에 미친 약초꾼 같은 걸로 불려요. 고상한 취미가 도 닦기에 선도인 이상하고 괴팍한 아저씨요."

"그, 그렇군."

당혹스러워하는 그를 제 초막으로 은우는 밀어 넣었다. 초막 옆에서 웅크리고 자던 추오와 구미호가 사바누를 인지하고 고개를 들었다. 은우는 요수들에게 조용히 하라는 신호를 보낸 뒤 그의 뒤를 따라 초막 안으로 들어갔다.

은우를 위해 지어진 초막은 키가 큰 사바누에겐 너무 작았다. 머리와 발끝이 초막의 끝과 끝에 닿긴 했지만 불편하게 몸을 구부리지 않아도 되긴 했다. 사바누가 자리를 잡자 은우는 그 옆이 제자리인 양 그의 옆구리로 파고들었다.

아버지의 초막 쪽에서 요란하게 코고는 소리가 들려왔다.

그 소리를 자장가 삼은 두 사람은 푹 잠이 들었다.

사바누는 곤륜산의 꿈을 꾸었다.

곤륜산의 주변을 흐르는 약수弱水라는 강을 건너, 불꽃이 이글거리는 염화산炎火山을 지난다. 개명수開明獸라 불리며 호랑이의 몸에 사람의 얼굴이 아홉 개 달린 괴수 문지기의 허락을 받아 곤륜산으로 들어간다. 곤륜산은 아홉 방향마다 우물과 문이 있고 안쪽에 다섯 개의 성과 열 개의 누각이 있다.

곤륜. 여선과 선계를 노니는 선인들이 사는 곳은 이 세상의 풍경이 아닌 곳이다. 사바누는 그 공간 속을 거닐었다. 누군가의 손을 잡고서.

그의 옆에는, 환하게 웃는 은우가 있었다.

시끄러운 인기척이 들리자 사바누는 눈을 떴다. 그의 곁에서 일어난 은우가 그의 입을 막고서 그에게 현무화룡도를 안겨주었다. 매의 눈초리처럼 예리해진 은우가 초막 바깥의 동향에 귀를 기울였다.

"은우야, 자냐?"

중년 사내의 목소리에 은우는 냉큼 초막 밖으로 얼굴만 내밀었다.

"아버지? 아직 해 안 떴는데."

마냥 졸린 목소리에 허주유는 퉁명스럽게 말했다.

"보름밤이 지났으니 약초를 캐어야지. 어젯밤에 별일 없었냐?"

"없었는데. 무슨 일 있었어요?"

"붕대는 왜 안 맸냐?"

"자면서도 하면 답답해요. 피부 썩을 일 있어요?"

"그러면 됐다. 쐐기풀족쇄도 금제를 풀어놨으니까 네 발목에서 풀어내렴. 이제 사람들도 산에 올라올 테니 붕대 꼭 하고!"

"아버지 무슨 말이에요?"

"모르면 됐다. 들어가서 다시 자라."

사바누는 숨을 멈추고 부녀의 대화가 끝나기만을 기다렸다. 초막 밖으로 나가 아버지를 일별한 은우는 제 부친이 사라진 한참 뒤에야 초막 안으로 돌아왔다.

"아버지 가셨어요. 나 왠지 나쁜 딸이 된 것 같아."

"나쁜 딸 맞아."

사바누가 장난스럽게 화답하자 은우는 울상이 되었다. 반듯하게 드러누운 그가 은우를 잡아 제 몸 위로 올렸다.

"널 제대로 허락받고 데려오고 싶다."

"무슨 뜻이에요?"

"너와 혼례를 제대로 치루고 싶다는 뜻이다."

"하지만 진비가 계시잖아요."

진비를 떠올리니 기분이 나빠진 은우가 그의 가슴팍에 얼굴을 묻고 들질 않았다. 혼례라, 엄청 좋아. 하지만 그의 아내는 진비다. 헤르 님의 말처럼 사바누가 그녀에겐 다정하지만 언제까지 그녀만 봐줄 수 있을까?

하지만 지금은, 아무런 생각도 하고 싶지 않았다. 사바누만이 보였으니까.

"나 갖고 싶지 않아?"

사바누가 눈웃음을 쳤다. 그 준수하고 늠름한 모습이 은우의 애간장을 녹였다. 이미 마음도 그에게 기울어 버린 뒤였다. 아버지를 생각하면 쓰리지만 어쩌겠어. 은우는 낮게 한숨을 쉬었다.

은우와 그는 다시 한잠이 들었다. 깨어나선 밥을 먹는 것도 망각한 채 서로에게 매달려 노닥거렸다. 몸을 나누지 않아도, 연결되어 있지 않아도 함께 있는 것만으로 족했다.

사바누는 난생처음 마음 놓고 뒹굴었다. 초막은 그가 활동하기에도 불편했지만 은우가 도망갈 자리가 없다는 것도, 그녀가 눕거나 움직이기 위해선 그의 몸과 부딪힐 수밖에 없다는 것도 마음에 들었다. 그의 입매가 즐거움으로 휘어졌다.

"나랑 같이 가자. 진비가 걱정하지 못하게 만들어주마."

은우가 반쯤 그의 제안에 넘어왔다고 생각했을 무렵이었다. 은우는 가장 심각하게 생각하는 것을 입 밖으로 꺼냈다.

"아버지, 걱정하실 텐데."

"아버지만 해결하면 되는 건가?"

"하지만 아버지가 쉽게 허락하지 않으실 거예요."

그럴지도 모르지. 사바누는 그리 생각하며 은우의 이마와 볼, 입술에 거리낌 없이 입을 맞췄다. 목까지 내려가 애무하자 은우가 간지럽다며 까악 비명을 질렀다. 그리곤 그의 옆구리에 간지럼을 태웠다. 서로의 손과 몸이 엉켰고 한데 너부러져 웃음이 난무했다.

그는 진심으로 즐거웠다.

예쁜 나의 은우. 나의 허은양. 나의 유일한 비. 이제 나는, 네가 없으면 안 될 것 같다.

허주유가 문제라면 그를 해결하면 되지 않으려나.

순간 그의 머릿속에 좋은 생각이 떠올랐다.

"일단 궁에 가자."

"그럼 아버지는요? 저번엔 며칠간 다녀오는 식이었지만 지금은 완전히 가자는 거잖아요."

"가끔씩 와도 돼. 네가 원한다면. 여기가 그리울 것 같아?"

은우는 그 때문에 머리가 텅 비었는지 가짜 허은양의 문제는 생각조차 하지 못했다. 가짜보다 은우가 걱정하는 건 아버지뿐이었다.

"아버지는 애인도 여자친구도 없단 말이에요. 타박해도 하나뿐인 가족인데."

"그럼 그분도 데려오면 되지."

"궁을 싫어하시는데요."

"쫓아오게 만들면 되지. 서신도 남겨두고 쫓아올 수 있도록 길을 기억하는 추오도 한 마리 남겨두고 가면 돼."

아버지가 궁에? 은우는 생각도 하지 못했던 방법에 눈을 반짝였다.

어차피 궁은 널러서 어딘가에 주정뱅이 부친이 살아도 별문제는 없을 것 같기도 했다.

"그래도 괜찮을까요? 아버지 괴팍한데."

"앞으로 혼례도 올리고 너를 내 비로 맞으려면 그 자리에 아버지도 있어야 한다. 평생 해로하려면 아버님도 알아야지."

혼례, 비? 근사한 유혹에 은우의 마음이 갈대처럼 흔들렸다. 금방 혹하고 넘어가려던 은우가 어느새 세차게 고개를 흔들어댔다.

"그래도 곤란해요. 아버지는 화 잔뜩 내실 거고 아버지가 화가 나면 아무도 못 말려요. 엄청나게 큰일이 벌어질 거라고요. 나 같은 거랑은 비교도 안 돼요."

"얼마만큼 엄청나?"

사바누는 말을 하면서도 식은땀을 훔쳤다. 힘을 자각하지 못한 은우마저 두려워하는 아버지 허주유라. 그의 확신이 틀리지 않는다면 허주유는 분명 선인에 가까울 터였다.

은우도 아버지가 화를 내면 어찌되는지 확신하지 못했다.

"화내는 건 어릴 때만 봤는데 일단 큰일이 벌어질 거예요. 제가 조금 커서는 늘 술에 취해 계셔서 덜했고, 아. 8년 전엔가 화를 어마어마하게 내신 적이 있는데 그때 주촌산에 지진이 나고 산이 폭발할 뻔한 적이 있어요."

은우는 몰래 덧붙였다. 우연이겠지만요.

어디까지가 진실이고 어디까지가 농담일까. 사바누는 그 진위 여부를 애써 생각하려 하지 않았다. 은우의 아버지다. 무엇이든 이 부녀는 상상초월일 터다.

"무슨 일이 생기든 괜찮을 거다. 내가 막아주지."

"진짜?"

"진짜."

은우는 손을 내밀었다. 손가락을 잔뜩 걸고 몇 번의 약조를 받아낸 뒤에야 은우는 활짝 웃었다. 그 간드러지는 눈매에 또 사바누는 홀렸다. 나를 몇 번이나 홀려야 직성이 풀릴 것이냐. 사바누는 그녀의 몸을 가리던 옷을 벗겨 그녀를 바닥에 눕혔다. 은우가 비명을 지르며 그의 품에 제 몸을 숨기려 했다.

"허억! 제, 제발 전하."

은우의 비명 소리가 더욱 높아졌다. 주촌산이 은우의 흐느낌을 몰래 훔쳐 들었다.

"나는 너를 은애한다. 너는, 내 운명이다."

은우는 누가 들을세라 제 입을 가렸다. 그의 몸 안에 갇혀 흐느끼는 은우가 그를 위해 좁은 공간에서 다리를 벌리며 받아들이는 모습조차 예뻤다. 은우의 머리부터 발끝까지 단 하나도 사랑스럽지 않은 곳이 없었다.

은우는 가슴이 벅찼다. 사바누가 자신을 사랑해 주고 있다.

사실은 아까 초막 밖에서 슬쩍 외치고 싶었다. 아버지가 그렇게 미워하던 왕은 저렇게 젊고 늠름한 화공자라고요. 그가 날 좋아해 주고 있다고요, 궁에 데려가서 혼례를 치루자고 할 만큼. 너무 좋아. 그래서 둥둥 떠오를 것 같아.

"은애하니까 은우지."

"그럼 사모하고 사랑하니 사바누예요?"

둘은 농을 주고받으며 서로를 껴안았다. 웃음이 영글고 깊어졌다.

산에는 유난히도 황조롱이들의 울음소리가 많아졌다.

산 아래에서 사바누가 언제 올까 초조하게 기다리던 호위무사들은 꽃이 만개하고 나비와 새들이 떼를 지어 날아다니는 모습에 안도했다. 그들은 큰 나무 아래에서 추오들과 함께 밀린 잠을 청했다.

참으로 잠포록하고 화창한 봄날이었다.

밥을 먹는 것도 잊은 채 사바누는 은우에 탐닉했다. 기운도 빠진 데다 배도 심하게 고팠지만 그런 생리적 욕구와는 상관없이 사바누는 은우의 몸이 너무 사랑스러웠다. 그래서 결심했다.

"이번엔 제대로 납치해야겠군."

그의 품에 안긴 은우는 잔뜩 시달린 나머지 축 늘어진 채였다. 제법 귀여운 젖가슴을 손에 쥐고 희롱해도 미동도 없다. 미약하게나마 정신은 남아 있는 듯했으나 몸을 추스르기는 어려워 보였다. 그녀의 여전히 촉촉한 여성 안으로 손가락을 밀어 넣으며 그는 짓궂게 그 따스함을 즐겼다. 그의 침입에 은우는 낮게 신음했다. 그 목소리가 쉬어버린 것도 마음에 들었다.

무엇보다 마음에 드는 건 반라의 몸이 된 은우. 그녀가 내뱉는 작은 교성도, 어젯밤 발정했다며 자신을 차지하려 드는 욕심쟁이 은우도 다 좋다. 은우와 함께 있으면 모든 것이 즐거웠다.

그가 흔히 꾸는 악몽도 무엇도 은우의 곁에서는 없었다. 그녀는 제 악몽을 잡아먹고 정신을 정화해 주는 존재일지 모른다.

자신이 이토록 유쾌해질 수 있는지, 그는 서른 해 평생 처음 알았다.

그는 구겨진 옷을 찾아 입고 은우네의 작은 식량창고를 찾아 뒤져 밥을 지었다. 별다른 찬은 없었고 불조절도 하지 못해 밥은 상당히 탔고 눌어붙었지만 그것으로도 족했다.

은우는 어느새 궁으로 가기 위해 마음을 굳힌 뒤였다.

그녀가 자라나 18년을 넘게 산 주춘산을 떠난다는 것은 아쉬웠지만 홀가분해지기도 했다. 은우는 제 초라한 초막을 둘러보았다. 세간들이라곤 덮고 잘 이불과 몇 벌의 넝마 같은 옷과 붕대들이 전부. 장신구라거나 여인의 옷은 아예 없었다.

아, 그래. 헤르 님이 준 궁에서 입고 온 비단옷도 있었지.

은우는 초막 구석 발치에서 바닥에 깔린 멍석을 걷어내어 땅을

팠다. 뚜껑이 단단히 봉해진 광주리바구니가 파묻혀 있었는데 바구니 안엔 고운 여인의 옷이 들어 있었다.

"그게 보물이야?"

사바누는 재미있다는 듯 웃었다.

"왜 거기에 옷을?"

"아버지가 보면 격노하실 테니까요. 처음 아버지가 이 옷을 봤을 때도 기절시켜서 모른 척했는걸요."

"……."

허주유가 무사히 살아 있어서 다행, 이라는 생각이 그의 머리를 스쳤다. 그러고 보니 그녀의 아버지가 언제 돌아올지 모르는 상황 아닌가? 사바누는 허주유가 기거한다는 앞 초막을 바라보았다. 햇살이 두 채의 초막위로 곱게 내려쬐고 있었다.

"아버지는 언제 돌아오시지?"

"질 좋은 약초를 캐러 가셨으니 하루 정도는 돌아오지 않으실 거예요. 일러도 저녁에나 오실 텐데."

지금은 늦은 오후. 해가 지기 전에 서둘러야 한다. 사바누는 기지개를 켰다.

"아버지를 이곳에서 내가 만나면 설득할 수 있을 거라고 생각해?"

은우가 새파랗게 질려 도리질을 쳤다.

"궁에 가기 전에 죽을지도 몰라요."

확실히 주촌산은 사바누에게 불리한 장소였다. 끝장을 보더라도 궁에서 내는 것이 낫겠지. 허주유가 온다면 은우에게 불리한 여러 가지 문제가 해결될 수도 있었지. 그는 은우를 보쌈하고 싶어 안달이 나 있었다. 간다면 허주유가 오기 전에 먼저 달아나는 것이 좋겠지. 그는 심술 맞은 아이처럼 키득거렸다.

"허주유에겐 내가 서신을 남겨두지."

"좋아요."

은우는 아버지의 초막에서 아껴둔 벼루와 먹, 종이를 꺼내왔다. 사바누가 일필휘지로 서신을 작성하고 봉하는 동안 먹을 간 은우는 심각한 얼굴로 제 앞의 종이를 노려보았다.

"뭘 하려는 거지?"

"제가 궁에 가서 사고를 칠지도 모르니 미리 해도 되는 목록은 간단하게 작성하고 가는 게 나을 것 같아서요."

은우는 해도 될 것, 해도 야단맞지 않을 것들을 휘갈겼다. 사바누로선 예상치 못하는 것들이 대세를 이루었다.

괴상한 요수들이 와서 진을 쳐도 뭐라 하지 말 것.

사냥은 하지 않을 테니 은우의 것들은 내버리지 말 것.

"은우의 것들?"

그들의 앞에 구미호와 추오가 배를 곯고 그들만을 뚫어져라 노려보고 있었다.

"제 친구니까 데려가면 안 돼요? 몇 년 전부터 계속 같이 있었단 말이에요"

사바누는 미심쩍은 얼굴로 구미호를 살폈다.

"음식도 주는 대로 받아먹고 사람도 안 잡아먹어요. 잔반 처리 얼마나 잘하는데요. 사냥하는 법도 까먹어서 제가 없으면 굶는다고요. 네?"

그는 호기심 많은 눈을 반짝이는 은우에게 홀려 고개를 끄덕였다. 잔반 처리하는 요마 구미호가 심각한 비밀인 양 쑥덕대는 은우를 보며 그는 헛웃음을 흘렸다.

이토록 삶이 흥미진진하다는 것을 언제 알 수 있었을까.

그의 지난한 삶은 제 안의 공허를 메울 방법을 위해 끊임없이 여행하고 무엇인지도 모를 무언가를 찾아다니는 것뿐이었다. 허나 긴 여행에서 그가 얻은 것은 없었다. 그는 사람들의 사기와 죽음의 미래를 엿보았다.

그가 할 수 있는 최선이란 애초에 그 운명에 간섭하지 않는 것뿐이었다. 그는 제 삶과 제 운명과 연관된 이들에게서 철저히 방관자가 되었고 심지어 제 피를 물려받은 자식들에게조차 그러했다.

그러나 은우는 다르다.

이것은 그의, 그만의 여인이고 그것에서 그가 소외될 일은 없다. 평생해로, 그와 함께할 그의 여인이다.

"하여간 사냥은 안 돼."

그는 잘라 말했다. 은우는 불만스럽지만 납득한 듯했으나.

"그럼 사람은 잡아도 돼요?"

아아, 사바누는 한숨이 깊어졌다. 은우의 덫에 포박되었던 주촌산의 첫날밤이 떠올랐다. 덫 놓기가 취미이니 금지할 수도 없고.

그는 끄응, 신음했다.

"나랑 어머니는 잡으면 안 된다."

"네!"

해가 지기 전, 그들은 한 통의 서신과 허주유가 타고 올 추오를 남겨두고 초막을 떠났다. 추오의 목에는 금해궁의 성문을 출입할 패를 매달아놓았다.

그것을 아는지 모르는지 마을에선 숙어 풍년이 이어졌다. 수탉 머리에 발 여섯 개, 붉은 털을 가진 물고기가 강물 위로 뛰어오르며 울었다. 꼬끼오, 꼬꼬. 숙어들의 신나는 합창이 마을에 메아리치도록 이어졌다.

❀　　　❀　　　❀

허주유가 돌아온 것은 늦은 밤이었다. 원래라면 귀하고 신선한 약초들을 찾아 이틀은 더 산을 탈 예정이었건만 주촌산에서 일어나는 괴이한 변화를 느끼고 돌아와야 했다. 느닷없이 황조롱이들이 떼로 날아다녔고 산이나 강의 요수들이 전부 쌍쌍이 된 데다 심지어 약초꾼이나 사냥꾼들까지 마누라와 애인들을 대동해 내보란 듯이 돌아다니고 있다. 그러니 허주유는 해괴하다 못해 미칠 지경이었다. 은우야, 대체 너 무얼 한 거냐!

니 애비는 홀아비란 말이다!

문제는 딸이었다. 은우의 감정은 주촌산에 크나큰 영향을 준다. 짐승도 사람도 나무까지 쌍쌍이라는 건 또 이 딸이 무엇을 보았는가 하는 것! 딸이 대체 누구를 만나서 연애를 하기에 사방이 쌍 쌍이냐 이 말이다!

초막으로 발걸음을 재촉한 허주유는 딸의 초막 앞에 멈춰 섰다.

"은우 거기 있느냐!"

돌아오는 답은 없었다. 눈이 맞은 정체불명의 사내놈을 만나러 갔을까, 밀린 사냥을 간 걸까.

"허은우!"

무언가 불길한 생각에 허주유는 은우의 초막 출입구를 열어젖 혔다. 은우의 초막은 텅 비어 썰렁하기만 했다. 거기다 한쪽 바닥 의 멍석을 걷어 무언가를 급히 파낸 흔적이 있었고 빨아놓은 옷 한 벌도 없어진 듯했다.

"뭐지?"

무언가 공기가 께름칙한데. 미간을 찌푸린 허주유가 초막 주변 을 수색했다. 마침 그의 눈에 어슬렁거리며 다가오는 추오가 포착 되었다.

추오는 허주유를 발견하자 할 말이 많은 듯 저 혼자 시끄럽게 울어댔다.

"뭐라는 거냐."

추오가 있으니 딸이 멀리가진 않았으리라 여기며 그는 제 초막 안으로 들어가다 멈췄다. 기분 나쁜 사내놈의 냄새가 났다!

"대체 누구지?"

코를 벌름거리며 제 방, 한 칸짜리 초막을 수색하던 그는 낡은 베개 옆에 놓인 서신 하나를 발견했다. 호롱불을 켜고 서신을 빠르게 읽어가던 더벅머리 아래의 검은 눈동자가 마구 흔들렸다. 지금 이게 말이 돼? 은우가 왕과 도주했다? 은우를 찾으려면 궁으로 와라?

"애비를 버리고 지가 궁으로 가? 설마, 농담이겠지."

손사래를 치던 그는 모든 가능성을 무시했다. 언제 대체 은우가 왕을 만나 궁으로 갔단 말인가. 그가 시퍼렇게 눈을 뜨고 있었는데!

다시금 서신을 살폈지만 동글동글하고 귀여운 은우의 글씨가 아닌, 사납고 거친 사내의 필체가 갈겨져 있었다. 종이의 맨 하단에는 붉은 낙관까지 찍혀 있다. 자세히 노려보니 그것은 북주국 왕가의 화룡인이다.

이 촌구석까지 왕가의 화룡인을 갖고 다니는 사내가 있단 말인가.

"진짜 왕이랑 눈이 맞았나? 왕 놈이랑 어떻게 눈이 맞았지? 그 놈이랑 안 만나려고 여기까지 와서 소박하게 살고 있었는데?"

허주유는 허를 찔린 듯 의문에 휩싸였다. 그리고 자신이 은우의 감시를 느슨히 했던 수많은 날들을 헤아리게 되었고 요 근래 그가 주촌산에 엉덩이를 붙이고 있지 않았던 날짜들을 떠올렸다. 아뿔싸! 과년한 딸이 누군가와 눈이 맞고도 남았네.

"그런데 왜 그게 왜 왕이냐고! 우라질! 이놈의 딸이 애비를 배반했어!"

허주유의 머리에서 피가 거꾸로 솟구쳤다. 그 원망과 원념들 전부가 순진한 은우를 꼬여낸 왕 놈에게로 향했다!

게다가 뭐? 서신엔 이리 적혀 있지 않은가.

공의 딸을 보쌈하겠소. 딸, 은우를 보고 싶으면 궁으로 찾아오시오.

북마왕.

"내 이놈의 왕 놈을! 내 딸을 첩으로 삼으려고 데려갔어! 가만히 두지 않겠다!"

벼락처럼 화를 낸 그가 초막을 뛰쳐나오다 그 출입구에 떡하니 자리를 잡은 추오 때문에 우당쾅쾅 쓰러졌다. 허주유에게 밟힌 아픔 따위 아무래도 상관없는 듯 추오는 날 데려가 달라는 애절한 눈빛으로 허주유를 뜨겁게 응시하고 있었다. 허주유는 뭔가 두려움에 몸을 떨었다. 저 추오가 은우를 닮았다는 느낌이 드는 건 왜일까?

"어쩌라고 이놈아."

으허어어엉. 으허어엉. 추오는 우렁차게 울부짖었다. 허주유의 눈에 측은함이 머물렀다.

"널 타고 가라는 거구먼. 집에 가고 싶다 그거냐?"

추오의 오색 꼬리가 그의 허벅지를 철썩 때렸다.

"아이고 내 팔자야. 그래, 딸 잡으러 궁에 가자. 아니, 그전에 피곤하니 잠 좀 자고 가자."

장기간 집을 비워야 할 것 같으니 준비해야 할 것도 많았다. 밥을 지은 그는 말린 숙어포를 던져 추오에게 먹이며 어질러진 초막을 말끔히 정리했다.

처량하고 쓸쓸하게 움직이는 모습과 달리 그의 입은 잠시도 쉬지 않았다. 딸자식 키워봤자 소용없다. 홀아비 혼자 딸자식 키우느라 고생했는데 애비도 버리고 남자 따라 야반도주했다. 내가 아내랑 자식까지 있는 사위 보기 싫어서 얼마나 노력했는데 딸이 그 정성도 몰라준다. 허주유의 궁상맞고 처량한 넋두리를 들으며 추오는 몰래 한숨을 쉬었다.

❀   ❀   ❀

은우와 사바누가 궁에 도착한 것은 축시丑時 무렵이었다. 그의 품에 안긴 은우는 잠이 들어 있었다.

사바누는 성문을 통과해 곧장 자신의 처소로 향했다. 호위나 그들 모두 얼굴을 딱히 가리지 않았으므로 평소와 달리 왕의 잠행은 공개된 것이나 마찬가지였다. 그의 품에 안겨 잠든 하얀 인영은 누가 봐도 소녀나 여인이 틀림없었으므로 밤이 지나기 전 궁이 시끄러워질 것은 자명했다. 궁의 파란이 일어 어떤 비난이 쇄도한다 한들 그는 개의치 않을 터였다.

은우에 대해서라면 이성적으로 머리가 돌지 않아 대처가 늦었다. 그래서 은우에게 상처를 입혔다. 그건 다른 이들에게도 마찬가지다.

은우를 더는 감출 생각이 없었다.

은우는 자신의 허은양이었고 그 자리는 누구도 대체할 수 없으니까.

애초에 은우가 없으면 안 되는 쪽은 그였다.

은우는 궁으로 오는 내내 아버지가 당장 쫓아오지 않을까 좌불안
석이었다. 궁에 도착할 무렵에야 걱정하다 겨우 잠이 들었다가 강
녕전, 그의 처소에서 깬 뒤에도 아버지 걱정이었다. 그의 시녀들이
나 환관들이 은우를 보며 기함한 것도, 그가 애지중지하는 여인을
보고 궁의 대신들이 난리가 난 것도 모두 은우의 관심 밖의 일이었
다. 아버지 걱정 덕분에 은우는 귀빈전에 허은양이 있다는 것이나
진비가 자신을 쫓아냈었다는 것을 까맣게 잊어버렸을 지경이었다.

문제는 걱정이 너무 지나쳐서 다른 것들을 아예 보지 못한다고
나 할까.

은우는 그의 처소에서 같이 잠을 청했다. 북마왕의 처소에서 잠
을 자고 같이 생활한 여인은 없었기에 궁 안에서 야단이 난 것도
몰랐다.

다음날이 되기도 전, 왕이 데려온 여인에 대한 소문이 파다하게
퍼졌다. 대신들은 진비와 귀빈전의 허은양이 무시당한다 여기며
왜 하필 지금 후궁을 데려왔냐며 말들이 많았다. 몇몇은 은우의
신원파악을 하느라 애쓰다 며칠 전 진홍여왕이 애지중지한데다
진비가 쫓아내었다 금족령을 받았다는 소문이 더해지자 더욱 수
군거린 모양이다. 허은양과 진비는 새 후궁을 반대했으나 북마왕
과 진홍여왕이 새 후궁만을 싸고돈다는 것이었다.

그 진실이야 어쨌든 은우는 자신을 쫓아올 아버지 걱정을 하느
라 며칠간 식음을 전폐했다. 북마왕이 아침이면 여왕에 곁에 데려
다 놓고 저녁이면 데려가는 것도, 여왕이 은우를 꾸미느라 즐거워

하는 것에도 아랑곳하지 않았다. 여왕은 딸이 생긴 것처럼 즐거워하며 이것저것 은우에게 어울릴 만한 옷들을 입히고 꾸미기를 즐겼다. 은우는 입혀주거나 꾸며주는 대로 얌전해졌고 심지어 사바누가 안아준다 해도 아버지에 대한 고민으로 그를 거부하고 떠밀기 일쑤였다.

하루하루는 평온했다. 은우만이 피가 말랐다. 아버지는 무시무시한 존재인데 왜 쫓아오지 않는 걸까. 흥분한 아버지가 사고라도 쳤나? 혹은 다치셨나?

은우는 곁에 없는 아버지의 분노가 점점 생생하게 느껴져 겁을 집어먹기 일쑤였다. 자신은 딸이니 목숨은 붙여주겠지만 사바누의 생명은 장담하지 못한다. 아니, 이 나라의 왕이니 살려두실 테지만 뒷일은 장담 못해. 차라리 주촌산에서 아버지에게 이실직고할 걸 그랬어!

골백번도 더 희한하게 표정이 바뀌는 은우를 보며 진홍여왕은 웃음을 삼키기 일쑤였다. 사바누에게 사정을 대충 귀띔받았지만 은우의 급변하는 표정이 너무 다채로워 눈을 떼기 어려웠다. 표정에서 생각과 망상들을 쉽사리 읽어낼 수 있었기에 더욱 그랬다. 자기만의 세계에 얼마나 심각하게 빠졌는지 은우는 진비와 귀빈전의 허은양이 여왕과 사바누를 찾아온 자리에 동석했음에도 눈치채지도 못했다.

진홍여왕은 낮 동안 은우와 함께 소일을 하며 보냈다. 밤이 되면 정사를 마치고 돌아온 사바누가 그녀를 제 처소로 데려갔다.

그 와중에 은우의 곁에는 구미호가 머물렀다. 가끔 은우는 구미호의 몽글몽글한 모피를 뒤집어쓰거나 그 모피를 껴안고 있기도 했다. 처음 은우의 괴상한 몰골이나 요마 구미호를 꺼려 하던 시녀들이나 여왕도 주는 대로 잘 받아먹고 애교를 부리는 구미호를 좋아하게 되었다. 궁 안에는 터줏대감인 외눈 구미호도 돌아다녔고 기이한 요수들도 더러 많았기에 구미호가 한 마리 더 늘어났다고 해서 놀랄 만한 일은 아니었다.

삼 일이 지나도 은우의 상태는 여전했다. 덕분에 몸이 단 것은 사바누였다.

궁에 데려왔는데도 자신을 봐주지도 않고 안아준다고 해도 정신은 다른 곳에 가 있으니 흥이 나질 않았다. 은우가 먹는 것조차 깨작거리니 건강을 해치지 않을까 걱정도 됐다.

정무로 바쁜 낮, 그는 어머니의 처소인 치하전을 방문했다. 은우를 꾸민 여왕은 꽤나 즐거운 표정이었지만 구미호의 모피를 껴안은 은우는 신경질적으로 손가락을 물어뜯고 있었다. 지난 며칠간 제대로 먹지 않아 핼쑥해진 것 같기도 했다.

"아버지가 그렇게 걱정돼?"

은우는 그의 질문에 고개를 저었다. 은우의 짧은 머리에 장식된 비녀 장식이 귀여운 은방울 소리를 내었다.

"그게 아니라요. 무사하지 못할지도 모르니까요."

은우의 눈에는 선연한 공포가 떠올랐다. 여왕도 은우를 진정시키지 못한 탓인지 슬그머니 고개를 저었다. 사바누는 그녀를 타일렀다.

"보호해 준다고 했잖아, 은우. 아버지가 그렇게 무서워?"

"저는 죽이시진 않겠지만 아버지는 가만히 있지 않으실 거예요. 어떻게 화를 내실지 모르겠어요. 왕비가 못될 거라고 체념하고 저 그냥 수련이나 계속 시키셔서 함께 갈 생각이셨는데."

은우의 말에 사바누와 여왕 모두 애매하게 웃었다. 은우의 말이 뜻밖에 이해가 가지 않는 구석이 있었기 때문이다. 수련은 도를 닦는다 치고 함께 어딜 간단 말인가?

"어디로 갈 생각이셨던 거지?"

은우는 손가락으로 하늘을 가리켰다. 청명한 하늘에는 아무것도 없었다.

"그러니까 저 세상?"

"아뇨. 그건 지하세계 명부고. 저희 아버지는 죽은 자들의 세계엔 관심 없으세요. 저희 아버지는 선인이 되는 것만 관심이 있으시니까요. 저도 그렇게 만들고 싶어했어요."

"너도 선인을?"

"여선이에요. 선녀라고 했나."

은우의 말에 사바누는 사레가 들려 쿨럭거렸다. 은우가 등을 두들겨 준 뒤에야 진정이 되었지만 심경은 꽤나 복잡했다. 여왕도 믿지 않는 눈치지만 사바누는 다름아닌 은우와 허주유의 이야기였기에 납득했다.

허주유는 실존인물로 그들의 이야기는 불행하게도 전설이 아니었다. 은우마저 자신의 아버지가 보통 사람은 아니라고 믿었다. 남다른 은우의 기준에서조차 그러하다면 허주유의 실력이나 힘은 상상조차 가지 않았다.

"곧 오시겠지."

은우가 그의 팔에 매달려 읍소했다.

"그래서 더 걱정이에요, 전하. 전하는 제가 지킬게요. 아버지에게 잡혀가는 한이 있더라고."

주먹을 불끈 쥐며 맹세하는 은우를 보며 그는 헛웃음을 흘렸다. 은우의 보호를 받을 만큼 허약하지도 않고 오히려 남들보다 강건한데? 그의 허리에 매달려 있던 현무화룡도도 감응해 울음을 터트렸다.

"난 내 한 몸쯤은 지킬 수 있다."

은우는 그를 외면한 채 먼 하늘만 보고 있었다. 그 조막만 한 귀여운 얼굴이 겁에 질렸다.

"곧 오실 거예요, 아마도. 으아아아. 다 죽었다."

은우의 말이 끝나기 무섭게 마른하늘에 천둥 번개가 내리쳤다. 그리고 이내 맑은 봄 하늘에서 한바탕 우박이 쏟아졌다. 대산 자락을 휘감고 응룡이 멋대로 울어대었다. 나무들에 활짝 핀 봄꽃들이 일제히 잿빛이 되었다.

은우는 쥐구멍을 찾아 숨으려 했건만 여왕이 입혀놓은 풍성한 치맛단 덕분에 움직일 수 없자 마냥 울상을 지었다.

5장 궁궐난입

추오를 탄 털북숭이의 사내가 수도 설한부의 주작대로를 가로
질렀다.

언제 빗었는지 모를 더벅머리에 얼굴 전부가 수염으로 뒤덮인
사내의 얼굴은 제대로 보이지 않았고 거지처럼 남루한 차림이었
다. 갈색의 다 떨어진 장삼에, 약초가 가득 든 망태기를 메고 한
손에는 술병을 든 위태로운 자세로 사내는 추오의 등에 매달려 있
었고 다리를 쉴 새 없이 건들거렸다. 고삐도 쥐지 않아 금방이라
도 떨어질 것 같은 불량한 품새였지만 추오는 다행스럽게도 느릿
느릿 움직였다.

추오는 천리를 하루 만에 간다는 비싼 기수로 지위 높은 군관이
나 수도에서도 내로라하는 귀족이나 부자들이나 타는 짐승이었

다. 헌데 거지 같은 사내가 오색빛의 귀한 추오를 타고 있으니 의아한 팔자.

사람들은 괴상한 비렁뱅이 사내를 구경했다. 그것이 꼬리에 꼬리를 물어 어느새 구경꾼들이 구름처럼 몰렸다. 사람들 사이에 갇힌 중년 사내는 술병을 비우곤 이내 노래를 부르기 시작했다.

모두가 처음 듣는 노래였지만 리듬과 가락은 단조로웠다. 허나 사내가 가진 구슬프고 처량한 음색의 목소리는 여인들의 심금을 울렸고, 노래 가사는 모든 사내들이 고개를 주억거릴 만큼 호소력이 있었다.

사십평생 홀애비로
딸만보며 키웠다네
마누라는 도망쳤네
죽지못해 사는인생
딸이있어 행복했네
에헤이야 에헤이야 사내놈과 눈이맞아 이딸년이 도망쳤네
에헤이야 에헤이야 이 일을 어이할고

명년삼월 고운춘풍
고운딸년 바람났네
하필이면 유부남에
처자식이 웬말이냐
내딸년이 야반도주

내가폭삭 늙었구나

딸년찾다 이리됐네

에헤이야 에헤이야 딸이나를 버렸다네 유부남과 도망쳤네

그딸년 잡기만하면 다리몽둥이 부숴버린다!

사내의 노래가 끝날 무렵 모두가 무릎을 치며 얼쑤, 추임새를 넣었다.

비렁뱅이가 된 사내를 보자 어찌나 마음고생이 심했을지, 이해한다며 눈물을 흘리는 이도 있었다. 무자식이 상팔자라는 부모에, 부모에게 효도를 결심하는 총각처녀들, 불륜은 안 된다는 노래 교훈에 모두가 고개를 주억거리며 관에 신고해 준다는 이도 있었다.

몇몇 사람들은 힘을 내라며 노잣돈과 먹을 것들을 안겨주었다. 사내가 한 번 더 노래를 부르자 그 구성지고 처량한 노랫가락을 전부 다 따라 불렀다. 노래는 단조로워 입에 착착 잘 달라붙었고 가사도 어렵지 않아 외우기에도 쉬웠다.

행인들은 그들이 보는 비렁뱅이 사내가 허주유임을 알지 못했다. 그 딸이 허은양이며 딸을 채간 사람이 그들의 왕임은 더더욱 몰랐다.

구름처럼 모인 행인들을 이끌고 허주유는 추오를 몰며 천천히 이동했다. 추오는 설한부의 중심에 우뚝 솟은 대산의 북주성을 향해 터덜터덜 발걸음을 옮겼다. 그 뒤를 따르던 구경꾼들은 왜 그가 궁으로 가는지 알 수 없어 고개만 갸웃거렸다.

추오는 북주성의 북문 근처에 다다랐다. 문만 건너면 그 안은 외궁의 영역이었다. 추오를 뒤따라온 사람들은 왜 비렁뱅이 사내가 궁으로 가려 하는지 아리송해하며 그를 지켜보았다. 성문을 지키던 문지기 위사들이 비싼 추오와 어울리지 않는 비렁뱅이 사내를 눈여겨보며 다가왔다. 그 중년 사내가 시큰둥하니 추오의 목덜미에 매어진 패를 보여주자 북주국 왕가의 인이 찍힌 패를 발견한 위사들의 입이 떡하니 벌어졌다.

무사통과한 그를 보며 성문을 넘지 못한 구경꾼들은 에헤이야, 딸이 나를 버렸구나, 유부남과 도망갔네, 라는 노랫가락을 되풀이했다. 그러다 얼굴을 마주 보았다.

그들의 입에서 동시다발적으로 외침이 터져 나왔다. 설마!

며칠 전부터 궁 소속의 추오를 탄 중년 사내를 통과시키라는 왕명이 각 성문마다 내려진 상태였다. 기이한 후궁을 애지중지하는 왕이 제정신이 아니란 소문까지 나돌고 있어서 정말 추오를 탄 중년 사내가 올 거라곤 아무도 예상치 못했다.

왕의 손님인 비렁뱅이 사내를 향해 위사들이 공손히 물었다.

"무슨 일로 오시었습니까?

콧방귀를 뀐 허주유가 대꾸했다.

"내 딸을 잡으러 왔다네."

위사들은 느닷없이 허주유의 신세 한탄을 들어야 했다.

외동딸이 유부남에 자식까지 있는 사내와 눈이 맞아 야반도주했다. 그 딸을 찾아야 한다. 탄식하는 그의 모습에 위사들은 그를 위로하면서도 어리둥절해했다.

분명 왕을 찾아온 귀한 손님일 텐데 저 몰골에 저 한탄은 대체 무엇인가? 허주유를 괴팍한 은거기인으로 판단한 위사들은 그를 모실 군부의 상관을 부르러 간 참이었다. 허주유는 위사들을 따라 추오에서 내렸다. 위사들이 한참이나 돌아오지 않자 그는 꽤나 지루해졌다.

들고 있던 마지막 술병의 술도 다 마셨다. 이젠 할 일도 없군. 그는 들고 있던 술병을 등 뒤로 던졌다. 그 모습을 지켜보던 위사들은 술병이 깨지는 소리가 들리지 않아 신기해했다. 허주유의 뒤로 날아가 깨졌을 술병은 떨어진 흔적조차 없었다. 허주유는 태연하게 곰방대만 태웠다. 방금 전까지 그의 손에는 곰방대는커녕 불도 없었다. 위사들은 귀신이 아닐까 그를 의심하기 시작했다.

"슬슬 움직여 보실까."

"저희들의 상관이 오실 것입니다. 그분께서 직접 안내를."

"기다리는 게 지루하군. 그냥 내가 직접 가면 되네."

그 말과 함께 사내들은 위사들의 눈앞에서 연기처럼 사라졌다. 위사들은 믿기지 않는 현실에 눈만 깜빡였다. 비렁뱅이 사내가 타고 온 추오는 그들의 앞에 여전히 존재했지만 사내는 없었다. 설마, 그건 귀신?

위사들이 새파란 대낮에 지르는 비명 소리가 성문 주변에서 울려 퍼졌다.

"에휴. 넓구나."

허주유는 길을 잃었다. 아무리 걸어도 어디가 어디인지 알 수 없는 상황.

"여긴 또 어디냐? 왜 이렇게 넓어?"

그는 옆에 있던 주춧돌에 발길질을 했다.

"이럴 줄 알았으면 안내해 줄 놈을 기다릴 걸 그랬나."

턱을 긁으며 생각에 잠겼던 그는 오래 고민하지 않았다. 길은 양 사방으로 뻗어 있었고 대산의 위쪽, 궁의 중심으로 향해 가다 보면 대신들이며 왕을 만날 수 있을 거란 생각에서였다.

하지만 사람이 많은 곳을 탐색하던 그는 몇 시진 동안 제대로 된 길을 찾지 못했다. 발길 닿는 곳에서 허리에 찬 물과 건량으로 허기를 채우기도 하며 그는 쓸데없이 너른 궁을 타박하고 북주국의 천년왕조를 원망하는 것도 잊지 않았다.

끝없는 방황 끝에 허주유는 마침내 대신들을 발견했다. 옳거니, 무릎을 친 그가 총총걸음을 걷는 대신들의 뒤를 따랐다.

죽간이며 상소문들을 가득 껴안은 육조대신들이 향한 곳은 중앙대전 근처였다. 중앙대전 옆에는 크고 작은 대신들의 부서가 난립해 있다.

온화한 봄 날씨가 이어져서인지 많은 색색의 대신들이 관청 밖에 머물거나 창을 연 채 바삐 움직이고 있었다. 관청들을 지키는 위사와 무관들, 환관들과 궁인들 일부가 더해지자 허주유는 어지럼증까지 느꼈다.

무관 하나가 괴상한 몰골의 거지를 보고 멈춰선 것은 그때였다. 왕궁에 왜 이런 해괴한 거지가 있나 그는 눈을 의심하며 허주유를 향해 다그쳤다.

"네놈은 무엇이기에 감히 대전 주변을 얼씬대느냐!"

다짜고짜 날아오는 반말에 허주유는 짜증이 났다.

"그러는 네놈은 누구냐?"

"내가 먼저 물었지 않느냐!"

"그럼 네놈의 관등성명부터 말하던지."

새파랗게 어린 무관놈에게 반말을 들은 허주유의 심기는 꽤 날카로웠다. 허나 그 무관의 등 뒤로 제일 크고 그럴싸한 건물을 발견한 것은 행운이었다. 대신들의 무리가 그곳, 중앙대전을 지나고 있다. 저기가 왕과 대신들이 조회를 본다던 곳인가 보군, 허주유의 입가에 슬그머니 미소가 떠올랐다. 저곳에 가면 왕과 왕의 끄나풀들이 잔뜩 있을 터였다.

허주유는 제게 시비를 걸어오는 무관을 밀치며 대전을 향해 걸었다. 허주유가 중앙대전으로 향한다는 것을 깨달은 신출내기 무관이 기함할 것 같은 표정으로 허주유를 막으려 했다. 본래 의도는 그랬지만 바로 코앞에 있는 거지에게 아무리 손을 뻗어도 닿질 않았다. 달려도 뻗어도 점점 거지와의 거리 차만이 한없이 벌어졌다.

"아참, 왕 놈에게 오라고 해라! 금자로 오만 냥짜리가 걸어왔다고!"

"그, 금자 오만 냥?"

대전의 굳게 닫힌 문 앞에서 허주유가 시끄럽게 외쳤다. 대전은 그를 환영하듯 스스로 문을 열었다. 대전을 지키던 위사들도 당황해하며 허주유를 쫓아왔지만 허주유가 먼저였다. 국사가 없던 오후 시간이라 너른 대전이 텅 비어 있었다. 허주유는 당황했다.

"뭐야, 아무도 없잖아!"

범상치 않은 침입자를 잡기 위해 무관들과 위사들이 달려왔다.

"침입자다!"

"잡아라!"

허주유는 추격자들을 귀찮아하며 대전 안으로 투신했다.

"얼른 침입자를 잡아라!"

무관과 무사들이 황급히 허주유를 뒤쫓아 대전 안으로 뛰어들었다. 바로 손닿을 거리에 있는 허주유를 붙잡기 위해 애를 썼지만 그들은 허방질만 했다.

"왕 놈을 불러오라니까!"

무관들의 애타는 손끝을 잡힐 듯 말 듯 빠져 나가며 허주유가 외쳤다. 얼굴이 시뻘게진 위사들이 허주유를 쫓아 대전 안을 휘저었다. 마치 연기처럼, 실체가 없는 귀신을 쫓고 있는 기분에 위사들뿐 아니라 뛰어난 무술실력을 가진 무관들마저 허주유 쫓기에 참전했다.

대전 안이 마냥 시끄러워지자 대신들이 대전 안을 기웃거리다 무관과 위사들이 거지를 쫓는 활극을 목도하게 되었다.

이 일들이 한참이나 반복되자 쫓던 무관들도 지쳐 널브러졌고 구경하는 대신들도 지겨워졌다. 잠시의 휴식이 이어지려는 찰나, 문하성의 대신 하나가 허주유에게 말을 건넸다.

"대체 뉘시기에 대전에서 소란을 피우시는 것입니까?"

누가 봐도 허주유의 범상치 않은 외모와 실력에 감탄한 것이다. 대신은 왕실의 생활전반을 관리하는 문하성의 말단 대신이었는데 허주유는 그의 몸에서 묘한 냄새를 맡았다.

"호오. 네놈에게서 희미한 왕의 체취가 풍기는구나. 그놈에게 전해! 네놈이 요구한 대로 허주유가 왔으니 냉큼 나오라 전해라!"

"허주유?"

그 이름 하나에 대신들과 위사들의 행동이 모두 멈췄다.

허주유라면 분명 허은양의 부친이 아니던가. 괴상한 몰골에 뻔뻔한 언변, 그 독특한 태도가 과연 괴악한 전설 속 허주유다운 것 같기도 했다. 어쨌든 귀빈전의 미인 허은양을 떠올린 대신들 전부가 공손해졌다.

"혹시 허은양의 부친이신 그 허주유 님이십니까?"

"그렇다면 어쩔텐가."

허주유는 대전 바닥에 주저앉아 수염을 쓰다듬는 척하며 대신들을 두루 살폈다. 그 많은 대신들 중에서도 그가 아는 얼굴은 없었다. 하긴, 은우가 태어났을 때 찾아온 대신들이 있긴 했지만 그것은 무려 19년 전의 일이었다.

"혹시 그 김유, 이유, 저유 하며 헛소리를 들어놓던 삼공대신들은 다 늙어 죽었나? 19년 전이니까 그럴지도 모르겠군."

은양, 은우가 태어난 지 얼마 되지 않았을 때의 일이다. 두 번째 태자비로 딸을 주지 않으려던 허주유를 설득하기 위해 나라의 높은 삼공대신들이 허주유에게 몰려왔다. 허주유는 자신을 옛 고사 속의 청렴한 선조 허유라 칭하며 강물에 그들의 더러운 말을 씻어 흘려보냈다. 그 뒤를 덮친 삼공대신들은 '네 놈이 허유면 나는 이유, 얘는 김유, 저유다!' 란 헛소리로 그를 중이염에 걸리게 만들었다. 그때를 되새김질하며 허주유는 이를 갈았다.

그때 강물에 귀를 씻다 걸린 중이염이 겨울만 되면 재발한단 말이다!

"우후후후. 그 늙은이들도 살아 있으면 불러와라. 왕 놈도 재깍 불러오고!"

느닷없는 허주유의 불호령에 대신들 일부가 옛 삼공대신들을 찾아 발에 땀이 나도록 뛰쳐나갔다. 몇몇 무관과 대신들이 황급히 일찍 퇴청한 왕을 원망하며 강녕전으로 급히 사람을 보냈다.

왕과 옛 삼공대신들이 오기를 기다리며 허주유는 느긋하게 노래를 불렀다. 그리고 왕에게 자신의 외동딸 허은양을 빼앗긴 억울함을 토로했다. 나이 가릴 것 없이 시커먼 대신들과 덩치 큰 무관들이 눈물을 훔치는 기이한 광경이 연이어 펼쳐졌다.

❀   ❀   ❀

처소 강녕전에서 은우와 함께 시간을 보내려던 사바누 앞에 대전에서 날아온 대신들 무리가 나타났다. 내관은 그들의 말을 황급히 아뢰었다.

"전하, 허주유라는 자가 나타나 전하를 찾으며 대전을 한바탕 휘저었다 합니다."

내관은 말을 전하면서도 반신반의하는 표정이었다. 그러자 새로운 왕의 후궁은 안쓰러울 정도로 새파랗게 질렸고 왕은 기다렸다는 듯 일어났다.

"곧 가겠다 전해라."

은우가 궁에 온 지 나흘째. 하루나 이틀이면 당도하리라 생각한 허주유의 등장은 예상보다 꽤나 늦었다.

헌데 왜 그는 하필이면 대전에 가 있는 걸까. 가보면 알게 될 일이었다.

사바누는 사흘간 걱정으로 반쪽이 된 은우를 내려다보았다.

"그가 어떤 소동을 일으켰더냐?"

내관은 거기까진 듣지 못했기에 답하지 못했다. 허나 사안이 급박한 만큼 내관을 물린 뒤 의관을 정제하자마자 나갈 채비를 서둘렀다.

사바누의 예지력으로도 전혀 가늠이 불가능한 은우와 그 아비 허주유이다. 물론 그 예지력은 완벽하지도 완전하지도 않았지만 은우와 허주유만큼은 단 한 번의 예지나 계시도 통하지 않았다. 그의 혼란스러움과는 반대로 은우는 아버지가 왔다는 사실만으로 이미 공황상태가 되었다.

"아버지가 왔어. 아버지가 왔다고!"

예쁘게 손질된 손톱을 물어뜯던 은우는 다급히 제 머리를 무겁게 짓누르고 있던 가채와 비녀들을 뽑아대기 시작했다. 이 모습이 예쁘긴 하지만 아버지는 못 알아볼 것이다. 순식간에 엉망이 된 머리를 대충 뒤로 넘긴 은우는 엷게 분이 발려진 제 얼굴을 소매로 다급히 닦아내었다.

"은우, 지금 뭐하는 거냐?"

사바누의 만류에도 은우는 그의 방 어딘가에 숨겨둔 무언가를 꺼내들었다. 넝마 같은 백색 단삼과 제가 감던 붕대들. 은우는 치마를 벗는 것과 동시에 붕대와 백색 넝마, 구미호의 모피를 한 번에 입으려고 아주 야단도 아니었다.

"대체 왜 그걸 입는 거지?"

"저 못 알아보실 거예요. 그리고 진정시키려면 이 수밖엔 없어요."

은우는 재빠르게 붕대를 얼굴에 감고 모피까지 뒤집어썼다.

"전하, 얼른 가야 해요, 아버지 화내시면 큰일이에요."

은우가 먼저 뛰쳐나가자 사바누가 그 뒤를 따랐다. 강녕전 밖에서 대기하던 호위무사들은 은우가 주촌산에서의 모습인 채로 뛰쳐나오자 놀란 얼굴이 되었다.

"얼른요! 아버지가 화를 내면 곤란해요!"

"무얼 걱정하는 게냐!"

"가보시면 알아요!"

은우는 시끄럽게 소리쳤다.

한편 대전에서는 뒤늦게 도착한 고위 대신들이 허주유에게 허주유임을 증명하라며 외쳐 대고 있었다.

"그대가 허주유라는 증거를 대시오!"

"어찌 증명할까?"

"호패라도 있으면 내놓으시오!"

"호패 따위 알게 뭔가! 도둑맞았다니깐!"

"대체 무슨 헛소리를 하고 계신 게요? 그건 허비께서 소지하고 계시지 않소?"

"내 딸이 왜 그걸 갖고 있는데? 아니, 어떻게 가질 수 있었지?"

오히려 허주유가 대신들에게 묻자 그들이 당황했다.

그때 대전 바깥에서 누군가 아뢰었다.

"허비 님을 모셔 왔습니다."

대신들은 일제히 허주유를 응시했다. 북주국의 최고 절세미인, 경국지색인 딸을 두었다기엔 절대 믿기지 않는 허주유의 몰골이었다. 허주유는 신나게 허은양이 손에 걸리기만 하면 죽인다는 듯 살벌하게 이를 갈았다.

느닷없이 끌려온 허은양은 어리둥절했다. 그녀의 고운 자태를 마주한 대신들은 경탄하며 일제히 감탄사를 내뱉었고 그 여인의 아비가 저 거지일 리 없다 단정한 참이었다. 그런 찬탄 속에서 허은양은 대전 중간에 앉아 있는 거지 같은 중년 사내를 발견하고 기겁했다. 왜 대신들이 저를 그 거지에게 떠다미는 것인가.

허은양은 사내들의 찬탄 어린 시선에는 익숙했지만, 이 상황은 도무지 이해할 수 없었다. 그녀는 더러운 허주유에게 가지 않으려 애를 썼다.

그때 대신들이 앞다투어 거지 사내에게 말했다.

"그대의 아름다운 따님께선 아직 비 책봉이 되지 않았소이다."

"보는 것만으로도 참으로 눈부시어 감읍할 지경이오."

"황송하지요, 보는 것만으로도."

그들은 다시 허은양과 허주유를 응시했다. 부녀간의 어떤 해후가 있을까, 과연 그들이 부녀가 맞나 기대하는 눈초리들이었지만 허은양은 기겁했다. 아버지라니! 대신들 누군가가 떠다밀자 그녀는 허주유의 더러운 옷깃이 제 몸에 스칠까 두려워 팔짝 뛰었다.

"지, 지금 저 거지가 내 아비라 하시는 것입니까? 내 선친께서는 사고로 돌아가신 지 오래 되셨습니다, 어찌하여 저런 것을 제 아비라 말하시는 겝니까."

그녀는 혐오감을 숨기지 않고 허주유의 냄새가 배기라도 할까 곱게 뻗은 아미를 찌푸린 채였다.

"제 돌아가신 선친을 우롱하는 자가 있다니 매우 안타깝습니다. 어찌하여 저런 자가 제 아비일 것이라 여겼는지는 모르나."

"잠깐!"

태연히 귀를 파던 허주유가 청산유수 같은 허은양의 말을 가로막았다. 수십 개 이상의 눈이 허주유에게 쏠렸다.

"저 시건방진 계집이 뭐라 말하는지 모르겠는데, 저게 어째서 내 딸이라는 게요?"

저딴 것 몰라, 허주유는 손사래를 치며 부정했다.

"단체로 헛소리들을 하고 있군. 난 귀왕이 허은양이라 이름 지어준 딸을 갖고 있지만 저렇게 요사스런 미모로 사람을 홀리는 것은 둔 적이 없소. 내 딸은 세상에서 제일 괴상하고 해괴한 것들 중 하나요!"

딱 잘라 말하는 허주유를 보며 대신들은 괴이함에 휩싸였다. 진실은 그렇다치고 아름답기는커녕 해괴한 딸이라니?

마침 한 무리의 대신들이 일제히 대전 안으로 구름처럼 몰려들었다. 그들은 새하얀 수염을 드리운 노대신과 함께였는데, 그는 이십 년 전 당시 허주유를 찾아갔던 삼공대신들 중 한 사람인 이사유 태위였다.

이 태위를 알아본 허주유의 입가가 묘하게 뒤틀렸다.

"오오. 반가운 얼굴이 오셨군. 그 삼공 늙은이들 중에 하나셨구려. 많이 늙으셨네."

이사유 태위는 지독한 노안 덕분에 허주유의 코앞으로 다가가 얼굴을 뚫어져라 살폈다. 수염과 머리카락 덕분에 얼굴이 제대로 보이지 않자 수염과 머리카락을 들춰보며 뚫어져라 꼼꼼히 살피더니 결론을 내렸다.

"허, 허 공……? 그때는 청년이었다 생각했거늘, 왜 비렁뱅이 거지가 되었소?"

"귀공이야말로 아직 무덤에 아니 들어가셨구려. 태위."

"허허. 무엇을 하러 오신 게요? 궁은 끔찍하다며 절대 오지도 않고 이쪽으로 머리도 두지 않겠다더니."

"내 망할 딸년을 회수하러 왔소이다, 태위."

이사유 태위는 허허실실 웃으며 제 흰수염을 쓸어내렸다. 그런데 허은양을 데려왔다 생각했는데도 허주유는 미인에 대한 관심이 일절 없었다. 제 앞의 미인을 외면한 채 그는 터벅머리 아래 흡사 독사 같은 눈을 부라리며 대전 밖을 바라보았다.

"그래서 내 딸은 어디 있다는 거요?"

어디선가 불어든 강한 돌풍에 대전 안이 잠시 어수선해졌다. 그 틈을 타 하얀 인영이 대전 안으로 스며들었다. 눈치챈 이는 거의 없었지만 허주유만이 코를 벌름거리며 반색했다.

"오냐, 이것이 지금 온 것이냐, 썩 나오지 못할까!"

대신들은 화가 난 허주유가 주변을 두리번거리자 두려움을 느꼈다. 허주유는 고래고래 고함을 질렀다.

"망할 왕아! 내 딸 내놔라! 딸 이 잡것! 당장 뛰쳐나오지 못할까! 어딜 토끼고 숨어!"

이사유 노태위가 보장한 허주유다. 그 허주유가 진짜라면 그가 딸이 아니라 하는 귀빈전의 허은양은? 대신들의 시선이 아름다운 허은양에게로 머물렀다. 허주유는 너른 대전 안을 탐색하기에 바빴다.

"넝마주이같이 생긴 게 근처에 있을 거요. 이 망할 딸이 감히 아비를 농락해?"

허주유의 시선이 대전의 천장 쪽에 머물렀다.

"거기 숨어 있으면 못 찾을 것 같더냐!"

그의 불벼락에 대전의 바닥이 지진이라도 난 것마냥 흔들렸다. 단단한 대전의 돌기둥들에 금이 가는 소리가 퍼석퍼석 들리는 듯했다.

"허은우! 당장 내려오지 못할까!"

"내려가면 죽일 거잖아요!"

어디선가 모기만한 항의의 소리가 천장 쪽에서 들려왔다. 두 팔을 걷어붙이며 허주유가 즐겁게 이를 갈았다.

"당연하지!"

"안 내려갈 거예요!"

허주유의 신형이 갑자기 대신들의 눈앞에서 사라졌다. 땅으로 내려선 허주유는 바둥거리는 흰색 인영의 멱살을 잡고 있었다.

"이제 집에 가자!"

만족스러워하는 허주유 앞을 대신들이 가로막았다.

"허 공은 무엇을 잡으러 온 게요! 우리가 아는 허비는 저분뿐이시오!"

허주유는 그들의 어깨 너머로 식은땀을 훔쳐 내는 미녀를 응시했다.

"그대들이 아는 허은양인가 보군. 저게 어느 동네의 허씨 딸이든 동명이인이든 나와는 상관 없소. 나는 내가 아는 딸만 챙기면 되니까, 이만 비키시오!"

대신들은 허주유의 손에 매달린 사람인지도 의심스런 모피덩어리를 보며 입만 떡하니 벌렸다. 모피 아래로 팔다리를 우스꽝스럽게 버둥대는 저것이 진짜 허은양이라면……? 허씨 부녀의 호패를 가진 귀빈전의 허은양은 대체 무언가.

대신들은 조심스럽게 허주유에게 물었다.

"허, 허 공. 귀왕께서 내리신 호패는 어찌 하셨습니까?"

"낸들 아나. 도둑맞았다고 했다! 허주유라 알려진 이후 그놈의 산에 무슨 도둑놈들이 판을 치는지 딸까지 몇 번 도둑맞을 뻔하고 이사 간 거니까! 호패 따윈 알게 뭐냐!"

참으로 명쾌한 대구에 대신들이 민망할 정도였다. 그때 중앙대전 앞에서 우렁찬 목소리가 울려퍼졌다.

"주상전하 드십니다!"

왕은 자신의 호위무사들과 대신들을 대동한 채 대전으로 들었다. 산발적으로 흩어져 있던 대신들의 무리가 일제히 갈라져 한길을 만들어냈다. 그 길의 끝에 허주유와 허주유에게 멱살이 잡힌 모피가 있었다. 거침없이 부녀에게로 다가간 왕은 모피덩어리를 내려다보았다. 왕의 날카로운 눈매가 느슨하게 풀리더니 말투도 상냥해졌다.

　"은우야, 몸은 괜찮으냐?"

　"괜찮아요."

　은우가 손을 흔들며 제 건재함을 알렸다. 사바누는 은우의 멱살을 쥔 허주유를 응시했다. 터벅머리, 후줄근한 옷차림에 약초가 든 망태기까지. 얼굴 윤곽은 짐작할 수조차도 없었다.

　"은우의 부친이시군."

　허주유의 날카로운 시선이 사바누를 위아래로 훑어보았다.

　"먼발치에서 보았을 땐 꼬맹이였는데 귀왕을 닮아 참 반반한 얼굴로 자랐구먼. 내 딸을 그 얼굴로 홀린 게 아닌가?"

　"홀렸든 아니든 허 공께서 관여하실 바는 아니오."

　사바누의 답에 허주유의 혈압이 점점 상승했다.

　"내 딸을 채어가 놓고 무슨 망발인가! 아니, 내 코앞에서 내 딸과 야반도주를 해놓고!"

　"금지옥엽으로 기르지도 않았으면서 무슨 소리를 하시는 게요? 허 공. 내가 채어갈 때까지 눈치 한 번 못 까지 않으셨소?"

　허를 찔린 허주유가 입을 벙긋거리기만 했다. 사바누는 은우에게 말했다.

"은우야, 이리 와라."

"저기 아버지에게 붙잡혀 있어서 그건 좀 곤란한데요, 전하."

모피덩어리의 여인에게서 들리는 앳되지만 청량한 목소리에 대신들 전부가 귀를 쫑긋댔다. 물론 그들의 왕이 상냥하게 말을 걸고 있다는 것이 더 충격적인 일이었다.

"그런데 은우가 누구?"

"아, 저요. 제 아명이요."

한 대신의 혼잣말에 모피를 뒤집어쓴 진짜 허은양이란 것이 손을 흔들며 대답했다. 얼굴은 볼 수 없지만 천진난만한 웃음소리가 참으로 해맑았다. 대신들의 시선은 바쁘게 왕과 허주유 사이를 오갔다.

웃는 낯이 된 그들의 왕이 모피의 손목을 찾아 붙잡았고 허주유를 향해 경고했다.

"은우는 놓고 가시오."

"저 미인인가 하는 가짜나 챙기시지요, 전하. 난 내 딸만 찾아가면 끝이오!"

허주유가 귀빈전의 미인을 향해 고갯짓하며 외쳤다. 사바누는 그를 놀리듯 되물었다.

"은우가 회임을 했을지도 모르는데 아비 없는 손자가 생겨도 괜찮으시겠소?"

"뭐, 뭣이!"

허주유의 격노에 사바누가 능글맞게 웃었다.

"며칠 전이 보름밤이었지 않소이까. 둘이서 참으로 오붓한 밤을 보냈는데."

허주유의 얼굴이 붉으락푸르락 해졌다.

"이 망할 딸! 기어이 족쇄를 풀고 나가 사고를 쳐!"

은우가 움찔 몸을 움츠리자 허주유는 통탄하며 목소리를 높였다.

"으아아! 선계로 망할 딸과 가려고 했건만. 저놈의 왕이 발목을
잡는구나! 해괴한 운명이로구나! 그놈의 항아가 축복을 내렸을 때
부터 싫었다고!"

"무슨 축복이요?"

"뭐긴 뭐냐! 그놈의 도화살이랑 발정 말이다!"

대체 무슨 말을 하고 있는 것인가. 모두가 멍청한 얼굴로 날뛰
는 허주유만을 응시했다.

허주유는 하늘을 우러러 울부짖었다.

"왜 하필 하늘이시여! 내 딸입니까! 왜 저 태자 놈이!"

"태자가 아니라 왕이시오! 허주유 공! 체통을 지키시오! 전하를
모독하다니 용서할 수 없소!"

허주유는 콧방귀만 날렸다. 그 틈을 노려 아버지의 족쇄에서 벗
어난 은우는 사바누의 등 뒤로 숨어 빠끔히 눈만 내밀었다. 날래
게 도망친 딸을 보며 허주유가 소리쳤다.

"딸 키워봤자 아무 쓸모없다니까! 허은우인지 허은양인지 당장
이리 안 와!"

"안 가요! 가면 아버지가 가만히 두지 않을 거잖아요!"

"당연한 소릴!"

두 부녀는 사바누를 사이에 두고 언성을 높였다. 그 부녀들의

언성이 점점 높아지면 높아질수록 대전 안의 천정 부근에 어두운 비구름이 생기더니 폭풍 같은 비바람이 흩날렸다. 허주유의 노성이 이어지자 마른 벼락이 그들의 눈앞에 내리꽂혔다. 반면 대전 밖은 참으로 평온하고 청명하여 비바람과 천둥 폭우를 동반한 대전 안의 날씨와 놀라운 대조를 이루었다. 두 부녀의 천재지변을 동반한 치열한 말싸움은 계속되었다.

"아버지 미워욧!"

"미워해 봤자지! 저놈의 왕 버리고 얼른 아비랑 같이 가자!"

"안 간다니까요! 술만 먹는 아버지보단 전하가 더 좋아요!"

제 아버지를 향해 혀까지 내밀며 약을 올리는 모피 여인과 그걸 보며 길길이 날뛰는 허주유가 괴성을 질렀다. 그 허씨 부녀가 서로 대치하는 모습을 보며 사람들은 용호상박이란 말뜻을 깨달았다. 다람쥐 같은 허은우와 그 뒤를 날래게 쫓는 허주유. 둘 다 정상은 아니었다!

그들 부녀가 술래잡기를 하는 사이 대전 안에는 비바람이 몰아치고 천둥 번개가 일시적으로 쳤다. 겨울의 냉기와 여름의 훈기가 차례로 오가더니 허주유가 디디고 간 자리마다 살벌한 얼음이 끼었다.

뒤늦게 도착한 김 재상이 이 참상을 보며 더는 참지 못하고 소리쳤다.

"그만들 하시오! 이 중앙대전이 날아가게 생겼소이다!"

은우와 허주유의 말다툼이 멈춘 것은 그때였다. 두 부녀는 어딘가 삐뚤어진 대전 안의 기둥들이라던가, 대전 안에서 비를 쫄딱 맞아 물귀신 형상이 된 한 무리의 대신들과 붕괴 조짐까지 보이는 뻥 뚫린 천장을 응시했다.

"아버지, 여기 왜 이렇게 되었대요?"

"낸들 아냐, 흠흠."

은우는 정말 몰랐고, 허주유는 이 사태를 외면했다.

사바누 역시 부녀의 싸움에 몰래 가슴을 쓸어내린 것은 마찬가지였다. 여차하면 검이라도 들고 싸워야 했을 터이나 상대는 은우의 아버지가 아닌가?

허주유는 터벅머리 아래로 살기 어린 두 눈을 제 딸에게 맞추었다.

"그래서, 딸. 굳이 저놈과 함께 가겠다는 뜻이냐."

"여기 있는데요."

은우는 사바누의 팔짱을 끼며 아버지를 향해 혀를 내밀었다. 저를 놀리는 딸을 보며 허주유는 가슴만 쳤다. 스물의 같은 또래 계집들은 시집가서 아이를 낳고 의젓하게 키우건만 제 딸은 빙충이였다! 저 딸을 왕후로 보내면 이 나라의 수치가 될지도 몰랐다!

"그게 아니라 저놈과 함께 있을 거란 이야기냔 말이다!"

"가시버시할 거예요. 혼례도 올려주신다고 했어요. 저는 전하가 좋아요."

되풀이되는 말에 허주유는 더욱 심란해졌다. 그가 제 검은 수염을 불끈 쥐며 뽑아버릴 것처럼 되물었다.

"그래서 딸. 대체 그놈의 전하는 언제 만난 것이냐. 아니, 어떻게?"

당황한 사바누가 은우의 입을 막으려 했지만 은우가 더 빨랐다.

"덫으로 잡아서요."

뒷말은 사바누의 손에 틀어박혀 웅얼거리는 것으로밖에 들리지 않았지만 모두 앞말은 확실히 들었다. 허주유는 제 귀를 의심하며 수십 명의 대신들을 대표해 되물었다.

"분명 덫이라고 했냐? 전하를 덫으로 잡았다고?"

사바누는 침착성을 잃어 은우의 입을 막으려 했지만 은우는 미꾸라지처럼 잘도 빠져나가 또박또박 대꾸했다.

"밤사이 포박되어 계셨어요. 바닥에 놓는 그물덫 안에 잡혀 계셨거든요."

은우가 자랑스러워 말하자 허주유는 바람이 빠진 듯 쪼그라들었다. 허주유가 기력 없이 사바누에게 되물었다.

"저런데도 저걸 원하는 것이오?"

사바누가 고개를 끄덕이자 대신들의 어이없는 탄식이 잇달았다. 사바누도, 허주유도 생기발랄하게 웃는 은우를 보며 또 한숨을 쉬었다.

"전하, 그리고 허 공. 자리를 옮기시는 것이 어떻겠습니까?"

대신들의 조심스러운 간언에 그들은 자신들을 관찰하는 수십 쌍 이상의 시선을 의식했다. 그 시선들 속에는 충격에 휩싸인 귀빈전의 허은양도 포함되어 있었다.

사바누는 피곤한 미간을 매만지며 고개를 끄덕였다.

비렁뱅이 꼴에 약초망태기를 어깨에 멘 허주유는 궁궐의 화려한 모습에도 참으로 당당했다. 은우는 모피 안에 백색 넝마를 거꾸로 뒤집어 입은 것만으로도 남우세스러워 죽겠건만. 얼굴에 철판을 깐 아버지가 부럽긴 했다. 은우가 꼬물거리자 아버지가 경고했다.

"딸. 가만히 있으렴."

가만히 있고 싶고말고. 그런데 마냥 답답하고 숨이 막히는 걸 어쩌라고.

"아버지, 붕대 풀어도 되죠?"

안 된다고 버럭 소리치려던 허주유는 왕이 딸의 맨얼굴을 백 번쯤 보고도 남았을 거란 생각에 탄식했다.

"맘대로 해라."

은우는 기다렸다는 듯 모피를 벗고 성기게 감은 붕대도 풀어내었다. 그 아래 보이는 귀여운 얼굴은 허주유에겐 눈에 넣어도 아프지 않긴 했지만 대신들이 내세우던 가짜 허은양의 미색과는 비교할 수조차 없었다. 그 미인을 본체만체하던 왕이 은우의 모피와 붕대를 대신 들어주고 있자 허주유는 혀를 찼다. 저게 무거우면 얼마나 무겁다고. 주변에 남아도는 손이 없어서 이 나라의 왕이 왜 직접 은우를 돌보냐, 이 말이다.

대전에서 일으킨 소동과는 별개로 허주유는 착잡했다. 처음엔 쾌씸한 왕가가 제 어린 딸을 노린다 여겼지만 딸은 자랄수록 천방지축에 왕후의 자질이라곤 쥐뿔만큼도 없었다. 왕후가 될 싹조차 보이지 않아 좋아하는 사냥이나 마음껏 시키고 선인이나 되자며 그리 키웠다. 헌데 왕이 왜 주촌산에 왔으며 딸은 그걸 왜 덫으로 잡았나. 아니, 그는 딸보다는 왕이 더 걱정스러웠다. 북마왕은 준수하고 훤칠하다 못해 수려하다는 표현이 어울리는 이인데 그가 뭐가 부족해서 은우에게 꽂혔나 이 말이다.

허주유는 왕의 시력과 취향, 여성편력이 마냥 의심스러워졌다. 은우를 향한 왕의 지고지순한 순애보가 느껴지자 더욱 심란해졌다.

"에휴."

중앙대전을 벗어나 강녕전 옆의 송석정으로 자리를 옮긴 뒤에도 허주유는 한숨만 뽑아냈다. 송석정은 강녕전의 정원에 딸린 부속건물 중 하나였다. 그 주변에 아름다운 화원에 꽃이 가득하건만 허주유는 제 맞은편에 딸과 바싹 붙어 앉은 왕만 집요하게 노려보았다. 사바누가 입을 열었다.

"허 공께서 내게 불만이 있으신 것은 아오."

"알면 됐다네."

"아버지!"

은우가 끼어들어 사바누의 역성을 들자 허주유는 서글퍼졌다. 제 남자만 챙기는 과년한 딸이 야속하다. 마누라복도 없는데 자식복은커녕 사위복도 없었다!

에헤이야, 딸도 나를 버렸다네.

문득 허주유는 대전에서 저와 딸이 일으킨 괴소동을 떠올렸다. 생각해 보니 주촌산에서 딸이 시름시름 앓는 모양새를 하고 있었던 건 아마도 저 왕 놈 때문이렸다. 허주유가 주촌산을 비운 사이 은우는 저놈과 함께 궁을 방문했던 건지도 모른다. 허은양인 것이 증명된 건 비로소 오늘에서였고, 그 허은양이란 이름을 사용한 것은 그 요사한 미인이었을 터. 여러모로 딸의 속이 꽤나 상했을 테지만 허주유는 저 잘난 면상의 왕 사바누 크세노가 괘씸했다. 감히 날 여기까지 와서 내 딸의 신분을 증명하게 만들어?

"그 가짜인가 하는 쪽은 내가 19년 전에 잃어버린 호패를 갖고 있었나 보군. 은우가 허은양인 걸 증명할 방법이 없으니 날 끌어들일 셈이었던가?"

"허 공, 결과만 보자면 꽤 나쁘진 않았을 거라 생각하오."

"그 가짜인가 하는 여인의 미색이 출중하던데 그 여인을 고르지 그랬나."

허주유의 비아냥에 사바누는 조용히 웃었다.

"진짜가 아닌 것에는 관심 없소."

저건 저놈의 진심이겠지. 허주유는 뒤통수를 쓸었다. 왕 놈이 은우를 포기할 가능성은 티끌만큼도 없어 보였다. 조부를 닮아 탁기도 없이 정순하지만 그 외곬수적인 면은 똑같이 닮았다. 몇몇 치명적인 조건들에도 불구하고 왕은 은우의 짝으로 삼기엔 훨씬 아깝긴 했다.

하지만 이것 하나는 마음에 걸렸다.

"내 딸에겐 사기를 느끼지 못한 게로군. 내 딸도 나처럼 명줄이 길지 않나?"

사바누는 허주유의 말에 굳어 그를 응시했다. 은우는 영문을 몰라 고개를 갸웃거렸다.

"아버지 무슨 소리예요?"

"은우 넌 가만히 있어라. 내가 이놈과 할 말이 있어서 말이지. 처음부터 북주국의 괴팍한 왕실이 마음에 들지 않았거든."

"왕실에 대한 모독이시오?"

"그대가 내 딸을 원하는 이유 말일세. 그걸 모를 것 같은가?"

사바누는 허주유가 얼마나 알고 있을지 궁금해졌다. 분명 대전에서 허주유의 놀라운 능력은 충분히 보았다. 확실히 허주유는 자신의 선력을 자각하고 힘을 이용하고 통제하는 반선이었다. 그런 허주유가 제 입매를 비틀었다.

"그 괴상한 북주국의 혈통에 내 딸의 피가 섞일 일은 없다 자신했었지. 이 나라의 왕께서 친히 내 딸을 찾기 위해 오신 것도, 내 딸이 왕과 엮인 것도 몰랐던 게 불찰이지만!"

선인이라 해서 세상사를 다 아는 것은 아니다. 또한 선인들은 그들과 상극인 용인의 기운을 잘 읽을 수 없다. 허주유가 왕의 기운을 느끼지 못했다 해서 잘못된 것은 아니었다. 혈통이 꽤나 복잡하게 뒤섞이긴 했지만 사바누 크세노는 겉으로 보기엔 흠잡을 곳 없는 용인이었다.

"저 사바누 크세노는 용인의 힘을 자각했지만 순수한 혈통을 가진 것이 아니지. 그 잡스러운 피가 한 대만 걸쳐져도 어떤 돌연변이들이 태어날지 예상할 수 없다고. 죽은 것도 산 것도 아닌 자들의 혈통에 요마의 힘을 가진 화비의 피가, 거기에 다시 인간의 피가 덧입혀진 셈이지."

사바누는 부정하지 않았다. 은우는 거침없는 허주유의 말이 왕권에 대한 불충이나 도전이 되지 않을까 조바심이 났다. 그전에 아버지의 말이 무슨 뜻이냐!

사바누는 아직 미소를 거두지 않았다.

"그 잡스런 혈통에 선력이 강한 은우의 피를 섞겠다, 이것을 내가 어찌 생각해야 하는가. 태어날 아이들은 죽은 자인가 산 자인가, 아니면 반요인가 인간인가 용인인가."

"말이 지나치시구려. 허 공."

경고를 날리고 있지만 초연해 보이는 사바누의 태도가 허주유에게 불을 붙였다.

"내가 무슨 말을 하는지 모를 리 없지 않나! 그대의 조부는 죽었다가 되살아난 자다. 그대의 어미 역시 죽어서 태어난 것과 다름없지. 그건 모두 죽음을 예지하는 요망한 반요인 그대의 조모 때문이 아닌가! 게다가 그 손자는 조모의 능력을 고스란히 타고 태어났지. 죽음의 미래를 예지하는 능력! 나는 자네의 그 능력을 도저히 참을 수가 없어!"

은우는 아버지의 거친 말을 부정하지 않는 사바누에게 더욱 놀랐다. 혈통이야 은우도 들은 바 있어 그러하다 쳐도 아버지의 말대로 사바누가 가진 능력이 왜 자신과 엮이는 데 문제가 되어야 하는지 알 수 없었다.

"아버지, 진정해요. 그럼 그 능력 빼고 문제없는 거잖아요!"

"뭐긴 뭐야, 아직도 많지!"

은우는 아버지를 진정시키려 마구잡이로 잡아당겼지만 허주유는 아랑곳하지 않았다.

"그대의 어미, 진홍여왕이 선택한 사내도 사기가 진하게 배어 있던 자였지. 그녀와 그가 산 것은 고작 6달밖에는 되지 않아. 그녀 역시 유복자가 된 그대를 낳았소. 내 말이 틀린가?"

사바누는 이번에도 부정하지 않았다. 은우의 조막만 한 머리가 어지러워질 정도였다.

"틀린 말은 아니오."

사바누가 잘라 말했다.

"게다가 미래를 보는 능력까지 있다. 진홍여왕이 저승의 문 너머를 환시할 수 있는 것처럼 전하께선 가까운 자들의 사기나 죽음을 엿보는 능력이 있고 그렇게 엿본 미래는 절대로 바뀌지 않는다는 것은 알지."

허주유는 의기양양해졌다. 그들의 앞에 놓인 화차가 식고 바람은 싸늘해졌다. 은우는 아버지를 말리는 것도 잊고 아비의 이야기에 멍하니 귀를 기울였다.

"게다가 한 가지. 더 숨긴 게 있겠지. 진비 우재이가 전하의 왕후라는 건 부정할 수 없고, 애초에 숨긴 일도 아니지. 허나 내 딸은 알고 있니? 이 나라의 전하께서 동주국에 버려두고 온 자식이 있다는 걸. 그것도 하나도 아니고 둘인 남매지."

"남매?"

은우는 기함했다.

사바누가 용인으로 괴상한 능력을 갖고 있는 것도 모자라 이젠 동주국에 자식들까지 있다고? 그가 자식들이 있다 해도 자연스런 나이이긴 했지만 아버지는 대체 그걸 언제부터 알았다는 걸까? 아버지는 은우가 태어났을 때부터 정략혼을 반대했다. 설마 이걸 모두 예측하고 반대한 것은 아니겠지? 은우의 머리가 핑핑 돌아갔다. 사바누는 목석처럼 앉아 그 이야기를 듣고만 있어서 더욱 무서웠다.

허주유는 여전히 왕을 힐난했다.

"나는 어린 시절의 태자의 미래를 읽고 마음에 든 것이 하나도 없었지. 내 딸은 첩이 될 것이 뻔한 데다 우유부단한 왕은 동주국에 제 자식들까지 버리고 왔다. 다른 여자에게서 미리 자식을 얻고, 그 자식들까지 버리고 조강지처까지 있는 것이 왕이라 한들, 누가 원할까? 내 딸이 그리 원한다 할지라도 그 누가 좋아하나? 내 딸과 그대의 혼약은 내가 원해서 정해진 것이 아니니까!"

"알고 있소."

"동주국의 아이들을 버리고 온 아비라면 매정하고 참으로 인정머리 없다고 생각했거늘. 그대가 아비가 아니라 생각했나?"

사바누 크세노의 눈에서 붉은 불길이 팍 튀었다. 은우는 벌렁거리는 심장을 부여잡으려 하며 제 아버지를 노려보았다. 아버지의 말이 죄다 진실이라고 해도 말을 가려서 해야지, 인간아!

"그만하시오, 허주유!"

"자신에 대한 비난은 괜찮고 그 아이들에 대한 건 못 참는다? 왕께서는 무슨 생각을 하고 있나? 으엉?"

사바누는 제 입술을 피가 나도록 깨물었다. 그의 눈가에 자잘하게 잡힌 잔주름과 목울대가 크게 움직이는 것을 보며 은우는 마냥 두려웠다.

"그 아이들을 일부러 생각하지 않으려 했고 신경 쓰지 않으려

했소. 그러니 그만하시오!"

"무엇을 그만하라는 거냐!"

허주유가 소리치자 사바누 역시 핏대를 세웠다.

"그 아이들에 대해서는 입에 담지 말라! 그 아이들과 달리 나는 그대의 딸에게서 사기를 읽어내지 못했다! 그러니 적어도 나와 그대가 생을 유지하는 동안엔 은우는 죽지 않는다. 그 아이들과 달리!"

죽음과도 같은 침묵이 흘렀다. 허주유도, 은우도 그가 말하는 의미를 깨달았다.

진비가 그의 짝이란 건 이미 알고 있었지만 그의 자식들에 대해선 일언반구 들은 적이 없어서 더욱 충격이었다. 사바누는 은우를 만난 이후 그 존재들을 입에 담은 적이 없었고 상관없다는 듯 행동했었다. 그 배신감을 실감하기도 전에 자신의 아버지는 다른 사실들을 터트렸다. 그리고 아버지의 말대로라면, 사바누가 화를 낸 속뜻대로라면.

"그 아이들이 죽는다는 건가요?"

은우의 얼굴에서 핏기가 사라졌다. 사바누는 파리한 얼굴로 은우의 말을 정정했다.

"죽지는 않았다. 허나 죽는 미래를 보았지."

"그 아이들이 죽는 미래를?"

"그래, 은우."

사바누는 잠시간이지만 지독한 피로를 느끼는 것 같았다. 그런 사람을 상대로도 허주유는 말을 멈추지 않았다.

"그 아이들이 죽는다면 북마왕 그대는 더욱 무책임한 것이 아닌가? 아이들의 죽음을 읽고 외면하다니. 그런 책임감도 없는 자에게 내 딸을 맡길 수는 없지."

사바누는 허탈하게 웃었다.

"미래를 본다고 미래를 바꿀 수 있던가? 내 조모도 조부가 죽는 미래를 보았고 그 미래를 바꾸고 싶어했지만 그러질 못했소. 그녀가 할 수 있었던 건 제 목숨을 바쳐 자신의 남편을 되살려 내는 일. 운명을 바꿀 수 있다 해서 미리 예정된 죽음을 바꿀 수 있는 건 아니었지. 나는 그 아이들을 위해 내가 할 수 있는 최선의 일을 할 뿐이오."

"최선의 일이라니? 외면하는 것이 어째서 최선인가?"

허주유가 놀라 되물었다.

은우는 그를 위로하기 위해 그의 손등에 제 손을 얹었다가 그를 지배하는 강한 사념과 조우했다.

붉다. 모든 것이 붉었다. 사방천지에 붉은 불길이 사이한 혀를 날름거리고 있고 그 아래에 보이는 것들은 피를 뿜고 죽어 있는 사람들의 시신. 우는 아이의 울음소리와 곳곳에서 들려오는 비명과 신음 소리만이 강렬하게 다가왔다. 은우는 다급히 사바누에게서 손을 떼었지만 그 기억의 잔상은 한참이나 뇌리를 맴돌았다.

은우는 제가 본 것이 무엇인지 파악하려 애썼다. 분명 제가 앉아 있는 곳은 금해궁의 평화로운 강녕전 뒤뜰인데 어찌하여 그런 사념을 엿보았는지. 손에 잡힐 듯 너무 생생한 장면에 은우는 실제로 제가 겪은 기억이 아닐까 의심했다.

사바누가 한없이 침잠하며 입을 뗐다.

"허 공. 내가 그 아이들의 이름과 존재를 금기시하며 입에 담지 않은 건 그 아이들을 위한 것이었다. 귀공의 딸을 차지하기 위한 핑계로 여길 수도 있겠지만."

은우는 단령포를 입은 그의 옆모습을 가만히 지켜보았다. 준수한 얼굴에는 마냥 수심이 가득했고 지쳐 보였다. 아까 본 기억이 정말 사바누의 것이라면, 그는 그런 기억들을 늘 소유하고 떠올릴 수 있다는 거였다. 많이 아프고 괴로웠을 텐데 은우는 조용히 한숨을 더했다.

그녀의 끈질긴 아버지는 아직도 파상공격을 늦추지 않았다.

"그럼 그 아이들의 어미라던 동주국의 여왕과는 어떤 사이지?"

"그녀와는."

그는 은우를 보며 잠시 말을 끊었다. 그리곤 은우의 손을 붙잡아 제 손에 깍지를 꼈다. 아프고 끔찍한 기억은 느껴지지 않았다. 은우를 향한 그의 마음은 뭔가 몽글몽글하고 따스한 봄날의 아지랑이 같은 기분을 느끼게 했다. 어지럽고 몽롱하지만 동시에 따스함이 충만한, 그래서 은우는 안심했다.

"존경하고 경외감을 주었던 여왕이었소. 그녀는 내 어머니를 닮았지. 지금도 동주국을 잘 다스리며 내 아이들과 함께 살고 있소만."

그가 말을 흐리자 이번엔 은우가 물었다.

"무슨 일이 일어나나요?"

사바누의 푸른 시선이 북망산 어딘가를 헤매듯 명했다.

"몇 년 뒤 환란이 일어나지. 아마도 동주국의 방계왕족들이나 여왕을 싫어하는 왕족들이 왕위를 빼앗기 위해 일으킨 난. 아이들이나 그녀는 피하지 못한다. 그중 살아남는 것은 딱 하나."

"그렇다면 왜 데려오지 않는 거예요? 죽는다는데."

아이들의 존재도 충격이지만 그 아이들이 죽을 수밖에 없다는 건 은우에게도 더 큰 충격이었다. 사바누가 더욱 허탈하게 말을 이었다.

"내가 할 수 있는 선택지는 많겠지. 그러나 선택이 바뀌면 미래도 변하지. 동주국의 남매들은 기이하게도 북주국과도, 나와도 상극인지라 내가 끼어드는 모든 선택지와 경우의 수를 동원해도 죽음을 막을 수 없어. 내가 개입하는 모든 미래에서 아이들은 둘 다 죽지. 아이들의 사기가 너무 짙어 죽음을 피할 방법 따위는 없소. 그러니 결국 나는 한 가지만을 선택할 수밖에는 없소. 하나만이라도 살릴 수 있다면 그 아이를 선택하는 것."

그가 말하는 의미는 자명하다. 최소한 아이들의 삶에 그가 개입하지 않으면 하나라도 살릴 수 있기에 그는 방관했다. 은우는 그의 상실감을 이해하고 그의 슬픔에 공감했다.

그의 행동에 면죄부는 되지 않을 테지만, 미래를 알고 있는 대가치고는 혹독했다. 은우가 본 그는 차가워 보이지만 잔정이 많았다.

"미리 말했어야 하는데 말하지 못해서 미안하다, 은우."

사바누는 허탈하게 웃었다. 은우는 강하게 그의 손에 깍지를 꼈다.

"허 공의 말처럼 나는 부족함도 많고 자식도 있다. 이런 내가 마음에 들지 않을 수도 있겠지."

은우는 그의 의도를 파악하려고 했다.

"지금 무르자는 거예요?"

"나는 은우가 필요하다. 하지만 네가 그럴 수 없다면 강요할 수는 없겠지."

평소보다 그는 훨씬 약해져 있었다. 그의 빈틈은 은우를 싫어하거나 좋아하지 않아서 생긴 게 아니었다. 사바누가 엿본 미래가 그의 심장에 검은 공허를, 검은 구멍을 만들어냈다.

은우는 구멍 난 그의 심장 위에 손을 얹었다. 그녀의 온기가 전해지자 그의 불안한 구멍이 점점 희미해졌다. 그녀의 온기를 인지한 그가 미소를 되돌렸다.

은우는 자신만이 그의 공허를 메울 수 있음을, 그래서 그녀가 그의 곁에 있어야 함을 깨달았다.

그녀의 자리는 사바누의 옆이었다.

은우의 댕그란 눈동자가 히주유에게로 향했다.

"아버지. 나 이 사람 행복하게 해주고 싶어요. 그래도 돼요?"

"그 결심 확고하냐? 평생 후회하지 않을 만큼?"

은우가 재차 고개를 끄덕였다. 은우의 올곧은 눈과 마주한 히주유는 결국 어깨를 늘어뜨리며 패배를 선언했다.

"일단 선택한 건 돌이킬 수 없단다. 너는 선택한 순간 바뀌게 되는 거다."

"아버지."

아버지의 말로 인해 은우는 순간 무언가가 변했다는 것을 깨달 았다. 제 삶은 이전과는 확연히 다를 것이다. 주촌산의 날들을 그 리워해도 영원히 돌아갈 수 없다. 사바누를 선택했기에 제 삶에서 가장 소중한 것들을 잃어버리게 될 지도 몰랐다.

허주유, 그녀의 아버지가 말했다.

"사바누 크세노, 왕을 선택한 이상 너는 지상의 삶을 살아야 하 는 거다. 선계로는 이제 너는 갈 수 없다. 여선도, 선녀도 너와 연 이 아니었던 모양이지."

온건히 이해가 가는 건 아니었지만, 그것은 아버지의 허락이었 다.

"행복해야지, 내 딸."

은우는 빙그레 아버지를 향해 웃었다. 어리둥절해하던 사바누 역시 왕의 위엄은 잠시 내려놓고서 허주유를 향해 고개를 숙였다.

"일국의 왕께서 고개를 숙이시면 아니 될 텐데. 고개를 드시 게."

"장인으로 모시겠습니다."

"그런 건 필요 없네. 벼락감투 같은 건 천성에 맞지 않아서. 대 신 내 딸이 불행해지는 꼴은 못 봐. 두고 보자고."

멋대로 손을 휘젓던 허주유는 딸과 왕을 남겨두고 자리를 떴 다. 그가 향한 곳은 정원 입구 쪽. 그를 기다리는 듯한 아름답고 단아한 중년 부인 앞이었다. 푸른 머리카락을 곱게 틀어 올린 녹 빛 눈동자의 여인은 키가 컸고 위엄이 흘러넘쳤다. 그녀와 만난 지 아주 오랜 시간이 지났지만, 허주유는 금방 그녀를 알아볼 수 있었다.

허주유는 진홍여왕을 향해 고개를 숙였다.

"오랜만입니다, 공주님. 아니, 여왕이라 불러드려야 합니까?"

"정확히 19년 만인 것 같군요, 허주유. 이렇게 보게 될 줄은 몰랐습니다."

"동감입니다."

허주유는 터벅머리를 긁적거리며 쓴웃음을 지었다.

그는 여왕이 뛰어난 청력으로 그들의 대화를 들었음을 알았다. 여왕은 허주유를 향해 감사의 예를 표했다.

"그대가 여러모로 내 부족한 아들에게 귀한 딸을 주고 싶지 않았던 것만은 이해합니다. 허나 그대의 딸도 내 아들도 모두 우리들의 예상과는 달리 움직였지요. 딸을 숨기시려면 좀 더 먼 곳으로, 먼 땅으로 찾지 못하는 곳에 가셔야 했습니다."

허주유는 그녀의 혜안에 허허실실 웃었다. 그녀의 뒤로 은우를 찾고 있는 듯한 구미호가 빠끔히 얼굴을 내밀더니 황급히 은우를 향해 달려갔다.

꼬리가 아홉 개인 여우 구미호는 다산의 상징. 어쩌면 여왕도 그것을 익히 잘 알고 있을 터였다. 허주유는 멍하니 하늘만 올려다보았다.

"에휴. 이렇게 될 거 왜 산야에 처박혀 살았나 모르겠군요, 게다가."

허주유는 구미호의 모피를 끼고 넝마를 걸친 은우가 왕과 함께 웃는 모습을 먼발치에서 응시했다. 딸의 미색이 떨어지긴 했으나 다정한 한 쌍의 연인은 제법 잘 어울리는 듯했다.

"제 눈에 넣어도 아프지 않은 딸이긴 합니다만, 천방지축이고 괴팍한 사냥꾼이라 왕후 따윈 애초에 포기하고 산에 들어앉은 것 인데."

그가 말을 흐렸다.

"태자, 아니, 북마왕의 취향이 참으로 괴이한 줄은 처음 알았습 니다."

"은우는 귀엽습니다, 허주유."

허주유는 여왕의 눈도 이상하다고 생각했다. 아니면 딸은 귀염 둥이 팔자를 타고 태어났거나 아무튼 뭐 그러하리라. 미움을 받는 것보다는 나았으나 허주유로선 떨떠름했다.

여왕이 말했다.

"내 아들은 미련한 사람입니다. 동시에 결함도 많지요. 무슨 생 각을 하는지 모를 인형 같다고 여긴 적이 많았습니다. 허나 그대 의 말을 듣고 은우가 그 곁에 있다고 생각하니 안심이 됩니다. 내 아들이 미래를 앞서 보고 괴로워할 줄은 몰랐습니다. 헌데 왜 그 아이들을 허락하신 것이지요, 허주유? 나는 그대가 훨씬 더 극렬 하게 반대할 거라 생각했습니다만."

허주유는 깊게 한숨을 쉬었다. 반대를 하고 싶었지만 이미 돌이 킬 수 없는 상황이었다.

"내 딸이 홀몸이 아닐 수도 있으니 그러하지요."

여왕의 입가에 빙그레 미소가 번졌다.

딸을 숨기기 위해 그가 선택한 곳은 누구도 쳐다볼 생각을 하지 못한 등잔 밑. 그래서 19년간 무탈하게 딸과 함께 산야에서 지냈다. 후회가 없었던 것만은 아니었다. 허나 딸도 그 배필이 될 왕도 자신들의 운명은 무던하게 비켜가리라 생각했다.

허나 등잔 밑이라 생각한 공간이 호랑이 굴이었고 자신의 딸이 호랑이 사냥에 성공해 호랑이를 길들였을 거라 누가 예상했으랴.

"동주국의 아이들은 어찌할 겁니까?"

허주유가 묻자 여왕의 눈이 먼 동쪽 하늘로 향했다. 그녀의 입가에 애달픈 미소가 걸렸다.

"허 공의 말대로 흐르기 시작한 시간은 멈출 수 없지요. 알고 계시지 않습니까? 죽음의 미래를 보는 눈은 절대적입니다. 절대 비켜나갈 수 없지요."

바람이 분다. 바람은 그들 사이를 비켜나가 더 먼 북으로 불어나갔다. 이제 완연한 봄이다.

곧 여름이 오고, 다시 가을이 오고.

어느 순간 긴 겨울이 찾아올 것이다. 그 시간의 흐름도 운명도 뒤바꿀 수는 없다. 하지만.

"최선을 다해 사는 수밖에 없지 않겠습니까?"

여왕은 슬픔을 감추었다.

관청들은 대신들의 난립으로 인산인해를 이루었다. 사실관계

확인을 위해 쫓아온 군부대신들에 자신들의 영역을 이탈한 모든 대신들이 대전에서 벌어진 사건의 전말을 듣기 위해 목을 빼고 있었다. 나라를 대표한다 으스대던 육조대신들과 오성관청의 대신들은 얼굴을 마주하며 핏대를 세웠다. 그들 일부는 자신들이 본 것을 주장하며, 또 한쪽에서는 그럴 리 없다며 한바탕 설전을 벌였다.

전설 속 허주유와 허은양 부녀가 비렁뱅이 몰골로 나타나 중앙 대전을 파괴하며 싸워댔다니, 그것을 누가 믿겠는가. 그 상황을 직접 보고 경험한 대신들은 설명을 반복하다 피로감만 느꼈다. 그들 중 일부는 설명을 포기하고 비와 바람, 벼락을 맞아 너덜거리는 관복을 증거로 내밀었다. 그 뒤에선 이 일련의 상황들에 대해 붓방아만 찧어댔다.

사고뭉치인 허은양과 허주유가 궁에서 난동을 일으켰고 그들이 말다툼을 벌이자 천재지변이 일어나 건물을 무너뜨리려 했다는 믿기 어려운 소문들이 퍼졌다. 때론 귀빈전의 허은양을 허주유의 진짜 딸로 곡해한 이도 있었다.

대전 안에는 허씨 부녀가 남긴 파괴의 흔적들이 고스란히 남아 있었다. 목격자는 수십 이상, 백에 가까운 대신들이라 그들은 인정할 수밖엔 없었다. 귀빈전의 허은양은 진짜가 아니다. 왕이 데려온 진짜 허은양과 그 뒤를 쫓아온 아비 허주유는 선기를 지닌 자들이었다.

"하아."

대신들은 단체로 수심에 사로잡혔다. 북주국의 천년왕조 역사상 선기가 있는 여인을 비로 삼은 적은 없었다. 또한 그들의 왕이 허은양을 향해 그리 상냥해질 줄은 예상치 못했다. 사랑을 하면 눈이 먼다더니 그들의 왕이 그리 될 줄 누가 알았으랴.

무시무시한 허주유를 떠올리며 모두의 머리 위로 먹구름이 드리워졌다. 그런 자를 왕의 사돈으로 둔다는 것. 북주국의 미래는 무사할 수 있을 것인가?

그들은 이미 귀빈전의 허은양은 까맣게 잊은 뒤였다.

진비 우재이는 열두 가지 금과 보석으로 만들어진 화잠을 꽂고 북주국을 상징하는 화려하고 짙은 푸른 수삼을 걸쳤다. 풍성한 옷 자락과 가는 허리를 요대가 바싹 졸랐고 깊게 패인 상의 사이로 봉긋한 가슴골이 들여다보였다. 화려하고 요염한 차림에도 불구하고 진비는 정숙하고 위엄이 있어 보였다. 그 겉모습 아래로 우재이가 평정을 잃어가고 있음을 깨달은 시녀들은 서로 눈치만 살폈다.

진비의 발치에는 눈물을 훔쳐 대다 통곡하는 귀빈전의 허은양이 있었다.

이미 중앙대전에서 벌어진 소동에 대해 우재이는 소상히 보고를 받은 바였다. 급히 허비를 불러들였으나 여인은 저렇게 통곡만 해대고 있다.

"어찌 된 것입니까?"

"저는."

허은양은 파르르 떨며 입술을 깨물었다.

화려한 미모의 여인은 쉼 없이 눈물을 흘리는 것 또한 아름다웠다. 허나 그 모습에 진비는 마음이 기울면서도 그녀를 의심했다. 저 가짜 허은양은 자신의 과거에 대해 너무 많은 것을 함구했다. 지금껏 말수가 많지 않다 여겨 애써 묻지 않은 것이기에 진비의 배신감은 더욱 컸다.

허은양은 제 억울함을 읍소하고 있었다.

"마마, 저, 저는 어찌되는 것입니까? 저는 제가 허은양이라 믿었습니다. 그런 귀신 같은 자들이 허씨 부녀가 아닐 겁니다. 저는 제가…… 어릴 적 아비를 잃고 허은양이라 그리 알고 자랐습니다. 그런데 어찌하여……."

계속 울기만 하는 허은양을 시녀들이 다급히 위로했다.

진비는 시녀들을 물러가게 했다. 비밀스런 이야기가 누구의 귀에도 새 나가지 않도록 단단히 문이며 창문을 걸어 닫은 뒤에야 진비는 귀빈전의 허은양을 내려다보았다. 허은양은 울다 말고 서슬이 퍼런 우재이의 시선을 슬그머니 피했다.

"사, 사람들은 왜 물리신 것이옵니까?"

"들을 말이 있어 그리하였소, 허은양. 나는 그대에게 전하를 같이 모실 자라 여기고 여러 가지를 일러주며 돈독히 지내려 노력했어요. 그대가 그 권세를 믿고 궁의 사람들을 멋대로 부려도 궁중법도를 아직 깨치지 못했을 거라 여겨 천천히 가르칠 요량이었지요. 헌데 내게 숨기셨더군요. 내 아비가 왜 그대를 홍등가의 기루에서 데려왔나 말해주지도 않았어요."

허은양의 몸이 사시나무 떨 듯 흔들렸다. 대번에 그녀는 엎드린 채 고했다.

"지, 진비마마. 속이려 했던 건 아닙니다. 허나 이 나라에, 마마께 누를 끼칠 것이 뻔하여 재상께서도 과거를 숨기는 것이 좋을 거라 하여 입을 다물었습니다."

"어찌 사내들에게 몸과 웃음을 팔면서 전하의 정비가 되겠다 하셨소이까!"

"웃음을 팔았지만 몸은 팔지 않았습니다. 저는 기개를 지켰습니다!"

허은양의 입장은 단호했다. 허나 진비도 답답함을 느꼈다. 출신이야 어찌되었든 그녀가 전설 속의 진짜 허은양이었다면 문제가 달라졌을 것이다. 최소한 진짜 허은양이, 허주유가 선기를 품지 않은 보통 인간이었다면, 허은양이라 우겨볼 수 있었을지도 모른다. 허나 이젠 이런 가정 따위 다 필요 없게 되었다.

"허은양. 저 쪽이 진짜이니 최소한 문책은 피하지 못할 겁니다. 그대를 감싼 나 또한 책임에서 자유롭지는 못할 겁니다."

허은양이 다가와 진비의 치마를 붙들고 애원했다.

"그, 그럼 저는 어찌 되는 거죠? 궁에서 쫓겨나는 거예요?"

"목숨을 부지할 수 있다면 감지덕지지요. 전하의 자비에 기대세요."

허나 허은양은 이미 공포에 질린 얼굴로 진비의 치마를 바싹 힘주어 잡아당겼다. 성가신 그녀의 행동에 우재이는 이맛살을 찌푸렸다.

귀빈전의 허은양은 왕의 관심을 필요로 했다. 왕의 사랑과 애정뿐 아니라 궁 안의 모든 사내들이 그녀만을 보며 찬탄하길 바랐다. 정에 굶주린 아이처럼 그녀는 그리 철없게 행동했다. 몸을 팔지 않았다 한들 그녀의 생활습관이나 외양은 떨쳐 낼 수 없을 만큼 기녀의 습성이 너무 강했다.

"마마, 저는 그 진흙탕으로 다시 들어갈 수 없습니다. 저는 제가 진짜 허은양이라 여겼고 제 아비도 저를 그리 키웠지만 제 아비가 죽고 기루에 팔려간 뒤 세상에 나올 수 없을 거라 여겼습니다. 저는 전하를 꿈꾸며 그곳에서도 애써 정절을 지키고 살았다고요. 그런데 어찌 그 바닥으로 돌아가라 하십니까! 이곳에 온 뒤 저는 전하를 마음에 품었습니다. 제발 이 궁에서 저를 살게 해주세요. 제 미색은 천하제일이라 했습니다. 정절을 지켰던 것도 이 미색으로 사람들을 움직이고 부릴 수 있기 때문이었지요. 버러지 같은 사내들은 제 얼굴 하나만 보며 제가 하란 대로 했습니다. 그런 저를 보고 유일하게 냉담하신 분이 전하셨습니다."

속사포처럼 말을 쏟아낸 여인은 사바누의 이름을 올리며 얼굴을 붉혔다. 진비는 그녀의 말을 다 신뢰하진 않았으나 그것 하나만은 진실이라 여겼다.

허나, 단 한 가지. 마음에 걸리는 것이 있었다.

"정말 그대가 진심으로 전설 속 허은양이라 믿으셨소?"

허은양은 단호하게 고개를 끄덕였다.

"진짜 허은양은 전하의 옆에 계시지요. 정말로 허은양이 그대라고 믿었던 것인가요? 최소한 의심할 구석이 단 하나라도 있었을 터인데!"

"저는."

진비는 무언의 진실을 깨달았다.

"나이가 몇인가요? 그대의 아비가 알려준 진짜 나이 말입니다. 기녀일 때 속이는 나이가 아니라!"

허은양이 기어들어 가는 목소리로 대꾸했다.

"스물둘입니다. 허, 허나 두 살 정도의 나이 차라면 제 아비가 착각했을지도 모르고, 저도 아비를 어릴 적에 잃어 오판했었을 거라 여겼어요. 제겐 무려 허은양이란 표식도 있었으니까요!"

"변명은 됐어요! 그대는 이미 내게 16살에 아비를 잃었다 했습니다! 그게 어린 나이인가요?"

답답해져 그 자리를 뛰쳐나간 것은 우재이 쪽이었다. 그녀는 자신의 실수를 용납할 수 없었다. 그녀가 내쫓아 양심의 가책을 느낀 사바누의 후궁이 진짜 허은양이었기에 스스로도 용서가 되지 않았다. 아니, 진비 우재이는 그런 모순 속에 있는 존재겠지. 그녀는 왕이 진짜 허은양 앞에서 웃는다고 들었을 때 제 귀를 의심했다. 허은양이 반선이니 여선이니 하는 것들도 모두 거짓이라 여겼다.

허나 거짓인 쪽은 그녀였다. 나라를 위해 한 그녀의 행동은 모두 경거망동이었다. 허은양을 믿은 자신이 마냥 어리석고 우매했다. 속았으면서도 그녀의 말에 감화된 자신이 마냥 어리석었었다.

혼란스러워하던 진비는 시녀들을 대동해 강녕전으로 향했다.

예상대로 왕은 그녀의 알현을 허락했다. 허나 예전보다 더 거리가 멀어져 그는 저와 국혼을 올렸던 지아비라는 생각은 들지 않았

다. 처음부터 그녀는 그를 지아비로 섬긴 일이 없으니 더욱 괴리
감을 느끼는 건지도 모른다. 그의 옆에는 허은양, 아니, 은우라는
여인이 함께 했다.

면사를 착용하지 않은 은우의 얼굴을 처음 보는 것은 아니었다.
스물이라기에는 앳된 얼굴에 산에서만 살았는지 철없고 순수해
보이는 행동들. 예의범절을 몰랐으나 실수를 해도 상대에게 불쾌
감을 주지 않는다. 뛰어난 미인은 아니었으나 사랑받는 것을 알고
사랑하는 여인 특유의 미소를 짓고 있었다. 보는 것만으로도 어쩐
지 기분이 좋아지고 행복해지는 여인이었다. 어쩌면 진비 우재이
는 은우를 쫓아내지만 않았어도 저 은우와 정을 나누며 자매처럼
살 수 있었을지도 모른다.

그리고 그리웠다. 진비에게도 은우 같은 시절이 있었기에 더욱
그러하다는 걸. 사랑하는 사람이 있고, 그녀도 사랑받고 그의 아
내가 되길 꿈꾸며 소망했던 적이.

……아마도 있었다.

단지 그것이 정혼자인 사바누 태자가 아니었을 뿐이다.

우재이는 그의 아내가 된 이후 처음으로 자신의 선택을 후회했
다.

"무슨 일인가?"

허은양에게 다정하던 왕의 시선은 우재이에겐 날카롭고 뾰족해
졌다.

은우는 진비가 불편해서인지 엉덩이를 들썩이며 도망갈 기세였
다. 사바누는 은우의 손목을 잡아 제 곁에 앉혔다. 그 두 사람의

움직임을 진비의 눈이 쫓았다. 그는 단 한 번도 제게 그런 적이 없었다. 아니, 그가 저리 굴었다 한들 자신이 그를 받아들이지 않았겠지. 막혀 있고 스스로를 가둔 쪽은 우재이였다. 우재이의 미소가 씁쓸해졌다.

사바누가 좀처럼 입을 열지 않고 바라보는 우재이를 향해 입을 열었다.

"나는 그대에게 귀빈전의 여인이 가짜라 했었소."

진비는 식은땀을 훔쳐 냈다.

"저는 저런 천방지축의 여인보다는 궁에 있는 허은양을 진짜라 믿었습니다. 그 여인은 자신을 정말 예언 속 허은양이라 믿고 있습니다. 이미 그녀는 전하의 여인입니다. 통촉하소서. 그녀를 거두어주십시오."

사바누의 굵은 눈썹이며 입매가 사납게 일그러졌다.

"가짜 허은양에 대한 문초가 있을 것이오. 우 재상도 책임을 피할 수 없겠지. 물러가 계시오. 그동안 자숙하길 바라겠소. 그대 또한 무사하지는 못할 것이오."

"지금 무슨 말씀이십니까? 어째서 제 아버님에게 책임을 돌리려 하십니까? 이 참에 벼르신 것입니까? 저는 전하의 안사람입니다! 전하의 아내란 말입니다! 허은양이 온다 한들 그 첫 번째 자리는 제 것이란 말입니다!"

욕심인 것은 안다. 허나 말을 하다 보니 진비는 억울해졌다. 그녀의 가는 시선이 은우에게로 향했다.

"제가 진짜 허비에게 잘못한 것은 인정합니다. 그로 인해 금족

령이 내려 근신하지 않았습니까. 미리 저 아이의 신분에 대해 언질을 주셨다면 저 역시 오해할 일은 없었을 겁니다."

사바누가 제 손으로 탁자를 내려쳤다. 쿠웅. 견고한 나무에 쩍 하고 금이 새겨졌다. 진비는 충격에 휘청거렸다. 진비의 약한 모습에 사바누는 더 격분했다.

"당장 내 눈앞에서 사라지시오!"

"저, 전하."

"우재이! 그대는 이부현의 유언으로 내게 왔다는 것을 잊었는가! 내가 그의 이름까지 들먹여야 하는가! 의무로 왕후의 자리를 차지했으면 그대는 내 아내로 살아야 했다. 허나 그대는 그러질 못했다. 이부현을 죽게 만들었다고 나를 탓하면서도 내 아내를 고집한 그대의 속내가 궁금했지만 내버려 두었다. 아니 그런가?"

진비는 제가 만들어낸 추악한 진실과 조우했다.

"그, 그렇지요. 의무 때문이겠지요. 전하와 제 사이는 그러하지요."

이부현. 그 이름 하나로 진비의 시선이 혼탁해졌다. 원래 희었던 진비의 얼굴이 죽은 자처럼 새파랗게 질려 당장이라도 무너질 것 같았다. 은우는 이부현이란 낯선 이름과 두 사람의 성난 분위기 사이에서 숨죽였다.

"돌아가 있으시오. 내가 부를 때까지 근신하시오. 내 입에서 다시는 이부현의 이름이 나오지 않게 잘 처신하시오."

진비는 고개를 끄덕이지도 돌아보지도 않고 퇴장했다.

진비는 돌아가는 길, 허탈하고 시원섭섭했다.

어쩌면 자신은 이런 날이 오리라 기대했는지도 모른다.

사바누는 은우와 함께 그의 방에 틀어박혔다. 말은 없었다. 말이 많았던 현무화룡도까지 잠잠해져 은우도 함께 그의 심기를 거스르지 않으려 눈치를 살폈다. 말 그대로 가시방석. 그가 모든 문무백관들의 방문을 불허하고 휴식을 취한다 이르자 그 긴장감은 더해만 갔다.

시간은 잘만 흘렀다. 은우는 창 너머의 하늘이 검기우는 모습을 지켜보았다. 그사이 해거름 무렵이 되었다. 사위가 어두워지자 문틈 사이로 살바람이 불어들었다.

은우는 꾸벅꾸벅 졸다 고개를 들었다. 재빠르게 흘린 침을 소매로 훔쳤다. 은우는 아직 제가 흉한 주촌산의 백색 넝마를 입고 있다는 사실에 화들짝 놀랐다.

고개를 들자 사바누는 홀로 술상을 앞에 두고 혼자 자작을 했다. 그는 은우의 기척을 느낀 듯 입을 열었다.

"나는 편협한 사람이고 속이 좁다. 일국의 왕치고는 형편이 없지. 너도 그렇게 생각하지 않느냐, 은우. 나는 아주 못난 사람이거든."

은우는 그 자조적인 말을 못 들은 척 했다.

"이부현이 누구예요? 그분, 무엇 때문인지 모르지만 전하에게 괴로움을 안겨준 사람이죠?"

사바누 크세노의 인생에서 중요하고 그의 인생을 바꿨을지도 모르는 사람.

은우는 여왕에게서 어릴 적의 그와 왕이 된 무렵의 그가 성격이 판이하게 달라졌다는 이야기를 들었다. 차갑고 또 차가워졌다지만 그의 내면은 크게 달라진 것 같지 않은데. 적어도 그의 겉모습이 바뀌는 계기가 있었다면 그것은 사바누가 금기시해 온 이름들 때문이지 않을까. 은우는 그리 생각했다.

"그 사람 때문에 동주국 아이들의 아픔을 더 강하게 느끼는 건 아니세요?"

"그게 그렇게 되는 걸까."

사바누는 탄식했다. 푸른 머리카락 몇 가닥이 힘없이 그의 이마로 흘러내렸다. 은우는 그의 옆으로 다가가 그의 술상 앞에 마주 앉았다.

"저도 한 잔 주세요. 술 마시니 취한 기분이 좋던데."

그가 쓴웃음을 지으며 그녀의 잔에 반 모금도 안 되는 몇 방울의 술을 흘려놓았다. 입가심도 하기 힘들 정도의 양이었다.

"너무 취하면 내 이야기를 듣지 못할 테니 맛만 보도록 해."

"이야기, 해줄 거예요?"

은우는 손도 대지 않은 십이첩 반상의 산해진미들을 바라보며 그의 술잔에 술을 따라주었다. 사바누는 다시 잔을 비웠다.

"긴 이야기가 될 거다. 그리고 어쩌면, 동주국의 아이들과도 관련이 있을지도 모르겠군."

은우는 몹시 지쳐 보이는 그를 안아주고 싶었지만 조금 참기로 했다. 그가 마음을 비워내는 것이 먼저였으니까.

"이부현은…… 우재이, 그러니까 진비의 정인이자 내 친우였다. 어차피 알 일이겠지만, 그녀는 나를 사랑하거나 은애하지 않는다. 그의 유언에 얽매여 있을 뿐이지.”

은우의 눈이 더욱 휘둥그레졌다.

“지, 지금 그 사람은?”

사바누는 턱을 괴고 먼 곳을 바라보았다. 그곳은 아마도 저승. 죽은 자를 애도하는 그의 눈에 붉은 기운이 서렸다.

“없다. 9년 전에 죽었다.”

“왜. 왜요? 어떻게?”

“듣고 싶은 거냐?”

은우가 고개를 끄덕였다. 사바누는 다시 한 잔의 술을 비운 뒤 입을 열었다.

“꽤 오래전의 일이지. 우재이는 부현을 좋아했다. 부현도 그녀를 아꼈고 두 사람은 연인이었지.”

은우가 말을 잃을 차례였다. 혼란스러워진 머리를 흔들며 은우가 되물었다.

“우재이 님은 어릴 적부터 사바누의 정혼녀였잖아요.”

“맞아. 그게 문제였지.”

사바누는 순순히 인정했다.

“우재이가 내 비로 낙점된 건 은우 네가 태어나기도 전이었다. 대를 이어 이 나라의 재상가로 군림한 우가의 깊은 바람이 깃들어 있다고나 할까. 정략적인 관계라 조부는 그리 기뻐하지 않았지.”

우재이와는 파혼을 예상하며 시작된 관계였다. 파혼이 되었다 한들 눈이 까다로운 북주국 왕실의 비 후보였다는 것만으로도 우 재상가의 여식은 몸값과 위신까지 덩달아 올라가는 셈이었다. 그런 우가와 연을 맺으려 줄을 서는 곳은 한두 곳이 아닐 터였다.

모두가 계산에 넣지 않은 것은 우 재상의 성격이었다. 그는 한 번 결정된 것을 물리는 일은 없었다. 심지어 십년 전 부현은 막 성인식을 치른 풋내기였으니 파혼도 하지 않은 우재이를 부현의 짝으로 줄 리 없었다. 우 재상은 부현과의 일을 일시적 일탈로 여기며 딸이 정혼자인 사바누와 혼례를 올려야만 행복해질 거라 굳게 믿었다.

우재이와 이부현은 나이가 많지 않았지만 서로가 필요하다는 결심은 확고했다.

사바누는 은우를 보며 계속 이야기를 해야 할지 망설였다. 그가 순진하고 바보 같던 시절, 은우만 했을 때의 일이었다.

"우재이는 어릴 적부터 나를 무서워했다. 나이차가 조금 있긴 했지만 내가 또래보다 크고 빨리 자라 어른스러웠기에 위압감을 느꼈던 게 큰 거 같더군."

우재이에게 있어 사바누는 아버지가 강권하는 무서운 정혼자일 뿐이었다. 허나 사바누와 늘 같이 동행했던 친구 부현은 달랐다. 사바누만큼이나 키가 크고 늠름한 부현은 늘 생글거리는 미소를 지어 보였다. 우재이는 부현의 미소를 좋아했다.

부현과 우재이는 사랑에 빠졌다. 사바누는 제 정혼녀와 친우의 사이를 용인했다. 그리고 두 사람의 밀월여행을 돕기에 이르렀다.

"부현을 위해 그래야만 한다고 생각했지. 우재이는 내 정혼녀였지만 내 친우가 사랑하게 될 마지막 여인이었으니까."

사랑에 빠진 기간도 짧았고 모두가 반대했을 두 사람의 애정은 사바누가 헤아릴 수 없을 정도로 깊었다. 서로를 가로막는 것이 너무 많았기에 그들은 더욱 깊게 불타올랐다.

"나는 부현이 오래 살지 못할 거라는 걸 알았다. 날짜까지는 알 수 없었지만 그의 죽음을 예지했지. 그래서 나는, 부현이 자신이 원하는 일을 하게 되면 죽음을 막을 수 있지 않을까 기대하며 그를 잃고 싶지 않아 그에게 더 집착했다."

그 시절의 사바누 크세노는 사람을 잃는 것을 두려워했다. 강한 모습 뒤로 숨겨진 그의 본성은 유약했고 사람들의 기대에 미치지 못할까 전전긍긍했다. 성군이라 불리는 조부의 그림자를 좇아 그의 뒤를 이어야 한다는 강박관념이 그를 괴롭혔고 사바누를 좀먹었다. 그가 존경하는 조부와 조모마저도 부재했던 시절이라 그는 마음을 둘 곳이 없었다.

"나는 내가 완벽한 왕이 되지 못할 거라 여겼다. 게다가 누군가의 죽음을 읽는 능력이 더해져 사람들을 두려워하는 것도 있었던 것 같다."

홀린 듯 그의 이야기에 빠져들며 은우는 사바누가 불쌍했다.

"왜 부현의 죽음이 두려웠던 거죠?"

"내가 왕이 될 수 있을지 나는 계속 의심했다. 어른이 되며 너무 많은 것들을 잃어버려 스스로를 감당할 수 없다고 생각하기도 했지."

사바누는 성인식을 올리기 두 해 전, 조부와 조모를 잃었다. 그들의 부재에 괴로워하며 방황하던 그를 위로하며 곁을 지켜준 것은 친구 이부현이었다. 부현으로 인해 마음의 평정을 되찾고 시간이 흘러 안정되었을 무렵, 사바누는 가장 소중한 친구 부현의 죽음을 예지했다. 성인식을 맞이하던 스무 살 때의 일이었다.

"나는 죽음을 예지해도 막은 적은 없었다. 허나 부현만큼은 꼭 살리고 싶었다."

그래서 부현과 우재이의 애정을 더 부추겼는지도 모른다. 밀월 여행지를 정한 것도, 그 도주로를 정한 것도 사바누였다.

"우 재상이 어찌 알게 되었는지 모른다. 그는 딸의 도주를 용납하지 못했고 추격자들을 보냈다."

부현은 그곳에서 죽음을 맞이했다. 사랑하는 연인을 잃은 우재이는 모든 비난과 원망을 사바누에게로 돌렸다. 오직 사바누만이 밀월여행의 목적지와 도주로를 알고 있었기 때문이었다. 사바누는 그때 친구 부현을 잃고 정혼녀마저 잃었다. 그의 어머니는 여왕으로 즉위해 다 자란 아들의 고민을 들어줄 수 없었을 때였다. 사바누는 그때 혼자라는 참담한 기분을 맛보았다.

그것들이 한데 뭉쳐 그의 내부에서 검고 커다란 구멍을 만들어 냈다.

그 구멍은 그의 마음과 정신을 좀먹어갔다.

사바누는 어릴 적부터 많은 것들을 타고 태어났다. 허나 그것만으로는 부족했다. 그는 자유롭고 싶어하는 마음을 억누르며 모두가 바라는 태자가 되기 위해 노력하고 또 노력했다. 노력이 헛되지는 않아 그는 열셋에 용인의 힘을 자각했고 훌륭한 태자가 될 수 있었다. 그러나 그의 안에 깊게 뚫려 버린 구멍을 메우지는 못했다. 소중한 사람들을 잃고 정혼녀마저 등을 돌리자 그는 어느 순간 무너졌다. 사바누 크세노란 인간은 허울만 유지되고 있었다. 설상가상으로 죽음을 엿보는 그의 예지력만이 끝없이 강해지고 있었다. 그는 공허했고 더 많은 사람들의 죽음을 엿보았다.

사바누는 어느 날, 제 안의 공허를 채우기 위해 홀쩍 여행을 떠났다.

바람처럼 자유롭고 발길 닿는 대로 정처 없었다. 2, 3년을 북에서 남으로, 다시 북서쪽으로 긴 여정을 찍었다. 그리고 마지막 여행지였던 동주국의 수도 해요부에서 동주국의 마애여왕을 만났다.

"예뻤어요? 좋아했던 거예요?"

은우는 입을 쌜쭉거렸다. 사바누는 은우의 말랑말랑한 양 볼을 제 손가락으로 잡아당겼다. 그렇게도 괴로웠는데 나는 왜 널 괴롭히고 싶어지는 걸까, 은우. 사바누의 표정이 조금 누그러졌다. 왜 널 보면 내 마음의 근심과 걱정들이 희석되는 걸까?

사바누는 제가 이렇게 편하게 자신의 지난 시간들을 이야기하게 될 줄은 몰랐다.

"너는 재미있어. 하지만 그녀는 아니야. 그녀는 나보다 훨씬 나이도 많았거든."

"예뻤어요?"

"뭐 그랬지."

지금도 동주국의 여왕은 살아 있지만, 그녀의 죽음을 앞당겨 본 그에겐 현재에도 그녀가 죽은 것과 다름없었다.

동주국의 마애여왕은 당시 20대 후반으로 그보다는 훨씬 나이가 많았다. 사바누는 강하고 패기 있는 여인에게서 어머니를 연상하고 동경했다. 그녀는 북주국의 태자를 흥미로워했다. 함께 술을 마시던 그들은 충동적인 밤을 보냈다. 허나 그것은 하룻밤 스쳐가는 인연. 관계의 뒷맛은 개운하지 않았다.

사바누는 다음날, 북주국으로의 귀환길에 올랐다.

마애여왕이 연락을 취한 것은 반년도 지난 뒤의 일이다. 그녀는 임신 사실을 알렸다.

용인은 자식을 얻기 힘들었으며 마애여왕에겐 애인이 있던 상황이었다. 허나 그 진위를 확인해 볼 필요는 있었기에 사바누는 사신단과 함께 동주국을 방문했다. 그리고 그곳에서 자신의 딸을 만났다.

사바누는 그 아이를 만나는 순간 제 피를 물려받은 자신의 혈육임을 깨달았다. 아이는 어머니에게서 물려받은 서영옥란이란 이름을 가졌다. 그는 바다란 뜻의 용의 언어, 테루하. 테루하 크세노라는 이름을 주었다.

보드라운 피부와 커다란 눈을 가진 딸 테루하를, 그는 너무나 좋아했다. 제 피와 살을 이은 혈족의 아이가 너무 친숙해 마치 제 일부 같은 느낌이었다.

동주국의 여왕은 딸이 아니라 왕위를 물려받을 수 있는 강한 사내아이를 원했다. 사바누는 자식을 얻기 힘든 용인의 특성상 여왕과도 둘째가 생길 수 있을지 호기심을 가졌다. 두 사람의 이해가 일치해 그들은 다시 관계를 가졌다. 그것 역시 딱 한 번이었다.

그 시절의 사바누는 정혼녀이자 태자비인 우재이를 비로 맞는 것을 포기한 상태였다. 여왕과는 애정도 없는 친우 같은 담백한 사이. 어떤 약속을 하지 않아도 되는 그녀가 오히려 더욱 편했다. 또한 아들을 필요로 하는 여왕에게서 후일, 테루하를 데려올까 하는 계산도 깔려 있었다. 동주국은 방계왕족이 많으니 직계왕녀가 없다 한들 큰 문제는 되지 않을 터였다.

테루하가 태어난 지 3년 뒤, 여왕은 두 번째에도 그의 아이를 낳았다. 난산이었고 태어난 아이는 꽤나 허약했지만 총명한 기운을 가진 사내아이였다.

여왕의 출산시기에 맞춰 동주국을 방문한 사바누는 태어난 지 얼마 되지 않은 신생아 아들과 마주할 수 있었다. 그는 아들에게 아누 크세노란 이름을 주려 했다.

그 핏덩이 아이가 눈을 뜬 것은 아주 우연이었다. 보이지도 않는 눈을 성급히 뜬 신생아의 까만 눈이 신기해 사바누가 마주 본 순간.

그 일이 일어났다.

사바누는 아이의 미래를 예지했다. 끔찍한 피비린내 나는 미래를. 태어난 지 얼마 되지 않은 그 아이의 마지막을 보았다.

둘째 아누는, 목이 잘려 죽는다. 아이의 몸을 지배하는 사기는 끔찍해 호흡을 하기 어려울 정도였다. 아이에게서 지독한 피비린내를 느꼈다.

절망한 그가 제 딸과 막 아이를 낳은 여왕을 돌아보았다. 아누 크세노에게서 시작된 강한 사기가 제 누나와 제 모친을 휘감았다.

그것은 독한 사기. 아이들과 여왕은 모두 죽을 운명이었다.

"……마애여왕은 죽는다. 아누 크세노의 죽음이 먼저일지 혹은 뒤일지 가늠할 수 없지만 그 두 사람이 죽은 뒤, 첫 아이인 테루하가 마지막이다."

문제는 아누 크세노였다. 검고 끈끈한 사기가 아이의 목을 휘감은 채였다. 아이는 원래 죽어서 태어날 운명이었다. 그의 피를 타고 흐르는 용인의 피가 아이의 생명을 강하게 붙잡고 목숨을 연장시킨 것은 아닐까, 그는 추측했다.

아누의 죽음을 인식한 그는 더 큰 부작용을 얻었다. 아이의 지독한 사기가 그의 잠재된 예지력을 깨웠다. 그것은 절대적이고 큰 예지력이었다.

"그 아이를 보았을 때 나는 그 기억을 느꼈다. 어쩌면 그 순간 아이는 죽지 않을지도 모르지. 생은 많은 선택의 연속이다. 그 수많은 선택지 속에서도 아이는 길어야 열셋을 넘기지 못한다."

그것은 자신의 아들이었으나 그 아들의 죽음을 피하게 할 수도 그가 감히 간섭할 수도 없다. 그는, 아이의 손을 잡아주지 못했다.

"죽음의 순간이 너무 생생했지. 보고 듣고 느끼는 것만으로도 내가 죽어간다고 그 고통이 더욱 크고 생생하게 느껴져서 미칠 것 같았다. 내안의 공허가 더 큰 괴물을 만들어내어 아이들에게 해악을 끼쳤다는 사실을 깨달았다."

그의 마음은 더욱 안으로 닫혔다.

왕이 된 그는 감정을 속이고 마음을 숨겼다. 우재이를 아내로 맞아 허울뿐인 부부관계를 지속했다. 십 년 넘게 모습을 감춘 두 번째 정혼녀 허은양은 생사를 알 수 없었기에 그의 고려대상이 아니었다. 은우와의 미래를 본 것은 그 한참 뒤의 일이었다.

우재이가 무엇을 원하며 왕후가 되었는지는 사바누에게 중요하지 않았다. 그녀는 후사 문제를 빼고 왕후의 역할에 충실했으니 사바누는 그것으로 충분하다 여겼다.

"많은 시간이 흘렀지만 내 안의 구멍은 그대로였다. 메울 방법을 알 수 없었지. 아주 많은 시간을 동주국에 두고 온 아이들에 대해 생각하고 결론을 내리게 되었다."

죽음을 피할 수 없다면 가능한 하나를 살리는 것. 그는 장녀를 선택했다.

은우는 말을 흐리는 사바누를 토닥였다. 그에게서 느껴지는 스산함과 황량함이 은우에게 밀려들었다. 그가 본 미래는 참혹하다. 은우는 그 미래의 아주 '일부'만 보았기에 그가 얼마나 괴로웠을지 짐작조차 어려웠다.

"이젠 괜찮을 거예요."

"괜찮지 않아. 어쩌면 영원히. 그 아이들은 죽을 것이고 나는 바보처럼 아무것도 하지 못하고 내 선택을 두고두고 원망하겠지."

"하지만 일어나지 않은 일이잖아요. 그걸 최소화하려고 이렇게 고민하는 거잖아요. 오늘은 너무 많이 생각했으니까 쉬어야 해요."

은우는 그의 손에서 술잔을 빼앗아 그를 침상 쪽으로 잡아당겼다. 그는 마지못해 순순히 끌려왔다.

은우는 사바누의 관모를 벗기고 불편한 요대와 단령포를 벗겨

냈다. 취기가 올라서인지 그는 간혹 쓴웃음으로 화답했다. 그의 긴 녹발이 어깨 아래로 흘러내렸다. 벽에 걸린 현무화룡도가 주인을 향해 무어라 울어대었다. 그의 고통을 느끼고 공감하고 있어서일까.

은우는 검에게 쉿, 조용히 하라는 신호를 보냈다. 그를 침상에 눕히며 은우는 말했다.

"오늘 밤은 아무 생각하지 말고 편하게 쉬어요."

이야기를 다 토해낸 그의 얼굴은 슬프지만 홀가분하고 동시에 외로워 보였다. 그를 혼자 재워야 하나 은우는 잠시 망설였다.

슬쩍 반 보 뒤로 물러나와 침상에 누운 그를 보았다. 참으로 준수하고 명민해 보이는 그의 얼굴에 살짝 잔주름이 졌다. 은우의 그림자가 그의 얼굴에 드리워져 그의 얼굴을 명확히 볼 수는 없었다.

바로 지금처럼.

눈앞에 있고 잡을 수도 있는데 왜 이렇게 멀어 보이는 걸까. 은우는 인상을 찡그리며 고개만 갸웃거렸다.

이 사람을 잃는다는 것을 상상하기도 싫었다. 그는 그런 감정을 몇 번이고 느꼈을 거라 생각하니 마음이 아팠다.

하지만, 그는 너무 많은 것을 이야기했다. 어쩌면 혼자서 정리할 시간이 필요한 게 아닐까? 은우는 그의 머리를 쓰다듬으며 말했다.

"저는 헤르 님 처소에서 잘게요. 편히 쉬세요."

은우가 속삭이며 침상을 벗어나려 했다. 이불 아래로 강하게 뻗어 나온 그의 손이 은우의 가는 손목을 붙잡아 제게로 끌어당겼다. 손목 안쪽에 그의 뜨거운 입술이 맞닿았다. 은우가 인형처럼 그의 품 안에 끌려들어 가 안겼다. 그를 의식한 은우의 호흡이 점점 거칠어졌다.

"가는 거냐? 나 혼자서 자라고? 네 온기 없이?"

머리가 어지러워. 또 발정을 하는 걸까?

"너도 같이 자자. 나는 지금 네게 위로를 애걸하고 있는 거다."

서로를 의식하고 있다. 서로를 향해 뜨겁게 호흡했다.

"네가 필요하다, 은우."

애틋한 목소리와 달리 그의 녹안은 이글이글 타올랐다. 은우는 목이 탔다. 생각해 보면 주촌산 이후 궁에 돌아와 제대로 안긴 기억은 없었다. 그 빌어먹을 아버지를 걱정하느라 그랬던가. 은우는 말하는 대신 그의 목을 끌어안았다.

"동정심에 안기는 건 싫은데."

"동정이 아니라 위로라고 해두면?"

은우는 빛을 등진 그의 얼굴을, 그의 입매를 매만졌다. 슬쩍 호선을 그리며 웃는 그의 입술이 바짝 메말라 있다.

은우는 그에게 더 다가갔다.

"내겐 죽음의 그림자가 보여요?"

"아니. 설사 그렇다 한들, 내가 널 놓칠 것 같으냐?"

은우는 도리질을 쳤다. 만약 죽음을 앞에 두고 있다면. 은우가 할 일은 단 한가지였다.

최선을 다해 그를 사랑하고 그의 옆에 있을 거야.

"나는 부현에게 죽음을 미리 알려주었고 최선을 다해 그를 살리겠다 했다. 허나 그 녀석은 달랐어. 제가 죽을 수도 있다는 것을 깨닫자 죽음의 그 순간까지 최선을 다해 제가 마음에 품은 우재이만을 보고 살았다. 그의 죽음을 깨닫고 달려갔을 때는 너무 늦어서, 그의 임종만을 지킬 수 있었지. 그는 내게 우재이를 부탁했다. 그것이 그의 유일한 유언이었지."

은우는 조심스럽게 그를 쓰다듬었다.

"죽은 자들의 짐을 내려놓아도 돼요. 이젠 내가 같이 있을 테니까."

사바누는 은우의 말에 안도하며 그녀를 소중히 보듬었다. 그리고 은우를 제게 내려준 하늘에 감사했다.

내 유일한 온기. 내 인생의, 유일한 빛.

그것만으로 나는 감사해. 이 빌어먹을 운명에 너라는 존재가 있어서.

사바누는 어두운 밤을 틈타 은우를 탐했다. 달빛도 비치지 않는 어두운 밤, 빛이 은우를 빼앗아 가기라도 할까 봐 그는 이 어둠이 만족스러웠다. 그의 부끄러운 얼굴을 보여주지 않아도 되니 다행이었다. 열락의 신음 소리가 은우에게서 새어 나왔다. 끝없이 안고 탐해도 순결하게 느껴지는 은우의 몸. 그는 은우를 울리는 것이 좋았다. 이 어둠 속에서 은우의 촉감을 고스란히 느끼며 은우가 절정에 달해 울어대는 소리가 황홀했다.

나는, 이제 네가 없었던 시간들을 상상할 수 없다, 은우. 그러니 너만큼은 네 옆에 있어.

그 밤은 뜨겁고, 길고 그리고 애틋했다. 은우는 아버지의 탄식이 무엇인지 알았다. 어쩌면 은우에게 남아 있었을 강한 선계의 끈은, 그날 밤 끊겨져 버렸다.

영원히 하늘로 갈 수 없다 해도 후회는 없었다.

은우의 곁에는 그가 있으니까. 그와 평생을 함께 할 테니까.

고작 하루가 지났을 뿐인데도 궁에 나타난 허은양과 허주유의 등장을 모르는 이가 없었다. 수도 설한부에는 중앙대전에서 허씨 부녀가 일으킨 천재지변과 허주유가 지어 불렀다는 노래가 입에서 입으로 구전되었다. 추오를 타고 수도를 어슬렁거리며 돌아다닌 사내가 허주유였다는 사실을 알게된 이들은 까무러칠 뻔했다.

허주유가 머무르는 전각 주변으로 사람들이 그를 방문하기 위해 인산인해를 이루었다. 은우는 왕의 곁에 있으니 만나기 어렵다는 단순한 이유였다.

그 시각 은우는 침상에 뻗어 울상이 되어 있었다. 사바누가 간밤 은우를 괴롭혀 댔기에 온몸이 민망하고 젖가슴은 건드리기만 해도 아파서 신음이 절로 나왔다. 다리 사이는 쓰라려 걸을 수 있을지도 의문. 입술도 붓고 팔다리엔 멍자국도 있으니 옷 입기도 난감했다.

그녀를 밤새 울리고 절정을 맛보게 한 원흉은 편하게 잠들어 있었다. 은우는 어젯밤 제가 질러댄 교성들을 떠올리며 환관 언니들을 어찌 보나 걱정했다. 은우는 그의 입가에 희미하게 어린 미소와 침상에 흩어진 녹발을 무시하려 했다.

게다가 거슬리는 것들 중 하나는 침상 위, 전망 좋은 벽에 걸린 현무화룡도였다.

사바누는 밤새 검에게 내보란 듯이 그녀를 탐했다. 심지어 검을 노려보며 허리짓을 하기도 했다. 검은 너무한 거 아니냐며 시끄럽게 반항했고 그의 움직임은 더욱 격해졌다. 그녀의 제일 깊은 안까지 거침없이 파고들던 그의 몸짓이 떠올라 은우는 제 볼을 감싸 안았다. 상상만으로 부끄러워, 까아.

현무화룡도가 무어라 은우를 내려다보며 미약한 반응을 했다. 풀이 죽은 울음소리에 은우가 고개를 들었다.

자기가, 우울하다고? 주인과 몸을 섞을 때는 시야를 가려달라고?

은우의 머리는 혼란스러워졌다. 대체 저 검의 눈이 어디에 붙어 있다는 걸까. 손잡이? 검집? 그걸 떠나 그렇다는 건 어젯밤의 정사를 다 봤다는 거잖아! 검도 변태고 주인도 변태얏! 은우는 태연하게 잘만 자고 있는 사바누의 가슴팍을 찰싹 후려쳤다.

사바누가 느닷없는 불벼락에 눈을 게슴츠레 떴다.

잠을 자던 그의 눈에 비친 은우는 어젯밤 이상으로 유혹적이었다. 알몸이 된 채 흥분으로 달아오른 발그레한 얼굴을 하고 다소곳한 자세로 그의 옆에 앉아 있다. 환한 아침, 은우가 움직일 때마다 흔들리는 소담한 가슴이며 흐벅진 엉덩이 사이에 자신이 만들어낸 흔적들이 고스란히 남아 시선을 자극했다. 그의 중심부가 다시 뭉근하게 솟아올랐다.

은우는 믿지 못하겠다는 눈으로 그를 응시했다.

"전하, 또?"

"사바누. 이름을 불러라. 네가 부르는 그 목소리가 좋아."

그가 은우의 몸을 제게 끌어당겼다. 은우는 그를 밀어냈지만 그의 힘이 더 셌다. 곧장 입술이 겹쳐지고 호흡이 뒤섞였다. 냅다 발차기로 그의 복부를 걷어찬 은우가 잽싸게 도망치려 했건만 다시 허리를 붙잡혀 침상 위로 질질 끌려갔다. 은우는 공포에 질린 눈으로 현무화룡도를 바라보았다.

변태검아 도와줘! 나 이대로라면 죽어!

은우 살려!

그 애절한 외침이 교성으로 바뀌는 데는 족히 몇 초면 충분했다.

❀   ❀   ❀

궁 안의 사람들은 참으로 괴이한 변고를 발견하고 저마다 고개를 갸웃거렸다. 온 궁마다 쌍쌍이 된 요수들이 가득한데 암컷들이 모두 새파랗게 시르죽어 가고 있다. 수컷들은 암컷의 뒤를 쫓으며 구애의 춤을 추었고 대신들과 사람들이 보는 앞에서 덮치기를 시도했다.

밤새 술에 취해 있다가 잠시 바람을 쐬러 나왔던 허주유는 요수들의 민망한 화합의 장면을 본 충격으로 쓰러져 자리에 드러누웠다.

온갖 요수들이 다 날아들어 궁 안에 가득했다. 암수의 나무들이 열매와 꽃을 잔뜩 휘영청 매달고 서로 마주보았으며 사방이 꽃천지에 하늘의 구름조차 어쩐지 분홍빛이었다.

"……."

"흠흠. 어흐흐으음!"

얼굴이 붉어진 몇몇 대신들이 총총 걸음으로 관청 안으로 투신했다. 노대신들의 시야는 온통 세상이 누렇게 뜬 듯 보였다.

"세상이 참으로 말세로고."

그들은 하늘을 원망했다. 허은양은 무서운 존재로고. 아아, 나라가 평탄해지기 전에 우리가 민망해서 죽겠구나. 탄식만이 태산처럼 높아졌다.

오후가 되자 사바누는 은우의 연인에서 북마왕으로 변해 대전으로 향했다. 가기 전 기진맥진한 은우의 볼에 짧은 입맞춤을 해주는 것도 잊지 않았다.

은우는 그를 원망하며 침상에서 기지개를 켰다. 온몸이 말이 아니었지만 얌전히 누워 있는 것은 성미에 맞지 않았다. 환관들이 가져다준 산해진미로 배를 든든하게 채운 은우는 기합을 넣으며 자리를 박차고 일어났다. 은우가 일어나자 치하전에서 보내진 시녀들이 은우에게 어울릴 옷을 들고 와 은우를 꾸며주기에 바빴다.

경대 속의 은우는 미인은 아니었지만 얼마 전과 비교할 수 없을 정도로 예뻤다. 하지만 자신이 허은우라는 본질은 바뀌지 않는다. 허은우는 며칠 전까지만 해도 주촌산에서 제일가는 사냥꾼이었다. 그것이 후회스럽지도, 부끄럽지도 않았다. 궁에 대해 모르는 것이 있다면 배우면 될 것이고 앞으로 익숙해지면 될 것이다.

그러니 할 수 있는 것부터 하나하나 해야지. 사냥꾼이라는 것도 잊지 말고.

은우는 얇고 단단한 노끈을 구해달라고 부탁했다. 환관들이 궁을 뒤져 단단하고 얇은 노끈을 모아 오자 은우는 앉은 자리에서 그것으로 밧줄을 꼬았고 적당한 길이가 되자 이젠 그 노끈을 적당히 엮어 그물로 만들기 시작했다. 그물이라기엔 꽤나 성기고 작은 짐승은 잡지 못할 정도로 구멍이 컸지만 커다란 짐승을 잡기엔 충분했다. 은우의 그물 짜는 솜씨가 신묘할 지경이라 호위무사나 시녀, 환관 등 수십 쌍의 눈이 은우와 은우의 손만 보고 있었다.

은우가 사실 처음 덫을 만든 건 3살 때였다. 은우가 아니면 절대 끊을 수 없는 덫으로 처음 잡은 것은 아버지였다. 은우의 천부적인 사냥실력을 경험한 허주유는 삼 일 밤낮을 꼬박 목 놓아 우셨다. 하늘이시여, 왕후가 되라 하더니 어째서 사냥꾼인 겁니까.

은우는 그냥 사냥꾼도 아니고 천부적인 사냥꾼이었다. 덫과 그물 짜는 기술은 국새마을에선 최고였다. 다만 은우의 덫을 해체할 수 있는 건 은우밖엔 없어서 그물이며 밧줄을 팔았던 적은 단 한 번도 없다는 게 문제였지만.

"대체 무엇을 만드시는 겁니까?"

은우는 제 그물과 밧줄을 바라보며 묻는 조 환관에게 해맑게 대꾸했다.

"일단 할 일을 하려고요."

참으로 아리송한 대답에 환관은 고개를 갸웃거렸다. 다 만든 밧줄과 그물을 끌고 은우는 곧장 치하전의 여왕에게로 향했다. 여왕은 은우가 힘 좋은 체구의 위사들과 자신을 꾸며주었던 실력 좋은 시녀들을 빌려달라고 부탁하자 당장 그들을 집합시켜 주었다. 은우는 비상시를 대비해 현무화룡도도 들고 있던 참이었다. 남자가 입을 비단옷까지 대뜸 대령한 그들이 은우와 함께 향한 곳은 은우의 아버지, 허주유가 머물고 있다는 전각이었다.

허주유를 보기 위해 전각 주변을 갸웃거리던 이들은 은우와 위사들의 등장에 놀랐다. 민망한 요수들의 짝짓기를 보며 기절한 참에 숙면을 취한 허주유는 느닷없는 은우의 방문에 의아해했다. 그가 침상에서 막 부스스하게 일어났다. 그는 여전히 주촌산에서 입고 온 넝마 차림이었다.

시선을 맞추기 위해 그는 제 앞머리를 들어올려 은우를 바라보았다.

"딸? 은우?"

"맞아요."

화장을 하고 평소보다 더 예쁘게 차려입은 은우는 꽤나 당당하고 당돌해 보였다. 무언가 단단히 결심한 듯한 딸을 살피며 허주유는 탄식했다.

"꾸며도 선녀가 되기는 꽤나 힘든 외모라 안타깝구나."

개탄하던 그는 딸의 눈치를 살폈다. 뭔가 위험한 향기가 났다.

"왜 온 거냐?"

은우는 침상 위에 벌렁 드러누워 있는 거지꼴의 아버지를 응시했다. 저것을 사람답게 만드는 것이 은우의 목표!

"부탁드려요. 모두들."

그 한마디에 환관과 힘 좋은 시녀들이 앞으로 섰다. 허주유가 드러누워 있던 침상 뒤편으로는 전각 뒷문으로 들어온 어깨가 떡 벌어진 위사들이 단체로 포위했다. 허주유는 자신을 둘러싸고 포위망을 좁혀 오는 한 무리의 사람들을 살피며 한숨만 팍팍 쉬었다.

"딸, 이 사람들이 전부 다 뭐냐?"

"할 수 있는 것부터 하나씩 해야 한다고 마음먹었어요. 그러니 아버지부터 손보려고요."

"뭣이?"

"인간의 몰골이 아니잖아요. 아버지는."

눈치가 빠른 그는 대번에 은우의 말을 알아들었다. 그의 피 같고 눈물 같은 머리털과 수염을 죄다 잘라 버린다는 것이 아니던가!

은우가 고갯짓을 했다.

"모두들 부탁드려요."

그 신호를 받은 위사들이 은우가 단단하게 꼬았던 밧줄로 올가미를 만들어 허주유에게 달려들었다. 그것도 모자라 그물덫을 뒤집어씌워 포박하는 데 성공했다. 허주유는 놀라 고래고래 고함만 질렀다.

"왜 풀 수 없는 게냐. 허은우, 또 그물 만들었지! 내가 그물인지 덫 만들지 말라고 몇 번을 말했냐! 이건 네가 아니면 아무도 못 푼다고 말했지! 왜 그물 엮고 덫 만드는 데 선력을 쓰느냐 이 말이다!"

"언제 뭘 썼다고 그러세요!"

허주유의 고성에도 펄펄 끓는 물 한 동이를 대령한 시녀들이 두 팔을 걷어붙였다.

"자아 준비하자! 허 공을 사람의 몰골로 만들라 하신다!"

한 어깨 하는 시녀들의 기합소리에 허주유는 지레 겁을 먹었다. 그의 소박한 반항이 한 번 더 이어지자 위사들은 손발을 모두 꼼 꼼히 묶어 시녀들 앞에 허주유를 대령했다. 제대로 수염이나 머리 를 빗겨보려던 시녀들은 빗질은커녕 빗도 들어가지 않는 텁석부 리 수염과 더벅머리를 다듬는 것조차 불가능하다고 판단했다. 그 녀들이 외쳤다.

"밀어야겠구나! 준비해라!"

서슬 퍼런 칼날을 슥슥 가는 소리가 들려왔다. 보는 은우도 공 포스러웠는데 허주유가 사색이 되어 발광한 것은 당연했다.

"이, 이거 놓아라! 신체발부 수지부모라 했거늘!"

"아버지는 할아버지랑 할머니 안 계시니까 밀려도 돼욧!"

"망할 딸이!"

대대적인 변신작업이 이루어지는 동안 허주유의 불평불만은 끊 이지 않았다. 허주유가 풀려난 것은 머리와 수염이 다 밀린 뒤 목 욕을 하기 전이었다. 위사들이 여전히 그들과 자신의 손을 묶고 있었기 때문에 그는 도망가지 못했다. 이후 시녀들이 마련한 새 비단옷으로 갈아입은 허주유의 모습을 보며 은우는 눈을 빛냈다. 보람찬 작업을 다한 위사와 시녀들 한 무리들도 경탄했다.

"아버지? 아버지가 아닌가? 뉘시지요?"

"귀찮게 하지 말거라."

손을 휘젓는 중년 사내는 대머리에 말끔한 맨 턱에도 제법 근사한 외모로 탈바꿈해 있었다.

"분명 목소리는 아버지인데 생긴 건 아버지가 아니네요."

성풀이를 하듯 불쑥 튀어나온 허주유의 발이 은우의 다리를 밀었다. 아버지의 다리걸기를 용케 피하려던 은우는 제 치맛단을 밟고 우당쾅쾅 뒤로 요란하게 넘어졌다.

"천방지축 딸년은 맞네."

은우는 제 무거운 가채 덕분에 머리통을 부지했다 여기며 일어났다. 아픔조차 느끼지 못할 정도로 아버지의 변신은 굉장했다. 나이보다 훨씬 젊고 그럴싸해 보였다.

"아버지 인기 많을 것 같아요."

"허은우!

허주유의 이마가 깊은 내 천 자를 그리는 순간 전각 너머로 날벼락이 때렸고 우박도 함께 쏟아졌다. 은우는 방금 전까지 맑고 청명한 하늘의 괴이한 변화를 시큰둥하게 여겼다.

저 변덕스런 날씨 또 시작이네.

그 천재지변이 그들 때문에 일어나는 것임은 여전히, 전혀 몰랐다.

6장 마음의 깊이

용상에 앉은 사바누는 지루한 얼굴로 대신들을 내려다보았다. 허씨 부녀가 파괴한 흔적이 역력한 중앙대전은 수리하다 만 채였다. 대신들은 용상 아래에서 조아린 채 서로 곁눈질을 했다.

북마왕은 냉랭하다 못해 찔러도 피 한 방울 나올 것 같지 않은 사람이었다. 왕이 가끔 내뿜는 예기가 날카로워 숨을 쉬는 것조차 불경하다 여긴 적도 있었다. 그런 전하가 모피를 뒤집어쓴 허은양이란 생물에게 상냥하게 웃고 말을 건넸던 것이 진실이었을까? 오전 내내 궁 여기저기에서 쌍쌍인 요수들이 단체로 번식기를 맞아 야합하던 장면을 떠올리니 차마 낯 뜨거워 그 용안을 마주하기도 힘들었다. 이제 약관을 넘긴 신출내기 무관이 용감히 '전하, 정녕 그렇고 저런 일들을 하시었습니까?' 라고 물으려 했건만 노대신들이 그 무관을 욕하고 발로 차고 난리도 아니었었다.

사바누는 가득 쌓인 상소문을 보고하거나 할 생각도 하지 못하는 대신들을 바라보았다. 두 재상들은 모두 자리를 비웠고 평소에도 자신 앞에서 격론을 펼치던 대신들이 전부 합죽이가 되어 있다. 대신들이 보고를 하길 기다리다 지친 사바누는 한숨을 쉬었다.

그는 제 호위에게 잠시 귀엣말을 건넸다.

"지금 은우는 무엇을 하고 있더냐."

쥐 죽은 듯 고요하다 보니 그의 말이 일부 대신들에게도 들렸던 모양이다. 최고 기관인 상서성의 우두머리 차 상서령의 귀가 쫑긋 곤두섰다. 사바누의 호위 이산이 대꾸했다.

"덫을 꼬고 그물을 만드셨다고 합니다."

"흐음?"

"밧줄을 꼬는 솜씨가 참으로 신묘하여 환관들이 경탄했다고 하는데……."

대화를 나누던 왕과 호위는 용상 아래 바싹 몸을 붙여 귀를 기울이는 대신들을 발견했다. 왕과 호위가 어이없어 그들을 바라보자 대신들이 황급히 제 자리로 돌아가려 하며 헛기침을 했다. 흠흠, 어흠! 캑캑! 사바누는 대신들에게 관심을 끊은 채 되물었다.

"그 뒤에 무엇을 했다더냐?"

"여왕께 요청해 한 무리의 사람들을 모으신 뒤 아버님을 잡으러 가신다고 가셨습니다."

"대체 왜?"

이산의 말이 더욱 은밀해졌다.

"아버님을 인간으로 만드시겠다 공언하셨었……."

허주유의 몰골을 떠올리자면 그럴 법도 했지만, 사바누와 이산은 대화하다 말고 용상 아래로 귀를 바싹 붙이고 있는 대신들을 응시했다. 자신들의 말에 일희일비하는 대신들이 화들짝 용상 아래에서 흩어졌다. 그들이 잠시 잃어버린 체통을 주워 담아 자신들의 자리로 돌아가기까지는 조금 시간이 걸렸다.

"은우, 허은양에게 관심들이 많으신 모양이오?"

대신들은 일제히 식은땀을 흘렸다. 그리고 간언했다.

"전하! 그분은 차, 참으로 사랑스러우셨습니다."

"어, 얼굴도 미인이셨지요, 아암!"

"은우는 붕대를 감고 있었는데 그 얼굴을 잘도 알아보셨구려."

실제로 허은양의 얼굴을 본 이는 드물었기에 그들은 민망해하며 서로 얼굴들을 피했다. 귀빈전의 허은양이 아름다워 내일이라도 당장 국혼을 올려야 한다던 대신들은 어디로 갔단 말인가. 쓴웃음을 짓던 그는 문득 은우가 보고 싶다는 사실을 깨달았다.

"할 말들이 없으면 이 몸은 이만 돌아가겠소."

대신들은 얼음이 되어 용상을 떠나는 왕을 배웅했다.

사바누의 발길이 멈춘 곳은 어머니의 처소 근처인 치하전 부근이었다. 듣는 귀가 없음을 거듭 확인한 그가 발걸음을 멈추고 자신의 돌아온 그림자에게 물었다.

"가짜에 대해 알아보았느냐?"

가짜는 귀빈전에 머물고 있던 미인 허은양을 말했다. 한참을 망설이던 그림자가 입을 열었다.

"우 재상이 천거하여 올린 여인은 분명하다 했습니다. 수도 외곽 출신으로 그 허씨 부녀를 기억하는 자들이 있긴 했습니다. 실제 여인의 이름도 허은양이었다 합니다. 다만, 이전에 알려 드린 대로 우 재상은 그녀를 기루에서 만났다 합니다. 아비가 죽은 뒤 기루로 팔려온 허은양은 당시 자하루에서 제일가는 미색의 기녀로 손님들을 가려 받았다 합니다. 특이한 것은 줄곧 밤손님들을 받지 않고 정절을 지켰다는 점입니다."

우 재상이 그녀를 진짜 허은양으로 판단할 근거는 너무 많았다. 여인의 실제 이름은 허은양, 아비도 허씨. 무엇보다 여인은 허씨 부녀의 호패를 갖고 있었다. 심지어 정절을 지켰다 소문났다면 허은양도 자신을 왕후가 되어야 했을 몸이라 그리 굳게 믿고 있었는지도 모른다.

"참으로 고약하구나. 헌데 귀빈전의 여인에 대해 좀 더 기억해야 할 것은 없느냐."

우연이라고 치부하기엔 뭔가가 거슬렸다.

"그 여인이 열여섯에 기루에 팔렸다 했더냐? 4년 만에 그 기루의 얼굴이 되었다면."

"아닙니다. 처음 몇 년간은 허드렛일을 하며 살았나 봅니다. 여인을 자하루에서 모르는 이가 없었습니다. 미모를 숨기기 위해 처음 1, 2년간은 얼굴에 검댕을 바르고 찬모 일을 도왔다 합니다. 그러다 미색을 드러내고 자하루의 루주와 기녀가 되기로 어떤 계약을 한 모양입니다. 그것이 아비의 빚이자 제 몸값이라는 소문이

근방에 파다하더군요."

"그럼 그 여인이 허은양이 되기 위해 궁에 갔다면 그것 또한 소문이 났을 것 아닌가?"

그림자가 고개를 가로저었다.

"그렇지는 않습니다. 루주도 다른 이들도 그녀의 행방을 몰랐습니다. 아마도 우 재상께서 손을 쓰신 듯합니다. 여인도 아마 숨기고 싶었던 게 있었을 겁니다. 우 재상이 몰랐던 것을요."

"여인의 나이인가. 2, 3살 정도라면 숨기기 쉬웠을 테지. 큰 문제도 없었을 터이고."

"하오나 열여섯에 자하루에 들어온 그 여인은 또래보다 발육이 빨라 키는 지금과 다를 바 없었다 합니다. 어릴 적 그 여인이 살았던 곳을 탐문해 보니 허가의 사내가 딸을 얻은 것은 허은양께서 태어나기 3년 전이었습니다."

"어마마마는 알고 계신가? 하긴, 모를 리 없겠지."

사바누는 진심으로 호쾌하게 웃었다.

"우 재상께서 이 일을 뒤늦게 아시고 충격으로 두문불출하신 듯합니다."

"자존심 강한 우 재상은 자신이 저지른 것을 믿고 싶지 않겠지. 진비도 모두 귀빈전의 허은양이 진짜라 확신했겠지. 절대 가짜란 가능성이 있을 거라곤 계산에 넣지 않았을 것이다."

그럼 이제 어쩐다? 그림자의 기척이 사라졌다.

사바누는 치하전으로 향하던 발걸음을 멈추고 곧장 자신의 처소, 강녕전으로 되돌아갔다.

사바누가 강녕전 앞에 도착했을 때였다. 강녕전의 커다란 상수리나무에 한 쌍의 황조들이 지저귀고 있었다. 날개와 눈이 하나뿐이라 짝을 이루어야 날아갈 수 있다던 새 만만 한 쌍이 담벼락 위에 앉아 있다. 아침까지만 해도 없던 나무 두 그루가 정원 가운데에서 포옹을 하듯 한 몸처럼 엉켜 있었다. 사바누는 궁의 연못에 숙어가 나타나 닭 울음소리를 내며 시끄럽게 울어대지 않을까 걱정했다.

은우는 강녕전 밖까지 나와 재잘거리며 그를 반겼다. 은우는 아버지를 사람답게 만든 것과 그 이후 자신의 궁궐 모험을 읊어대었다. 아버지를 사람답게 만든 뒤 은우는 궁의 반빗간으로 불리는 문화성 조리전을 방문한 모양이었다. 그 규모와 숙수들의 솜씨에 반한 모양인지 은우는 그들에 대한 찬양을 퍼부으며 질문을 퍼부었다. 결국 문화성의 대신이 불려와야만 했다. 은우의 천진난만한 질문에 대꾸하던 대신의 얼굴에도 은근한 미소가 어렸다.

그날 저녁은 평소대로 12첩 반상이었으나 그 하나하나가 요리사와 숙수들의 예술혼이 발휘된 것들이었다. 도자기 뚜껑을 열면 산수화가 나타났고 국이나 조림을 먹는데도 그 배열이 꽃과 나무의 모양으로 장식되어 있었다. 독이 없는지 맛을 보는 신 환관도 너무 아까워 음식에는 손도 대기 어려워했다. 음식을 덜어내면 그림이 흐트러진다는 이유였다. 모두의 죄책감을 일으킨 요리들은 그 외양만큼이나 맛도 황홀했다. 은우는 하나씩 맛볼 때마다 들뜬 교성을 내곤 했다.

잔반 처리가 취미인 은우의 구미호는 냄새를 맡고 흥분해 강녕전 밖에서 날뛰었다. 연이어 요수들의 울음소리가 들리는 가운데 사바누가 입을 열었다.

　"오늘 오전에 궁 안팎으로 나타난 번식기를 맞은 요수들이 노닐었다는군. 쌍쌍으로."

　은우는 음식을 먹다 말고 눈을 빛냈다.

　"우와! 나도 구경했으면 좋았을 텐데. 맛있는 애들도 많을 건데!"

　"……먹으려고?"

　"먹으면 안 되나요?"

　그는 실없이 웃었기에 은우는 안 되는구나, 생각하고 눈앞의 요리에만 집중했다. 사냥할 필요가 없을 정도로 요리사들의 솜씨는 기가 막혔고 맛은 환상적이었다.

　사바누는 요리 하나하나를 오랫동안 음미하며 즐기는 은우를 보고 웃었다. 내일이면 요리사들에게 찬사를 퍼부을 은우와 은우를 위해 예술혼을 불태울 요리사들이 저절로 연상되었다. 주춘산에서 그의 호위들을, 어머니와 제 처소의 시중인들을 제 편으로 만든 것도 모자라 어머니와 변태검에, 이젠 요리사들까지 은우의 편이었다.

　사바누는 은우를 뜨거운 시선으로 응시했다. 해가 뜬 뒤로 교합을 하지 말라 간청하던 호위들의 말이 떠올랐다. 궁 도처에서 목격된 요수들의 교합이 참으로 낯뜨거워 견딜 수 없다나. 그렇다면 밤에 잔뜩 안아야 하리라.

은우는 그의 사심 어린 노골적인 시선에 숟가락을 내려놓았다. 적당히 배가 부르긴 했지만 이미 식욕은 달아난 상태였다. 이 나라의 왕은 바람둥이는 아니지만 호색한이지. 은우가 뾰루퉁하게 볼을 부풀렸다.

사바누가 시녀들을 불러 상을 물렸다. 그녀들의 뒤를 쫓아 꼬리를 살랑대던 구미호가 쫓아 나갔다. 모든 방해물들이 사라지자 사바누는 침상의 제 옆자리를 툭툭 쳤다.

"이리 와라."

은우는 눈을 흘기며 그대로 주저앉아 있었다. 배가 부르자 마냥 노곤해져 움직이는 게 귀찮았다. 오전 내내 왕이 자신을 침상에서 괴롭혔고 오후엔 발이 부르트도록 돌아다녔다. 때문에 쓰러지지 않은 게 다행이었다.

애무의 흔적들 때문인지 은우는 얼굴과 손등만 드러내고 나머지를 꽁꽁 싸맨 채였다. 답답하지만 정숙해 보이는 차림 아래에 숨은 야한 알몸을 떠올리며 사바누는 실없이 키득댔다. 그가 손대면 복숭아처럼 발그레하게 익어가던 여체와 맛좋은 봉긋한 젖가슴, 자신의 남성을 삼키며 고문하던 그녀의 동굴. 그 모든 것들이 상상만 해도 즐거웠다. 그의 몸은 잔뜩 달아 있었지만 은우는 머리를 앞뒤로 흔들며 꾸벅꾸벅 졸고 있었다.

"흐음."

사바누가 콧소리를 내며 은우의 곁으로 다가갔다. 무방비 상태로 노출된 가늘고 흰 목과 옷깃 사이로 쇄골과 쇄골 주변으로 피어난 열꽃들을 그는 제 눈에 담았다. 그 또한 유혹적인 장면이었다.

"나 때문에 건강한 은우가 저리 병든 요수들처럼 굴다니. 몸부터 풀어줘야겠군."

문득 떠오른 생각에 그는 은우의 몸을 안아 들었다. 은우는 제 발과 몸이 허공으로 붕 뜬 느낌에 눈을 떴다가 바로 코앞에 있는 그의 얼굴을 보며 얼굴을 붉혔다. 은우의 심장이 사바누를 보며 두방망이 쳤다. 떨어질세라 그의 목을 단단히 껴안는 두 손이 앙증맞다. 은우는 머리끝부터 발끝까지 왜 이리도 귀여울까.

은우는 그의 얼굴을 홀린 듯 바라보았다. 그가 어떤 야한 상상을 하고 있는지 알 것 같은데 그의 얼굴을 보면 마냥 가슴이 뛰었다. 저를 온건히 바라보는 뜨거운 녹안으로 그는 은우가 절정에 달해가는 모습을 응시했었다. 저 강직하게 생긴 나쁜 입술은 그녀의 온몸에 붉은 열꽃을 남겨서 그녀를 민망하게 했다. 그를 슬쩍 쳐다보고 있었을 뿐인데 은우의 몸이 저절로 떨렸다. 건드리기만 해도 터질 것 같다. 그녀의 온몸에 와 닿는 단단한 팔과 듬직한 가슴을 고스란히 느꼈기에 더더욱, 목이 말랐다.

"어, 어디로 가는 거, 거예요?"

은우가 말을 더듬었다. 사바누가 은우의 귓가에 속삭였다.

"지하에."

그의 숨이, 연이어 혀가 은우의 귓바퀴를 슬쩍 간질였다.

사바누가 은우를 데려간 곳은 강녕전의 지하공간이었다.

대산에서 쏟아지는 푸른 온천수가 욕탕으로 흘러들어 물을 가득 채웠다. 그 녹수 위로 선명한 붉은 꽃들이 노닐고 있다. 시녀들이 전부 사라지자 은우는 그의 품에서 내려와 발을 내디뎠다.

은우는 탕 속에 손을 담가보았다. 녹수에 자신의 손마저 푸르게 물들자 기뻐하며 종종걸음을 치다 그대로 미끄러졌다.

"으아아아!"

풍덩! 은우를 둘러싸고 커다란 녹색 물보라가 일었다. 은우는 허우적거리다 탕 속에서 몸을 일으켰다. 은우의 붉고 풍성한 치맛단이 핑그르르 활짝 핀 꽃처럼 부풀어 올랐다. 젖고 무거워진 옷과 가채 덕분에 은우의 작고 가는 몸이 휘청거렸다.

"도, 도와줘요. 저, 전하."

"목욕을 그렇게 하고 싶어하는 줄은 몰랐는데."

피식 웃던 사바누가 탕가에서 훌훌 옷을 벗고 알몸이 되어 물속으로 들어왔다.

물에 젖은 얇은 비단이 은우의 몸 위로 찰싹 들러붙었다. 풍성한 치맛단은 꽃잎처럼 부풀어 은우를 감쌌다. 사바누는 저를 유혹하는 그녀의 자태를 감상했다.

"푸른 물속에 빨간 은우 꽃이 피었군."

"놀리지 마요."

은우가 그에게 물을 튀겼다. 따스한 온기가 그들의 몸을 감싸고 찰방거렸다. 사바누는 그의 꽃, 은우를 향해 손을 뻗었다. 은우는 별다른 반항도 못한 채 치마에 휘감긴 모양새 그대로 붙잡혔다. 반항하고 싶지 않았다. 머리가 어지러워 그에게 자신의 몸을 내맡겼다.

사바누의 손은 은우의 몸 위를 배회하며 은우의 약한 성감대들을 자극하고 깨웠다. 은우가 낮은 신음을 내자 물에 젖은 옷을 벗겨내려 애썼다. 물기를 머금어 은우의 몸에 찰싹 피부처럼 달라붙은 그것을 제거하기란 어려웠다. 사바누는 결국 옷 위로 그녀의 가슴을 강하게 베어 물었다.

하얀 입김과 욕탕의 녹색 안개가 뒤섞였다. 정신이 몽롱해졌다. 찰팍거리는 물소리가 멀리서 들리는 듯했다. 은우의 머리를 더듬던 그의 손이 성가신 가채와 비녀들을 뽑아내었다. 머리가 가벼워졌다고 생각하자 이번엔 사바누가 다급하게 다가왔다. 거추장스러운 옷들이 그들을 가로막고 있었다. 녹수는 은우의 경직되었던 몸을 나긋나긋하게 녹였다.

숨결이 뜨거워졌다. 바짝 곤두선 가슴이 그의 손안에 무르익어 일그러졌다. 은우의 허벅지가 뜨겁게 젖었다. 온몸이 그닐거리며 그의 손길을 원했다. 은우는 그의 아래에서 바르작거리다 그의 손을 제 몸 위로 이끌며 손등을 겹쳤다. 벗겨진 옷이 빠르게 은우의 몸에서 제거되었다.

잔해들이 녹수 위를 의미 없이 떠다녔다.

그의 손이 따스한 녹수에 젖어 은우의 여성 사이로 파고들었다. 자신의 안으로 침범해 오는 그의 손가락을 느끼며 은우는 애틋한 신음 소리를 내었다. 그가 물들여 놓은 붉은 화인들 위로 새로운 낙인들이 덧붙여진다.

사바누가 제 강한 몸을 은우의 몸 위로 겹쳤다. 넋이 나가 버리는 것 같다.

"하아."

은우는 그가 주는 쾌락에 지배당해 또 정신이 혼미해졌다.

한 차례의 정사를 마친 그는 기절해 버린 은우를 껴안고 침상으로 돌아왔다. 아기처럼 정신을 놓고 잠이 들었던 은우는 시녀들이 그와 자신의 머리의 물기를 제거하고 말리는데도 깨지 않았다.

은우가 번쩍 눈을 뜬 시간은 모두가 잠이 들었을 깊은 새벽 시간이었다.

은우의 빈자리를 눈치챈 사바누가 그녀의 뒤를 쫓았다. 야간 순찰을 돌던 그의 호위들과 밤잠 없는 늙은 환관들 몇이 은우의 행동을 몰래 주시했다.

은우는 침의 위로 두터운 겉옷을 걸친 채 정원의 나무 아래를 배회했다. 양팔에는 밧줄 같은 것들을 한 아름 껴안은 채였다.

"대체 뭘 하는 걸까요?"

"덫을 만들었으니 설치하는 것이겠지."

조 환관이 묻자 사바누는 대꾸했다. 사바누뿐 아니라 지켜보는 모두가 궁금해졌다. 저 덫으로 무엇을 하려는 걸까?

은우는 사람이 빈번하게 다니는 통로나 길목을 피해 덫을 설치했다.

몇 개의 그물덫과 올가미덫. 덫을 설치하는 데 심혈을 기울이다 보니 가끔 겉옷이 흘러내려 야스런 침의를 무방비하게 드러내기도 했다. 은우가 자신의 완벽한 덫을 감상하며 자화자찬했을 때에는 모두가 웃음을 터트릴 뻔했다.

은우는 여러 개의 덫을 빠르게 설치하고 손을 털었다. 환관이나 시녀들이 덫에 걸리지 않아야 할 텐데 고심하던 은우는 제 뒤를 졸졸 그림자처럼 쫓아오는 구미호를 발견했다. 은우와 시선이 마주친 구미호는 다리 두 개를 든 채 얼음이 되었다.

"넌 잡히면 안 돼. 알았지?"

구미호가 캥캥거리며 대꾸하자 은우는 저를 내려다보는 담장 위의 요수들을 응시했다.

"너희도 걸리지 마. 알았지?"

은우가 마지막 덫 위로 나뭇잎들을 주워 뿌렸다.

다시 자야겠다. 너무 피곤해.

"은우? 거기서 뭘 하는 게냐?"

사바누의 말에 은우는 황급히 고개를 들었다. 너무 오랫동안 바깥에 있었던 듯했다.

"잠깐 바람 쐬러 나왔어요."

은우는 총총걸음으로 안채로 들었다. 호위무사들과 환관들의 시선을 받긴 했지만 은우는 의아했다. 다들 아직도 안 자고 있었나?

은우가 강녕전의 침소로 사라진 뒤였다.

은우를 몰래 지켜보던 환관과 호위무사들은 내일 무슨 일이 벌어질까 잔뜩 기대에 부풀었다.

아침이 밝았다. 강녕전 식솔들은 덫이 파묻힌 정원 쪽으로 시선을 두었다. 덫에는 아직 걸린 것이 없었다.

은우는 아침 일찍 깨어나 늦은 오전까지 처소에서 미적거리는 사바누 크세노를 응시했다.

"왜 안 나가세요?"

"글쎄."

사바누는 슬쩍 근엄한 체하며 웃음을 속으로 삼켰다. 은우가 뭔가 미심쩍은지 어깨를 으쓱했다. 은우가 덫으로 무엇을 잡을지가 강녕전 최대의 관심사였다.

은우와 사바누가 조반을 함께 하다 보니 어느새 오시午時가 되었다.

"어이쿠!"

누군가 올가미덫에 걸려 괴성을 질렀다. 은우가 좋아할 만한 간식거리, 월병과 화생초를 진상하려던 숙수들 중 하나가 희생되었다. 간식거리들은 다행히도 뒷 숙수가 품에 안고 사수한 상태였다.

"미, 미안해요!"

은우는 거듭 사과하며 그들을 풀어주었다. 허나 그들의 얼굴은 참으로 어리둥절했다.

시간은 그 뒤로도 잘만 흘렀다. 사바누는 어쩔 수 없이 공무를 보기 위해 대전으로 향했다. 허은양에게 빠져 처소에서 나오지 않는다는 소문을 접한 우 재상이 북마왕과 길이 엇갈린 것도 그즈음이었다.

우 재상은 홀로 강녕전을 방문했다. 귀빈전의 허은양을 천거한 그였지만 그 여인에게 자신이 속은 것을 뒤늦게 알았기에 이제 오게 된 터였다.

우 재상은 좀더 빨리 왕을 뵙고자 지름길을 선택해 발을 디뎠다. 발이 땅에 닿은 순간, 느껴진 괴이함에 그는 고개를 갸웃거렸다. 재상의 몸이 하늘로 떠올라 사라진 것은 그 다음 순간이었다.

"아악!"

느닷없는 비명 소리에 강녕전 식솔들이 하나둘씩 밖을 내다보았다. 맙소사, 이 나라의 재상이 덫에 걸리셨다.

웅성거리는 목소리들이 정원에서 들려왔다. 습관처럼 덫을 확인하러 고개를 내밀었던 은우도 입이 떡하니 벌어져 다물질 못했다.

"도, 도와주시오! 사람을!"

그물덫 안에 갇혀 있던 우 재상은 옥빛 치마를 입은 말간 얼굴의 소녀를 얼핏 바라보았다. 얼굴은 제대로 보이지 않았지만 목소리만은 참으로 티 없이 맑았다.

"죄송해요. 이렇게 될 줄 몰랐어요."

"대체 왜 이런 일을? 아니, 대체 누구?"

우 재상은 불편한 몸을 덫 안에서 움직이려다 문득 깨달았다. 이런 발칙한 짓을 강녕전에서 할 수 있을 사람은 그 엉뚱하다는 허은양뿐이었다.

"혹시 우 재상님이세요?"

"그렇소."

"전 은우라고 해요. 덫을 설치하면 만날 수 있을지도 모른다 생각했는데 이리 빨리 될 줄은 몰랐어요."

"덫을 설치해 두면 날 만난다고?"

"저를 따로 만나주시기 힘들 것 같아서요."

우 재상은 그물 안에서 몸을 틀어 제게 말을 거는 소녀를 바라보았다. 소녀라기엔 조금 나이를 먹었고 여인이라기엔 귀엽고 앳된 티가 나는 크고 맑은 눈을 가진 여인은 분명 진짜 허은양이리라. 그가 자하루에서 보았던 미인과는 격이 다른 것이 아니라 격이 아예 없었다. 보고 있자니 너무 사랑스러워 자신의 맥이 탁 풀리는 느낌이었다.

헌데 자신을 만나기 위해 덫을 설치하다니?

"왜 나를?"

은우는 덫을 풀어내기 위해 나무를 타기 시작했다.

"전하가 말씀해 주셨어요. 진비마마와 9년 전 있었던 일들을요. 저는 진심으로 행복하지 않은 건 진비마마라고 생각해서 여쭤보고 싶었어요."

우 재상은 불편한 자세보다 은우의 말에 더욱 기가 막혔다.

은우가 나무 위로 올라와 덫을 단단하게 조여 맨 밧줄 하나를 풀어내기 위해 손을 놀렸다.

"진비께서는 왕은 행복하지 않아도 된다고 말하셨어요. 이 나라를 위해 그래야만 한다고. 역으로 말하자면 왕후께서도 마찬가지 아니셨을까요?"

"무, 무슨 말이십니까?"

은우와 우 재상의 눈이 마주했다. 검고 흔들림 없는 은우의 눈동자에 우 재상은 묘하게 몸을 사리게 되었다. 전하가 행복한 것을 원치 않다니, 제 딸이 왜?

"제가 잘못된 허은양을 천거하여 은우님께서 곤란하셨을 것입니다. 그것을 사죄드립니다."

"어이쿠, 조심하세요. 하나씩 제거할 거예요."

우 재상의 발밑이 흔들렸다. 은우는 최대한 조심스럽게 덫을 내리려 하던 참이었다. 단번에 끊어낼 수도 있지만 지상에 추락할 시의 충격을 예상하고 조심스럽게 시간과 공을 들이는 모양이었다. 은우는 손을 놀리면서 느리게 말을 이었다.

"저는, 왕이라서, 왕후라서 행복하지 않은 건 싫어요. 차라리 솔직하게 자신의 욕망을 채우기 위해 그 자리가 필요하다 여겼다면 이해하기 쉬웠을 거예요. 진비마마에겐 누구보다 왕후가 잘 어울리지만 그분은 전하를 원하시지 않으세요."

알고 있다. 그것을 허은양에게서 확인받을 줄은 몰랐다.

허나 이것만은 알 것 같았다. 왕이 왜 제 딸이 아닌 눈앞의 허은양을 애지중지하는지. 왜 허은양을 사랑할 수밖에 없는지.

대화는 더 이어지지 못했다. 은우의 말소리를 듣고 나왔던 서 환관과 호위 호혁이 덫에 걸린 우 재상을 보며 까무러치기 직전이었기 때문이다.

"더, 덫에 걸리셨습니까?"

"그, 그렇다네. 좀 내려주겠나."

그를 구하기 위해 환관과 호혁이 그를 내릴 도구를 구하기 위해 달려갔고.

"잠깐만. 감상하게 좀 더 냅둬. 재미있는 일이 생길 것 같아서 냄새를 맡고 왔는데."

불청객도 끼어들었다. 은우는 비단장삼을 멋들어지게 차려입은 아버지 허주유가 담장을 넘어오자 한숨을 쉬었다. 문 놔두고 왜 담을 넘는 것인가. 어제 말끔하게 밀려 버린 수염과 머리카락을 쓰다듬는 척하며 제 아비가 덫에 걸린 우 재상을 흡족하게 감상했다.

"저거 분명 우 재상이란 인간이 맞지 않느냐?"

"네."

"어쩐지 아주 재밌을 것 같은 냄새가 났어. 지화자! 은우 너, 덫 풀지 말고 그만둬라. 수십 가닥 칭칭 연결해 놓고 한두 가닥씩 풀어내면 어느 천년에! 그냥 감상이나 잘하자. 에헤이야!"

허주유는 어깨춤을 추며 신명나게 노래를 덧붙였다.

"우 재상이 잡혔다네, 내딸년이 잡았다네."

우 재상은 허주유란 것이 날뛰는 모습에 기막혀 하며 버럭 소리를 쳤다.

"왕실의 체통을 지키시오!"

"그딴 거 모르지. 나 같은 무지렁이는. 댁은 체통을 잘 알아서 우리 부녀 같은 무지렁이들이 설치한 덫에 걸렸나."

우 재상의 모습에 마냥 기뻐하며 어깨춤을 추던 허주유는 어느 순간 스르륵 뒷목을 잡고 쓰러졌다. 은우는 나무 위에서 기겁한 채 외쳤다.

"아버지, 갑자기 왜 이래요! 이제야 사람 꼴을 하고 계신데 돌아가시면!"

순간 허주유가 눈을 뜨며 버럭 소리쳤다.

"나 안 죽었다! 사람 함부로 죽이지 마랏! 난 기뻐서 넘어간 것 뿐이라고!"

"아버지?"

허주유는 있는 체통마저 다 날려 버린 듯 신나게 바닥을 뒹굴며 폭소했다.

"쿠헤헤헤! 아이고 배야! 쿠하하하하, 어? 끄아아아악!"

바닥을 뒹굴거리다 그는 어느새 모두의 시야에서 금방 사라졌다. 사람들이 놀라 사방을 살피다 그들의 머리 위에 대롱대롱 매달려 있는 허주유와 우 재상을 발견했다. 두 사람은 나란히 은우의 그물덫에 잡혀 있었다.

"은우야 내려주거라!"

아버지의 애절한 목소리에도 은우는 멍해졌다. 아, 이일을 어쩌면 좋담? 은우의 등 뒤로 불청객은 점점 더 기하급수적으로 증가했다.

"어? 이게 대체 무슨 일이오!"

공무조회에 늦은 왕과 허은우를 직접 보기 위해 찾아온 대신들의 한 무리가 우 재상이 허공에 매달려 있는 모습을 보며 파르르 질렸다. 헌데 뒤늦게 달려온 강녕전 식솔들은 그것을 끊거나 구할 생각도 하지 못한 채 허공에 매달린 사람들을 올려다보기만 했다.

"재, 재상! 기다리시오! 우리가 구해주겠소!"

십여 명에 가까운 대신들의 무리가 다급히 상수리나무의 그물덫에 걸린 우 재상을 구하기 위해 달려갔다. 은우는 놀라 비명을 질렀다.

"위험해요! 다들 피하세요!"

이미 말이 늦었다. 비명 소리와 함께 일고여덟 명의 대신들이 거꾸로 매달렸다. 은우는 제가 충동적으로 설치한 덫에 주렁주렁 매달린 사람들을 보며 넋이 나갔다.

"아, 많이 열렸네요."

허주유가 잽싸게 소리쳤다.

"딸! 어서 끊지 못할까! 왜 덫을 만드는데 선력을 퍼붓냐고! 네가 만든 건 나도 못 끊는다!"

"아버지 덫은 저도 못 끊어요."

"피장파장이잖냐!"

덫에 걸렸던 사람들은 부녀의 싸움을 대면하자 그들이 허씨 부녀임을 깨달았다. 그 와중에도 그들의 피가 거꾸로 솟구쳤다. 아, 모두의 시야에 세상이 빙글빙글 돌았다.

상황이 정리된 것은 한참 뒤의 일이었다.

은우는 잽싸게 나무와 지붕 위를 거의 날아다니며 제가 설치한 덫을 풀어내었다. 이러려고 덫을 잔뜩 놓은 게 아니었는데. 산더미 같은 노끈들을 보며 정신줄을 놓고 덫만 만들어댄 것이 화근이었다.

최대한 빨리, 날래게 나무 위며 지붕 위까지 올라가 서까래, 대들보, 처마 끝에 연결해 놓은 덫을 풀어냈다. 얼마나 촘촘하게 많이 매어놓았는지 설치한 자신도 기가 막혔다.

결국 모두가 풀려났지만 대신들은 은우를 보며 황망해져 있었다. 허주유마저도 허탈해서 아무 말도 하지 못했다.

"죄송해요!"

은우는 자신이 어여쁜 녹빛 비단치마를 입은 것도 잊고서 땅에 내려서자마자 머리를 조아렸다. 너무 미안해서 본능적으로 한 행동이었다.

"어이 딸, 그러는 거 아니다."

은우의 아버지가 다급히 은우를 일으켜 세웠다. 그 반동으로 은우는 흙바닥에 머리를 쿵하고 박았다. 허주유가 일으켜 세우자 은우는 자신의 행동에 놀라 같이 몸을 숙여 절을 하며 땅 속으로 파고들 기세인 대신들의 무리를 응시했다.

"이젠 죄송하지 않으셔도 됩니다. 왕후가 되실 몸이 함부로 저희에게 머리를 숙이셔서는 안 됩니다."

"하지만 미안한 건 미안한 거잖아요."

선두에 서 있던 우 재상이 도리질을 했다.

"갑작스럽게 이야기도 하지 않고 찾아온 저희들 잘못입니다. 안 그러합니까?"

우 재상을 필두로 다른 대신들도 쑥덕거리며 고개를 끄덕였다. 은우는 모두를 둘러보았다. 다들 엄하게 생기셔서 걱정이 많이 되었는데 느낌이 나쁘진 않았다.

"감사합니다. 음, 앞으로 덫은 안 놓을게요! 그리고 잘할게요!"

적절한 대답인지는 알 수 없었지만 대신들은 기분 좋게 실소했다.

그들은 붕대를 감지 않은 허은양의 맨 얼굴을 처음으로 목도

했다. 허나 생각 외로 외모나 하는 행동은 마냥 귀여웠다. 눈에 띄는 미인은 아니지만 작은 얼굴에 순진해 보이는 눈매가 사람을 홀렸다. 스물이란 나이보다 어린 티가 역력했지만 몸매나 맵시는 단아한 여성의 것이었다. 나무 사이를 날아다니지만 않는다면.

은우의 이마엔 동그란 흙점이 남아 계속 보는 이의 실소를 터트리게 했다.

"다들 다친 분 없으세요?"

대신들은 모두 웃음을 참으며 제 팔 다리를 움직여 보았다. 그들이 다시 얼굴에 웃음을 드리우고 화답했다.

"없습니다, 마마."

"아직 마마 아닌데요."

"마마가 되실 것이지 않습니까?"

은우는 제 아버지의 얼굴을 바라보았다. 허주유도 헛기침을 하며 앙짜를 부렸다.

"아직 왕실이나 궁에서 뭐라 말이 나온 적이 없으니 우리도 모르는 일이지요. 나라의 기강을 세우려면 그것이 확실히 정리되어야 할 터인데."

은우는 아버지의 행동에 어처구니가 없었다. 언제는 첩이 될 팔자라서 시집가지 말라며 우화등선하자고 하더니. 이젠 대놓고 시집가라고? 거기에 대신들과 한마음 한뜻이 되어 쇠뿔도 당김에 빼야 한다며 당장 길일을 뽑아야 하지 않느냐 주장하는 아버지가 보였다.

"지금 이곳에서 무엇을 하고 있는 것인가?"

마침 그들의 등 뒤에서 의아한 왕의 목소리가 들려왔다. 은우도 번쩍 고개를 들었다.

사바누가 왜 여기 있지?

"전하, 왜 돌아오셨어요?"

"우 재상이 나를 찾으러 왔다는 소식을 들어서."

사바누는 그리 대답하며 모양새가 엉망인 대신들을 살폈다. 은우의 이마엔 동그란 흙점 같은 것이 찍혀 있질 않나 그녀의 곁에는 회수한 덫이 산처럼 쌓여 있다. 아하. 대신들이 단체로 걸린 모양들이로군.

"대전에 있어야 할 자들이 왜 이곳에 있는가. 은우를 보러 왔나? 아니면."

들키면 곤란하다. 은우는 덫을 제 뒤로 애써 치우려 했고 대신들은 조용히 시선을 회피했다.

사바누의 시선이 다시 우 재상에게로 향했다.

"우 재상은 방으로 들라. 긴히 할 말이 있다. 나머지는 대전으로 돌아가 있으라. 재상과 이야기가 끝나는 대로 돌아갈 것이다."

야사왕은 북의 호랑이라 불렸다. 그의 아들인 귀왕은 봄을 불러온 자이며 귀신이라 불린 자였다. 야사왕과 귀왕은 모두 존경의 대상이었고 감히 넘볼 수 없는 자들이었다. 짧은 재위기간을 가진 귀왕의 딸 진홍여왕을 여자라 얕보았지만 그녀는 누구보다 철혈의 통치를 펼쳤다. 그에 비해 북마왕은 어떠한가.

우 재상은 자신의 사위이자 북마왕에 대한 판단을 유보했다.

북마왕은 현명했다. 그들이 기억하는 어릴 적의 태자는 상냥하고 잘 웃었다. 또한 누구보다 정이 많았다. 그는 성인이 된 어느 날 태자위를 박차고 나가 긴 여행을 떠났고 웃음을 잃은 채 돌아왔다. 그래서 우 재상은 오판했는지도 모른다. 남매처럼 지내온 진비를 절대 해할 리 없다고, 친구의 여인이었던 그녀를 다시 받아들인 것도 어릴 적 정을 뗄 수 없어서라고.

그것 역시 진짜 허은양이 나타나기 전까지의 이야기다.

화려한 왕의 사실 안을 떠도는 공기는 우 재상만큼이나 경직되어 호흡을 하기조차 힘들어졌다. 우 재상을 바라보는 북마왕의 시선은 찌를 듯이 날카로웠고 차분한 말투 속에는 뼈가 숨겨져 있었다.

"나를 찾아온 연유는 그대의 딸 때문이 아닌가?"

"그러하옵니다."

"헌데 진짜 허은양을 만난 것은 어떠한가. 가짜 허비는 천하에 찾아보기 힘든 미색이나 내게는 향기가 없는 화려한 모란과 같다. 그것은 그대의 딸인 나의 비, 우재이도 마찬가지다. 그녀와 내겐 미래가 없다."

단언하는 왕의 말에 우 재상은 화들짝 놀랐다. 미래가 없다는 건 딸이 소박을 맞는다는 것이었다. 그는 딸의 행복을 바라긴 했지만 왕후인 딸이 폐위당하기는 원치 않았다. 더러 이혼을 하는 여인들도 있었으나 대부분 집안의 수치로 오인되곤 했다. 하물며 왕후의 폐위는 뭇 귀족여인의 이혼과는 차원이 달랐다!

"어째서 그리 말씀하십니까, 전하! 제 딸은, 마마는, 이 나라의 왕비이며 전하의 안사람입니다!"

"지위는 그러하겠지. 허나 그대의 딸은 나를 남편으로 여긴 적이 없다. 그녀가 낳을 아이들은 내 피를 가진 아이들은 아니다. 그대의 딸은 나와는 행복해질 수 없다."

북마왕은 여전히 무심한 시선으로 우 재상과 마주했다. 왕의 말은 은우, 허은양이 제게 했던 것과 일맥상통했다. 제 딸은 왕이 행복한 것을 원치 않는다. 왜 그렇게 두 사람 다 단언하는가?

"가짜 허은양을 천거한 것은 모두 제 불찰입니다. 그러니 제 딸에 대한 것은 통촉하여 주십시오. 그 책임은 전부 제가 지겠습니다."

"그대가 잘못했다고는 생각하지 않는다. 꽤 그럴 만한 신빙성이 있더군. 자네의 잘못이라면 그 여인을 너무 믿었던 것이겠지. 혹은 그 여인 또한 지금의 기회를 놓치고 싶지 않았을 테고. 그 허은양에게 모든 책임을 일임해 왕실의 의무를 회피하려 한 진비의 처사 또한 그녀의 입장에서 보면 당연한 것이겠지."

"의무를 회피하려 하다니?"

말을 되풀이 하려던 우 재상은 머리를 조아렸다. 자신의 딸이 후사를 잇지 못해 왕실의 의무를 회피하려 했다는 것을 깨달았다. 아니, 자신의 딸은 왕을 남편으로 섬기지 못했다는 사실을 되새겼다.

태자였던 왕은 제 딸을 여동생처럼 다정하게 대하려 했다. 허나 딸은 그 당시의 태자를 무서워해서 눈을 맞추려고 하지도 않았다.

심지어 태자는 자신의 친우와 딸의 사이를 방관하며 부추기기까지 했다. 어쩌면 왕에게도 진비는 친우의 여인으로 인식되었던 것은 아닐까. 진비 우재이를 지탱하고 있는 건 그 죄책감이었다. 거기에 소금을 뿌리듯 그는 가짜 허은양을 천거한 셈이 되었다. 맙소사.

"그 책임은 전부 제가 지겠습니다."

"그럴 필요 없소, 대신들까지 모두 귀빈전의 여인이 허은양이라 철썩같이 믿었으니까. 확실히 그런 미색은 드물지. 하지만 이 왕실을 속여 기망하려 한 죄에 대해서는 어찌 처리할지 생각하고 있는 참이었다. 게다가 진비는 내가 데려온 은우를 내쫓은 적이 있다. 또한 은우가 진짜 허은양으로 밝혀진 뒤에도 그대의 딸은 가짜를 취했다면 후궁으로 받아들여 달라는 불경한 부탁을 했었지."

우 재상의 얼굴이 더 흙빛으로 변했다.

"내가 왜 지금껏 그대의 딸이 멋대로 설치도록 놔두었다고 생각하나. 나에 대한 미움만 빼자면 우재이는 현숙한 왕후감이지. 어느 것 하나 흠잡을 데 없다. 어릴 적부터의 정혼녀에 대한 미움은 없다. 그래서 최소한 나는 우재이를 죽일 생각은 없다."

우 재상은 안도하면서도 그 말에서 느껴지는 섬뜩함에 고개를 가로저었다. 같이 살다 보면 없던 애정이 생길 거라 여겼거늘 왕과 제 딸은 그것이 아니었나 보다. 허나 왕이 제 딸을 죽이지 않겠다 단언하는 의미는 무엇인가, 그는 곰곰이 생각했다.

"제가 앞뒤사정 가리지 않고 허은양을 천거했기에 이리 되었습니다. 진비마마는 하등 잘못이 없사옵니다. 헌데 전하, 죽이지 않겠다 단언하는 것은 무슨 뜻이옵니까? 소인의 머리로는 전연 이해할 수 없습니다."

"나는 미래를 보는 자다. 그대와 나로 인해 죽은 내 친우, 부현은 내게 유언으로 자신의 여인을 부탁했다. 나는 그것이 우재이를 위한 것으로 믿고 그녀를 내 비로 받아들였다. 우재이가 원한다면 나쁘지 않으리라 생각했었지. 허나 그녀의 미래는 나와 함께 있지 않았다."

"무슨?"

"그는 내게 우재이를 죽이지 말라 한 것이었다. 무슨 일이 있어도 살려달라고 그녀의 목숨을 내게 의탁한 것이다. 나는 그녀의 미래를 보고서야 그의 유언을 이해했다."

사바누의 푸른 눈에 붉은 안광이 떠올랐다. 인간으로서 가질 수 없는 다양한 색채의 빛이 그의 눈동자를 물들이며 스쳐 갔다. 인간을 뛰어넘는 용인의 피가 섞인 것도 모자라 괴이한 반요인의 피가 섞였다고 칭해지는 현 북주국의 왕. 진홍여왕은 죽은 자들의 세계를 본다고 알려졌다. 허니 그녀의 아들이 미래를 본다 해서 놀랄 일은 아니었다.

"후일 그대의 딸 곁에 있는 것은 내가 아니다. 그러니 미래의 그녀를 위해서라도 우 재상, 허울뿐인 신의 따위는 버려야 한다. 나는 우재이를 죽이고 싶지 않다."

왕은 변했다. 그를 둘러싼 공기가 훨씬 온화하고 유순해졌다.

역대 북주국의 왕들은 성격이 곧았다. 그들은 제 짝밖에 모르는 맹목적인 사랑에 목숨을 거는 이들이었다. 우 재상은 사바누 크세노의 상대가 제 딸이길 바랐다. 허나 딸은 9년 전 이부현에게 자신의 마음을 주었고 그의 죽음과 함께 자신의 마음도 죽였다. 그리고 왕은 허은양, 허은우를 사모한다. 자신의 딸이 궁에 남든 떠나든 딸이 여인으로서의 소소한 행복을 누리는 것은 불가능할 터였다.

"전하, 한 가지만 여쭙습니다. 그 미래에서 제 딸은 웃고 있었습니까?"

우 재상의 간곡한 애원에 사바누는 고개를 까닥였다. 그래, 그것이면 되었다. 우 재상은 그를 향해 머리를 조아렸다.

"모든 것이 이 늙은이의 불찰입니다. 늦둥이 딸이 높은 곳에 있으면 행복할 거라 여긴 우현국의 착각이옵니다. 모든 책임을 질 테니 제 딸과 가짜 허은양의 목숨은 취하지 마십시오. 저는 모든 책임을 지고 물러나겠습니다."

"우 재상, 그럴 필요는 없다. 나는 그대라는 인재를 잃고 싶지 않다."

"하오나 이 늙은이의 청을 들어주십시오. 저도 이제 쉴 때가 되었습니다."

재상은 물러나지 않았다. 사바누는 한참의 실랑이 끝에 그의 간청을 받아들였다. 우 재상은 다시 머리를 숙였다.

"성은이 망극하옵니다."

내려놓기로 결정하자 마음이 홀가분해졌다. 우 재상은 자신의 고집이 부현을 죽게 했고 제 딸을 망가뜨렸다는 사실을 되새겼다.

아름답고 청초한, 허나 껍데기만 남은 딸을 떠올리며 우 재상은 착잡해졌다. 궁을 떠나야만 자신의 딸이 행복해진다면 그것으로도 좋지 않을까?

강녕전을 나서던 재상은 양지바른 정원에 구덩이를 파는 한 무리의 위사들을 발견했다. 허은양은 제가 만든 위험한 덫을 파묻으려 구덩이를 파는 위사들을 응원했다. 참으로 우습고도 온화한 풍경에 그는 실소했다.

마침 은우가 우 재상을 발견했다.

"아, 재상님. 아까는 죄송했어요."

활짝 웃으며 말하는 은우를 보며 우 재상도 고개를 숙였다.

"마마, 전하를 부탁드립니다. 언제든 전하께서 돌아와 기댈 수 있는 곳이 되어주십시오. 마마는 좋은 비가 되실 것입니다."

은우도 엉겁결에 고개를 끄덕였다. 하지만 대쪽 같은 외모의 재상이 눈시울까지 붉히고 있어서 보는 이들마저 놀랐다. 거듭 다짐을 받은 재상이 자리를 떴다.

은우는 사바누가 강녕전 밖으로 나오자 되물었다.

"재상님과 무슨 이야기를 하셨기에 저러시는 거예요?"

"우 재상이 무어라 하더냐?"

은우는 작은 얼굴을 웅그렸다. 확실히 우 재상은 이상했다. 자신이 덫으로 그를 잡아서 그랬던 걸까, 아니면 사바누와의 대화 이후 무언가 잘못된 걸까.

"다시는 못 볼 것처럼 다짐을 받으셨어요. 왜 그러세요? 제가 가짜 허은양을 지적해서 그런 건가요?"

"글쎄."

사바누는 딴청을 피우며 강녕전을 돌아보았다. 며칠 사이 은우의 걱정 때문에 변덕스러웠던 날씨가 거짓말처럼 쾌청했다. 봄은 무르익었다. 그들 사이로 따스한 춘풍이 불었다. 햇살이 따사로운 강녕전의 창 아래에는 노곤하게 잠이 든 구미호가 보였다.

"재상에게는 너를 내 비로 맞을 것이라 하였다."

은우는 사바누가 터트린 말에 놀라 입만 벌렸다. 다른 이야기들도 오갔을 테지만 혼례라는 말에 놀라 물어본다는 것도 잊었다. 게다가 우 재상이 아닌가.

"진비마마 아버님이시잖아요."

"그렇지, 그게 어때서? 너는 내 비가 되지 않을 것이냐?"

이번엔 은우의 말문이 막혔다. 아니, 그러려고 궁에 온 건 맞긴한데.

"되긴 할 건데요."

"아버님도 와 계시고 허락도 받았으니 얼른 빨리 식을 올려야할 것 아니냐."

구구절절 다 맞는 말인데 은우는 뭔가 혼란스러웠다.

"나는 너를 내 비로 맞을 것이다. 진비의 공식폐위를 원한다면 그리 하마. 그녀보다 더 성대하고 화려한 국혼을 원한다면 그리 해줄 것이다. 은우, 네가 바라는 것은 무엇이냐."

그러니까, 은우가 원한다면 진비를 내쫓겠다는 뜻이다. 은우는 화들짝 뛰었다.

"이건 아니죠!"

"진비가 있는 게 불편하지 않나?"

"진비마마는 저보다 훨씬 왕후에 잘 어울리세요."

"하지만 그녀는 내 부인이지. 널 이 궁에서 내쫓은 적도 있지 않느냐."

사바누를 독차지하고 싶고 그의 유일한 부인도 되고 싶었지만 훌륭한 왕후는 힘들 것 같았다. 은우는 고민했다. 그에 비해 진비는 훌륭하지. 그녀도 본래 심성이 나쁜 사람은 아니었다. 단지 사바누를 정인으로, 남편으로 받아들이는 대신 이 나라에 헌신하기로 마음먹었을 것이다. 그 진비가 자신보다 아름답고 사바누에게 더 잘 어울리긴 하지만, 그렇다고 그녀가 없는 것은 또 곤란하다.

"왕후라는 거 힘들겠죠?"

"하기 싫은 게냐?"

놀리는 듯한 사바누의 말투에 은우는 고개를 저었다.

"혼자보단 둘이 나을 것 같아서요. 진비마마가 좋아하지 않을 것 같지만."

고민에 빠진 은우의 머리칼을 흩트리며 사바누는 웃었다. 네 순수함을 지켜주마. 너를 은애하는 지금의 내가 무색하지 않도록, 너만을 위한 왕이 되어주마.

사바누는 스스로에게 그리 다짐했다.

❈　　　❈　　　❈

19년 전, 혹은 20년 전쯤의 일이다.

허가 성을 가진 사내가 허은양과 허주유가 있다는 태항산을 기웃거리다 운이 좋게 허씨 부녀의 호패를 손에 넣었다. 귀왕이 직접 하사했다는 금패는 제대로 팔 수만 있다면 꽤 오랫동안 고생하지 않아도 될 것 같았다. 그 허씨가 작정하고 훔친 것인지 정말 우연히 주운 것인지는 아무도 모른다.

허씨는 제 인척일지 모르는 허씨 부녀의 호패를 돌려주려 했지만 쉽게 포기가 되지 않았다. 어영부영 기회를 미루던 그는 허씨 부녀가 사라지자 마음을 고쳐먹었다. 그에겐 미인인 아내와 그 아내보다 더 어여쁜 어린 딸이 있었다. 허은양보다 2, 3살 많은 딸이긴 했지만 그 정도의 나이를 속이는 것은 쉬워 보였다.

그는 제 딸의 이름을 은양으로 바꿔 부르기 시작했다.

사내는 제 딸을 애지중지하며 키웠다. 호패를 손에 넣은 뒤 일이 잘 풀려 제법 살 만해진 데다 제 딸은 누구보다 아름답게 자랐다. 허씨는 딸의 미색이 소문나지 않도록 딸을 가둬 키우며 귀족들이 받는 교육을 시켰다. 가끔 그는 제 딸이 왕후가 되어 자신이 나라를 호령하는 꿈을 꾸기도 했다.

허영이 부풀어가던 사내는 주변의 꼬임에 빠져 도박을 했다. 큰 빚을 지고 가산을 탕진하는 것은 순식간이었다. 그는 술에 취해 객사했고 비통해하던 부인은 그 뒤를 따랐다. 곱게 자란 딸은 기루에 팔렸다. 다행히 그 미색을 숨겨 몸을 파는 창기가 되는 것은 가까스로 피했으나 결국 기녀가 되었다.

여인은 그 뒤로도 줄곧 자신이 허은양이라 생각하고 왕후가 되는 꿈을 꾸었다. 그 꿈은 허망하게도 진짜 허은양이 나타나며

깨졌다.

눈물을 쏟아내며 절대 궁을 나가지 않겠다 버티던 귀빈전의 여인을 데려간 것은 우현국 재상이었다. 여인은 노잣돈과 타고 갈 휘 한 마리, 궁에 오기 전 입었던 무명옷을 걸치고 궁을 나섰다. 미인의 부재에 아쉬워하는 이도 많았으나 그 아쉬움은 오래가지 않았다.

허씨 부녀가 또 무슨 사고를 칠지 궁 안의 모든 눈이 그곳에 쏠려 있었다.

그래도 허주유는 생각보다 얌전했다. 그는 북주국의 명주기행을 즐겼다. 그가 궁 안의 술을 모두 탕진하는 사이, 진홍여왕과 북마왕은 곧장 허은양과의 국혼을 밀어붙였고 대신들도 쌍수를 들고 환영했다.

가짜 허은양을 천거해 문제을 일으킨 우 재상은 스스로 관직을 내려놓는 것으로 마무리되었다. 두 번째 국혼이란 경사 앞에 첫 번째 왕후의 부친인 우 재상의 입장을 고려한 상황이었다.

여름의 시작, 하분절이 오기 전 사바누는 혼례를 올려야 한다 모두를 닦달했다. 대신들은 길일이 하분절 뒤에 있으니 곱게 기다리시라 엄포하며 맞섰다.

은우가 자신의 처소에서 칩거하던 진비를 찾아간 것은 그즈음이었다.

노랗고 고운 치자빛 치마에 오색 연꽃문자수가 놓인 흰색 단삼의 은우는 소박하지만 발랄한 개나리처럼 보였다. 반면 진비는 갈맷빛 치마와 상의를 입어 평소보다 더 어둡고 칙칙해 보였다. 마치 자신의 처지를 비관하는 듯한 옷차림에도 진비의 청초함은 더욱 도드라졌다. 은우를 맞은 진비의 얼굴은 그간의 마음고생으로 핼쑥했고 눈에는 묘한 독기가 서렸다.

은우는 용기를 내었다.

"마마를 뵙습니다."

그녀의 양 옆으로 자리한 시녀들도 은우를 보며 눈총을 보냈다. 진비는 제 뒤틀린 속내를 여지없이 드러내었다.

"무슨 일인가요? 전하의 총애를 받느라 나 같은 정비를 찾아올 정신이 있긴 하셨던가요. 아니면 내가 그대를 쫓아냈었으니 이번엔 내가 쫓겨날 차례인가요?"

"죄송해요."

"죄송하다, 그 말을 하러 이곳까지 왔나요?"

진비는 더욱 부아가 치민 듯 쏘아 붙였다. 시녀들의 눈매도 표독스러워졌다.

은우도 이미 궁 안의 소문을 접한 상태였다. 귀빈전의 허은양을 감싼 진비가 이번 일로 전하의 눈 밖에 났다고. 허나 진비는 그의 첫 번째 비였다. 은우가 아무리 원한들 그건 변하지 않는 사실이었다.

"저 많이 부족한 거 알아요. 어쩌면 평생 배워도 익숙해지지 않을 거예요. 마마께서 전하의 제일부인이라는 것도 알고 있습니다."

"그래서?"

진비의 표정은 여전히 딱딱했다.

"많은 도움을 주시면 감사하겠습니다. 마마."

"그대는 전하의 총애를 받고 있으니 내 도움 따위는 필요 없을 것입니다. 왕실의 절도와 법규를 배우기 위해서라면 여왕께서 따로 사람을 붙여주시어 훈육하시게 할 터이니 그것 또한 내가 간섭할 일이 아니겠지요."

은우는 차가운 그녀의 말에 한숨을 쉬었다. 가짜 허은양이 떠나고 우 재상의 파직이 결정된 후 진비는 줄곧 이 상태였다. 사랑하는 이를 잃고 마음에도 없는 왕후가 된 우재이의 삶도 순탄치는 않았을 테지만 은우는 사바누와 함께 있고 싶었다. 그는 왕이고, 진비는 왕후였다.

조금 어리석다 말할지는 모르지만 모두와 함께 행복해지고 싶었다.

은우는 진비와 마주했다.

"제가 그렇게 미우세요?"

"밉고 또 밉지요. 아니 그러합니까?"

"저는 이해하지만 왜 그를 미워하세요?"

진비도 잠시 할 말을 잃었다.

"전하를 거부하고 밀어내신 건 마마 쪽이 먼저셨을 테지요. 왕은 행복하지 않아도 된다며 나라를 위해야 한다고 하셨죠? 희생만이 전부는 아니잖아요. 진비마마도 행복하지 않잖아요. 왜 그런 건가요? 그것도 전부 이부현 때문인가요? 그분이 죽은 건 전하의 책임이 아니에요."

"그, 그만!"

진비는 부현이란 이름에 몸을 떨었다. 필사적으로 감정의 동요를 숨기려 했으나 그 껍질은 완전하지 않았다. 은우는 우재이의 균열 사이로 9년 전 시간이 멈춰 버린 진짜 그녀를 본 것 같았다.

열여덟의 우재이가 절망어린 시선으로 은우를 바라보았다.

"나가……. 당장 내 눈앞에서 사라져!"

손에 잡히는 대로 물건을 던진 진비가 은우를 향해 외쳤다. 은우가 사라진 뒤 그녀는 자리에서 일어나다 말고 무너졌다. 예쁘지도, 미모가 뛰어난 것도 아닌데 은우가 옆에 있으면 마냥 거슬리고 초라해졌다. 그늘 없이 밝은 그녀를 보면 지금의 자신이 한없이 미워졌다.

그 오후, 우 재상이 입궁해 딸 우재이를 찾았다.

오전의 짧은 발작과 동요를 일으킨 것도 까맣게 잊은 듯 그녀는 평정을 되찾은 터였다. 진비는 관복을 입지 않은 아버지, 우현국의 모습을 몇 년 만에 보는 듯했다. 관모 아래로 숨기고 있던 우현국의 백발은 재이의 눈에 도드라지게 띄었다.

"잘 지내고 계십니까, 마마."

"끈 떨어진 연이라 칩거하고 있지요."

비꼬는 듯한 딸의 말투에 우현국은 나지막이 한숨을 쉬었다.

생기 있고 활달하던 허은우를 떠올리자 제 딸은 무언가 빛이 바랜 느낌이었다. 마치, 식어버린 재 같은 느낌.

딸이 왕에게 애정이 없다는 건 10년 전에 이미 알았다. 허나 그에게 시집을 가면 사정이 달라지리라 생각했고 그리 했다. 어차피 태자비. 태자와의 혼인을 거절한다 하여 우재이를 받아줄 사내가 있었던 것도 아니었다. 죽은 자에게 미련을 품고 홀로 늙어가느니 태자와 혼인해 그가 왕이 되면 천하를 호령하는 왕비가 되는 것이 나을 듯해 그러라고 했다. 딸도 그것을 원했다.

아니, 어쩌면 그가 그렇게 믿으려 한 것인지도 모른다.

"마마, 저는 마마가 전하에게 사랑받기를 원했소이다."

진비는 제 아버지를 보고도 웃지 않았다.

"왕을 찾아뵈셨다는 말을 전해 들었습니다. 저를 찾아오지 않으시어 언제쯤 저를 만나러 오실까 계속 기다렸지요. 아버님."

진비의 얼굴은 정교하고 아름다운 가면 같았다. 우 재상은 깨달았다. 진짜 딸, 우재이는 9년 전 그날 죽었다는 것을. 저기에 앉아 있는 건 식은 재 같은 딸의 형상일 뿐임을.

우재이가 슬쩍 고갯짓을 할 때마다 화려한 금화잠의 장식들이 영롱하게 소리를 내었다. 화려하지만 차갑다. 그것은 꼭 우재이 같았다.

"저는 전하의 아내가 되며 사랑받고 사랑하는 여인의 삶을 포기했었지요. 아니, 부현이 죽었는데 제가 어찌 행복해질 수 있었을까요. 왕후에 오르며 개인의 행복도, 여인으로서의 삶도 포기했습니다. 우재이는 궁에 들어가는 순간 그냥 없는 듯이 살자 생각했지요. 전하의 아이를 수태하지 않아서 기뻤습니다. 아버님께서 허은양을 찾아 궁에 들이셔서 기뻤습니다. 허은양의 미색이 출중하니 나는 전하의 계집이 아니어도 된다, 그 의무에서 해방되겠구나 진심으로 기뻤지요."

예상한 대로 딸의 마음은 죽어 있었다. 우현국은 울고 싶었다.

"마마, 아니, 재이야. 그만하셔도 됩니다."

"무엇을 그만합니까! 이미 올 만큼 와서 무엇을 그만한단 말입니까! 허은양, 그 은우란 아이를 보며 거듭 생각하고 괴로웠습니다. 나도 저 나이 때에 부현과 함께였다면 저리 빛나고 행복할 텐데. 그와 함께라면 이깟 감투 따위 다 버릴 수 있었는데!"

목소리는 울고 있지만 진비의 얼굴은 무표정했다. 그래서 우현국의 억장이 더 무너졌다.

"제가 미우십니까, 마마."

"미워하고 또 미워합니다. 그를 죽게 한 장본인이시지 않습니까. 열여덟의 저는 그를 품었습니다. 제 생에서는 그가 전부였습니다. 9년이 지난 지금도 그 사람밖에는 없습니다. 전하, 아니, 당시의 태자께서는 제게 관심이 없으셨지요. 모두 태자비가 될 저에게 도덕과 덕목, 나라를 다스릴 왕후의 교육만을 강요했었습니다. 실제 제 마음이 어떠한지 아무도 들여다보지 않았습니다. 누구도 진짜 우재이를 봐주지 않았습니다. 그만은 달랐지요. 부현 공자만이 진짜 저를 봐주었습니다. 열일곱, 열여덟의 저를 은애하고 태자비인 저를 흠모했지만 다가오지 못하고 얼굴을 붉혔던 그런 사람이었습니다. 그가 진짜 우재이를 보아준 처음이자 마지막 사람이었습니다. 그가 죽고 태자전하께서는 죄책감으로 저를 보지 못하였죠. 그래서 알았습니다. 나는 이렇게 살 수밖에 없구나. 내 인생은 그의 죽음과 함께 끝났다. 궁에서 사랑받지 못하는 여인의 삶을 살 것이다. 그 여인들처럼 냉방에서 홀로 죽음을 맞을지도 모른다."

그녀는 거기서 잠시 말을 끊고 제 입술을 깨물었다.

우 재상은 차라리 제 딸이 이부현과 도망치게 둘 것을, 그의 죽음을 막지 못했다면 차라리 딸을 홀로 둘 것을 후회했다. 방황하는 태자와 혼례를 올리라 다그치며 강요한 것 전부가 잘못이었다.

허나 시간을 되돌릴 수는 없는 일. 왕에게 정말 예지력이 있다면 딸의 미래가 행복해지길 바랐다. 허은양을 찾아내어 왕에게 내밀면 왕후의 짐을 던 딸이 홀가분해질지 모른다 여겼건만, 그것 모두 자신의 얕은 수에 불과했다. 또 그 가짜 허은양은 어찌할 것인가.

우 재상은 답답한 마음을 두드리며 그녀의 처소를 나섰다.

❀　　　❀　　　❀

허주유는 궁에 온 뒤 태평스런 나날들을 즐겼다. 그는 풍경 좋은 고목 아래를 찾아다니며 식도락을 즐겼고 술을 마셨다. 술 마시는 것이 지겨워지면 커다란 독을 구해와 꽃과 약초를 넣고 술을 만들었다. 그의 처소에는 술이 담긴 장독들이 넘쳐났다. 대신이며 무관들은 반선이라는 허주유가 담근 약술과 진귀한 약초들을 탐내곤 했다.

허주유는 가끔 자리를 비웠다가 돌아오곤 했다. 새벽이슬을 맞으며 돌아온 그의 어깨에는 귀한 약초가 가득 든 망태기가 들려 있었다. 그는 가져온 약초들을 말렸고 술을 내놓으라 호통치는 노대신들에게 시달리기도 했다. 은우는 제법 번듯한 아버지의 몰골이 잘 적응이 되진 않았지만 아버지가 혼례를 반대하며 궁을 뛰쳐나가지 않을 거란 사실에 안도하곤 했다.

은우는 계속 바빴다. 그놈의 궁중 법도와 익혀야 할 규범은 왜 그리도 많은지. 은우가 재빠르게 그것들을 터득하면 예학선생들은 더 많은 것들을 가르쳐 주고자 안달이었다. 은우는 오늘의 분량만 익히면 선생들에게서 도주하기 일쑤였다. 그때마다 구미호와 추오가 은우의 뒤를 끈질기게 쫓아다녔다.

은우는 수업이 끝나자마자 추오를 타고 아버지의 처소로 날듯이 달려갔다. 마침 치장을 끝낸 허주유는 긴 수염을 빗질하며 제법 근사한 청남색 비단두건을 두르고 있었다.

"너는 왜 또 여기로 온 게냐. 이 애비에게 할 말이라도?"

은우는 아버지의 얼굴을 빤히 쳐다보았다. 털북숭이 얼굴 아래엔 숨겨진 부리부리한 눈과 근엄한 얼굴은 아무리 봐도 적응이 되질 않았다. 거기에 비단옷을 근사하게 차려입자 아버지는 학사처럼 보이기도 했다. 그놈의 술병과 털만 없으면 더 근사하겠지. 눈을 굴리던 은우가 허주유의 수염난 턱과 머리칼을 가리켰다.

"너무 털이 많아도 궁녀들이 싫어한대요."

"그래?"

허주유는 근심 어린 얼굴로 자신의 수염을 쓰다듬었다. 어느새 추오를 타고 달린 그녀를 쫓아온 호위가 거친 숨을 내쉬었다. 그가 은우에게 귀엣말을 건넸다.

눈을 반짝인 은우가 아버지의 소매를 잡아당기며 어리광을 부렸다.

"아버지 꽃놀이하러 가요."

"무슨 꽃놀이를?"

"얼른요. 도화원에 음식이랑 잔뜩 차려놓았고 막 익은 진달래주도 준비했대요."

허주유는 은우의 채근에 마지못해 따라나서는 척했다. 은우는 즐겁게 휘파람을 불었다.

금해궁은 널렀기에 탈 것을 타고 움직이는 것이 일상화되어 있었다. 은우는 추오를, 허주유는 탁여를 탔다. 그 뒤를 호위들이 뒤따랐다. 시녀들은 은우의 얼굴이 상할까 은우에게 면사로 된 모자를 쓰게 했다.

요수를 타며 가는 내내 허주유는 궁 생활에 빠르게 적응하는 은우가 못마땅한 듯했다.

"너 선도 수련은 하고 있는 거냐."

"음. 빼먹기도 하지만 하려고는 해요. 최소한 이틀에 한 번은."

은우는 아버지의 목소리가 잔뜩 삐쳐 있는 것에 신경이 쓰였다.

"아버지는 내가 왕후 되는 게 싫으세요?"

"글쎄, 나쁘진 않겠지. 음. 이 나라의 왕이 내 사위다 소리치는 것도."

"그럼 뭐가 문제예요?"

"글쎄? 네가 낳은 아이가 이 나라의 다음 왕이 될 수 있다는 것 정도? 그것도 감은 안 온다마는."

은우도 그 권력 같은 말들이 감이 오지 않기는 매한가지였다.

궁에는 헤아릴 수 없는 많은 사람들이 있었다. 큰 북주성이나 금해궁은 그들이 살던 국새마을보다 더 크다고 여겨질 정도였다. 허나 그것이 나라 전체를 의미하는 것은 아니다.

은우는 탁여 위에서 고삐도 잡지 않고 흔들리는 제 아버지를 보았다.

"왜 내가 왕비 되는 거 싫어해서 도망갔으면서."

"당연한 거 아니냐. 누가 내 딸이 첩으로 들어가는 걸 좋다고 해!"

"나 제대로 안 키웠잖아요."

허주유는 호위들이 들을까 급하게 헛기침을 했다. 그때 일어난 광풍에 추오와 은우의 몸이 날아갈 뻔했다.

"딸, 괜찮냐!"

허주유만이 다급했다. 은우는 홀랑 뒤집힌 자신의 치마를 타박해 다시 손질하며 아버지를 노려보았다.

"아버지 기침 함부로 하지 말라고 했죠. 무슨 기침 한 번 할 때마다 태풍이 오는 거예요?"

"흠흠. 그래도 내가 안 키워도 넌 잘 컸잖냐."

"얼굴엔 붕대 가리라고 시키고 사냥꾼으로 키웠으면서. 근데 저 얼굴 안 가려도 돼요? 무슨 살인가 붙었다면서."

"그놈이 잘 떼어줬을 테니 됐다. 그리고 네가 사냥꾼으로 큰 건 네가 천부적인 사냥꾼으로 타고 태어났기 때문이지. 운명도 박복해라. 무슨 선기를 타고 태어났는데 천부적 사냥꾼에 왕후가 될 운명이라니. 그것도 두 번째!"

"두 번째라고 하지 말라고 했죠!"

여유를 찾은 아버지의 말을 막지 않으면 하루 종일 그놈의 첩 노래를 불러댈 것이 빤했다. 심지어 허주유는 딸이 아내가 있는 남자와 눈이 맞아서 도망갔네 노래를 어깨춤을 추며 흥겹게 부르기 시작했다.

"아버지!"

은우가 소리치자 그는 노래를 멈추고 귓밥을 파는 흉내를 내었다.

다시 티격태격하던 그들의 말다툼에 바람이 심상치 않았다. 호위들은 방금까지 화창하고 맑던 하늘이 흐려져 폭우가 내리지 않을까 걱정하며 두 사람을 말렸다. 그새 그들은 도화원에 도착했다.

꽃들이 흐드러지게 피고 새들이 노래하는 그림 같은 도화원에 다다르자 부녀의 싸움은 완전히 멈췄다. 바람도 멈추고 날씨는 쾌청해졌다. 호위들은 가슴을 쓸어내렸다.

은우는 도화원을 좋아했다. 도화원의 꽃들은 늦봄을 맞아 만개하고 흐드러졌다. 봄이 너무 익어 곧 여름에 가까워졌다. 주촌산도 녹음이 푸르를 터. 은우는 나중에 사바누 전하와 같이 가야겠다고 마음먹었다. 은우뿐 아니라 허주유에게도 도화원의 풍경은 꽤나 흡족했다.

고개를 돌리던 허주유는 먼저 와 있던 사바누를 발견했다. 이러려고 딸이 저를 끌고 온 모양이다. 딸은 그렇다 쳐도 왕은 아직 미덥지 못했다. 자신과 왕이 친해지길 원하며 같이 부른 것이 뻔한 은우의 꼼수에 허주유는 한숨을 내쉬었다.

"허 공도 오셨소?"

"전하께서도 오시었소이까."

왕은 비단으로 된 청의무복을 걸친 채였다. 그의 얼굴을 몰랐다

면 부유한 귀족 사내쯤으로 생각했을 만큼 단출한 차림에 허리에
는 낡은 검을 매었다.

"여기 앉으시지요."

허주유는 마지못해 받아들이는 척하며 의자에 앉아 주변을 둘
러보았다. 도화원의 탁 트인 잔디밭 위로 그늘막을 치고 비단이
깔린 탁자와 푹신한 의자까지 동원되었다. 탁자위에는 맛있는 산
해진미가 가득했다. 주변에는 새소리가 가득하고 눈을 돌리는 곳
마다 색색의 꽃들이 흐드러지게 피었다. 멀지 않은 연못가에선 한
가로운 새들이 물 위를 떠다니고 있으니 이 어찌 신선놀음이지 않
겠는가.

허주유는 남몰래 한숨을 쉬었다. 그래, 자식 이기는 부모 없다
지 않는가. 저놈이 제 딸을 애지중지하니 어쩔 도리가 없다.

시녀들은 계속 허주유의 술잔에 술을 채웠다. 왕은 은우의 말에
적당한 추임새를 덧붙이며 듣기 좋은 공치사를 늘어놓았다.

"저게 하늘에서 태어날 때 내 꿈속에 여선이 내려왔지."

은우는 아버지의 말이 또 시작이구나, 혀를 둘렀다.

"너 안 믿지! 그럼 네가 다섯 살 때 다친 거 고쳐서 날려 보낸 새
가 봉황이라는 거 알고 있냐?"

"무슨 봉황이요? 그냥 날개며 몸이 엄청 큰 새였는데요? 몸이
오색이고."

"그게 봉황이지!"

"봉황은 상상의 새라면서요? 그때 제가 날린 건 저렇게 생긴 새
일 뿐이라고요! 자수 놓인 봉황들 모양이랑 아주 비슷한!"

은우는 연못가를 어슬렁거리는 한 쌍의 새를 가리켰다. 오색빛의 후광을 두른 참으로 아름다운 한 쌍의 큰 새들이었다. 허주유가 그 쪽으로 시야를 돌리며 맞장구를 쳤다.

"그래. 저런 거. 저런 게 봉황이지!"

"아니라니까요."

"그럼 봉황이 아니라 치자!"

격한 두 사람의 말대꾸에 그들의 등 뒤로 서 있던 호위들이나 식사준비를 돕던 시녀들, 따라와 있던 환관 몇이 연못가를 살피며 입을 떡하니 벌렸다. 사바누는 허씨 부녀가 말다툼을 하는데도 하늘이 맑아서 안도했다. 그러다 도화원의 영역이 아까보다 좀 더 커진 느낌에 사방을 둘러보았다.

도화원은 옛 효정궁 옆에 자리한 규모가 큰 인공정원이었다. 모종의 이유로 효정궁을 허물며 그 영역까지 확장했으나 분명 이곳은 시시각각 넓어지고 있었다. 나무들은 울창해져 숲을 이루며 연못과 작은 시내들은 점점 커져 작은 호수와 강으로 돌변하고 있다. 요수들이 더욱 많아진 건 두말할 나위 없었다.

은우는 시녀들과 함께 꽃들을 꺾어 열심히 화관을 만드는 데 집중했다. 화관도 모자라 그것을 촘촘히 엮어 꽃목걸이로 만들기도 했다.

"전하도 분명 느꼈겠군."

허주유의 말에 사바누도 고개를 끄덕였다. 그들은 널려진 도화원을 살피기 위해 이곳저곳 안을 돌아다니던 중이었다. 실제로 보는 영역보다 그들의 두 발로 걷는 영역이 훨씬 더 컸다. 어느새 도화원도 상상 이상으로 확장을 거듭하기 시작한 모양이었다.

"주촌산처럼 커지고 있구려."

"은우의 힘이 미치고 있기 때문이지. 여기도 산이 높게 서고 계곡도 생길지도 몰라."

"지금 주촌산은 어떤 모습이오?"

"글세. 나도 정확히는 모르지. 아마 은우의 영향력을 벗어나려면 족히 십 년은 걸릴지도."

허주유가 뒷걸음질 치자 커진 강 속에서 펄떡거리며 숙어가 날아올랐다. 꼬끼오. 요란한 닭 울음소리를 내는 붉은 깃털의 발 여섯 개 달린 물고기가 다시 수면 아래로 숨었다.

"저놈이 여기까지 왔네."

허주유는 수염을 쓰다듬으며 경탄했다. 은우는 어느새 몇 사람 분의 화관이며 목걸이들을 만들어 호위와 시녀들, 환관들에게 선사하고 남은 두개를 든 채 허주유와 사바누에게로 뛰어왔다. 두 사람의 목과 머리에 하나씩 뒤집어씌우고는 은우는 앙증맞게 웃었다.

아버지와 사바누가 못 미더운 척 가깝게 있는 모습이 이제는 어색하지 않았다. 더 친해지면 좋겠는데. 허물없는 사이는 어려워도 한 자리에 있는 것이 이상하지 않을 정도로는. 은우는 두 사람이 더 친근감을 느낄 수 있을 무언가를 찾으려 했다. 그러다 사바누의 허리에 매달려 있던 현무화룡도가 눈에 띄었다.

"아, 맞다. 아버지 저랑 화룡이 구경해요."

"화룡이?"

은우는 끼끙대며 현무화룡도를 그의 허리춤에서 잡아당겼다. 투박하고 낡은 검이 참으로 낯익어 허주유도 가만히 검을 노려보았다. 분명 저건 주촌산에서도 있었을 터인데?

"전하, 검 한 번만 뽑아주실래요? 나 화룡이가 한 번도 뽑힌 걸 못 봤어요."

은우의 간청에 사바누는 못 미더워했다. 변태검의 요구에 차고 나온 것만 해도 뭔가 찜찜한데 검을 뽑으라? 그는 검집에서 손쉽게 검을 뽑아내었다. 커다란 흑도가 검명을 토해내며 자신을 뽐냈다. 은우는 저도 모르게 박수를 쳤다. 무시무시하지만 멋지다. 온통 검은 그 검을 보며 허주유는 입을 떠억 벌렸다. 화룡이라기에 이상하다 했더니 이 나라의 귀물 현무화룡도가 아닌가. 그것은 저를 봐달라는 듯 우에에엥 하며 계속 울어댔다. 당황한 사바누가 검을 검집에 넣어 봉했지만 현무화룡도는 검명을 토했다.

"화룡아 왜 그래?"

사바누의 곁에 다가온 은우가 상냥하게 말을 걸자 검은 더 크게 울음을 터트렸다. 검의 말을 알아들은 은우가 바싹 굳었다. 은우의 곁에 있다가 엉겁결에 딸의 어깨에 손을 스친 허주유가 은우의 어깨에 손을 얹은 채 가만히 섰다. 은우가 검을 달래듯 낮게 말하자 검은 검집 안에서도 신나게 울음을 터트리며 말을 이었다.

검의 악다구니를 들은 두 부녀는 합죽이처럼 입을 다물었다. 제 주인을 신나게 욕하며 왜 하필이면 자기 내보란 듯이 밤중에 야사를 벌이느냐 한탄하며 속곳이나 던져 달라는 검의 애원에 허주유마저도 할 말을 잃었다.

"은우야, 저거 위험하구나."

사위보다 더 위험한 것이 생겼다. 허주유는 새치름한 눈으로 검을 경계했다. 사바누 역시 몸을 굳히며 제 검을 내려다보았다.

"대체 이놈이 또 뭐라고 했기에?"

"날씨가 좋다고요. 하하."

대충 어떤 대화가 오고 갔을지 짐작한 사바누의 얼굴이 붉으락푸르락해졌다.

허주유는 황급히 화제를 돌렸다.

"아참, 은우야. 화승동에는 가보았느냐?"

"화승동 거긴 어디에요?"

"북주국에 천 년 된 왕묘지. 기왕지사 이렇게 되었다면 선조께 인사를 하러 가야 되는 것 아니겠느냐."

"날을 잡아 가보아야 하겠군요. 허 공."

은우는 아버지와 함께 더 있고 싶었지만 제법 시간이 지난 뒤였다.

허주유는 제 눈에 근사해 보이는 도화원에 오후 내내 머무르기로 했다. 어쩐지 주촌산을 닮아 있는 느낌이었다.

그는 풍취를 벗 삼아 홀로 술을 주고받았다. 그렇게 시간이 얼마나 흘렀을까.

허주유의 몽롱한 눈에 아리따운 여선인이 보였다. 여선의 등 뒤로 나풀거리는 날개가 달려 하늘거리는 것 같기도 했다. 조금 나이를 먹어 30대 정도로 보이는 여선이 웃자 눈매에 가녀린 주름살이 엷게 졌다.

어쩐지 진흥여왕을 닮기도 한 얼굴이었다.

"술 한잔하시겠수?"

여선은 고개를 저었다. 허나 그의 비어 있는 잔을 보며 여선이 손짓하자 그녀의 양 옆에 서 있던 시녀들 중 푸른 비단치마의 시녀 하나가 그의 잔에 술을 따랐다.

아하, 서왕모이고 그 옆을 따르는 세 명의 파랑새 시녀들인가 보군. 멋대로 생각한 그가 맑은 화주를 넙죽 받아마셨다.

"아이쿠, 넘친다! 자네도 한 잔 받으시게!"

여왕은 울상을 짓는 시녀에게 모른 척하라 손짓했다.

반선이 적당히 취하자 하늘에는 술병과 술잔 모양의 구름들이 흘러갔다. 도화원의 강물 속에서 숙이며 호교며 활어 같은 괴이한 물고기들이 수면 위로 솟구쳐 오르더니 다시 물속으로 풍덩, 큰 물보라를 일으키며 사라졌다.

진비 우재이의 처소에선 시녀들이 분통을 터트렸다. 진비는 그에 비해 말이나 감정의 변화가 거의 없었다. 시녀들은 허은양과의 혼례로 인해 들뜬 분위기와, 왕이 진비를 찾아오지 않는다는 사실에 핏대를 세웠다. 게다가 그 허은양은 한 번 진비를 격노하게 한 뒤 찾아오지 않고 있었다.

"그 허은양 따위! 어찌하여 법도도 모른단 말입니까! 전하께서도 너무 하십니다!"

"맞아요, 우리 마마님이 허은양 따위보다 훨씬 어여쁘지요."

그 말을 흘려들으며 진비는 자신이 수놓고 있던 선인들이 산다는 삼신산도의 풍경을 바라보았다.

허은양과 왕에게 모든 관심이 쏠렸기에 진비는 홀가분했다. 어떤 언행도 조심할 필요가 없고 왕을 대하지 않아 후련했다.

재상인 아버지의 체면도 있던데다 혼기를 놓친 태자비가 선택할 수 있는 일은 많지 않았다. 평생 목표였던 왕후가 되는 것도 나쁘지 않을 거라 자포자기하며 왕후가 되었다. 사바누는 정혼자였기에 생면부지의 사내보단 낫고 권력도 누릴 수 있으리라 막연히 여겼다. 허나 재이는 왕을 사모할 수도 연정을 품을 수도 없었다. 왕은 부현을 연상시켜 왕의 옆에 서 있는 것 자체가 죄를 짓는 기분이었다. 왕후라는 족쇄는 처음부터 그녀를 짓눌렀다. 왕의 자식을 낳아야 한다는 의무가 그녀의 목을 졸랐다. 하고 싶지 않아. 안기고 싶지 않아. 자신에 대한 본능적인 혐오감이 일곤 했다.

왕은 가여운 존재였지. 나만 아니었다면 더 나았을지도 몰라. 허나 그것을 인정하는 것이 쉽지 않았다.

그녀는 수놓는 일을 포기하고 낮은 한숨을 쉬었다. 시녀들이 다가와 아뢰었다.

"오늘은 날이 좋습니다. 산책을 나가시지요."

날이 가는 것도 몰랐다. 시녀들이 색색의 꽃을 가져와 화병에 장식하고 있었다. 팔각 창 너머로 조팝나무의 꽃이 하얗게 별처럼 피어 있다. 그녀는 하루나 이틀에 한 번 은우가 바쁜 틈을 쪼개어 꽃을 가져다주는 것을 모른 척하고 있었다.

하지만 봄이 벌써 이만큼 오다 못해 가고 있구나.

서글픈 생각에 진비는 시녀들이 이끄는 대로 외출준비를 했다.

꽃놀이를 하자던 시녀들은 도화원으로 가자고 그녀를 졸랐다.

도화원으로 가던 길, 가마 안의 진비는 추오를 나란히 타고 가던 허은양과 왕의 일행과 마주쳤다. 자신에게는 늘 냉랭했던 사바누 크세노의 시선이 눈 녹은 봄처럼 따스해져 있었다. 그가 웃고 있다. 어째서, 왜?

가마의 곁에 서 있던 그녀의 시녀가 말을 이었다.

"곧 회임 소식이 들릴지도 모른다 하옵니다."

아니 그전에도 그는 허은양, 은우라는 저 계집을 품었다. 그 계집이 없으면 안 될 것이다. 그는. 어째서 저런 계집일까. 은연중에 그 책임을 진 아비가 모든 것을 내려놓고 낙향준비를 서두른다는 사실을 알고 있었다. 왜 하필 천하제일의 미색도 아닌 저런 볼품없는 촌계집 허은양이란 말인가. 진비는 자신이 치졸하다 느꼈지만 제 안에서 샘솟는 강샘과 투기를 막진 못했다. 왕께서도 제게 저리 웃어주셨으면. 왕이 노력하지 않아 자신이 이리된 것 같아 한스러웠다. 모두가 제 잘못인 것을 아는데도 마냥 이리 억울한 것이었다.

당신도 감정이 있는 사람인 줄 몰랐는데, 저리 웃을 줄 아는 사람인 줄 몰랐었는데.

사바누 크세노는 차갑다 여겼다. 여왕은 비밀로 했지만 진비는 사바누와 동주국의 여왕 사이에서 자식이 둘이나 있음을 알고 있었다. 자신에게만 차갑고 허은양에게 살갑게 구는 왕을 보니, 허은양에게 그 사실을 슬쩍 귀띔하고 싶은 충동도 일었다.

진비의 시선을 느낀 북마왕이 고개를 들었다. 제 여인인 허은양

에게는 참으로 다정하더니 진비에게선 한기를 내뿜는 한겨울의
녹안이었다.

"할 말이 있소?"

그가 추오에서 내려 은우에게 속삭였다.

"먼저 처소로 돌아가 있어라."

진비와 왕의 일행들은 다시 진비의 처소로 돌아갔다. 사바누는
그녀를 보자 편치 못한 심경을 고스란히 드러내었다.

"할 말이 있으면 얼른 하시오."

"전하께 드릴 말은 없습니다. 허나 제가 첫 번째 왕후란 사실은
잊지 마세요."

"천지신명께 천신께 한 맹세에 그대의 진심이 담겨 있었소? 정
말 나를 지아비로 여겼다는 것이오?"

진비가 말을 잇지 못했다. 사바누가 말을 가로챘다.

"나는 그대와 아비가 그만둘 기회를 주었소. 몇 번이고 그대의
아비 우 재상을 설득하려 했소. 내가 파혼을 하려 했을 때 신의와
충절을 들먹이며 그대의 아비는 단식투쟁을 하였소. 그대는 무엇
을 했소? 혼례를 올린 이후 나를 원망하며 계속 나를 밀어낸 것밖
엔 한 것이 없지 않소?"

그의 말이 옳았다. 그래서 못난 고집에 불과하지만 진비는 이리
말할 수밖엔 없었다.

"저는, 전하의 여인입니다."

"그대의 마음이 여기에 없다는 건 나나 그대가 모두 잘 알고 있
는 것 아니오? 폐위되길 원한다면 그렇게 해드리지요."

진비는 그가 두려워졌다. 자신은 이 나라의 왕후다. 모두의 총애를 받을 여인이었다. 그래서 바보 같은 줄 알면서도 고집을 피웠다.

"저는 이 나라의 후사를 이어야 합니다."

"용인은, 누구에게서도 쉽게 자식을 얻을 수 없소."

"동주국의 여왕도 귀공의 자식을 둘이나 얻었습니다! 나라고 못할 것이 무어가 있겠습니까!"

"그만하시오, 진비. 나를 거부해 온 것은 그대요. 나는 그대의 결정을 존중했소."

"하, 하오나 그대와 제 사이는 그리 나쁘지 않았습니다, 전하. 저희는 나쁘지 않은 부부였습니다. 아닙니까?"

그의 미간에 신경질적인 주름이 섰다. 진비의 몸이 굳었다.

"그렇지. 하지만 그것뿐이지. 앞으로도 내가 그대의 처소에 머무는 일은 없을 것이고 그대의 아비도 모든 것을 내려놓을 준비가 끝났고 낙향할 것이오. 그대의 외척들이나 친척들 역시 그대에게 큰 도움은 되지 못할 것이오. 또한 그대가 내 아이들의 어미가 될 일은 없소. 내가 본 내 미래 속에 우재이, 그대는 없었으니까."

미래를 보다니 왕이 지금 무슨 말을 하는 것인가. 진비는 사시나무처럼 몸을 떨었다.

"나는 그대를 죽이지 않아. 어떤 일이 있어도 그대를 살려달라 한 부현의 부탁 때문이오. 나는 부현의 죽음을 미리 보았지. 죽음을 예고했을 때 그는 최선을 다해 살겠다 말하며 그대를 택했소. 나는 그것을 말리지 못했지. 죽음을 예지한다 하여 언제 어떻게 죽을 것인지까지는 알지 못하니까. 허나 그대는 부현이 죽은 이유를 나 때문이라 책망하며 나를 밀어내며 내 아내의 지위에 머물러 있지. 그것은 지독한 모순이요. 아니 그런가?"

사바누의 입매가 뒤틀렸다.

"나는 불필요한 피를 부르고 싶진 않소. 우재이는 내 아내이기 이전에 죽은 부현의 사람이라고 생각하고 있지. 앞으로도 내가 그대의 처소를 찾는 일은 없을 것이오. 진비 우재이. 그대는 이 궁을 떠나 살 것인지 앞으로 귀신처럼 죽어지내며 허울뿐인 왕후의 지위를 누릴 것인지 생각해 보는 것이 좋을 것이오."

왕은 떠났다. 그 자리엔 진비가 아닌 우재이만 남았다. 우재이는 바닥에 털썩 주저앉았다. 왜 이렇게까지 멀리 왔을까. 나는 이제 어찌되는 것일까.

부현이 문득 원망스러웠다. 죽으려면 같이 죽지. 차라리 나를 사랑하지 말지. 홀로 남겨진 우재이 안에 사랑받고 싶어하는 작은 여인만이 남았다. 그 울음소리가 구슬피 울려 퍼졌다.

몰래 그들을 따라온 은우가 진비의 처소 앞을 바쁘게 오고 갔다. 사바누가 나오다 은우를 발견하고 쓴웃음을 지었다.

"위로해야 하는 거 아니에요?"

"혼자 내버려 두어라. 그건 그녀가 극복해야 할 몫이다."

"상처 입지 않으셨을 까요?"

"그것 역시 그녀의 몫이다."

은우는 못내 불안해하며 사바누에게 등을 떠밀렸다.

"그녀는 나와 너 때문에 우는 것이 아니라 자신의 지나간 세월에 슬퍼하는 것이다. 그러니까 울도록 내버려 두어라."

은우는 계속 그녀가 신경 쓰였다.

한 아름의 철쭉을 입에 문 꼬리 아홉 개의 짐승이 느릿느릿 낮은 보폭을 기듯이 처소의 문 앞으로 다가갔다. 은우는 멀리서 구미호를 응원했다. 잘 놓고 와라! 구미호가 꼬리를 흔들며 화답했다. 그 모습을 멀리서 지켜보던 추오가 정원 그늘 아래에서 길게 하품을 했다.

바로 문 앞.

구미호가 철쭉다발을 막 문 앞에 내려놓으려던 찰나였다.

굳게 닫혀 있던 처소의 문이 벌컥 열렸다. 진비와 시녀들이 얼어붙은 구미호와 구미호를 응원하며 쪼그려 앉은 은우를 발견했다. 진비가 어이없는 얼굴로 물었다.

"이게 무슨 짓인가요?"

은우와 구미호 모두 사색이 되었다. 들켰구나. 추오만이 그들의 뒤에서 한가롭게 하품을 했다. 진비가 한숨을 쉬며 제 처소 안으로 들어갔다. 은우는 몰래 눈치를 살피다 구미호가 내뱉은 꽃을 주워 들고 처소로 뒤따랐다.

예전에도 방문한 적이 있던 진비의 처소는 여전히 화려했으나 음침했다. 창밖이며 날씨는 무척이나 화사한데 진비의 처소의 모든 창과 문은 굳게 걸어 닫은 채였다. 은우가 손에 쥔 철쭉만이 불타는 듯 이질적으로 보였다.

진비는 뒤따라 들어온 은우를 보고도 놀라지 않았다.

"무슨 꽃인가요? 독이라도 넣은 것인가요? 아니면 피를 흘리라고 피 같은 빛깔의 꽃을 주는 건가요?"

"선물인데요?"

은우는 용기를 내어 말했다.

"선물? 피 같은 꽃이 말인가요?"

"피 같은 꽃이 아니라 생생하고 아름다운 꽃이에요. 제일 화려하고 예쁘잖아요. 마마님이 저절로 떠오르는 모양이었는데."

우재이는 제가 걸친 자줏빛 치마를 내려다보았다. 며칠 잠을 설쳤더니 그녀의 눈 밑은 검고 몰골은 형편없었다. 공들여 꾸민다한들 봐줄 이도 없으니 허망하게만 여겨졌다. 허나 허은양, 은우는 우아하고 아름다운 모습과는 거리가 먼 모습이었다. 구겨진 비단치마의 끝단에 풀물이 들고 옷은 구겨진 데다 머리의 비녀들은 온데간데없었다. 칠칠맞게 웃는 데도 그 해맑음이 싫지는 않았다. 전하에게 사랑받고 있는 거로구나, 우재이는 은우를 보며 멍하니 생각했다.

은우는 저를 뚫어져라 쳐다보는 진비의 모습에 제 엉망진창인 얼굴을 더듬으며 민망해져 웃었다. 꽃을 딴다고 정신이 팔렸던 탓이었다.

"사냥을 하는 것보다 예쁜 꽃을 골라 꺾는 게 제일 어렵더라고요. 시녀들이 보면 다들 한소리 할 텐데."

은우가 변명을 하자 진비는 시녀들에게 손짓해 화병을 가져오게 했다.

"애써 가져왔다니 받긴 하겠지만 꽃을 더 꺾지는 마세요."

"왜요?"

"생명이니까요."

우재이가 수를 놓던 것은 그림 같은 풍경들이었다. 꽃은 없고 요수나 산의 풍경을 수놓는 것이 전부였지만 실제만큼이나 생생한 모습들이었다.

"산을 좋아하세요?"

진비는 허탈하게 웃었다. 사실, 은우가 어제도 자신의 처소 앞에 왔었다는 걸 알았다. 그녀가 끌고 다니는 추오는 너무 눈에 잘 띄었다.

"내가 밉지 않은 것입니까?"

뜻밖의 질문에 은우는 고개를 갸웃거렸다. 확실히 처음보다 진비마마는 느슨해져 있다. 은우보다 미모나 학식 모든 것들을 지나치게 가진 진비였음에도 진비의 웃음은 어딘가 초탈했고 텅 비어 있었다. 많은 것을 가졌지만 갈망하는 것 하나를 갖지 못했기 때문이었을까.

"내가 밉지 않은 겁니까?"

그녀가 재차로 묻자 은우는 고개를 끄덕였다.

"처음엔 원망도 많이 했는데 지금은 진짜 밉진 않아요. 미워하면 안 될 것 같고요."

"왜지?"

"슬퍼하고 계시잖아요. 슬픈 건 누구도 싫어요."

은우는 그것밖에 말할 줄 모르는 자신이 안타까웠다.

"바람이라도 쐬면 기분이 훨씬 좋아지실 거예요. 예쁘시니까 활짝 웃으시는 것도 좋으실 테고요."

"정말 그렇다고 생각하나요?"

"네. 저보다 훨씬 아름다우시니까요."

진비는 그 말에 기꺼이 웃었다.

다른 이들이 말했다면 입 발린 소리였을 터이나 은우의 말은 거짓이라 생각되진 않았다. 은우는 적어도 자신에겐 솔직했다.

"질투를 느끼지 않는다면 거짓말이겠지요. 전하가 진비마마만 보게될까 봐 두려웠어요. 제 아버지는 진비마마가 세상에서 제일 완벽한 왕비감이라 여겼어요. 지금도 그렇게 생각해요. 지금이라도 언제고 전하가 마마만 보고 저는 보지 않게 되면 어쩌나 불안해요."

"다른 여자들이 있을 수도 있을 텐데요. 왜 하필 나인가요."

은우는 이런 대화를 나누는 자신과 진비가 참으로 이상하게 생각되었다. 자신이 이런 대화를 나누게 될 줄은 몰랐는데.

"눈앞에 계시니까. 그리고 제가 본 여인들 중엔 진비가 제일 예쁘세요."

"가짜 허은양도 나보다 더 미인이었을 텐데요."

진비는 아주 희미하게 사라질 것처럼 웃었다. 은우는 순간 그녀가 눈앞에서 증발해 버릴까 봐 무서웠다. 그래서 저도 모르게 손을 뻗어 진비의 손목을 강하게 움켜쥐었다. 은우의 힘에 놀란 진비는 손을 떼어내려 했지만 무언가 필사적이라는 느낌에 은우를 내버려 두었다.

어린 여동생이 있다면 이런 느낌일까? 보는 이가 불편해질 정도로 티 없이 맑은 은우에게 그녀도 서서히 감화되었다. 문득 부현을 사랑하던 열여덟의 자신이 떠올랐다. 9년이 지난 지금 부현과 그녀의 애정은 모두 허상이 되었지만 은우는 현재를 살고 있다. 우재이는 은우가 마냥 부러웠다.

"그 모습 그대로 잃지 마세요, 허은양. 그것이 그대가 할 일이에요."

은우는 저도 모르게 고개를 끄덕였다.

귀빈전의 가짜 허은양, 이제는 우은주라 이름을 바꾼 여인의 소식이 전해진 것은 그즈음이었다. 우 재상의 수양딸로 입적된 여인은 궁에 나와서도 모두의 관심을 한 몸에 받았다. 특히 궁궐에서 그녀를 보았던 젊은이들이 설한부의 우 재상가를 계속해서 기웃거렸고 우 재상의 수양딸로 입적된다는 말이 돌기 무섭게 혼처가 밀려들었다.

궁을 나온 뒤 줄곧 우울해하던 우은주는 부끄러운 기녀 출신의 과거에도 굴하지 않고 혼담을 넣는 사람들에게 놀랐다. 그리고 그들 중 가문이 좋은 한 청년과 눈이 맞아 혼례를 치르게 되었다.

우은주는 왕보다 나이가 어리고 외양은 조금 떨어지지만 기골이 장대하고 늠름한 사내를 배필로 맞게 되었다. 우은주와 나이가 엇비슷한 이 사내는 이 나라의 군인으로 여인을 제대로 몰랐고 궁의 먼발치에서 귀빈전의 허은양을 본 뒤 가슴앓이를 하던 중이었다. 그녀는 그 순애보에 이끌렸다 했다.

우은주의 혼례만 치루면 우 재상은 고향으로 낙향할 생각이라 했다. 그의 거처는 아직 확정되지 않았지만 우은주와 진비 우재이, 그녀의 형제들 모두 아버지를 수도에 붙잡아두고 싶어했다.

진비의 나이 차 나는 형제들은 데면데면한 사이였지만 우은주의 소식에 크게 기분 나빠하지 않았다. 오히려 연이 닿아 그리 되었구나 여겼다. 우재이도 피가 섞이지 않았지만 같은 자매가 된 그녀를 나쁘지 않게 보았던 모양이었다.

인생은 길다. 앞으로 슬퍼할 일도 기뻐할 일들도 무수히 남아 있다.

사바누는 동주국에 버리고 온 자식들과 남매를 낳은 여왕의 죽음을 보게 될 것이다. 그도 은우도 감히 간섭할 수도 없고 끼어들 수 없는 절대적인 미래. 그 미래를 약간 조금씩 비튼다 한들 세 모자의 죽음을 방해할 수는 없다.

문득 더워진 날씨에 대전을 나서던 사바누의 시야가 흔들렸다. 그는 땅이 흔들리는 느낌에 이마를 짚었다. 아지랑이처럼 보이는 환각이 그의 눈을 강하게 지배했다. 손에 잡힐 듯이 선명한 장면들이 이어진다.

이것은 아아, 미래로구나.

흐릿했지만 이제는 선명한, 우재이의 미래가 보였다.

그리고 그녀와 연이 닿아 있는 사바누와 은우의 미래 또한 보였다.

아아, 그러하구나. 그는 고개를 끄덕였다.

✿ ✿ ✿

여름을 시작하는 하분절의 보름 뒤로 혼례일이 정해졌다. 그즈음하여 우재이는 요양을 핑계로 은밀히 출궁을 추진하기로 했다. 모든 것을 내려놓은 우재이는 홀가분해 보였고 은우와의 사이도 나쁘지 않았다.

그즈음하여 사바누는 은우를 왕묘 화승동火承洞 계곡으로 데려갔다. 대산의 북쪽에 위치한 큰 계곡 화승동. 그곳에는 이 북주국을 세운 화룡의 본체가 잠들어 있는 곳이다.

새벽부터 서두른 까닭에 그들이 화승동에 도착했을 때는 이제막 해가 높아지려는 사시巳時였다. 신성한 용과 용인들의 무덤을 감싼 자욱한 안개가 그들을 감싸며 맞이했다. 그의 조부가 깊은 동굴 속에 들어가 자신의 힘을 시험했다던, 암굴의 입구도 험악한 아가리를 쩍 벌렸다.

은우는 그녀의 남편이 될 그를 돌아보았다. 왕의 공식적인 행차가 아니기에 평범한 잠복상태였지만 그의 얼굴은 늠름하고 준수했다. 그의 호위들도 참으로 준수한 사내들이건만 훤칠한 그만이 유독 더 눈에 띄었다. 좋아하기 때문에 그러한 것일까.

그의 차분한 녹안과 마주하며 은우는 가슴이 두근거렸다.

아직도 믿겨지지 않았다. 그가 자신의 것이라는 것, 그가 제 남편이 될 것이라는 것.

너무 좋아서 첫 번째가 아니라는 것도 상관없었다. 후궁이나 다른 아내가 생긴다면 가슴이 아프겠지. 투기할 생각은 없지만 그때가 오면 어떻게 될지 모른다.

"뭘 그리 생각하는 거냐?"

은우가 심술로 부루퉁해진 볼을 부풀리자 사바누가 그 볼을 잡고 흔들어대었다. 뭔가 놀리고 싶어서 참을 수 없어진 얼굴이었다.

"놀리지 마요."

"왜 화가 난 거냐?"

"전하에게 다른 계집이 생기면 덫을 놓을까 하고 생각했어요."

"아아. 하지만 나는 다른 여인을 생각할 겨를이 없다. 네가 하도 시끄럽고 사고를 많이 쳐대서 말이지."

은우를 놀려대려는 기색이 역력했다.

"여기 모여 있는 조상들에게 다른 여인을 구하지 않겠노라 맹세할 수도 있다."

그건 조금 끌린다. 아니, 많이. 은우는 그에게 어린아이들이 하는 것처럼 손을 내밀고 약조를 받아내면 좋을까, 라고 생각했다.

"진비마마님이랑 저 빼고 다른 여자에게 눈도 안 돌릴 수 있다고 약조하실 수 있어요?"

"나는 왕인데."

너털웃음을 짓던 그와 함께 은우는 새하얗게 안개가 피어오르는 화승동의 신비한 풍경에 잠시 할 말을 잃었다. 그들의 말소리를 제외한다면 침묵만이 감도는 용의 계곡은 시간이 정지한 묘지였다.

동굴의 암동을 돌며 선조들에게 인사를 올린 은우는 그와 함께 그의 조부와 조모가 잠들어 있다는 합장묘로 향했다. 다른 왕들의 묘가 지하에 안치되었던 반면 귀왕과 화비는 기이하게도 지상에 묻혀 있었다. 크지 않은 봉분과 귀왕의 원래 시호인 야율과 화비의 이름이 적힌 소박한 묘비가 그들의 무덤임을 알려주었다.

은우는 그의 조부와 조모의 묘 앞에서 한참을 갸웃거렸다. 양지 바른 곳에 위치한 묘의 봉분은 잘 손질되어 있었지만, 지하의 다른 묘와는 달랐다. 이곳의 묘에는 주인이 없었다. 어째서? 은우는 놀라 그를 돌아보았다.

정말로, 무덤 속에는 정말로, 아무것도 없었다.

무덤의 주인인 시체가, 그들이 남긴 어떤 흔적도.

"그건 비밀이야. 우리 어머니와 나만 아는 비밀이지."

그가 조용히 읊조리듯 말했다. 화승동의 많은 묘들이 그들의 이야기를 듣는 기분이었다. 은우도 그의 조부와 조모의 이야기를 들었다. 귀왕과 그 화비의 이야기를 북주국에서 모르는 이는 없으리라.

무덤 아래에 시체가 없는 이유를, 혹은 어찌하여 이렇게 되었는가에 대해 그는 이야기했다.

아주 오래된 이야기였다.

사바누는 그런 이야기를 했다. 그의 조부와 조모, 산 자의 몸으로 죽은 자들의 세계인 황천을 건넌 자들의 이야기를. 십 년에 걸쳐 천하의 명약인 명계수로 목이 잘린 시체를 되살렸고 명계의 남편의 혼을 불러내어 자신은 죽음을 선택하려 했던 조모의 희생을.

설명할 수는 없지만 그들은 산 자의 몸으로 죽은 자들의 세계를 걷고 호흡했으며 그곳에서 체류했다. 그런 이유 때문인지 조부와 조모는 죽지도 살지도 않은 자가 되었다. 그들은 이승에서의 생이 다하자 살아 있는 육신을 이끌고 저승으로 갔다. 그리하여 합장묘에 자리해야 할 두 사람의 시신은 없다.

"조부와 조모의 시체는 없다. 허나 이곳이 그분들께서 있었던 마지막 장소이지. 유골은 없으나 이곳이 그분들의 무덤이라는 것 맞다. 이곳이라면 아마도 그분들에게 너를 소개할 수 있을 것 같았어. 내 어머니만큼이나 사랑하는 할아버지와 할머니에게, 이 세상에서 유일하게 은애하는 여인이라 너를 소개하고 싶었다."

은우는 그가 바라보는 미래를 몰랐다. 허나 그가 어느 날 괴로워하며 털어놓았던 마음의 검은 구멍이 더는 그에게서 보이지 않음을 알았다. 은우가 그 구멍을 메워주는 한 적어도 그는 불행해지지 않을 터.

은우는 커다란 무덤을 바라보았다. 스산하고 쓸쓸한, 그러나 온기만은 선명히 가득한 그곳. 은우는 고개를 숙였다. 그의 할머니와 할아버지에게 맹세했다. 적어도 은우가 있는 한, 그의 가슴에 생길 공허를 막겠다고. 그녀가 할 수 있는 일은 많지 않지만 적어도 그것만은 할 수 있노라고.

이 세상에는 은우가 몰랐던 상처 입은 사람들 투성이였다. 진비마마도 그도. 어쩌면 영원이라는 말은 거짓이겠지만 그녀가 있는 한은 그를 보듬을 수 있다면.

은우가 그의 가슴에 손을 얹었다. 충만하다. 가슴에 난 공허가 없었다. 그가 은우의 손 위로 자신의 크고 긴 손가락들을 겹쳐 왔다.

심장이 뛰고 있다. 그녀로 인해, 그로 인해 서로가 하나처럼 뛰었다.

"제가요, 행복하게 해줄게요."

"어쩌면 영원히 행복할 수 없을지도 모르는데?"

그도 그녀도 다 알고 있는 일. 그는 미래를 본다. 그가 본 죽음을 피할 수는 없다. 그는 동주국에 두고 온 아이 혹은 아이들의 죽음을 볼 것이고 아파할 것이다. 균열은, 그의 공허는 그때 다시 벌어지겠지.

은우는 몇 번이고 제 손으로 그의 가슴을 쓰다듬었다. 나의 짝, 나의 왕.

그래서, 그의 할아버지와 할머니 앞에서 스스럼없이 말할 수 있다.

"저는 사바누 전하가 슬퍼할 때마다 곁에 있을 거예요. 모두를 구할 수 없는 건 알지만 그래서 전하께서 많이 아프실지도 모르지만 옆에 있어줄 게요. 공허 따위 생겨도 빨리 치유될 수 있게 해줄 게요. 그러니 나랑 혼례 올려요, 네?"

사바누는 그녀의 순진한 말에 더욱 웃음이 났다. 그녀를 비로 맞는 것은 자신인데, 은우는 제게 오라 말하고 있다.

어쩌면 아주 먼 미래의 그는, 은우가 자신 때문에 힘들어하고 괴로운 모습을 볼지도 모른다. 새처럼 자유로운 은우를 제 곁에 묶어 그러하리라.

왕은 그녀의 굴레이자 족쇄. 자신 때문에 그녀도 궁을 떠날 수 없을 터였다.

허은양을 만나기 전의 그에게 허은양이란 이름은 하늘이 정한 제 짝이자 자신에게 돌아오지 않는 상징이었다. 그 상징을 잡아 그는 새장 안에 가두려 하고 있다. 새장 속의 가둬둔 새를 보며 행복하지만 갇힌 새는 길들여져서 행복할까. 그는 그녀의 옆에서 끝없이 자문할지도 모른다. 허나 그는 은우의 옆에서 죽음을 꿈꾸지 않았다.

"내 옆에 있어라. 너를 은애한다."

자욱한 화승동의 안개는 모두 걷히고 사라졌다.

곧 짧고 서늘한 북주국의 여름이 찾아온다. 여름이 오면, 그들은 혼례를 올려 부부가 될 것이다.

은우는 그를 껴안으며 그의 등을 토닥였다.

화승동의 침묵하는 영혼들이 그들을 지켜보며 바람 같은 환희의 한숨 소리를 내었다.

7장 국혼

　왕실의 국혼절차는 복잡하고 시일이 오래 걸렸다. 허나 왕은
이미 우재이와 몇 년 전 국혼식을 치루었고 이번이 두 번째였다.
왕은 최대한 빨리 모든 절차를 과감하게 생략하고 국혼을 진행
하라 명령했다. 무일푼인 허씨 부녀가 왕실에 기거 중인 상태에
선 예물을 주고받는 납채納采 같은 의식은 하려 해도 할 수 없었
고 허은양을 최대한 빨리 자신의 비로 맞고 싶어했기 때문이었
다.

　왕실은 가장 가까운 길일을 잡아 식을 치루고자 했기에 정신
없이 일정을 진행했다. 국혼일이 정해지자마자 이웃나라에 파발
과 서신을 날렸다. 다른 나라의 사신들이 분통을 터트릴 만큼 촉
박한 날짜였으나 어쩔 수 없었다. 왕과 여왕이 그것을 원했기 때

문이다.

급히 치러지는 국혼이었지만 금해궁의 대신들과 왕실 전부는 하나도 빠뜨리지 않고 세세하게 모든 것을 준비하려 애썼다. 국혼일이 공표되기도 전에 신이 난 것은 수도와 북주국에 사는 모든 이들이었다. 그들은 허은양과 왕의 국혼을 기뻐하며 자신의 집 대문에 혼례의 길함을 상징하는 붉은 천을 매달았다. 바람이 불면 그 붉은 천들이 바람에 나부끼는 장관을 연출하곤 했다.

여름이 시작될 무렵의 수도 설한부는 연일이 축제 분위기였다. 허은양이 왕과 혼례를 올리면 자자손손 나라가 평탄하다. 그들은 매일 저녁 기뻐하며 술판을 벌였고 때로는 풍악도 울렸다. 고대하던 혼례의 날이 다가오자 수도의 거리 전체와 집집마다 환한 등이 달렸고 대문은 모두 오색의 천으로 장식되었다.

예물교환은 아예 생략되었던 까닭에 혼례를 주관하던 예관들이 핏대를 올리며 허주유에게 직접 따지러 찾아갔다가 대뜸 절부터 하며 반선에게 무례를 사죄드리는 일도 있었다.

국혼일이 정해지자 온 궁궐 안에는 색색의 등이 달려 화려하게 빛을 발했다. 궁의 각 출입문마다 붉은 화룡문과 홍복을 기원하는 글자가 수놓아진 오색 비단들이 내걸리며 바람에 나부꼈다.

여름이 시작되는 하지절이 지나고 혼례날이 다가왔다. 수도의 사람들은 모두 일손을 접고 몸을 씻은 뒤 자신들이 가진 옷들 중 제일 좋은 옷을 꺼내 입었다.

궁은 궁대로 아침부터 쉴 새가 없었다.

은우는 며칠 동안 그의 얼굴을 코빼기도 보지 못했다. 그의 처소에서 같이 살다가 그녀만의 처소가 생겨 옮겨간 것도 보름 전. 그 뒤 그가 종종 찾아와야 했지만 나라의 행사를 주관하는 예관들은 핏대를 올리며 왕과의 교합을 반대했다. 혼례 전에 먼저 교합을 하면 부정이 탈 수도 있다는 말에 사바누 역시 참아야 했다.

은우는 휘의徽衣를 처음 입어보았다. 큰 가채로 머리를 장식해 열두 가지의 꽃을 꽂고 꿩 12마리가 금실로 수놓인 청색 옷에 깃은 도끼모양의 흰색, 겹겹으로 된 치맛단이 얼마나 풍성한지 혼자서는 일어서거나 움직이기도 어려웠다. 복을 불러오는 푸른 버선에 신발은 금으로 장식되어 있어서 멀리서 보아도 번쩍거릴 정도였다.

은우의 얼굴을 꾸며준 시녀들의 손길은 아침부터 분주했다.

커다란 경대 속에 비친 은우는 제가 아닌 것 같았다. 시녀들은 조심스럽게 은우를 보필하며 알뜰살뜰히 귀엣말을 건넸다.

땀을 흘려서는 곤란하십니다. 사람들 앞에서는 웃으셔야 합니다.

또 뭐라 재잘거렸는지 가물가물했다. 치런치런한 옷 때문에 함부로 먹지도 못했고 목을 축이거나 볼일을 보러 가는 것도 마냥 불편했다.

게다가 왜 그리도 떨리는지.

국혼을 두 번쯤 했다가는 심장이 터질 모양이었다.

먼 하늘에 기쁘게 커다란 오색 꼬리를 가진 커다란 새 한 쌍이 날아다녔다. 아버지가 말했던 봉황 닮은 새인가 보다. 시녀들의 입이 함지박만 하게 벌어져 경탄을 금치 못했다.

바늘로 찔러도 피 한 방울 나오지 않을 듯한 딱딱한 표정의 예관이 아뢰었다.

"이제 가실 시간입니다."

긴 혼례의 시간이 계속될 것이다. 은우는 이미 높아진 해를 바라보았다.

오늘은 전설 속 허은양이 시집가는 날이다.

국혼을 맞이하기 위한 아주 복잡한 절차가 이어졌다. 은우는 제 머리에 씌워진 커다란 화류관 때문에 쉽게 고개를 들지 못했다. 제 옆, 그러니까 사바누의 얼굴을 마주보기 위해 고개를 들었고 자신을 맞아들이기 위해 면류관을 쓰고 예복을 입은 그를 응시했다.

커다란 키에 준수한 얼굴, 자상한 푸른 눈.

예복을 입은 그녀의 왕은 참으로 늠름하였다.

은우가 태어날 때 노래를 부르며 기뻐했다는 괴이한 짐승들, 휘가 왕궁 근처에서 나타나 수도의 주작대로를 한 바퀴 휩쓸고 지나갔다.

짧은 국혼의식이 정신없이 지나갔다. 은우는 시간이 어찌 흐르는지도 몰랐다. 오늘에서야 그녀는 사바누의 아내가 된다.

은우와 왕이 탄 화려한 수레가 북문으로 나와 백성들을 위해 시가지를 한 바퀴 돌았다. 왕의 군사들이 일행에 합류해 대군이 북문을 통해 남문으로 다시 되돌아오는 그리 길지 않은 여로였다. 허나 길마다 가득한 사람들의 수는 은우의 상상 이상이었다. 그

행렬은 마치 바다처럼 이어져 진전마저 쉽지 않았다.

온 주작대로 가득 모인 사람들이 왕의 일행들을 보며 환호성을 질러대었다. 귀가 먹을 정도로 명명한 음성에 은우는 붉은 혼례복 아래에서 귀를 조심스럽게 막았다. 그 은우의 조그마한 행동 하나에도 환호하는 이들의 목소리는 더욱 높아만 갔다.

후궁들의 처소가 있던 건청궁에 신방이 차려졌다. 신방에는 온통 붉은색이 가득했다. 침전도 침전의 벽도, 침전을 장식하는 현판도, 그 아래 드리워진 겹겹의 휘장들 모두 붉었다.

몇 겹의 이부자리를 쌓아서일까 침소는 마냥 푹신했다.

왕과 은우가 마주 앉았다.

평소라면 허울 없이 서로 이야기를 나누며 음식을 들어야 하건만 은우는 며칠간 달달 외웠던 궁중규범을 떠올리며 사바누 전하와 눈을 맞췄다. 혼례를 맞이한 그의 용안이며 신수는 마냥 훤했다. 은우를 바라보는 눈에 애정마저 넘실거렸다.

저 헌헌장부가 이제는 내 것이라. 은우는 마냥 기뻐 자칫 실수를 할 뻔했다.

음식을 올리는 예관들과 궁녀들이 조심스럽게 움직였다. 궁녀가 수건을 바쳤고 그들이 손을 닦자 뒤로 물러났다. 혼례에 복을 더하는 장, 저해, 구운 고기나 돼지고기 등 오곡과 과일들이 가득했다.

천천히, 품위 있게. 은우는 그를 마주하며 조심스럽게 먹는 척했다. 입에 무어가 들어가는지도 모르게 마냥 떨렸다. 제 손을 가리느라 야단이었다.

식사가 끝나자 시중을 들던 예관이 술과 술잔을 씻어 건네자 두 사람은 조상들에게 첫잔을 바치고 두 번째 잔으로 그들의 첫날밤을 축하했다.

은우는 그가 엄숙한 분위기 속에서 자꾸 눈웃음을 흘려 마냥 떨렸다.

왜 시비를 걸지 못해 안달인 것인가, 저이는.

예관이 아직 자리한 가운데 하루 종일 그녀를 괴롭혀 댔던 예복을 벗고 첫날밤을 위한 잠복으로 갈아입었다. 다시 돌아온 은우는 얌전히 그를 바라보며 눈치를 살폈다.

신방은 커다란 침대가 차지했다. 그의 처소에 마련된 왕의 침전보다 두어 배는 컸고 벽은 모두 붉은 색이 달렸다. 침상 위에는 봉황문과 원앙, 북주국의 상징인 푸른 눈의 붉은 화룡이 수놓아진 차렵이불이 깔려 있었다.

은우는 사방 천지가 붉어 겁을 집어먹었다.

"두렵느냐."

그가 조용히 은우의 옷고름을 풀어내었다. 풀다 말고 그윽한 푸른 시선을 마주했다.

"나는 네가 새라고 생각했다. 너를 궁에 가두어 길들이면 네가 정말로 행복할까 궁금해졌다."

자신이 새라고? 은우는 고개를 저었다. 나는 새 따위가 아니고 새처럼 약하지도 않다. 날개도 없으니 날아갈 수도 없다.

"날아가도 다시 돌아올 거예요. 이미 전하가 없으면 안 되니까."

"길들여진 것일까?"

"전하도 나 없으면 이제 안 되잖아요?"

은우는 가만히 그의 대답을 기다렸다. 음, 넘겨짚은 것일까. 저만 그에게 품은 감정이 너무 커서 착각했던 것일까.

그녀의 작은 얼굴이 잔뜩 일그러지자 사바누는 다시 그 말랑말랑한 볼을 잡아당겼다.

"실망했느냐? 하지만 어쩌겠어? 나 역시도 이젠 어쩔 수 없다."

그가 은우의 손을 붙잡았다.

"네가 나를 붙잡았지 않느냐. 너는 사냥꾼이 분명해. 왕을 붙잡았고 길들였으니. 이제 네가 없으면 안 되는 쪽은 나라는 걸 기억해라."

은우는 제 귀를 의심했다. 정말? 그가 농을 하는 게 아니라? 은우가 넋이 나간 사이 그는 재빠르게 은우의 옷들을 벗겨내었다. 그가 며칠간 예관들 때문에 안지 못한 은우의 보드라운 몸이 눈앞에 있었다.

은우도 정신을 차리며 침상을 기어와 그의 옷고름을 빠르게 풀어내었다. 두 사람은 어느새 서로에게 미칠 듯이 덤벼들었다. 너무 은애해서 정신이 아니라 몸으로도 확인하고 싶었다. 그의 푸른 눈을 보자 은우의 몸이 나른해졌다. 그녀의 손이 어느새 그의 단단한 목을 껴안고 그의 등을 더듬었다. 뜨겁고 단단한 몸을 확인하며 은우는 더욱 가까이 그에게 다가갔다.

아아, 그가 필요해. 그를 느껴야 했다. 너무 좋아서 마음이 터질지도 몰라. 그를 갖고 싶어서 그녀의 가장 깊은 곳이 촉촉하게 젖어들었다. 사바누는 애무하는 것도 잊은 채 다급히 그녀의 다리를 벌린 채 은우의 안으로 파고들었다. 며칠간을 참았던 탓인지 욕망은 급박했다. 아. 은우의 시야가 하얗게 변했다.

그의 가슴 아래 짓눌러지는 앙가슴이나 그를 위해 벌어진 다리 사이로 느껴지는 남성 모두 어지럽다. 지독한 욕망과 구애의 춤이 이어졌다.

은우는 그의 품 안에서 산산이 부서졌다. 그리곤 그의 품 안에서 짧게 기절했다.

몇 번이나 이어진 밤은 길고도 어지러웠다. 사바누는 지독하게 그녀를 괴롭혔고 은우는 한 번씩 정신을 놓아버렸다. 겨우 욕망을 억누른 채 그녀를 안고 잠을 청했다. 늦은 새벽 그는 제 온기를 찾아 그의 품 안으로 파고드는 은우의 예쁘고 보드라운 알몸을 느꼈다. 낭창낭창하고 보드라운 몸을 다시 맛보고 싶어 제 남성이 불끈거렸다.

"너를 갖고 싶어. 하지만."

은애한다고 속삭이며 그는 은우의 이마에 제 입술을 눌렀다. 그 마음이 커서 접어지지도 않는다.

"나는, 너와 함께 있다."

그리고 그것은 자신의 생애에서 가장 큰 기쁨이리라. 그는 이제, 은우가 없는 생을 상상할 수 없게 되었으니까.

잠이 든 은우의 얼굴이 빙그레 미소 짓고 있었다.

시끄러운 혼례가 며칠간이나 이어졌다.

휘비라는 칭호를 받은 허은양은 삼 일간 종묘가 있는 화승동에 제사를 올렸다. 온 나라와 궁의 관심이 신왕과 비가 된 허은양에게 쏠려 있는 사이, 우재이는 출궁할 준비를 서둘렀다. 모두가 침거하는 진비, 우재이의 존재를 까맣게 잊어버리기라도 한 모양인지라 그녀의 처소를 방문하며 문 두드리는 이 하나 없었다.

우재이 역시 그것을 바랐다.

쫓겨나는 것이 아니다. 그녀 스스로 선택해 나가는 것이다.

우재이는 동이 트기 전의 새벽, 북문이 열리는 시간 몇몇 일행들 속에 섞여 궁을 빠져나갔다. 왕이 특별히 그녀에게 붙인 호위들은 열 명. 몸종 아이 둘과 유모, 먼 북쪽 대지 출신이라는 숙수가 고향으로 돌아가는 길에 그들과 합류했다.

목적지는 먼 북에 있는 수월궁水月宮.

수월궁은 수도 설한부에서도 며칠을 꼬박 북으로 달려야만 하는 황무지 위에 서 있다. 주변에는 아무것도 없다. 궁이라는 이름이 무색할 정도로 외양 역시 흉측했다. 먼 북쪽 황야에 자리 잡은 만큼 긴 겨울이 드리워지고 골방 같은 반지하식 좁은 건물에 기거해야만 했다.

우재이가 그곳에 머물기로 한 것은 왕의 권고가 있긴 했으나 어디까지나 그녀의 선택이었다. 그곳은, 그와 이부현이 도망치기로 했던 그 시절의 목적지였었다. 그러나 그녀는 단 한 번도 가지 못한 외진 황야의 궁.

부현이 죽은 이후로 그녀는 울지 않겠노라 맹세했다. 그녀를 짐 짝처럼 떠맡은 왕이 미웠고 동시에 가여웠다. 그들은 부현을 잃은 동지였기에 서로 의지할 수 있었다. 어쩌면 그녀만이 그리 생각했을까. 부부였으나 그것은 허울뿐이었다. 그녀의 마음속 정인은 이미 10년 전부터 한 명뿐이었다.

부현. 허나 그는 9년 전 죽었다.

일행들이 떠나고 수월궁에는 그녀의 수족이 될 몇몇 사람들만이 남았다. 벙어리 몸종과 어릴 적 자신을 돌봐주었던 유모, 숙수하나가 전부였다. 우재이를 수월궁까지 데려온 다른 일행들도 수월궁에서 하룻밤을 묵은 뒤 다음날 새벽, 자신들의 목적지를 향해 떠났다. 그녀의 호위를 맡을 자들은 사냥을 나가 아직 돌아오지 않았다 했다.

수월궁의 여름은 짧다. 멀리 보이는 이름 모를 산에는 하얗게 만년설이 그득했다. 여름이 지척이었으나 여전히 바람은 찬기를 머금고 매서웠다.

그 저녁이 되기 전, 그녀의 호위를 맡을 자들이 긴 사냥을 끝내고 돌아왔다.

그들은 커다란 요수 녹촉鹿蜀을 잡아 귀환한 길이었다. 예고도 없이 찾아든 수월궁의 손님에 그들은 당황한 기색이 어렸다.

그들 중 젊은 우두머리로 보이는 사내가 활짝 웃으며 우재이를 맞았다.

"마마, 오신다는 전갈을 미리 받지 못해 죄송합니다."

자신의 호위자를 바라본 우재이의 눈이 회동그랗게 변했다.

"부현 오라버니?"

그 모습이며 용모가 부현을 빼어 닮아서 우재이는 제 눈을 믿을 수 없었다. 부현의 환생일까. 허나 눈이 하나라는 제건諸楗의 가죽으로 옷을 해 입은 사내의 얼굴은 재이가 기억하던 것만큼이나 어렸다. 또한 그는 부현의 얼굴과는 조금 다른 느낌이었다. 부현이 살아 있다면 사바누와 같은 서른 살. 눈앞의 사내는 스물일곱이 된 자신보다 훨씬 어려 보였다.

그가 우재이를 향해 부복했다.

"오랜만에 뵙습니다, 마마. 저는, 이부현의 동생 이사현이라 합니다."

사현. 부현의 등 뒤에서 늘 그녀를 보며 얼굴을 붉히던 그의 어린 동생. 그가 벌써 이리 자랐단 말인가. 사현을 마지막으로 본 것이 9년 전이었고 그때 그는 그녀보다 다섯 살이나 어린 소년이었다.

'그대는 내 옆에서 행복할 수 없소. 그대가 낳을 아이들은 내 자식은 아닐 거요.'

단언하던 왕의 말이 떠올랐다. 그는 미래를 본다고 하였다. 그녀가 행복하길 바란다 했다. 그래서 제 아비도 그리 홀가분하게 모든 걸 버리고 떠났던 것인가.

"나는, 나는."

우재이는 무너졌다. 그녀의 눈에서 이슬 같은 옥루가 흘러내렸다. 당황한 사현이 그녀를 붙잡아 일으키려 했건만 감히 그녀의 옥체에 손을 대지 못하고 머뭇거렸다. 우재이가 통곡하자 그는 어쩔 수 없이 우재이를 안아야 했다.

"마마, 왜 이러십니까."

"전하, 잔인하시군요. 참으로 잔인하십니다."

사현은 왕을 원망하는 우재이를 안으며 가슴이 두근거렸다. 자신이 본 가장 아름다운 사람. 그는 저도 모르게 제 손으로 그녀의 눈물을 훔쳐 내고 있었다. 어린 시절, 그는 태자와 우재이, 부현이 어울리는 모습을 보았다. 그도 제 형 같은 자리에 끼고 싶었다. 제 죽은 형에게 불경하다는 것도, 왕이 되어버린 태자전하에게 해서는 안 되는 생각이란 것도 안다.

허나, 그는 우재이를 은애했다. 그 님이 앞에 있었다.

가장 고귀한 여인이 그의 앞으로 떨어졌다.

아아. 이것은 꿈일까.

우재이가 그의 품에 안겼다. 가녀린 그녀를 품에 안으며 사현은 꿈을 꾸는 듯했다.

흥분한 사현을 느낀 우재이가 울다 말고 고개를 들었다. 그녀가 얼굴을 붉히며 사현에게서 떨어져 나갔다. 그 여인의 고혹적인 자태에 사현은 또 홀렸다. 우재이는 귀신이다. 저를 홀리는 귀신이다.

석 달 후, 주촌산의 여름은 무르익다 영글었다. 여름의 끝물이었다.

시원한 나무 그늘이 더위를 손짓했다. 은우는 팔딱팔딱 뛰며 주촌산에 온 것을 마냥 기뻐했다. 멀리 허주유가 계곡에 낚싯대를 드리웠다. 은우는 여자옷이 산을 뛰어다니는 데 마냥 불편하다며 제 백색 넝마를 찾아 입은 뒤였다. 붕대는 하지 않았기에 처음 만났을 때보다 조금은 여자답게 성숙해진 얼굴이 드러났다. 여전히 앳된 구석이 남긴 하지만 조금 젖살이 빠진 얼굴에 붉은 입술에 사바누의 시선이 꽂혔다.

"구미호의 털은 잘 갔을까요?"

은우는 제 다리에 아홉 개의 예쁜 꼬리를 쳐대고 있는 구미호를 쓰다듬었다. 잠행에까지 구미호를 데려온 건 우습기도 했지만 은우가 가는 곳이면 무조건 쫓아오는 구미호와 추오의 충성심은 알아줄 만했다. 그 아홉 꼬리 중 가장 아름다운 마지막 꼬리의 털이 숭덩 잘려도 좋다고 몸을 비벼대는 충성스런 구미호라니. 사바누는 다산의 상징이라는 구미호의 꼬리털을 받은 우재이가 기뻐할지 의심스러웠다.

그리고 사바누는 미래를 보았다. 이전에도 보았건만 그 미래의 예지는 더욱 소름끼치도록 선명했다.

사바누는 주촌산을 걸으며 답했다.

"그녀는 3명의 아이를 낳을 것이다. 그리고 다시는 궁에 돌아오지 않겠지. 그건 그녀의 자식들 역시 마찬가지다. 자신의 호위와 함께 초야에 묻히는 걸 선택하겠지. 몇 년 뒤 그녀가 원한다면 그녀를 폐위시켜 줄 생각이다."

폐위된 비가 공식적으로 재가할 수 있는지에 대해 은우는 아는 바가 없었고 사바누도 전례를 만들고 싶진 않았다. 허나 몇 년이 지나도 우재이가 궁으로 돌아오지 않으면, 그녀의 폐위는 자연스러워진다. 그때쯤이면 은우도 아이를 낳았을 터이니 우재이의 행방을 캐물으며 그녀를 뒤쫓는 자들은 없을 터였다. 우재이 역시 자신의 새로운 짝과 함께 새 이름을 받아 아무도 모르는 곳에서 새 삶을 꾸리길 원할 것이다.

은우는 문득 고개를 들더니 물었다.

"재이 언니가 셋이면 나는 몇 명이나 낳아요?"

"글쎄."

다섯이나 낳을 거라면 아마도 기절하려 들겠지. 사바누는 저를 쫓아다니는 은우를 회피하며 대꾸하지 않았다.

"몇 명이냐니까요!"

"대답 안 해."

"미래 봤다면서요?"

"봤지."

"그런데 왜 얘기 안 해요!"

은우는 마냥 다그쳐 물었고 사바누는 회피했다. 그들이 어느새 주변을 빙빙 돌다 계곡에서 낚싯대를 드리우던 허주유의 옆에 다다랐다. 허주유는 낡은 장삼 자락을 휘날리며 은거하는 기인처럼 보였건만 째지고 가늘어지는 눈매가 힐금 그가 찬 현무화룡도를 노려보고 있었다. 허주유의 주적은 사바누 크세노뿐만 아니라 망할 변태검이었다.

사위 이상으로 천 년 된 귀물이 훨씬 더 위험하다는 것을 직감했다는 허주유는 도화원에서의 꽃놀이 이후 화룡도에 대한 경계를 늦추지 않았다.

게다가 왜 하필이면! 사위도 흉물스럽게 위험한 것이 아니더냐!

"오늘이 보름밤인 것을, 내가 모를 것 같으냐."

허주유의 말에 사바누는 모른 척 하며 말을 이었다.

"어르신. 오늘 밤에 무슨 일이 벌어집니까?"

"어르신이 뭐냐! 장인에게! 그리고 밤에 무슨 일이 벌어질지는 네놈이 더 잘 알지 않나!"

"이미 경험해 보았으니 잘 알고 있소"

사바누가 흘려 말하자 허주유는 뒷목을 잡고 팔딱팔딱 뛰었다. 아아, 저 요망한 사위 같으니라고!

"아아, 보름밤이면 음기가 강해진다는 이야기를 어디서 들었는데."

은우에게서 들었던 이야기를 그대로 읊어대는 능글맞은 왕을 보자 허주유는 억장이 무너진다며 제 가슴을 마구 두들겼다. 내가 저런 놈에게 딸을 맡겨서 아직 우화등선을 못하겠네, 하는 통탄의 한이었다. 아마도 그는 다섯이나 되는 손자들의 재롱을 보느라 평생 우화등선이 불가능할 거라는 말은 덧붙이지 않기로 사바누는 마음먹었다.

또한 사바누는 고대해 온 잠행을 이대로 포기할 생각이 없었다.

그의 은우는 보름밤이면 미약하게나마 발정을 했다. 허나 주촌산에서의 최초의 보름밤만큼은 효과가 없었다. 궁에서의 반응도 꽤 나쁜 것은 아니었지만 주촌산에서의 쾌락을, 그의 위에서 자신을 품으며 갸르릉거리는 은우의 모습을 상상하자 사바누의 하반신이 뭉근하게 솟아오르는 듯했다.

은우는 왜 지금 그가 이곳에 자신을 데려왔는지 짜증이 났다. 왜 하필 오늘 같은 보름밤에 음기가 강한 주촌산인가. 벌써부터 그를 덮치고 싶어져 몸이 근질근질하지 않은가.

아직 해가 떠 있는 늦은 오후인데. 벌써부터 이러면 안 되는데.

"으으음."

은우의 신음 소리에 사바누가 그녀의 귓가에 바람을 불어넣으며 속삭였다.

"나 갖고 싶은 거냐?"

은우의 몸이 배배 꼬였다. 은우는 울상이 되어 고개를 끄덕였다. 그 모습에 홀린 사바누가 제 가슴에 은우를 끌어당기며 눈웃음을 쳤다. 그 사글사글한 웃음이 은우를 또 녹였다. 왜 계속 보고 같이 있는데도 가슴이 떨리는 이유는 왜일까.

언제쯤 그에게 은우는 익숙해지는 걸까.

은우는 제 두근거리는 심장에 손을 얹었다. 이대로 사비누의 옆에서 오래 같이 있으려면 진정해야 하는데. 으음.

얼굴을 붉히는 그녀를 보며 사바누가 그녀를 껴안아 제 가슴에 품었다.

어여쁜 나의 낭군님.

눈부신 나의 여인.

어쩌면 평생 그에게 홀려서 미칠 모양이다. 평생 사모해야 해서 그의 이름이 사바누인 모양이다. 그가 평생 은애해 줘야 해서 그녀의 이름이 허은양인 것이면 더욱 좋겠지.

은우와 사바누가 녹색의 숲 어디론가 사라지자 낚싯대를 드리우던 허주유는 신경질을 냈다.

"이 나라의 왕과 왕후는 참으로 야숙을 좋아하는구나."

그의 시선이 주촌산의 영역에 다다랐다. 어느새 봉우리 하나가 죽순처럼 마구 돋아나 증식 중이네? 산이 또 자라고 있네? 오 맙소사.

도화원도 같이 자라더니 이젠 흡사 도화원의 한쪽 귀퉁이와 주촌산의 한 끝이 연결되어 마음대로 오갈 수도 있게 되었다. 선력이 줄어들 줄 알았더니 이제 더욱 늘고 있잖아! 허주유는 허탈하게 고개를 젖혀 하늘을 올려다보았다.

"우라질. 나한테 저 선력 반만 떼주지. 그럼 이미 우화등선했다."

도화원과 주촌산의 입구는 그와 사바누, 허은양밖에 알지 못하니 다행이긴 다행일 터.

허주유는 제 옆에 버려진 변태검을 내려다보며 한숨을 쉬었다. 검 역시 불쾌한 몸을 흔들며 허주유를 필사적으로 거부하는 듯했다. 허주유는 몰래 저 변태검을 봉인할 방법을 떠올리기 시작했다.

변태검이 도망가거나 누가 훔쳐 갈까 허주유는 끈에 선력을 불어 넣어 제 몸과 변태검을 연결했다. 현무화룡도는 허주유가 싫어서인지 은우와 제 주인을 찾아 하염없이 목 놓아 울었다. 그 소리에도 허주유는 잠시 숙면을 취했다.

그리고 용의 꿈을 꾸었다. 커다란 화룡이 제 딸의 품 안으로 날 아드는 꿈이었다.

후일 왕이 덧붙이기로는 그날의 보름달은 참으로 높고도 강했 다 한다.

종終

　북주국의 수도 설한부에서 추오로 반나절을 달리면 닿는 곳에 주촌산이라는 명산이 있다. 그곳에는 반선이자 휘비의 아비인 허주유 공이 기거한다 하여 유명하다.

　왕과 휘비가 국혼을 올린 지 몇 달 뒤.

　그들은 달이 높은 보름에 주촌산을 불시 방문하였다. 휘비는 달의 천녀 상희가 지상에서 가장 마음에 들어해 축복을 내렸다는 아이. 그날 밤 휘비는 천녀의 은총을 받아 왕과 교합하였다.

　그날 밤 잉태된 것은 북주국의 태자 루야 크세노. 루야는 하늘이 내린 하늘의 주인 같은 아이라 하여 천주태자天主太子라는 별명으로도 불렸다.

　허주유는 자신의 손자 루야가 태어나자 아이에게서 눈을 떼지 못하였다. 그러더니 아이가 6개월쯤 되자 아이를 납치해 주촌산으로 도주하였다. 북마왕은 군사를 앞세워 장인을 뒤쫓았다.

주촌산에서 사위와 장인이 대립하니 장인은 '자발머리없는 왕놈아! 내 손주니 납치하지!' 라고 대노하였고 북마왕은 잔뜩 화가 나 '납치한 그것은 내 아들이며 이 나라의 태자이오!' 라 쏘아 붙였다. 이에 허주유가 '내 딸이 낳은 생물이니 내 것이 분명하다!' 라고 소유욕을 드러내자 왕은 '당신 딸은 내 것이니 그 태자도 내 것이오!' 라 하였다.

두 사람의 싸움이 길어지려 하자 뒤늦게 쫓아온 허은양, 휘비는 앙칼진 목소리로 두 사람에게 쏘아붙였다. '나는 내 거고 이건 내가 낳았으니 내 것이에요!' 라며 아이를 빼앗았다.

종종 허주유는 기회를 노리며 태자 납치계획을 세웠다.

그 1년 뒤 다시 주촌산으로 잠행을 나온 왕과 왕비는 보름밤이 뜨는 밤, 교합하였다.

다시 두 번째 아이를 잉태하여 겨울이 지나 다음 해 초반 공주를 낳았다.

몸조리가 끝나고 다시 정상으로 돌아오자마자 왕과 왕비는 잠행을 나가 보름밤 교합해 아이를 만들고 돌아왔다. 그러기를 몇 번을 반복하였다.

루야 태자가 여섯 살 되던 해였다. 태자는 학업에 열중하며 어린 동생들을 돌보다 보니 나이에 비해 총명하고 의젓했다. 태자의 고민은 한결 같았다. 어머니는 왜 그렇게 철딱서니가 없는지, 왜 아버님은 말리지도 않고 그걸 흡족하게 바라보고 있는지 철없는 부모님을 보며 한숨 쉬었다.

우아함이나 체통은 과연 어디에 있는 말이라는 것인가. 어린 태자는 왕실의 안위를 걱정하며 늘 뒷짐을 지고 대전 안을 돌아다니곤 했다. 사관들은 근엄한 표정의 어린 태자를 보며 필사적으로 웃음을 참았다. 태자의 뒤통수 쪽 머리칼은 늘 삐쳐 있었기 때문이었다.

잠행이 취미인 왕과 휘비 부부는 두세 달에 한 번 꼴로 궁을 나섰다. 연락두절이 되면 그사이 나라를 다스려야 하는 것은 어린 태자와 늙은 할마마마였다.

'대보름에 튀어나가 제발 동생 만든다고 하지 마세요!'

루야 태자는 동생들을 돌보며 하소연했다. 둘째가 세 살, 셋째가 두 살에 넷째가 5개월이었다. 연년생으로 셋씩이나 낳았는데 아버지가 한 명 더 만든다니 이 일을 어찌할꼬.

외할아버지라 칭하는 허주유 역시 태자의 골칫거리였다.

반선이라 불리면 무얼 하나. 하나도 도움이 되는 일 없고 만만한 손주나 손녀를 잡아 납치할 계획만 세우는 것을.

사람이 많아지자 왕실의 가족은 다사다난했다. 가지 많은 나무 바람 잘 날이 없다 했더니 그 짝이다. 태자는 매일매일이 심란하였다.

어린 동생들의 양육 걱정, 어머니가 또 동생을 만들까 걱정, 할마마마의 건강 걱정, 나라 걱정, 외할아버지가 동생을 훔쳐 가지 않을까 걱정, 부모님의 부부싸움 걱정, 불쌍한 아버지를 걱정.

동생들도 할마마마도 모두 어머니 편을 들고 나라의 상징이라는 현무화룡도 변태 화룡이랑 구미호들까지도 모두 어마마마 편이니 자신만큼은 아바마마를 편들어야 했다. 어마마마가 화를 내면 한여름에도 눈이 내리고 우박과 날벼락이 떨어진다. 기분이 좋으면 한겨울에도 꽃이 피고 춘풍이 불었다.

헌데 태자가 편을 들면 아바마마는 시금떨떨한 표정이 되었다. 태자는 아바마마가 날 외면하였다 하여 또 상처를 입었다. 결국 그는 태자를 달래주기 위해 자주 태자를 데리고 다니곤 했다.

대신들은 북마왕 전하와 똑같이 생긴 어린 태자가 왕을 흉내 내려는 모습을 볼 수 있었다.

북주국의 실록을 편찬하는 사서들은 왕실의 이런 모습을 모두 입과 책으로 옮겼으나 실록에 정리하지는 못하였다. 후대에 민폐가 될 수 있다는 이유였다. 결국 사관들은 머리를 맞대고 의논하여 그들이 아는 휘비와 전하, 그리고 태자와 어린 동생들의 이야기 등 재미있고 어이없는 왕실의 이야기를 한데 모아 책으로 만들어 '북주국야사'라 하였다.

왕실의 어이없는 이야기들이 외부로 새어 나가면 왕실의 품위를 떨어뜨린다 하여 북마왕은 길길이 날뛰었다. 그날 아침에도 어김없이 궁의 연못에선 숙어가 단체로 날뛰며 '꼬끼오'라고 울었다. 심지어 그것들은 여러 개의 발로 뭍으로 기어나와 붉은 털을 털며 일광욕도 하였다. 왕은 휘비가 있는 곳마다 생긴다는 그 숙어라는 물고기를 발로 차 연못에 던지며 한숨을 쉬었다. 그리곤 조용히 자신과 그 가족의 이야기가 적힌 책을 금서로 지정하여 수도의 모든 북주국야사들을 회수해 분서갱유했다. 허주유 역시 근처를 얼씬거리다 불타다 만 책을 읽고는 길길이 게거품을 물었다. 그 자리에 참여한 나라에서 제일 높은 삼공대신들도 책을 읽으며 통탄하였다. 이 나라의 미래며 이 나라 왕조의 품위는 어이할꼬.

　다사다난한 북주국 왕실의 이야기는 입에서 입으로 전해졌다. 몰래 필사된 북주국야사들은 수도의 은밀한 뒷골목을 돌고 있다 했다.

『북주국야사南州國野事』完

작가 후기

늘 후기를 쓸 때마다 무엇을 쓸지 망설이게 됩니다.

북주국야사의 시작은 상당히 충동적이었습니다. 남주국설화와 같은 세트로 대비되는 소설을 쓰고 싶었기에 세트인 것마냥 이름을 짓기도 했습니다. 남주국 쪽이 어두운 내용이었기에 북주국은 밝고 명랑한 이야기가 되어야 했죠.

그래서 자연스럽게 떠오른 것은 쓰지 않고 미뤄둔 어떤 이야기였습니다.

사실 북주국야사는 3년 전 출간한 북주국이야기의 속편입니다. 북주국이야기 속의 인물들의 손자인 사바누 크세노가 이번 소설의 주인공입니다.

심지어 사바누의 딸 이야기가 동주국 편이었던 해국이색혼례담이었죠.

물론 보지 않아도 이해하는 데에는 전혀 상관없습니다.

북주국야사까지 포함해 이 모든 소설에 공통적으로 등장하는 인물은

사바누의 모친 헤르뿐입니다. 게다가 쓸 때마다 이것이 마지막이라 생각하고 다시 속편을 쓸 일이 없다고 생각해서인지 소설의 분위기들은 이어지지 않고 모두 제각각이었죠. 심지어 옛 원고를 들춰보았을 때에도 너무 소설들이 상이해서 쓴 저도 이게 이랬던가, 했었으니까요.

사바누는 남자주인공으로 치기엔 꽤나 난감한 구석이 많았습니다. 방랑벽에 정체를 알 수 없는 듯한 느낌이었고 심지어 타국에 아이까지 두었고(이미 딸인 테루하 이야기를 먼저 써서 출간해 버려서 설정을 뒤집을 수도 없었고) 심지어 머릿속 설정상으로 부인과 함께 자식도 많이 낳습니다. 아아. OTL 그런데 또 사바누의 성격은 쿨합니다.

아, 은우를 만나기 전까지요.

단권이라 은우를 만나기 전, 사바누의 쿨한 모습을 많이 보여 드리지 못해 유감이라고 생각합니다.

허나 이 소설은 사바누가 공처가가 되어가는 과정이 주제입니다. 아마도;

그리고 은우를 잡아먹으려는 늑대가 있지요.

은우와 사바누 커플 때문에 팔을 긁었던 적이 한두 번이 아닙니다.

아마도 은우와 사바누 커플과 닭털신 혹은 커플신이 같이 동참했었나 봅니다.

정신없는 후기는 여기서 이만.

저는 다음 소설에서 뵙겠습니다.

2012년 더운 여름을 앞에 두고, 효진.